ALL OVER BUT THE SHOUTIN'

美国南方纪事
三部曲

悲歌长啸

[美] 瑞克·布拉格 著　王聪 译

图书在版编目（CIP）数据

悲歌长啸 / (美) 瑞克 · 布拉格著；王聪译. —北京：生活 · 读书 · 新知三联书店，2023.2
ISBN 978-7-108-07494-2

Ⅰ. ①悲…　Ⅱ. ①瑞…　②王…　Ⅲ. ①回忆录－美国－现代　Ⅳ. ① I712.55

中国版本图书馆 CIP 数据核字 (2022) 第 184687 号

责任编辑　李静韬
装帧设计　薛　宇
责任印制　宋　家
出版发行　生活 · 讀書 · 新知 三联书店
　　　　　（北京市东城区美术馆东街 22 号 100010）
网　　址　www.sdxjpc.com
图　　字　01-2018-7548
经　　销　新华书店
印　　刷　鸿博昊天科技有限公司
版　　次　2023 年 2 月北京第 1 版
　　　　　2023 年 2 月北京第 1 次印刷
开　　本　889 毫米 × 1194 毫米　1/32　印张 13.5
字　　数　290 千字
印　　数　0,001－5,000 册
定　　价　69.00 元
（印装查询：01064002715；邮购查询：01084010542）

走遍天涯路，我的朋友
会让你保持你的自由和纯洁
如今你的皮肤坚硬如铁
呼吸中带有煤油的气息
你不是你妈妈唯一的儿子
但好像是她最钟爱的一个
当你和她道别，跨上你的梦远行天下时
她开始流泪

汤斯・范赞特（Townes Van Zandt）[1]

---

1 汤斯・范赞特（Townes Van Zandt）是美国著名的创作型民谣歌手。代表作为："Pancho and Lefty""For the Sake of the Song""Tecumseh Valley""To Live is to Fly"等。这里引用的是"Pancho and Lefty"的歌词。本书所有脚注均为译者注，后文不再说明。

目录

前言　红鸟

红鸟之间的搏斗曾经令我叹为观止。在碧蓝如洗的天空上，它们就像着了火的片片红布，在空中互相追打，或直上云霄，或向下俯冲。在地上，它们就像一团团的红羽，互相啄击对手的眼睛。我见过大人们停下手中正干的活计——正剥着玉米棒子的人停下手，修车的人从破破烂烂的车前盖下探出脑袋，被斗鸟奇观所吸引。在我小时候，有一次，看到一只红鸟向一辆卡车的反光镜里自己的影子发起攻击。它一次又一次撞向镜中那个拒不躲避的影子，直到将镜子撞出一道裂纹，镜面上涂满鲜血方才罢休。那架势就好像它对镜中的鸟有深仇大恨一般，等到它发现那原来是自己的影子时已为时太晚。我问为埃德姨父打工的查理·比文斯（他有个嚼烟的习惯），为什么红鸟要干如此傻事，他告诉我这是红鸟的天性。

这不是一本多么有分量的书。这只不过是在亚拉巴马州东北部种棉区里，在黑人和白人寻找理由互相憎恨，很多人无法面对自我的历史背景下，一位坚强的女性、一个人性被扭曲的男人和他三个儿子的一段经历。这个故事也没有什么出奇之处。不管是谁，只要他有过一个在冰天雪地的朝鲜战场上将自己的好脾气丢得一干二净，一个一沾威士忌就将自己的坏品行暴露无遗，一个最后遗弃了自己年轻妻儿的父亲——让他们仰仗亲戚的施舍和带来成箱旧衣服的好心邻居，他就能讲这个故事。

不管是谁，只要他有过一个母亲，在十八年里为了儿子们有上学穿的衣服而没给自己置办过一条新连衣裙，为了不让她的儿子们光靠救济金过活，为了让其中的一个儿子踩着她的脊梁摆脱紧紧束缚着他们的贫困和绝望，而为别人摘棉花，为别人洗熨衣服，为别人清扫房子，他就能讲这个故事。

不管是谁都能讲这个故事，这正是人生的悲哀之处。这个世界上有很多母亲拖着幼儿，站在领取政府救济的奶酪和花生酱的长长的队伍中，也有很多男人的内心被战争的杀戮和死亡折磨得痛苦不堪，然后试图用江湖郎中的狗皮膏药或者用自暴自弃来平复心灵的创伤。在那个年代、那个地方和那样的环境中，有很多家庭就像纸做的彩带，在夏天的暴风雨中分崩离析。只要到任何一个大城小镇的主道上走一走，在那些烟雾缭绕的酒吧、在教堂的圣坛前、在有成千个坟头的公墓里新挖的坟坑旁，你都能听到这样的故事。你会从在廉价餐馆抹桌子的目光空洞的六旬老妇那里听到这样的故事，以及从某个在市立监狱后面高高的茅草中嘴叼一支“文森”香烟、漫不经心又有节奏地挥臂割茅草的被社会遗弃的人那里听到这样的故事。

只有我自己和为数不多的几个有亲身经历的族人认为这个故事有不同寻常之处。我讲这个故事，是因为我有义务将母亲为我们的牺牲做个记录，尽管这意味着我必须将家丑外扬，因为除了为她装上一副假牙和保证她的余生不再受昔日之苦之外，这是我能想到的回报她当年为我们含辛茹苦、付出养育之恩的为数不多的几个方案之一。我讲这个故事，是因为我能讲好这个故事，因为讲故事是我现在在《纽约时报》以及之前在许多地方的工作内容。讲一个陌生人的故事并不难，但我不知自己是否有勇气讲自己的故事。

这不是一个伤感的故事。你会在书中读到哀怨、愤怒和妒火中烧，也会读到暴力、悲哀以及企盼和苦中作乐，但你不会读到多少抱怨。当然，抱怨之词不会出自她的口中，因为她这个人从来就不知道怎样抱怨。

这个写作计划已经拖了十年之久。因为写这段往事必须涉及个人感情，因为回首往事会触及内心的伤痕，所以我将此事一拖再拖，直到最后发生了一件令我警醒的事，才促使我动笔，让我咬着牙回顾那些不堪回首的往事。

是有人过世促使我动笔的，但那不是我父亲的死。他早在二十年前就因肺病去世了，整个内脏都被威士忌和啤酒烧坏了。由于他当时离家已久，我的母亲、我的兄弟和我都没有去公墓为他唱挽歌或者看他入葬，也没有在他的坟头献花。母亲在一天晚上去了殡仪馆，当时只有他和她在场。

是外婆的故去让我最终动笔的。她叫艾娃，我们都叫她的小名，碧迦。这个八十六岁高龄、生前一度返老还童、我曾认为会长命百岁的老小姐碧迦，于 1994 年感恩节前两天死于肺炎。那天晚上，当她膝下长大成人的孩子们齐集在亚拉巴马州卡尔洪县的一个小社区医院她的病床前时，我正在新奥尔良撰写关于一些陌生人死亡的报道。

我当时正坐在一个破落的贫民公寓里的一间窄小客厅里，听一个眼窝深陷的不幸年轻女子讲述，她的小男孩怎样在一天早上站在公寓的走道上就被飞来的流弹打死，当时他的手里还攥着书包，像一个小大人去上班那样。她告诉我，他的儿童书籍怎样滑落出来，掉在走道的小石阶上，孩子中弹后抬眼看着她时流露的吃惊和迷惑的神情。在她讲述的过程中，她另外两个幸存的孩子骑着自行车绕着沙发转圈子，她不让他们到公寓前面那片流弹横飞的空地上去玩。在我起身告辞时，我握了握她柔弱的手，她谢了我。要在过去，我通常只是礼节性地点点头，然后打道回府。每一次我都会被人们在这种悲痛欲绝的时刻表现的自持所打动，但是这一次，我觉得必须问一下为什么她要谢我。为什么我将她这个伤心断肠的故事写出来，供那些远离这个一到天黑就枪弹横飞如流萤的危险境地、住在安全居所的人阅读，她却还要谢我呢？作为回答，她将一本关于她孩子遇难的剪报集递给我，那上面贴有从当地报纸上剪下的文章。“人们会记住这件事的，”她说，“如果不把这事写下来，人们会忘记的。”

我对此深有同感。

第二天早晨，电话铃声将我从梦中惊醒。那是一个需要经过片刻的恍惚才能想起你身居何处、肩负着何种使命的早晨。在抓起话筒前的一刹那，你总会忍不住要看一眼那部电话，因为它经常会让你火速赶到像俄克拉何马城之类的地方，在那里你将在被一颗巨大炸弹造成的废墟和血迹斑斑的童鞋之间无声地、小心翼翼地行走。或者，它会叫你立刻赶到名不见经传的南卡罗来纳州的小小的犹尼昂县，去探究一个将自己的两个儿子淹死在湖中的年轻母亲的内心世界。最令人心中不安的是，在提起话筒的那一刹那，你心里会暗自希望这次的采访任务是一件类似上面提到的那种轰动一时的坏消息，而不是什么平淡乏味的琐事。

但这次是来自家中的呼唤，这次去世的是家里人——我的外婆。那个给我做了许多炸鸡吃的外婆，那个吃了医生配给她的药后有点走火入魔的外婆，那个一边像挨家挨户传福音的人敲门那样在地板上跺脚跺得山响，一边用班卓琴演奏《煮卷心菜》的外婆——去世了。她所有的歌声、所有的话语、所有的美德和热心肠，都随她而去了。

我知道她生病的事。但是家族中的人们原本指望她会康复，所以告诉我先不必回家，告诉我她会在家中等我回去过感恩节。但是我回乡时，却来到了一个冷冰冰的现代化的殡仪馆，见到的是那些静静地坐在长凳上，黑色的西装裤脚下面露出白色袜子的乡亲们。人不多，但来的都是和她亲近的人，其中有些是多年不见的、放弃了半天的工资赶来的远房表亲们。一个出于对她的尊敬而没有喝酒的老酒鬼，脸色苍白、神情悲切地坐在后排。还有一个自从他们年轻时代就再也没有和她见过面的，长着鹰钩鼻子、眼光犀利的老人，他记得她给他倒过一杯酸奶，又或许是杯咖啡。还有那些和她一起坐在门廊里清理蔬菜，抱着孙子辈，传播流言蜚语的老妇人。这都是些知道装棉花的口袋有多么沉的人，都是些指甲下面藏有油垢，不管用多少除垢肥皂都洗不干净的人，都是些因在他们流动房外修建红松平台而被那些自作聪明的北方佬笑话，但对此又一无所知的人。这都是些来自松木繁茂之乡的人，是我的故土乡亲。

我返回故里，面对安卧在开盖棺木里的一具苍白而优雅的遗体，她消瘦的双手叠放在胸前。我在前面说过，我是个从破败衰落、毒品泛滥的迈阿密市自由城的街道上、从曼哈顿贫民旅馆疯狂躁动的走道里、从伯明翰的贫民公寓、从太子港海边烟雾腾腾的贫民窟以及在三个州的死刑犯那里搜集素材，撰写墓地里的冤魂的报道并以此谋生的人。我去过的可怕的地方太多了,也目睹过太多可怕的事。那些经历让我对上帝产生疑问，对天堂是否存在也将信将疑。但在殡仪馆里，我打心眼里希望真有一个天堂，在脑子里想象上帝和天堂的样子。我敢打赌，除非上帝是圣公会教徒，否则他自己也会时不时地跳上几段乡村舞。我喜欢想象外婆在天堂里，把口琴吹得风风火火，把歌唱得震天响的样子。

在我凝视她的那一刻，脑海中闪过无数的画面和声响。我想起，在我还是个不足五岁的小男孩的时候，她让我睡在她的床脚处，我们一起听收音机的事儿。还想起我是怎样在法郎·杨·小杰米、迪肯·比尔·默尼罗、麦白拉·卡特老妈细弱的混合歌声中沉沉入睡的。“人老了就有这一点好处，”她告诉我，“你听收音机想听多久，就听多久，听个通宵也没人管。”她像所有当地人那样，被来自亚拉巴马州奥立弗山一个瘦削年轻人的歌声迷得如痴如醉，他的歌声里有一种精神和肉体均被扭曲的意境，她会在不同的波段间来来回回地搜寻他的歌声。

长夜漫漫苦良久

斗转星移令人愁

云遮月影不忍看
为掩热泪纵横流

她生前曾告诉我，她亲眼见过一次汉克·威廉姆斯。但那天晚上吃的药让她有点云里雾里，也许那是随口乱编的，因为她认为人老了的另一个好处是可以像共和党人那样信口雌黄。但是，那都是些往事了，她的话就像逝去诗人的诗作在我脑海中回响。在我凝视眼前这个老妇，想起我自以为平时有更重要的事情要做，在一年中只在感恩节和圣诞节和她见上几个小时的情景时，我知道我不应该再等了，不管将来能否公之于世，我都应该将这些家史写下来。

这些往事可不是什么能从书上找到的现成东西。作为南方的穷人，除非你将哪个富翁阔佬拉下马，否则你是不会在历史上留下什么痕迹的。这也不是站在沉默的墓碑前能找到的答案。我母亲才六十岁，但我不能冒险让她和乡亲们藏在心里的秘密和往事哪一天全部付诸东流，尽管其中包括我父亲的往事，有些像沉沉黑夜那样令人悲哀和黯然神伤。

每当我开车在美国南方腹地的小路上行驶，在特洛伊附近，收音机里传来《棉花州联播》节目里的小提琴快奏，或者自哈蒂斯堡城外的调幅电台里传出那种能震倒山墙的黑人唱诗班的圣歌声，最能勾起我对外婆的怀念。那种时候，我能有足够的时间去看、去想、去回忆。我知道，我什么时候想听那首令人感伤的歌，只要放上一张唱片就行。但是我渴望听她给我唱。在目睹了那么多死亡之后，我终于对死亡有了理解：那是一种纯粹的对逝者的渴望。我的外婆能给这本书添些欢乐气氛，尽管在过去的几年里，她的脑子糊涂得不行，她还记得问我前妻的近况，尽管我离婚十年了，她仍能帮我记住一些事，帮我理清头绪。假如我能把这个故事写好，她也许能在字里行间活起来，我希望她身上所有的和我们这个家族以及我个人共有的本色，不会在叙述的过程中丧失殆尽。

我知道不少不见经传的有关我的家族的掌故和传说，这些都是在一个只有一条腿的名叫特里森的人开的小店外面的碎石停车场上，一堆人一边吃着草莓冰激凌，一边从一个人的嘴里传到另一个人的嘴里的东西。我是从那些前门廊里发出的拨弄吉他琴弦的琴声中和我至今还梦见的那一垄垄一眼看不到边的、既美丽动人又令人憎恨的棉花地里听来的，尽管现在那里已是堆放垃圾和长满野草的野地。

我知道在我出生前后，父亲遗弃了母亲，或者说将她赶出了家门，时至今日，我仍然不知道那究竟是件好事还是坏事。在我两岁之前，他从没有想起来看看我。我知道最后他来看我时，给我带来了一只巨大的布熊。我拖着它的一条腿到处跑，直到它只剩下一只耳朵，布熊里面填的棉花散落了一地，眼睛也掉了。我记得我拖着它跑的感觉，好重哟。等我再长大几岁，我就会在黑夜里顺着一条路跑，逃避我父亲的虐待。

我知道在我长大的过程中，曾有一个穿着宽大的西服，头发梳得油光锃亮的年轻人，叉开双腿站在历史的十字路口，大肆攻讦和污辱黑人，给了我们这些贫穷、绝望的白人以一种理由，让我们感觉自己优越于某些人或任何人。我知道就在乔治·华莱士[1]的话响彻我那片亚拉巴马的故土的时候，在离我家不远的土路上的一个黑人家庭为一个贫穷的白人妇女和她的三个儿子送来新摘的玉米和其他食品，因为他们知道这家男人扔下妻儿不管了，饥饿是不分肤色的。

我知道几个星期之后，我父亲又会像以往那样喝醉了酒，来到家中大发酒疯，而母亲只是忍着，像一堵墙那样将她丈夫和儿子们隔开。我记得，后来我大哥山姆和我躺在黑暗而又安全的卧室里，谋划着在他再来虐待母亲之前，琢磨出一条杀死一个大人的计策。

我知道我有过第三个兄弟，因为我们被父亲遗弃，母亲没钱带他去看医生，结果这个婴儿连名字都没来得及起就死去了。我知道他的墓碑上只刻着“布拉格家的幼儿”。三十年来，我母亲从来没有对我们提及此事，但在她内心深处一直深藏着对他的怀念，这段藏在内心的往事就像一块破碎的玻璃。

我知道我的外公，碧迦的丈夫，是一个身体强壮、心地善良的好人。他在去世前几年还在保护母亲免遭父亲的虐待，我从未有机会认识外公，这件事是我平生最大的几个遗憾之一。我知道他是个勤劳肯干的瓦匠，偶尔在自家的蒸馏器里酿制威士忌，那股冲入松林的酒香能将天上飞过的雀儿醉翻坠地。我知道他曾经被逼无奈，用射鹿的猎枪向一个胖女人开过枪，因为那女人和她男友提着杀猪刀找上门来。当我问起那女人的生死下落，格蕾西·璜尼塔姨妈只说了句：“上帝，没有死，亲爱

1　乔治·华莱士（George Wallace）系亚拉巴马州前州长，是20世纪60年代著名的种族隔离主义的倡导者。

的。子弹穿过她的两个乳房，从这个进去，从另一个出去。”

我知道我童年时代曾备受姨父、姨妈们的宠爱，格蕾西·璜尼塔姨妈曾一边给我送来茶点蛋糕，一边哄我说她厨房里正做的鸡是秃头老雕。我们会在入座后，边吃边说这秃头老雕还真有滋有味这类的玩笑话。每到星期五，玛丽·琼姨妈会带上我们一起去皮威热狗汉堡铺吃一尺长的热狗，它至今仍然是我平生最喜爱的食品，比在纽约吃的任何东西都更有滋味，包括法国的烤奶蛋挞。我记得埃塔娜姨妈为我们炸好鲫鱼，怕我们吞了鱼刺，就先将鱼骨挑出来的事儿。我记得苏姨妈抱着我晃着我入睡，但有一次失手，让我一头栽在壁炉前的石块上，我一生中后来发生的许多事情可能都与此有关。

我知道我母亲的兄弟，我的詹姆士舅舅曾经和人打赌，坐在一头死骡子身上吃完一个三明治而赢了二十块钱。我记得他驾着一辆“兰博”，车前盖上有一个裸体女郎的装饰，格蕾西姨妈见状大惊，忙用漆给那尊锃光闪亮的裸体女郎加了一件泳装的趣事。我还记得除非你想走着回家，否则万万不能和比尔舅舅换车开。

我知道我母亲胆子大得出奇，我曾见她用一把断了把的钉耙和玩具枪干掉一条一米多长的响尾蛇。如果没有那些朝鲜战场上鬼魂的纠缠，本来她和我父亲这两口子是能过上安稳日子的。那些鬼魂大多在冬季来纠缠他。我只能从他对寒冷的那种近乎病态的恐惧和他对冰的仇恨中看到那些鬼魂的影子。1965 年的一个冬日，当我的小弟弟踩破一个既小又浅的池塘上的冰面时，我看到了那些鬼魂。当时我父亲一把将他拎起，一路跑回家中，他的脸色吓得煞白。

我知道在我的童年时代我父亲并不总是个性格扭曲的人。

他刚开始追求我母亲时，是个穿着后跟打上铁掌的黑色皮便鞋、裤缝熨得笔直的青年人，而她则是一个身材高挑、容貌姣美的年轻女郎，像个 20 世纪 40 年代的电影明星。我知道他曾经是一个细高个、皮肤黝黑的人。他的家族中有切罗基印第安人的血统，以性情暴躁著称。他酒量不大，却喝了一辈子的酒。我知道他喜欢听他的内弟弹吉他，他喜欢看斗狗和斗鸡，喜欢看漂亮女人跳舞。

我还知道他在朝鲜当一名海军陆战队员时，在一个冷得出奇的冬夜里发生的一件事，他不知怎样拼写那个地名，甚至连怎样发音也不知道。我还知道自从那以后，他变得既坏又冷酷。他一直将这个秘密深藏在心里，只有在喝得烂醉以后或者当他生怕死期将至时，才将我叫到他身边向我吐露了真情。

我知道的往事不少。但是我一生中遇到的最好的人中的一个曾告诉我，要把一个故事讲好，你必须将架子搭好，这样这些细节才不至于散落一地。我需要更翔实的细节和更多的事实。我花了一年工夫和与我关系密切的人们交谈，以填补我记忆中的空白。

假如我母亲对此稍有异议，我是绝对不会写这些事的。我问过她我是否应该写这些事，我把实话说在前面，告诉她每当某一段往事会引起读者的一个微笑，另一段往事就会催人泪下。她沉默良久，凝视车窗外的景物。“写下来吧，”她说，“我已经沉默整整五十年了。”

我写这个故事的最主要的动机在于从现在起将一段未了的思绪做一个了结。我母亲坚信她未能为她仅有的三个儿子提供良好的生活，没有尽到一个母亲的责任。我的大哥山姆一辈子像牛马似的干活，他十一岁时就到煤场和黏土场干活，年轻时是用铁镐、铁铲和钉耙干重活，现在在棉花厂工作。我不记得他这一辈子有过一天的空闲。我母亲为此自责。

我的弟弟马克蹲过监狱。他是个酒鬼和好斗之人，身上有长长的刀疤，一条手臂里现在还带有一颗子弹，他似乎继承了他连丝毫印象都没有的那个父亲的衣钵。我母亲为此自责。

剩下的就是我，一个在报业干的人。我仰仗母亲为我提供的条件以及一系列的侥幸，最终在报业的最神圣的殿堂里找到一席立足之地，为报业泰斗们工作。其实，我和我的兄弟们相比，并无出众或不及之处；事实上，他们都比我要机灵。但是说实在的，无论是作为一个在地里摘棉花、往家里带洗熨衣服的女人的儿子，还是一个在《纽约时报》工作的记者，我始终为我自己的为人和出身自豪。我向来认为这两者是相互依存、缺一不可的。我的职业让我看到许多事，这些是身为一个普通乡下孩子难得一见的事儿。我没有像哪个目不识丁的白痞子接到哪个体育运动队发的状元通知书那样一夜暴富，结果照样跑到世界的另一端，堂堂正正地走进像我母亲去清扫过的那种有巨大门柱的大厦。我三十三岁那年,他们甚至让我进哈佛进修。在那里，我不是个手持拖把的清洁工。到我三十六岁那年，我获得了我们职业的最高荣誉。

我希望母亲能为此自豪。

我希望她能在我身上看出几分她的主见。如果没有那样的主见，我就会轻信他人的话，比如那个眼睛死盯着我，说我的功底不足，无法胜任报道亚拉巴马州安尼斯顿市政厅工作的报社编辑，比如那一两个勉强承认从一种古怪的南方风格角度来看我还算有几分才气的北方佬记者，比如一个曾断言像我这样的男孩应该考虑进一个专科学校学门手艺谋生的高中教师。是我母亲教我“千万别听别人瞎吵吵”。我父亲教我怎样为了取胜而不择手段，我母亲教我的则是遇到困难绝不退缩。

我希望她能从我的字里行间看出几分她的温柔和敏感，因为如果我的秉性中还有一丝柔情尚存，那一定来自她的血脉。从一个重要的角度讲，我写的每一个故事都带有她的悲伤。我平时写的故事中的人物大多是那些充满随心所欲、冷漠麻木和残忍凶暴的人世间的匆匆过客。有些记者对首都华盛顿的政界熟门熟路。我则对这种下层的生活和人物了如指掌。上帝让我对这样的故事有特殊的灵感。在海地，我曾有一种从未有过的归家之感，在那里，目光呆滞的小女孩们抓住你的手给你轻声叙述士兵是如何一边笑一边向她们父亲的后脑开枪的事。我回到自己的祖国，在那些杀人凶手一边狞笑、一边杀人的街道上行走，我的腿在发抖，但我仍要摆出架势，就好像我们都是些两米多高刀枪不入的巨人，因为我认为要写关于生与死的命题，我们必须身临其境才行。

我认为我之所以被那些故事吸引是因为她，因为在母亲给我的所有教诲中，最重要的一条是不管支撑一个生命的家是多么穷困潦倒，每一个生命都理应得到某种程度上的尊严。我平生做的唯一令她为我羞耻的事是，某天我在嘲笑一个从比我家更穷的人家出来的男孩。他的父亲为了防虱子将他的头发刮得精光，我嘲笑他，拿他取乐，直到我看到母亲向我投来责备的目光，我才知道自己错了。

所以，从个人情感的角度讲，这个故事就像以往以我的方式讲过的所有故事那样，是为她写的故事。我想我也许可以用戏剧性的口吻说上一句“我很遗憾我父亲没能活到他儿子的名字印在书上的那一天”那样的老生常谈。但那或许是我在头脑清醒时无法启齿的弥天大谎。我不会将那些廉价的儿女情长的缠绵带进这个故事，以此让昔日的创伤愈合。我现在对我父亲的理解比过去更深了一层，我能够理解他在海外期间的那个关键时刻对他性格的扭曲和摧残。但在理解和谅解之间还竖着一堵宽得无法绕过的墙。

我知道本书的缺陷都是由于对某些往事回避不谈，而不是因为凭空捏造，回避的目的是为了不给一些人本已很痛苦的生活增添新的烦恼。

在外婆的葬礼之后，我在父亲小小的墓碑前徘徊，他的墓碑位于杰克逊维尔公墓的一个角落里。有时我仍会纳闷，那面覆盖在他棺木上的美国国旗，在被海军陆战队员折叠成一个三角包之后交给谁了。我不想要那面旗，我只是纳闷。我注意到有位有心人曾来此拔去坟头的野草和野蒜，在花瓶里放了一枝粉红色的花，我在心里纳闷那是谁。但是，如果我心里真有什么遗憾的话，我自己也无法找到。我心里没有什么痛苦可言，我想那是因为我父亲在我的内心所占据的死角是一个锃光瓦亮而又完全对称的所在，那是一种用一个人的一生研磨出来的光滑。与其说那是痛苦，不如说那是座痛苦的雕像。摸上去很硬，但是很光滑。

不错，这不是一本多么有分量的书。懂书的人称它为“回忆录”，但这名称对我、对她和对他来说太过正统。这只不过是一个关于几个普通人命运的故事，其中有一个高高的金发女子，她的脊背总是被沉重的棉花口袋压得弯弯的。这个故事能使她显得美好和高尚。还有一个死去的男人从地底下为自己所做的解释和辩白。在这个故事中，我将让逝者和生者再度共舞。我无意搜寻什么石破天惊的史实，只求叙述几件昔日琐事。当你仔细想一想，就会明白这仍然不是件容易事。

妈妈，如果我口舌僵硬，但愿上帝能助我一臂之力。

I ………… 舍己为人

1

一个因为书漂亮而买书的男人

我父母的出生地是世界上最美的地方，它位于亚拉巴马州和佐治亚州边界的阿巴拉契亚山脉的丘陵之间。墨绿色的山峦间，云雾缭绕，猎犬穿梭于松林之间追逐负鼠，将其驱入穿着破烂工装裤的老猎人的猎袋之中。头戴女帽、嚼着烟草的老妇们一边哼着《旧情付东流》，一边剥豆，将桃子装进贮藏罐，还做出举世无双的小发糕。在这里，把教堂里的钢琴弹得震天响和把曲调弹正确几乎同样重要。不要命的愣头青驾着装满黄色威士忌的长长的黑色“比尔克”，在铁锈色的土路上疾驰。在这里，一年中第一个结霜的日子是杀猪的信号。巨大的熬猪油的大锅里发出令人馋涎欲滴的香味，弥散到数公里之外。在这里，一到夜深人静，美洲豹的吼声依然回荡在最僻远的丘壑之间，那声音就像女人们在号啕大哭。在这里，小孩们仍然相信将大拇指和食指紧贴在一起，然后靠手腕转圈能卡断猫头鹰的怪叫。在这里，从运棉马车上吹散的棉花就像片片白云，悬吊在树枝上。

这里位于亚特兰大以西约一百九十公里，伯明翰以东约一百六十公里，是一片前不着村、后不着店的红土地。在蜿蜒曲折的土路和窄窄的柏油路之间，生活是完整、丰富、质朴和真实的，但同时又是严酷、艰难的，像一条蛇那样令人生厌。我的父母在20世纪四五十年代贫困的南部高原长大成人，那里远离密西西比三角洲、黑土地带和一般人印象中弥散着茉莉花香的门廊的"昔日南国"。我的先人们从未见过薄荷甜酒[1]，但他们能喝从瓷罐或者钟形罐里倒出的酿了才五天的酒，一直喝到他们昏头昏脑，记不起自己的教名为止。

当地男人们为了支付简易木板房和几公顷土地的费用，靠锯木头以及把做纸浆的木材抬到破旧的卡车上，挣些每吨几美分的小钱。他们在制管厂锅炉的热浪里工作，在黏土场将黏土装上车皮，在陆军基地看管神经毒气，带上笼鸟来检验是否有毒气泄漏。在无论用多少肥料也无法改善土质的高原黏土地里，他们精耕细作。在棉花加工厂里，他们把自己的手指、手和手臂赔进那些"饥饿"的机器里，所以在这里，当你看到一只空袖管，首先想到的不会是战争，而是棉花加工机械。夏日的骄阳能将地里的棉花和玉米晒蔫，龙卷风季节长达十个月，狂风将他们的仓房吹垮，将房顶上的锡片刮走，将墓地里的墓碑连根拔起。他们的女人们累得死去活来，他们的骡马会死于寄生虫病，他们的幼儿会因得软骨病而残疾，有些则死于高烧。

1　美国南方酒吧里常见的冰镇威士忌。

每个星期天的早上，从那座小小的用白木板建的教堂里都会传来福音，在那里，牧师们手中挥舞着破旧的《圣经》向他们保证，尽管他们的家庭贫病交加、恶魔缠身，但是人类的灵魂不死。

白人的生活艰难，黑人的生活更苦，巧妇难为无米之炊。这里不是上流社会和教规森严的那种南方区域，在那种地方，有钱的白人往往因为自己的先人们奴役过黑人，因此对他们的黑人邻居多少存有一种隔世的负罪感。而在我所认识的人中没有什么人曾拥有黑奴。这是两个种族互相隔离的一个州，被隔离的双方都想过好日子，双方都生活在绝望之中。这种隔离是那些将脸藏在面罩后面，利用对《圣经》的曲解为自己正名的恶棍造成的。谁如果认为这种状况必须改变，他们就把谁打得半死。甚至在我小时候,熊熊焚烧的窝棚和十字架映红了夜空。现在在电影银幕上看到这些情景，像是老生常谈，但是身临其境，熊熊烈焰是那样刺眼。[1]

上帝好像把这样一片可爱的山水赐予家乡百姓的同时，又将所有的艰难困苦降临在他们头上。然而，在新教教堂空地的晚餐上，人们坐在春天萌发的新草上，吃着土豆沙拉，从浮着一块大冰的铝桶中舀出甜茶喝的时候，这种悲观情绪会暂时被忘却。在家庭团聚时，男人们能连续二十四小时在烤肉架上烤肉，女人们则轮流抱孩子，平衡放在膝盖上的盆子，以免油水糟蹋了自己唯一的好裙子。此时此刻,人们忘记了生活的艰难，用通宵的圣歌演唱迎来黎明。在“我将脱胎换骨，感谢上帝，

1　作者在这里指的是三 K 党党徒举行的仪式。

我将获得新生”的歌声中，娃娃们爬上祖母的大腿，在轻轻颠动的膝盖上沉沉睡去。这样，难熬的日子就会变得更容易忍受。如果这一切都不管用，还可以到树林深处或者非法“社交俱乐部”的啤酒馆里去借酒浇愁，那里的吉他手闭着眼睛弹奏，沉浸在酒精、失恋和背叛的悲情之中。他们唱的是戴着长长的黑面纱走在山路上的女人们、窃窃私语的松林，还有过路的火车。

这就是我们生活的背景和声音。我于 1959 年夏天出生在这片土地上，正赶上品尝、吸收、热爱和憎恨这一切，也得以了解其中隐秘的那个年代。在我十几岁时，我目睹了它分崩离析、苟延残喘，最后行将就木的情形。大片大片的松林被砍伐殆尽，变成了泥沼遍布的荒地。小镇的特色被抹杀在清一色的新建筑小区和千篇一律的快餐连锁店中。现在，电视上按祈祷次数收钱的传教士们为我出生时的那个南方致了悼词，我记忆中的故土已经被裹上从沃尔玛买来的涤棉西服，装进浅蓝色的铝合金墙面做的棺木中入了土。

我目睹了贫困的束缚有所减轻，种族关系进入一种令人不安和不完善的平和状态。这是值得欣慰的事，尽管我从来没有为自己是一个南方人自惭形秽，但我总有一种需要向外人为自己做解释的感觉。但是，在生活改善的同时，我又看到南方习俗成了一种时髦，我看到男人们穿着猎鹿时穿的迷彩服去购物中心，因为他们认为那是一种时髦。我看到汉克·威廉姆斯和他穿过的那种潇洒的西部服装现在已经过时，取而代之的是出现在英俊小生身上的那种不伦不类的玩花马戏的人穿的皮装。我想起我的祖父鲍比·布拉格，他在某些方面比他的儿子更谦和，到了吃晚饭的时候，总是身穿干净的工装裤，一尘不染的白衬衫上的纽扣一直系到领口，脚上穿着黑皮鞋。

只有宗教没有走样。尽管现在的钢琴手都是些正经上过音乐学院的识五线谱的人，尽管现在的教堂都成了像从金星上搬来的用玻璃和钢铁堆积起来的庞然怪物，宗教还没有走样。尽管越来越多的发家致富的牧师开始用“博士”的头衔来装饰自己的名字，他们花在讲经布道上的时间越来越多，而真正外出访病问苦的时间则越来越少，宗教还没有走样。尽管洗礼教会开始用鼓乐和电子吉他演奏圣乐，尽管，哦，但愿耶稣宽恕我们，1970 年代末，基督教会终于做出让步，认为男孩和女孩在一起游泳也许不是什么伤风败俗的罪孽，宗教还没有走样。宗教守住了自己的阵地。上帝被高高挂起,像一个生锈的鱼钩。

最终，就连我父亲也找到了上帝，或者说，他至少寻找过上帝。

那是 1974 年的事，那时他还是个年轻人，我是一个刚上初中的男孩子。在他遗弃我们，或者说在他将我们遗弃、收容，如此反反复复很多次，最后一次将我们赶走的几年之后，在璜尼塔姨妈和埃德姨父的热心相助下，我们又和外婆住到了一起。有时，我们住的小红房子里的电话铃会骤然响起，那一定是他打来的电话。他会一边咳嗽，一边让母亲接电话，那种像要把人骨架震散的咳嗽听上去像是死亡的预兆，肯定没错。一到那种时候，她就会马上放下手中的活，将手上的面粉扑打干净，或者将熨斗的开关关掉，或者放下晚餐的刀叉，然后坐在那里，似乎一坐就是几个小时。她总是沉默不语，只是在倾听，一边将电话线缠绕在手上，直到她的手指变得像骨头那样煞白。那种情景让人好生奇怪，你会以为他们之间还有什么特殊感情。最后，她会保证为他祈祷，然后将话筒轻轻地放回电话基座。然后，她会继续去干早先放下来的活，她眼中无泪，但在很长一段时间里不会和我们说话。

他一直是个令人生畏的男人，是那种惹恼了会操起一把刀或者一根松枝，或者赤手空拳跟你玩命的那种瘦削、手狠的南方汉子。在我六岁那年，我见过他在停车场上将一个人揍得三魂出窍的场面。我不记得事出何因。我只记得那个人抱住自己的脑袋试图钻到车底下躲避的样子，但是因为太胖，那人钻到一半便被卡住，一时进退两难，我父亲继续踢他的屁股，冲他的后背吐唾沫。我记得那个人穿的黄衬衫上的血迹以及他口袋里的零钱是怎样散落在碎石停车场的。我还记得那个被打的人的孩子，一个在一旁尖叫的小女孩，是怎样站在那里充满恐惧地看着这一切。我清楚地记得我当时并不怕他，因为不管他的眼睛有多红，不管多少烧酒、啤酒或者自制的威士忌让他神志不清，他从来没动过我一手指头。从一种令人恶心的角度讲，我曾经认为他很了不起。你得知道，这是一个由木材加工厂的工人、棉花加工厂的工人和农民组成的天下，这是一个在修理破车时，蹭破骨节上的皮，看着血从自己手臂上流出来也满不在乎的人们组成的天下。在那个世界里，力量和坚强是人应该具备的所有美德，有时，那是仅有的美德。在那个世界里，不识字的人到处都是，他们也都被公众接受，但是不去打斗或者不能打斗则是件丢人现眼的事。在那个世界里，胆小怯懦是可耻的。我并不是说我同意这种观点，但那的确是当时的现实环境。

但是到他气数将尽时，他变得非常怯懦。到头来是他喝威士忌比喝水还多的那些年头把他给毁了，他又不知从哪里染上了肺结核。1974 年那阵子，得肺结核本来是死不了人的，如果当时他能戒了酒，改掉坏习惯，他也许还能活下来。但是，他最终还是让杯中之物断送了性命，真的，就好像他失足摔倒后被地上的碎酒瓶割断了咽喉。

他病倒时才四十岁。但等他真的害怕自己死期将至，试图活下去，想活下去的时候，他面前除了十字架以外，已没有其他选择了。

他说他开始看到一个黑天使像乌鸦那样栖落在他的床脚架上，它只是在那里等待，像是在等待什么事情发生似的。他肚子里的那点《圣经》教义让他担心那就是《圣经》上所说的“沉沦天使”，他生怕这个天使是地狱特意派遣来召他回家的。他说他冲它扔鞋子，它拍拍翅膀飞走了，但不一会儿它又回到原处，一直待在那里。我从来就不喜欢听他喝得烂醉时的胡言乱语，听了这一段胡话，我真恨不得把电话挂了。

在年纪轻轻、身强力壮的时候，他从不去教堂。但是当病魔缠身时，他开始希望耶稣不仅仅是挂在走道廉价镜框里的那张用五毛钱邮购来的画像，而是命赴黄泉时手里捏着的一张被主救出苦海的反败为胜的好牌。我曾问母亲他们在电话里都说了些什么，所以这些情形我都知道。“他谈到你们这几个孩子。但是大多数时间，他只是想谈谈上帝。”

我猜想假如你在一个每所教堂、每家电台和每次家族团聚都能听到下地狱的警告，在一个超市里某个陌生人问你是否已被主拯救的地方长大，我父亲的这种举止是再正常不过的了。

即使你不信教，反驳教义，你仍在受宗教的影响，就像你漫不经心地将带印第安人头像的分币放在口袋里作为护身吉祥物那样。我有时在心里纳闷我会不会步他的后尘，哪一天我预见自己的气数已尽，也会双膝跪地，在灵魂中搜寻昔日所犯下的罪孽，在记忆中搜寻那些被遗忘的祈祷。我想我是会做出这种举动的。

他在和母亲通电话时有时会请求和她见上一面，但是母亲对父亲的所有感情早已被多年前的殴打和饥饿消磨得一干二净。至少，这是我当时认定的理儿。他还请求和我们——他的几个儿子见面，但是那个时候离他稍微有点为人之父样子的当年已恍如隔世，他留在我们记忆中的深刻印象都是很糟糕的，诸如他破口大骂、大吼大叫，以及母亲不作声地示意我们走出房间的情景。这么多年里，我只和他见了几分钟的面，自从我六岁那年，我们就回到外婆在罗伊·韦布路的家里和她同住了。

他得病的事，我们都听说了，但那消息远远不及我买的那辆二手摩托车以及我第一次和女孩亲吻来得重要。在他遗弃我们时，我的大哥山姆九岁。每到冬天，他要到外面冻硬的泥沼中挖煤砟子为家里取暖用。那些回忆给他留下的伤痕比我更深，所以山姆对他的情形比我还不关心。我的小弟马克则对他没有丝毫印象。我在心中曾经纳闷这是不是不幸中之大幸，但是我回头一想，虽然我哥和我在长大的过程中没有一个完整的父亲形象，但至少有那么些对瞬间即逝的好时光的依稀记忆，而小弟则没有任何记忆，现在也没有，就好像他是从石头里蹦出来的。

后来终于有一天，母亲告诉我他想见我，只想见我一个。

她说他病得很重，这也许是最后一面。他说他给我买了件礼物，想亲手交给我。

直到今天，二十年过后，我都在纳闷我当年去见父亲最后一面的原因究竟是去响应一个行将死去的人的召唤，还是仅仅为了那件礼物，也就是说是为了索取他的贿赂而去的。我猜想答案不再那么重要了。在那次会面中，他对我说了他之前从未说过的最接近忏悔的一席话。我来到他住的小房子，敲了敲门，决心以成年人之间相处的那种态度对待他，盯着他的眼睛，让他知道我对他在我们身上作的孽、在母亲身上作的孽所持的真实看法。我那时快十六岁了，六英尺二、一百八十五磅的大块头，曾为几个女孩的事在当地的哈迪快餐店的停车场上和别人血战过几回。偶尔，我和我的兄弟也会过几招玩玩。

我不再怕他了。现在我不再是那个孤立无援，躲到床底下的孩子了。

我知道他为什么要单独见我。假如我父亲在三个儿子中有所偏爱的话，我猜想我便是他的宠儿。我猜想他认为我聪明机灵，他也喜欢看我静静地坐下来读故事书，一直读到将内容记得滚瓜烂熟，在班上出风头将故事背诵出来才罢休。他喜欢看我在操场上和人打架，什么人掐住我的脖子，我就会用大拇指去捅他的眼睛，那是他在我还只是个小孩时教我的招儿。他引以为傲的是棒球比赛中，如果谁打出一记我投出的球，再轮到对方上来击球，我就像父亲教我的那样把球冲对方脑袋上扔。

我猜想他认为我很像他。甚至到今天，人们还这样说。他们说在一些细微之处，我让他们想起他。这么多年过去了，这些评论变得更容易入耳，但在当时，我可不喜欢听那种话，不喜欢那样去想。

他当时住在亚拉巴马州的杰克逊维尔，那是离我们开着破车奔驰的乡村土路最近的一个城市。这是一个由加工厂和大学组成的城市，有自己的红绿灯、一个中学和两个超市。他住在厂区宿舍里，这些宿舍是工厂为工人提供的福利，那年头，公司还为工人提供这种条件。那虽然算不上什么像样的住处，但还是比我们一家当时住的地方要好。我敲了敲门，门后传来一个像老妇人的声音，随即传来一声像是从丹田中发出的咳嗽，叫我推门进去，门没上锁。

屋里很暗，但能勉强看到在沙发的角落里有一团棉被样的东西。一个鬼影般的人形隐藏其中，他长长的头发和胡须已经花白，脸色苍白，脸上布满像刀刻出的沟壑。我知道我没走错门，因为在一张小桌上的玻璃柜里有一块挂有一些勋章的丝绒板，那是我父亲唯一的真正财产。但在我面前的这个人怎么会是我父亲呢。

他又咳了一声，冲着一个罐子里吐了一口痰，试着站起身来，但是还没站直就停住了，就好像他只能欠一下身。“嗨，棉花球。”他招呼道。听了这一声，我方才明白眼前的一切。我的父亲，本来应该是个年轻力壮的汉子，现在却像是行尸走肉，不只是老态龙钟，而且已经是一个被毁掉的、被毒害的，气数将尽、骨架松散，被遗弃在角落里等死的人。我想象中要见的人应该是从母亲的相册里注视着我的那个瘦削、神气十足、高声大嗓的小公鸡似的年轻汉子，那个在朝鲜耍猴般的年轻士兵，那个站在母亲身边清清爽爽、相貌英俊的男孩子——

在地里的重活、拖把和其他的粗活将我母亲的年轻美貌夺走之前的形象。我记忆中的那个人总是穿戴得像模像样，即使在家中断粮时也从不马虎，他的黑头发总是梳得油光锃亮，他的下巴即使在喝了过量的啤酒以后，也总是高高地昂起。

我原以为他会用喝了一夸脱的玉米烧酒以后那种含混而又带有恶意的、大笑的粗嗓音来迎接我，过去每到那种时候，他就会在家中上蹿下跳，狂呼乱吼，整个人被我们当时无法看到也无法想象的东西折磨得五内俱焚。我原以为他还是我孩提时代的那条硬汉子、那个凶煞神。但是现在我面前的这个人只是一个活死人，这仅仅是那个活生生的人剩下的一具躯壳，就像一条蛇蜕了皮，将自己又干又脆的蛇衣悬吊在强生草上那样。

“除了干吼，我这把老骨头全完了，是不是，孩子？”他说。在被子从他肩膀上滑落下来的那一瞬间，我看到了他病入膏肓的样子，他的骨架似乎要从衣服中戳出来。我能看出这副龌龊的病容是多么刺伤他的自尊，他避开我的目光，显得自惭形秽。

他半心半意地试着和我握手，但突然猛咳了一分钟，咳得像是要他的性命，像是要把肺给咳出来似的。之后，我便不想再去碰他。我低头盯着脚上运动鞋的鞋尖，不好意思看他。在他嘴唇下沿的胡须上有一片深色的痕迹，我当时心中纳闷那是什么，因为他从来不喜欢嚼烟草。现在我知道那原来是血。

他那天说的大部分话我都还记得。当你有八九年没和某个人见面，当看到那个人的气数已尽，知道和他后会无期，尽管心中巴不得快快离开，你还是会留神倾听的。

“你妈妈，她可好？”他问。

我说她很好。

“你兄弟们，他们可好？”

我说他们很好。

然后，他沉吟片刻，好像要为一个并不需要答案的问题寻找措辞。

“他们从来不来看我，为什么？”

我记得当时心里想，傻瓜，你倒是自己去琢磨琢磨呀！但是我把到了嘴边的话咽了回去。就这样，我放弃了谴责他，谴责他那可悲的本性，也放弃了告诉他，他欠下我们全家人的那笔笔孽债的唯一的机会。那个机会就放在我的眼前，但我忍住火气，没有借题发挥。我无法落井下石。命运已经给了他足够的惩罚。

“为什么？”

我只是耸耸肩。

如果我的判断没错的话，过去我对他的判断从来没错过，在接下来的几个小时里，他试着做我的父亲。在咳嗽的间隙以及长长的养精蓄锐的停顿之间，他问我是否喜欢上学，数学是否有长进。——数学是我最不拿手的科目。他问我后来是否跟十年前把我打得鼻青脸肿的那小子算账。我给他描述我是怎样跟着那小子走进厕所，将他痛揍一顿，要不是正赶上年迈的校长进来小便，看到我正拖着他的身体的话，我会将他的头塞到小便池里去。听到这些时他点头表示赞许。

他问我篮球和棒球的事，说他听说我在和“松溪”的那场比赛中发挥得很好，我说还不错，但那是两年前的事了。他问我有女朋友了吗。我回答说，“有一个”。他说：“只有一个？”

在短短的一瞬间，他脸上几乎露出笑意，露出当年那个神气活现的年轻人的本相，但那神情很快就消失在缠身的病容之中。他滔滔不绝地说着，没有一句着边际的话，至少没什么我想听的话。

他没有为他所欠的孽债向我们道歉。

他没有说他希望过去的那些事情能有个不同的结局。

他从来没有表现出任何愧疚之情。

其中一部分的原因是当地文化的特点。男人们在那个硬碰硬的世界里是不谈私人感情的。我从没有指望他向我敞开胸怀，哪怕只是一瞬间。我希望听到的只是一个简单的认错，或者承认自己至少让酒搅昏了头脑，看不到自己一次又一次地将自己的漂亮妻子和三个儿子遗弃不管，没饭、没钱，除了乞讨也无法挣钱，因为当年每当她试着出去找工作，他就会大吼大叫地阻止她。不错，我的要求并不过分。

又过了一会儿，他示意我跟他走进里屋，我的礼物就放在那里，我真想拿上礼物快快离开。他递给我一个细长的盒子，里面是一支崭新的、上好油的莱明顿点 22 口径步枪。他说这枪买了已经有一阵子，但总是忘记给我。那是一支好枪，一时间，我们俩就像在当地那种老子送枪给儿子作为礼物的文化氛围中的两个普通人。他绝对当真地对我说，千万别冲自己的兄弟开枪。

我谢过他，正要告辞，但他把手搭在我的手臂上说等一下，这不是全部的东西，他还有其他东西要给我。他指了指贴墙放着的三只大大的装鸡蛋的大纸箱。

纸箱里的东西是我有生以来知道的唯一珍宝。

我从小长大的房子里只有两本书，一本《圣经》和一本春种蔬菜种子的目录。但在这里，在这些纸箱里装的是成打成打的精装书,从马克·吐温到柯南·道尔。[1]一本被水浸过的福克纳，还有几乎成套的埃德加·赖斯·巴勒斯的《人猿泰山》。那里有诗歌精品，也有垃圾破烂，有赞恩·格雷的《紫艾草骑士》，也有一本封面上有两个裸体女人的简装书。其中有一本旧版《天方夜谭》的袖珍本、破旧的哈迪男孩丛书[2]和一本海明威的书。这些书大多是他从庭院市场上论箱或者论斤淘来的，有些是在跳蚤市场上买的。他甚至不知道他给我的是些什么书，其中大多数作家的名字他都不知道。“你妈妈说你仍然喜欢读书。”他说。

那里有莎士比亚。我父亲本来不知莎翁究竟是何许人也，但他听人提起过这个名字。他把它们买下来是因为那些书装帧很漂亮，因为它们有人造革的包装，看上去像是富人家里的藏书。我不喜欢莎士比亚，但我仍然珍藏着那些书，给座金山我都不会出手的。

“那里可能有些淫书，我买错的，但我知道你是不会感兴趣的，你见了就把它们扔掉就是了，”他说，“或者至少在你妈妈看到之前扔掉。”我向上帝起誓，他说完此话冲我挤了挤眼睛。

我猜想那时我应该为这些礼物感激涕零，也许，当时我的确有点动感情。我猜想我除了嘟哝了一句“谢谢你，爹”之外

1　苏格兰著名作家，《福尔摩斯探案集》的作者。

2　美国著名少儿丛书。

还应该做某种表示，任何表示。我猜想那应该是合乎情理的，并不意味着在某种意义上背叛我母亲、我的兄弟和我自己。但是我只是傻站在那里，对他既有一种习以为常的憎恨，又有一丝宽容之情。时至今日，我仍然被夹在这两种感觉之间。

他是无法收买我的友谊的，就是给我一座图书馆也无法买到我的心。但是，那天他用这些书买了我和他共处的那一段时间，他想让我待多久，我就待多久。我们回到客厅，他拧开一个小酒瓶的盖子，我相信那是某种褐色的烈酒。他一边小口地抿着酒，一边说他们结婚那会儿我妈妈是如何如何漂亮，谈起某一年夏天为了他一份修复汽车外壳和保险杠的工作，我们举家搬到得克萨斯州的事，谈起他在佐治亚州罗马镇斗狗时曾拥有的一条斗犬，谈起他在那里曾经的相好，一个坏脾气的女人，那个女人在衬衫衣领下藏有一片锋利的刀片。他谈起一条他养过的能上树的猎犬，谈起一条响尾蛇咬了他母亲的小哈巴狗“靴子”，让它浑身肿成一个大皮球的事。这些都是我听过的事，至少我认为我小时候听过，但再听一遍也没有什么不好的。

我问了他一两次，让他给我讲他在朝鲜的经历，因为我是个男孩，男孩子都爱听打仗的事。但他总说不，他不愿谈论那段经历，他说我应该感谢上帝没让我摊上打仗的事。

最后，瓶中的酒下去了不少，他蜷缩到沙发的角落里陷入沉默，达到他身体状况所能达到的麻木的迷醉状态，显得心满意足。威士忌对他来说像是仙露，令他温暖而不觉火烧火燎。我只是坐在房间另一端的椅子上，等他开口。我对醉汉是有所了解的，最早是作为他的孩子，后来是通过耳濡目染那些醉得步履蹒跚，到我家找地方睡觉的亲戚。我知道他迟早会沉沉睡去，会睡得任凭你怎么推搡，甚至连房子着火也唤不醒。到那时，我就提上我的枪和书，永远地离开他。

然而，突然之间，没有为他改变主意做任何解释，也没有用那场战争为他后来的所作所为找借口做任何铺垫，他给我讲了最后一个故事。他那苍老、混沌的声音就像老人颤抖的双手打开一把通往过去的大锁，将我带到往事之中。

2

杀死一个人，一个想在水上跑的人

在朝鲜，死人会从路边的沟壑里向你招手。那些身子一半陷在冻结的稀泥中的士兵，手臂向上伸出来，就好像在他们的心脏冷却、眼睛结了冰之后仍在向你求救。他们的身体已被机关枪的子弹打得稀烂，然后被零下的寒风冻住，在朝鲜北部山区那种致命的、令人麻木的严寒中留下一尊尊橄榄绿的塑像。在那些从战略上说意义转瞬即逝的地方，那个从亚拉巴马州来的海军陆战队员和朝鲜人以及中国人作战，疲惫地走过死去的士兵。在二十多年前的那一天，在他讲的所有故事中，那些死人从路边向他伸手的场面仍然无法在我的脑子里安定下来。

在卡尔洪县，死人们都挺规矩的，都是直挺挺地死。在父亲那个年代，停在殡仪馆或者停在家中的死者，眼睛上都盖着钱币。女人们和长者轮流为死者守灵，因为将死者单独留在一旁不管是大不敬的事，因为族中的长老们仍然坚信在最后的祈祷之前、在入土之前，死者的魂魄仍然萦绕在周围，假如没有人细心看守，恶魔撒旦会从窗口飞来将死者的亡灵掳走。甚至最幼小的孩子也被带到死者跟前去注视一番，吓得他们躲在妈妈的裙子或者爹爹的大裤筒后面不敢看，而年轻男人则大多在晚上站在前门廊里抽烟，抿着浓黑的咖啡。这一切都是为了表示恭敬，为了排场，就像将一个女人或男人的死变成一个特殊场合、特殊事件，就能在某种程度上弥补这些死者在生前的不幸。对于我父亲来说，这些冻僵的尸体是他在朝鲜最糟糕的一段经历。他只是环视那些死者，将他们留在原处，不去料理他们的后事。

他像大多数出身贫寒、自从内战的公墓岭战役起在每一次武装冲突中出生入死的南方小伙子一样，生活的空间非常狭窄，想去看一看世界上的其他地方，只有报名参军才有可能。他的父亲在尘土飞扬、空气凝滞的棉花加工厂里干了几十年。他可不愿过像他那样的日子，除了棉花加工厂，干什么都行。在他成长的那个年代，美国正需要"土得掉渣"的能用玩具枪将停在蒲公英上的野蜂打下来的乡村孩子入伍。他们能用 0.22 英寸口径步枪将灰松鼠从树梢上打下来，能用 0.9 英寸口径鸟枪将鹌鹑和鸽子从半空中击落。要说打一个大活人，就像将靶子放在他们眼前那样轻而易举。

新兵训练营对他来说就像一场欢宴，或者至少是他想象中的欢宴。海军陆战队员们从家里的贫困环境中走了出来，领略了新的生活，长了不少见识。他有足够的吃的，牛奶不限量。周末放假，他就去追女孩子。他和新交的朋友们一起喝啤酒，一直喝到大伙全成了"铁哥们儿"。有时喝到醉眼惺忪，甚至连那些胖妞看上去也变得顺眼起来。如果谁用怪异的眼光看他们，他们就和谁打架，等到宪兵赶来，他们就和宪兵干。他有一只纯银的打火机、一支金笔和一个五美元买的照相机，等到他们把对手的军队打败，捍卫了民主理想之后，或者等他们把不管是什么需要完成的事干完之后，他要把这一段经历全部带回亚拉巴马老家。

他坐上一架飞机，之后坐上一条越洋大船，驶向大海。他是家里第一个坐飞机的人，也是家里第一个乘船越洋的人。他对杀人没有什么顾虑。他在这之前从未见过亚洲人。从他的话里，我得出一个印象，因为中国人和朝鲜人在他眼里是那样不同和怪异，从某种角度上，他们是“次等人种”，所以杀他们更容易下手。当时的我还是个孩子，死对我来说太遥远，所以我追问他杀过多少人。他说也许几个，除了其中一个，其余的都是隔着很远干掉的。

我知道我们正谈到精彩之处。在我过去的想象中，父亲在战场上的样子应该是一个冷酷无情、刀枪不入的勇士，身上穿的不是橄榄绿而是浅灰或者灰胡桃的褐色。我能想象他在野花和阵亡的美军尸体中间大步走过，一手提着军刀，一手提着六响左轮，腰间别着一把刺刀，他的坐骑中弹倒地。[1]有时我会像想象他带我出去、和我一起玩那样，想象他在战场上的样子。这些想象就像一个又一个白日梦，一个比一个更傻气、更离奇。我绝对没有想象过他在这场战争中，在一个我无法想象的国度里，眼窝深陷、浑身发抖，围坐在一个便携式烤炉周围取暖的

1　作者想象的是美国南北战争时期典型的南军军官的形象。

狼狈样子。

父亲在朝鲜的时候没有列队冲锋，双方也没有在开阔地带拉开阵势互相射击。[1]在朝鲜，战斗大多是残酷的、拖泥带水的、捉迷藏似的拉锯战，要不在路的拐弯处，要不在冰冻的小溪边，要不在无数小山峰中的某一个山脚下。指挥官命令他们顶着敌方的机关枪和狙击手的火力，去“夺取”山头，就好像他们只是打算在山头插上面军旗，种些萝卜似的，往往每次退下来，总要少上几个人。

但是残酷的战斗对他来说几乎不是件坏事，因为一旦交火，他能暂时把寒冷忘掉。他在老家从未真正受过冻。哦，在老家，一年中也就一两次能将鸭子们困在结冰的湖心，以及像从天上撒些胡椒面那样的小雪。可朝鲜的雪却是非同寻常的。那样的大雪，就像敌军士兵在一次又一次冲向守在工事后面的美国兵时嘴里喊的话那么难以理解。那种寒冷就像用烧得火红的针灼人皮肉。

送回家的人不是被地雷炸得四肢不全，就是身上布满弹洞，但最常见的是冻伤的脚趾、手指、耳朵和鼻子。那些被枪打的人，子弹要穿透五层衣服，所以有时受了伤却不见血。就好像一小队的人全都累垮了，倒在地上睡去一样。

他们大多在战壕里走动，每走一步都会踩破脚下的冰，所以他的脚总是冻得半僵，而且总是湿的，脚趾之间都结了冰。

他说他在朝鲜期间也经历过春天和夏天，但这一辈子总觉得在那里度过的时间全是冬天。他走过布满地雷的战壕、小路

1　南北战争两军作战的方式。

和大路，每走一步都生怕地雷把他的腿炸飞，回到亚拉巴马老家时成个残废。他有次甚至梦见自己真的残废了，还得坐在法院外面的轮椅上。出于一种只有在梦中才有的荒诞原因，他必须和每一个去领结婚证的人、交税的人和给自己的驾驶执照办延期的人握手。这样一来，大家都能看到他坐在轮椅上的样子。他说他不止一次做过这样的梦，甚至在他基本上四肢健全回乡之后还做过。这是他最担心的事，落个残疾比送命还要可怕。

我记得他说到这里时沉吟了片刻，也许是因为他在回忆。这让我的心里变得有些紧张，就这样和他静静地坐在一起，就好像故事已经讲到我不应该再听下去的地方了。“我可真恨那些地雷。”他终于说了一句。在我印象中，他又将空瓶放到唇边仰了仰脖子。

有时，就好像那个陌生的国家在戏弄他们。有时地面被冻得铁硬，踩上了地雷都不会引爆。等到下午，温度上升了几度，地面解冻又变成稀泥时，某个当兵的人走在一条千人踩过的道路上会把自己的腿给送掉。所以，走路没有绝对的安全可言，也没有绝对的自由可言。榴弹炮弹带着尖啸从天上掉下来时，他认为自己必死无疑，但是尽管周围的人在不断死去，他仍在雪花和弹片之间蹦跳躲闪，等着一颗又一颗的炮弹。在温暖的日子里，有时落下的炮弹会陷入稀泥中但并不爆炸。

他说当时穿了太多衣服，根本跑不快，战斗起来动作也不利索。由于总是筋疲力尽，所以脑子总是一团糟，转不动。他没有谈起战争的政治意义，或者至少在他提到时并没有引起我的注意。他没有抱怨军官或者吐槽麦克阿瑟疯狂的北进，尽管这把人数众多的中国人引了出来。他没有提到荣誉受勋之类的事，对于上流社会来说荣誉是个了不得的事，但你很少听到哪个落魄的白人提这个词。那不是因为我们不知道荣誉是什么，或者我们不曾拥有它，只不过那不是个可以放在嘴边随便说的大词。对于父亲来说，那场战争是一次无功而返的探险，不是什么值得炫耀的家世。

我记得我当时问他为什么从不和母亲谈打仗的事，他说谈过，不过只谈过一次。那还是在刚回来不久，那些记忆还很触目惊心的时候，他想让一个年轻的新娘分担一下这个心理负担。他只给她讲了一个故事，也是所有故事中最糟糕的一个，但是我不记得她给我们兄弟几个讲过这个故事。他说也许她认为我们当时还太小，听了会吓着。他说也许她担心我们听了会做噩梦。

我告诉他我现在足够大了。

他记得那是一个月朗天青的寒冷冬夜。这一点他记得很清楚，在那样的夜晚，假如让敌人看到你的影子，你很可能就成了枪下之鬼。他们将饭热了，然后用餐具盒里的调羹动作机械地把饭吃了，就像那些身体大得与实际年龄不相称的大孩子那样。在那样的夜晚，会让人怀念起老家来。在亚拉巴马的老家，全家人聚齐在一张长桌前，在玉米饼烧熟之前，男人们会不时地喝点威士忌。尽管他这人吃饭挑嘴，不喜欢吃那些“乡下饭”，但现在他宁愿爬着回家去闻一回家乡饭的香味。他喜欢吃好吃的三明治，我们称之为“食堂饭”的那种。但在战场上可吃不到那种三明治，这让他心里馋得慌。

月朗无云的晚上更加寒冷。他们在河边一块几乎能让河对岸的敌军看到的平地上扎营。如果说白天的寒冷、恐惧和疾病令人糟心，晚上也很可怕。河水结了冰，到了晚上，中国人或者朝鲜人会悄悄摸过来，一两个人一组，用刀杀人，以此来动摇军心。

那天晚上，或者也可能是凌晨，在他睡觉时，一个刺客摸进了他的连队，将一个睡在他身边的人杀了。父亲伸出手，摇了摇他，大概想把他摇醒，但他摸了一手从那人脖子里冒出的血。

他急忙从帐篷里冲将出来，外面冷极了，他看到了那个人，那个刺客正趴在冰面上。

那个人趴在离岸边一米多的冰面上。为了不让冰层破裂，他像缓慢的爬行动物那样一扭一扭地爬着。父亲跑到河岸边，没有多想，直冲冰面。他一下滑倒，听到冰的破裂声。但是他向前一挺一把抓住那人。他们扭打起来，像两个疯子那样。当时父亲一定把枪给丢了，因为他从没有提起用枪，或者拔出刀来的事。他知道那人有刀，肯定有刀，但是我父亲没看见刀。也许在狂怒和恐惧之下，他就是看见了刀也不会在乎。

最终，他压到那个人身上，冰面又发出破裂声。那个人一边用手抓我父亲的脸，一边大叫大嚷，最终挣脱了出来。然后，他试图做一件不可能的事，在薄冰上跑，结果一下子陷进了冰窟窿。

那个人从水中冒出头来，手扒住冰面，他还不知道此时已必死无疑。就算他能从水中爬出来，那样的寒冷、令人无法忍受的寒冷也会要了他的命。我父亲原本可以走人，让他自己冻死。但他用手按住那个人的头，一次又一次地将他按到水里，直到他不再挣扎。

这场搏斗结束以后，冻得半死的父亲凭着直觉爬回岸上，回到帐篷里，脱下被冰冻住的湿手套，将双手放在双腿之间来恢复知觉。

假如他干的这件事曾给他带来什么满足的话，他没明说。

“我记得他有一双大眼睛，”我父亲描绘他杀死的那个人，“他是个小个子，但是眼睛很大。”

他的故事说完了。我离开了他和他的空酒瓶，不管是生前还是死后，我都再没有和他见上一面。

我对战争一无所知。我认为即使最有学问的人也不会懂。我认为你必须亲身经历一场战争才可能真正理解。

但我敢肯定，就在那短短的一段时间里，他的生命之船转了向，失去了平衡。我不知道我是否应该将他对我们的不仁不义、粗暴凶狠，以及遗弃我们和母亲这些事一股脑儿归罪于这场多年前的战争。也许他只是一个有缺陷的人，一个没有良心的人，一个看着妻小受苦而不为所动的人。甚至也许在他坐着等死的时候，他告诉我那些能使我对他产生好感的事来哄我。但一场骗局总比让人恨之入骨要好些。

不久前，我曾让母亲给我讲讲父亲在战场上的事。

“他杀过一些人，但他只跟我说过一次，”母亲说，“他和男人们都不说那些事，只和我说过，就一次，有那么一个人。这就是我知道的全部。”我能感觉出那是件她宁可忘掉的事。作为儿子，让母亲去回忆那样一件事有点不孝。不过，我必须知道。

我问她父亲是怎样杀掉那个人的。“他是一点一点慢慢杀的。”她说。然后，为了给我示范，我那温柔的母亲将两只手放到一起，手心冲着地板，然后做了个向下压的动作，一次又一次，一次又一次。

他从战场上回家后和母亲完了婚。我现在琢磨他所做的那些事，是不管什么人受了伤害以后都可能做的事。他回到老家，试图平复内心的创伤。但是，从某种程度上讲，甚至在我出生之前，他已经在死去、在沉沦。母亲和他一起的生活、我的生活、山姆和马克的生活也许曾经给他带来一些欢愉、一些平和。也许是我们这些孩子让他从他的阴暗面中分出神来。这是我能总结出的他还想要我们这些孩子的唯一原因。

他在死之前又给我们打过一次电话，也许是两次。在他临死前的几个星期里，他说还能看到床脚架上的天使，它只是在那儿等着。我无法知道那是不是他醉酒后的胡话，那的确是典型的醉汉的胡言乱语。我告诉他那只是一场梦。

3

假金子、别人家的房子和一个我从未谋面的大好人

我一生中最初的记忆，是一个高大的金发女子拖着一个装满棉花的帆布口袋，走在一片高低起伏、一眼望不到边的铁锈色田野上。我记得那只口袋在穿过齐胸高的、墨绿色的棉花秆时发出的声音，被扬起的尘土以及汗味儿。那个高个女子穿着一条男人的裤子，头戴一顶男式的旧草帽，时不时地回头冲着一个三岁的男孩投去微笑。那个男孩头发的颜色几乎和她正在摘的棉花一样纯白，他骑坐在一只六英尺长的棉花袋上，就像骑在一块神奇的飞毯上。

这是我最初的记忆，也是我最美好的记忆。这个记忆比她将我放在草莓丛中，让我自己摘莓子吃个够的情景还要甜美，比她带我到碧绿的小河中游泳，先用石块吓走水中毒蛇的那些好时光更丰富，甚至比她为我订购高中毕业的戒指东拼西凑攒钱的印象更深刻、更强烈，比她的大脚趾从旧跑鞋里露出来，

穿着从超市停车场上“救世军”捐赠给穷人的大桶里捡来的衣服的情景更令人心酸。那只戒指不是真金做的，只是一个仿金的、镶嵌着一块红玻璃的光闪闪的金属环而已，但是我为之自豪。我是家里第一个拥有这只戒指的人，在阳光下，放到合适的角度，它看上去几乎就像真的金戒指一样。

关于那个女子、那个男孩，还有那无边无际的土地的那段记忆至今仍然在我的心中流连。这不只是因为每当我在工作中涉足那些冷酷、危险和令人心灵麻木的地方的时候，这个记忆是一个我可以随身携带的温暖、安全和自豪的护身符，而且还因为这个记忆完美地概括了她对我们这些孩子穷不丧志的养育之道。我们原本可以靠政府按照我们的生活状况发放的五十美元救济金将就度日，我们原本可以靠亲戚帮忙和仰仗陌生人的施舍过活，但她那种自尊自强的性格将她推到棉花地里，就像那些往日的恐怖和痛苦，以同样的方式将我父亲硬塞进空空的威士忌酒瓶的牢笼里一样。

许多年以后，我问她在干活时把我带上是否增加她的负担。“你不重。”她说。从某种意义上讲，有个孩子在身边能让那些长长的地垄变得短些，因为每当她觉得快要撑不住了，每当她觉得腿要软、腰要断的时候，她只要回头看一眼身后的孩子，就会给她继续干下去的动力。

正如我前面所说的，这是一个美好的记忆，但是这个记忆实在太浪漫、完美了。其实，要让我承认她为我们做过近乎盲目的牺牲，让我相信母亲从来不在乎像牛马那样带着我、拖着棉包走过上千英里的黏土地，应该是件不难的事。我希望我能够解开她从未到赛场来看我和兄弟打篮球赛和棒球赛的那个谜，我希望那是因为她干活干得筋疲力尽而不是因为她寒碜的衣着。我希望能够让自己相信，她根本没有注意到自己的青春年华在像流水般逝去。但是事实上，她把这一切看得很清楚。每当夜深人静，孩子们都已睡去，她孑然一身，心中只剩下对上帝的信仰和对自己的悔恨时，她对这些想过许多。

世上常有这样一种说法，一种在养尊处优的人们中盛行的说法：你永远不会对你从来没有占有的东西产生失落感。我自己也曾相信这一观点，在我过去写的文章中也引用过它，现在想来甚觉惭愧。在所有人当中，特别是像我这样的人，理应知道身为穷人并不会让你看不见生活中的阔佬，寄人篱下的人也会向往有自己的房子，哪怕只是一间斗室。我母亲做梦都在念叨有一幢自己的房子、有一小块自己的地，有些实实在在的东西。当我年轻时，我们开车进城，她看着别人家的房子时脸上那种强烈渴望是不言自明的。她眼巴巴地看着、盼望着、梦想着，直到把自己想得太累、想不动为止。

贫困的唯一结果是让你的神经麻木，直到你能够降低自己的身价，更加卖命地干活为止。它将一个人的梦想一点一点地剥蚀殆尽，直到彻底绝望，接受终生辛劳和租他人房子住是你的终生归宿为止。我母亲也许会正眼看着你说她从来没有认为自己是穷人，但绝对不要认为她看不到周围的世界，那个更美好的、她无法企及的世界。

事实上，贫困是她亲眼看见、亲口品尝、亲身经历过的一切。她不是那种被哪个不中用的男人带进一个陌生的贫困世界的南方刚强女性，而是一个在贫困中长大的女子，在家中口粮不足时，她的母亲会“忘记”吃晚饭。她的姐妹们都嫁了些埋头苦干的男人。他们买了土地、房产、汽车，滴酒不沾，靠自己的克勤克俭，也走了些好运。结果，他们的日子过得不错，穿上、用上从前没有过的东西。但我的母亲，我那心地善良的母亲却挑错了人，含辛茹苦一辈子，从儿童时代、青年时代、人到中年，一直到两鬓花白，日子一直没有多大的起色。

要寻求这个故事的源头，我们必须回溯一段历史。那是一幢坐落在松林深处的租来的小房子，那里的夜黑得像一张浓重的黑幕。一盏孤灯、一个少妇的哭喊和一个新生女婴呱呱坠地的啼哭，那哭声就像是她一出生就已经知道自己一生坎坷的命运似的。

1937 年 4 月 23 日，在紧挨着州界的佐治亚州弗洛伊德县，查理和艾娃添了一个女儿。一个名叫格雷的老医生从罗马镇开着一辆 A 型福特车来为产妇接了生，但是没人记得他离开时曾带上一只火鸡、一块火腿，或者一瓷罐上好的、普通人家酿制的威士忌作为报酬。假如这个医生是个肉体凡胎而不是个洗礼教徒，退一步讲，即使他是一个洗礼教徒，恐怕他得到的报酬更可能是酒精浓度很高的烈酒。查理·巴昂德姆可不是谁都给酿威士忌的，他的酒只卖给医生、律师、杂货店老板和学校理事会成员。在佐治亚州西北角和亚拉巴马州东北角的禁酒诸县里，巴昂德姆先生酿的淡黄色的、几乎是澄清的烧酒远近闻名。那酒和牛奶一样安全，不会让你喝了变成瞎子，对着月亮乱吼乱叫，或者走火入魔用枪打老婆。喝上一两小杯或者几大杯从他酒罐里倒出的好酒，只会给你眼前的世界蒙上一层雾气，就像照相机镜头上装的柔光镜那样。那玩意儿能帮助你入睡，有人甚至说会给你带来好梦。一加仑的好酒可以请医生上门出诊几个小时，甚至作为接生新生儿的报酬。

女婴长得和巴昂德姆家里所有的人一个模样，一头金发和一双蓝眼睛。据说他们是德国人的后裔，但后来知道有可能是苏格兰或许是爱尔兰人的后裔。我琢磨着这其实无关紧要，我们并不是在探古寻根。他们为她起名叫玛格丽特·玛丽，不是随家族里什么老人起的名，只是觉得叫上去好听顺耳。[1]因为她出生在佐治亚州北部山区里，在一个温暖的4月，出于当地的传统（有人说是迷信），我的外公把婴儿裹好后到房子外面绕房一周。据说这孩子会吸收第一个带她在自己出生的房子外绕房一周的人身上的所有优良品质，那个弱小的生命会汲取他的力量和他的品格。我们不知道这个传统起源于何处，只知道这是世代相传的庆祝新生的习俗。（至于我自己，带我出去行绕房礼的是我的姨奶奶帕朗姆，她是一个具备美德的女子，终生未嫁，笃信上帝。有些时候我在琢磨，此事未必真的灵验。）

世上有的是比我母亲的父亲品质更糟的人。他是一个身材高大、皮肤被太阳晒得黝黑的人，耳朵大得和脑袋不相称，有一双闪亮的蓝眼睛、一嘴漂亮的白牙和一头浅褐色的头发。他的孩子们都很崇拜他，虽然他们做了错事，他会把他们的屁股打得挺狠，但平常大多数时间里，他是个善良、温厚、爱笑和踏实的人。他也喝酒，但跟经常在酒后暴露出邪恶和凶残男人本性的那些人不同，酒精显示的是一个人在清醒状态的

1　美国人多以家族中的长辈姓名给孩子起名。

本性的延伸，只是他酒醉后会忘了开门，一头撞向面前关着的门。

我没能赶上见他一面。我只是从那些在大萧条年代拍的褪了色的黑白照片，从他儿女们丰富、形象生动、绘声绘色的描述中认识他，其中的一大部分来自我的母亲和姨妈们。

他除了笑之外并不富有。尽管有些老主顾说他当年也许能成为像洛克菲勒那样的富翁，或许更贴切地讲，像肯尼迪[1]那样的人物，不想以大规模生产威士忌为生。那些大规模酿造私酒的人进监狱的可能性远远大于他这种小户经营的个体户。如果他因此入狱，这一大家子就只好孤零零地靠自己对付大萧条了。所以他也就酿上那么几加仑，偶尔惊动当地的小官吏和巡警，但从来没有惊动过联邦级的人物。把他想象成一个私酿威士忌的大亨的确是一种浪漫的想象，但那不是事实。他的女儿们说他酿私酒是不得已而为之，一来他找不到工作，二来他自己也喜欢喝上几口。

这是一个那年代典型的大家庭。他和阿比盖尔小姐一共生了八个孩子：詹姆士、比尔、埃塔娜、艾玛·梅、格蕾西·璜尼塔、玛格丽特、琼和苏。他是靠一把锤子，以一个凡人所能做到的最被称道的方式，靠诚实的劳动来维持这个大家庭的。他是一个木匠，大多接修房顶的活。白天，他在房顶上钉上一片片的房瓦，挑个晚上或星期天，他会来到蒸馏锅跟前，按照酿酒的配方称量玉米糁、糖和酵母。他酿酒时总是提心吊胆，

1 约瑟夫·肯尼迪（Joseph Kennedy）系已故美国总统肯尼迪之父，他在全美禁酒期间靠生产私酒和走私酒类成为暴发户。

生怕引来执法的人，总是随时准备洗手不干。

他曾经用来煮威士忌的蒸馏锅早已在松林中锈蚀殆尽，散落在山坡上。但我的哥哥山姆至今仍然保存着他的木匠家什。他将它们挂在工棚里的墙上，像是用来朝拜圣贤。他说他有时喜欢看看它们，也说不出别的什么深文大义来。山姆相信将命运紧紧攥在手中，拼命挤压、使劲敲打，直到它给你些什么回报的道理,哪怕是些微不足道的回报。关键在于必须坚持挤压、坚持敲打、坚持努力地去工作。我相信对于他来说，那些锈蚀的、坑坑洼洼的铁锤、锉刀和铁撬棍，不仅让他想起在一生中第一个用善意和慈爱的方式对待他的成年男人，同时也体现了一个简单的关于人生价值的基本准则，那是可以用来指导一个人一生的准则。山姆永远说不出这一类文绉绉的话，因为这不是他说话的习惯，但我相信他心里是这样想的。

我的外公过不惯城市生活，人太多的地方会让他喘不过气来。于是，为了找有活干的地方，他将自己在亚拉巴马与佐治亚接壤区域里日益增长的家庭从一座小房子搬到另一座小房子。他一生从未在他自己拥有的房顶下面睡过觉。他的孩子们分穿一双鞋，他的妻子在厨房里用他猎来的松鼠、野兔和他从古特斯维尔湖中钓来的鲜鱼做饭。像我在前面提到过的，假如饭不够吃，她就会“忘记”吃饭或者说她不饿，或者走出门去。我看见我自己的母亲也这样做过。

我母亲从来没有过布娃娃。她六岁那年，外公给了她第一个像样的玩具，一个带轮子的可以拴根绳子拖着走的木乌龟。她拖着它在满是尘土的院子里跑，直到它完全散架为止。“然后我将那些碎片存了起来，”她说，“我把它们拿出来，只要看着它们就能过瘾。我一直保存着那堆碎片，直到我长成大人。”

假如她的母亲和父亲属于当年那个地区常见的那种死板的宗教狂，她家的生活一定会苦不堪言，那一类人毫无幽默感，除了祈祷、种地之外便无所事事，更不用说还会搞些“神灵附身，借舌传道”或玩弄毒蛇之类的巫术。圣灵的诅咒从他们的身体中散发出来，就像抗蛇毒血清拌上镁盐消毒粉。[1]

我认为查理·巴昂德姆在他的那个年代是个独树一帜的人物。他笃信上帝，但没有把耶稣强加在孩子头上。他喝酒，但勤劳肯干。他热爱人生，而大多数酒鬼厌恶人生，只是想把生活变得单调乏味。他喝醉了酒会开心地唱歌。

他思维敏捷，机智过人，虽然他没读过一本书，但讲起故事来，遣词造句很有匠心。我听熟知他的人讲过，像许多南方男人那样，他能把故事讲得让你屏息静气，等着他吐出的下一个词。我母亲遗传了他对讲故事的热衷，但她掌握节奏不如他。所以当她谈起他时，词语一股脑儿冲将出来，就像一窝小狗从纸箱中一拥而出，乱挤乱跳，乱作一团。她讲话鼻音很重，带有南方高原贫困区的口音，而不是密西西比三角洲那种地道的南方腔调，我们这个区域里的富人喜欢用那种南方腔说话，避免显得土气。富人们说起话来，像很南面的人那样不发“r”的音，于是“mother”便成了“muthah”，“never”变成了“nevah”，你得时刻留神，说起话来才不会露出马脚。

我的外公不那样说话。相反，他在不需要念“r”音的地

1 美国中南方的一些基督教分支从事的迷信活动。

方强调“r”的发音，每一次回家和族中人团圆，我都能看到他语言的幽灵，那就是我自己的口音。比如说，璜尼塔姨妈名字的结尾处被念成“niter”，埃塔娜姨妈的名字变成了“Edner”。听口音就能把我们家族的人从一大群人中挑选出来，就像一群矮个中的几个高个子那样明显。我总喜欢听母亲谈论她的父亲，因为每当她谈起他来，那兴高采烈的劲头是我平生见过的她最开心的样子。听听：

“每个孩子一降生，他就取个小名，然后一直叫那个名字。璜尼塔是‘Snag’（老树），埃塔娜是‘Rusty’（铁锈），威廉是‘June Bug’（无花果虫），詹姆士是‘Shaker’（震教徒）。他管詹姆士的老婆芬妮叫‘polecat’（臭猫），她为此生他的气，于是他将她改名为‘tadpole’（蝌蚪）。我不知道真正的原因，我猜想是因为她个子矮小的缘故。他叫我‘Pooh-Boy’（小男孩），我不知道为什么，我可是个女孩呀。

“我是他的宝贝女儿，这一辈子只被他打了两次屁股。我五岁和十三岁那年，因为踢了躺在床上的琼，她大喊大叫，像是我要把她给杀了似的，然后还假装昏迷不醒。爹爹把我打呀打的，打得我心想，老天哪，他难道真要把我给杀了不成。那以后，我三个月没和他说一句话。直到有一天，他的老爷车坏了，他得走到店里，问我是否愿意和他做伴一起去。我去了，但是一开始，我没在他边上走，而是在他后面很远的地方跟着他。不过后来，我注意到他那身旧衣服，注意到他弓着腰、挺悲伤地走路的样子。那以后，每走一步，我就往前挪近一点，两人越走越近，直到我们并排一块走。”

尽管外公的口袋里空空如也，尽管他家在大萧条的年代里穷得叮当响，他的自尊心却很强。这一点像我的父亲，然而又那么不像他。他的耳朵大大的、穿着褴褛的工装裤，哪怕有人对他说一句最隐晦的污辱他的话，他就会以拳相见。外公在布满碎石的地里摆弄骡马、挥动铁锤几十年，手上很有一把力气。他能捏住某人的胳臂，一点点地挤捏，把人捏到赔礼道歉为止。假如有人拔刀子，他就会去拎出铁锤，那把锤子在他手里就像雷电一般致命。在这里我想重申一下，我理解在其他地方、在更平和的文化环境中长大的人们，也许无法理解为什么男人们要互相打斗。我个人的观点是，把另一个男人打翻在地的做法，比在纽约某条街的拐角诅天咒地，骂人骂得好像要得心肌梗死的做法要文明得多。

这一类的争吵只有一次真的引发了枪击。那件事发生在我母亲四五岁的时候，有个人指责他偷东西。那个人还不如冲我外公的脸上吐口唾沫、用枪打他的骡子、当面污辱他的爱犬或者谩骂他的母亲。别指望你能指责一个清白的人是贼，然后拍拍屁股走人了事。

这仍然是我们家族里没人愿意提起而又忍不住要提的一件事。我母亲讲得比我好，但不如格蕾西姨妈绘声绘色，她是唯一能把故事讲完而不傻笑的人。听听她们讲的这个故事吧。

“那是瑞登家族的人。我不知道他们说爹爹偷了什么东西，但他没偷。他们找上门来，所以爹爹把子弹推上膛去会他们，”我母亲说，“我那时还小。我躺在床上蒙住脑袋，但是我还是听到那声枪响。”

格蕾西姨妈是事件的目击者。

那个大胖女人提着一把长刀直冲爹爹走来。“他向她开了枪。”格蕾西姨妈说。假如有什么人惹恼了她，格蕾西姨妈本人也一向是个不含糊、有准备、不留情面的人。“子弹穿过她的两个乳房，两个，这边进去，那边出来，亲爱的。”

我推测那女人一定是横着冲向他来的。

“是的。”格蕾西姨妈说。

我问起那女人的生死，心里不知我是否真想知道答案。

“上帝，她没有死，亲爱的，她的乳房有这么大。”她用双臂围了一个像大卡车的轮胎那样大小的圆圈给我比画。

瑞登家的女人受了伤，她家的人一下军心大挫，他们架走了那个大胖女人。我在想象外公帮着将她抬上车。我不知道瑞登家族的人是否为指责外公偷窃向他道过歉，但是我猜想一旦你用猎鹿枪打穿他家一个女人的乳房，他们是不会轻易道歉的。

我的外公像我母亲一样，一辈子没走过好运。“他曾经到古特斯维尔湖去钓鱼，每钓上一条，他总要大叫大嚷。你知道我也是那样，每当我钓上一条，我叫唤起来就像个野女人，”我母亲在回忆往事时说，“然后，他会把鱼放到衣袋里，告诉我们在妈妈洗他的衣服时，我们会看到洗衣盆里的小鱼，我们都笑了。在我小时候，我曾在边上等着看。有那么一次他去湖边钓鱼，结果他的老爷车坏了，他只好搭公共汽车回家。在安尼斯顿下车时，因为他是跟在一帮警察要捉的人后面下的车，警察以为他和他们是一伙的，所以也把他抓了进去。他一下子变成了一个，叫什么来着，对了，一个无业游民。我们到处找也找不到他，他也无法告诉我们他在哪里。一天又一天，一直过了好多天，我们不知道他出了什么事，直到最后我们给所有的监狱打了电话才把他找到。原来是他们把他的名字拼写错了，所以第一次和监狱联系时没找到。他回到家中，大发雷霆，把我们都吓得不敢说话。为什么警察会做出如此荒唐之事？结果，在他被冤枉坐牢的那阵子，湖水上涨，把他的车给泡了，最后全给毁了。是的，他一辈子都不走运。”

假如没有其他事可以印证他的善心，那么杰西·克莱因斯的故事一定能说服你。所有的人都管他叫“呼啼”，这还是远在摇滚乐队认为这个名字叫得响亮之前的事了，[1]他和我母亲家族的人生活了一辈子，是一个与世无争、头脑简单的人。当我问起他来自何处时，母亲只是说：“爹爹把他从河边带回家的。”在我外公将他救出、带回家，像对待家里人那样供他衣食之前，他就像野人一样住在乌斯塔诺拉河上的一个小窝棚里。有时，他帮着将房瓦运到外公的工地上，有时他什么也不干，但饭桌上总少不了他。我曾问母亲为什么在我们自己都那么困难的年代里，外公还要接纳这样一个人。我母亲只是说他觉得他太可怜了。

“呼啼”干的唯一正经活是和孩子们坐在小卡车的车斗里，防止他们摔出去。他坐在车斗里，一路上伸出腿来，将没有后挡板的尾端挡住，他对此很尽责，因为查理先生曾告诉他，车子每到一处，车斗里的孩子人数和出发时的人数“大致”相等是件很重要的事。他是个穿着破烂工装裤的老人，因为会和孩子们一起玩，他们都很喜欢他。他个子足够高，能修好

1　美国 20 世纪 90 年代的流行摇滚乐队 Hootie and Blowfish。

轮胎秋千和树上小屋这一类东西。他喜欢我的外公和孩子们，但是阿比盖尔小姐有点怕他。

阿比盖尔的父系来自汉密尔顿家族，母系是普莱斯利家族，不错，和艾尔维斯同姓，但我不认为她的家族可以追溯到图海洛。[1]汉密尔顿家族的人火气大，有时心肠很硬，而普莱斯利家族的人则颇有艺术天赋，能玩多种乐器，歌也唱得动听悦耳。所有我外婆那边的人都能演奏班卓琴、吉他、曼陀林，还有吹口琴的，我们称口琴为“法国竖琴”，弹起钢琴来激情奔放。阿比盖尔小姐一辈子没上过一堂音乐课，但什么乐器拿起来就能演奏。如果她听过贝多芬，她就能弹贝多芬，对此我深信不疑。她知道收音机里所有的歌和赞美诗的歌词，曾用这样的打油诗给她的孩子们逗乐：

半生不熟烤牛排
烤饼老媪鬓已白
“饥肠辘辘”旅店里
我自尽兴且开怀

阿比盖尔小姐为沃尔特·罗林斯先生摘棉花，罗林斯先生是一个爱开玩笑的胖子，他假装没看见她的儿女和孙子辈在用小推车偷他地里的西瓜。在炎热的夏天，她戴上一顶女帽，天凉了，就戴一顶男人的绒线帽，不知为什么，我们管那种帽子叫“bogan”。在家里，她将花白的长发绾成一个髻，然后用一块布或者头巾紧

1 “猫王”艾尔维斯·普莱斯利出生于密西西比州的图海洛。

紧地裹在头上，就像当时黑人妇女的打扮。我琢磨那是不是为了像打油诗里说的那样，不让白头发掉进小烤饼里去。

她和许多当时的妇女一样，一辈子生活在丈夫的阴影之下，就是在她站直了身子时也是如此。但是，就像许多灵感丰富的人，她会时不时地……得，这样说吧，她有时会有点与众不同。她若真的发起火来，能骂得山墙上的油漆剥落、树上的乌鸦坠地，骂得瘸子站直、坏人变好。她骂起山门来，“呼啼”会丢下手中正干的活计逃向树林。当她真的上劲，她能连续聒噪十到十二个小时。我外公要么低下头，让那些话像冰雹那样被风吹过，要么赶紧从家里逃出去。

就是这样一个丰富多彩的贫困生活环境塑造了我的母亲。她的大姐姐们帮着把她拉扯大，她的兄长们则老要作弄她，特别是比尔。在下水游泳前，他不是先往水里扔石块为大家赶走水蛇，“只是将我们几个小孩子中的一个扔到水里赶蛇。”我母亲说。我母亲四五岁那年，小艾玛·梅死于高烧。比尔哄骗我母亲说其实她还活着，有朝一日他们要把她挖出来。“那以后的几个星期里，我总拖着一把锄头到处走，因为我相信我们能救出艾玛·梅。”

一次，她的两个兄弟从监狱里逃了出来，没人知道他们是怎么逃出来的。因为肚子空空，他们到处偷鸡摸狗，有时偷更大的东西。他们渴了，就爬到尼伊特叔叔的房子的地板下面，他们猜想那是他放威士忌酒桶的地方。他们随身带了一个钻具和钻头，钻透地板和酒桶，然后将酒引进随身带去的小桶里。

我的比尔舅舅曾经在外婆出门的当口给我母亲剪头发。他会将一侧的头发剪短，另一侧则留着不剪。尽管外婆见了他干的恶作剧会打他的屁股，他还是笑呀笑的笑个没完。“到了十六岁我才知道女孩不应该留那种发型。”我母亲说。

女孩子们要规矩些，但她们都不是温室里的花朵。她们学会了怎么用榔头、锯子和水平仪。甚至到今天，我外公的女儿们大多已年过六十，你仍能看到她们在自己房子周围的场地上摆弄建筑用的木材。你只要给格蕾西姨妈一年时间和民用建筑材料商店的钥匙，她就能给你造出个爱尔兰古堡来。她们全都中途辍学，去找工作，帮着养家糊口。有几个甚至爬上房顶在我外公身边干活，其他人在我外婆身边摘棉花。

和我家族的人坐下来谈上一会儿，话题总会转到地里的事儿，因为他们全都干过地里的活计。尽管他们从来没有拥有过土地，一天没赚过几块钱，土地仍然是家庭生活的中心。当木匠活和酿威士忌无法糊口时，地里的棉花总能帮家里渡过难关。那些大帆布口袋能装上一百多磅棉花。诚实的人总是将其中的垃圾和枝条拣出来，不诚实的人会向口袋的底部塞大石块，指望在装上运棉马车时没人注意到。白人和黑人一起摘，但工资却不一样。那种制度不公平，但那是当时的现实。

外公唯一不让其他家庭成员参与的事是酿酒。正像人类的大多数文明那样，烈酒和宗教往往合流。外公从不在孩子们面前酿酒和喝酒。一个人可以喝，只是不能当着孩子们的面，喝酒喝得瞎了眼也无妨，只要这个人不失七尺男儿的尊严，不在盛怒之下或者酒醉之余打老婆和孩子就行。回想起来，这真是一件奇事，尽管我在一群醉鬼中长大，除了我父亲，我不曾见过任何一个人公开喝酒。我看到一两个舅舅会从藏在座位底下的酒瓶里偷偷抿上几口，但他们动作鬼祟，几乎显得有些自惭形秽。那正是我外公看不起我父亲的原因，他认为他无法把握住自己的烈酒和脾气，我们在下面还会谈到这个问题。

执法的人会时不时地找上门来。有个巡警只是例行公事来巡视，他不到松林深处搜寻蒸酒锅，而是坐在室外的木平台上，直到吃晚饭的光景，然后吃些煮豆和玉米饼走人。其他的巡警则更加公事公办，但我的外公一次又一次地迷惑了他们。他会反复巡视丘陵的地形，直到找到一个理想的峭壁，然后挖个洞放上蒸酒锅，用枝叶将洞口隐蔽起来。每一次去蒸酒都走不同的路，这样就不会在草地上走出一条小路，露出蛛丝马迹。其实，他就是骑一头大象走也不会被抓住，因为一个典型的南方巡警在追踪寻迹方面根本没有丹尼尔·布尔[1]那样敏锐的嗅觉。我的詹姆士舅舅喜欢讲的一件趣事是那个巡警站在山顶上，闻着空气中弥漫的威士忌酒香，除了跺脚骂娘之外却无计可施——其实蒸酒锅几乎就在他的眼皮底下。最后，我的外婆会出面请他吃顿晚饭，将他打发了事。

查理·巴昂德姆和我的父亲一样，最终死于一辈子喝的酒。医生的诊断是肝硬化。他不像大多数人那样一点一点地死去。他平日里照样走路、照样工作、照样说笑，直到有一天，他没有起床，当天就死了。

他活着看到儿女们中的大多数都成了亲，坐在绕膝的孙辈之中。他看到我母亲与那个长相英俊、深色头发、带有切罗基印第安人血统的小伙子坠入情网，当他们开车到田纳西州请专

1　丹尼尔·布尔（Daniel Boone）是开辟美国南方疆土的极富传奇色彩的猎人。

门主持即兴结婚、不讲排场的法官主持婚礼时，他没有阻止他们。她年近十八，假如她不是全县最漂亮的姑娘，我不知道谁是。当时的照片里面是一个高挑、苗条、颧骨高高的金发女郎，即使在褪了色的黑白照片里也能看出她泰然平和的气质。她看上去安详、恬静。我不知道为什么她会给我这种感觉。也许是她站着的样子。

外公活着抱上了她生的第一个孩子，大卫·山姆，那是从《圣经》上借来的名字。他看了一眼这个身子长长的外孙，给他起了个小名“bone”（骨头）。山姆“骨头”。他喜欢孙子辈，但似乎最喜欢他，他会用他的大手抱他，一抱就是几个小时，或者看着他在泥地上两只大皮靴之间穿梭玩耍。那架势就好像他已经明白自己气数将尽，他想尽可能地和这个珍贵的小生命贴得更近些。

他生前就看到他女婿的真面目逐渐显露，他看出他的凶残本性。他首先想到的是找到他，然后干掉他。我母亲第二次从他那里逃出来以后，外公曾正色地对她说，如果她觉得必须回到她那个负心老公身边的话可以回去，但是得把山姆这孩子留下。

当我父亲来接她时，外公将他挡在门外，像对待一个乞丐那样叫他离开。父亲当时曾伸手到口袋里摸刀，但是最终没有拔。那也许救了他自己一命，因为那个厉害的老家伙可能会借助上帝的力量结果了他。

查理·巴昂德姆是在那一年的晚些时候死的，1958 年的 4 月，终年五十一岁。“死的时候，他的头发和牙齿都齐全，头上没有一根白头发。”母亲说。在形容他的遗容时，她说，“他挺漂亮的”。

葬礼过后，我父亲来找她。

如果她当时拒绝跟他走，她的一生也许会走上一条截然不同的道路。她当时仍然年轻貌美，也许能找到另一个男人，一个正派男人。但是，她已经有了一个孩子，她这一辈子最亲的人入了土。她对自己丈夫的改变还怀着一线希望，也没有什么大指望，只不过是一线希望。她曾经梦想他能不再把挣来的钱全花在酒上，不再一出门数天、数星期、数月，不见人影。她梦想他不再追着打她，梦想着自己再也用不着求他留下喂山姆的牛奶钱。她梦想这一次也许她能忍下来，这一次重聚也许可以持久。

她没有多大的奢望，真的，只不过是些起码的、上得了台面的东西。

结果，她得到的却是我。

4

指望浪子回头

就在那里，坐在那面巨大银幕的荧光之中，我曾看到阿兰·拉德骂杰克·帕利斯是“居心不良的北方骗子”。在一片枪弹的烟雾之中，阿兰将杰克送上了西天，然后一边流着血，一边纵马奔向夕阳的余晖。一个小男孩一边疯狂地追赶他，一边喊：“Shane！ Shane！回来，Shane！”

在那里，我曾看到罗伯特·达维骂约翰·韦恩“独眼肥猪”，然后大个子约翰大叫着“把你的子弹推上膛，你这狗娘养的！”，向一片开阔的、秀丽的山谷冲将过去，牙齿紧咬着马缰，双枪齐射。

在那里，我曾被可望而不可即的伊丽莎白·泰勒扮演的“埃及艳后”所倾倒，在多年后，又曾为其他女明星倾倒，哦，一睹她们的芳容居然如此容易。在那里，我第一次尝到橘子冰霜的滋味，我喝了平生第一杯啤酒，第一次和女孩亲吻，我曾对那些现在连长相和名字都记不起来的女孩们耳语“我将永远爱你”。我敢肯定她们现在也不会记得我的相貌和姓名。

“中途”露天影场早已不复存在。这就好像是神的旨意，觉得有必要将一个流传过那么多可爱谎言的地方给清除掉。“中途”因其像一座灯塔那样坐落在杰克逊维尔与安尼斯顿之间的中点而得名，现在成了一个出卖流动房和简易房的场地。银幕空空，浪漫情调早已不复存在。星期五和星期六晚上，我有时开车经过时会忘记那里发生的变化，我会向广告牌方向看去，看那里正在上演什么电影，然后抬眼向夜空望去，想在那里捕捉到哪部粗制滥造的电影里的女主角那瞬间即逝的两米高的嘴唇的幻影。然后，我的眼前剩下的是一片黑暗，真可惜，真的。我对这个地方的感情远远超过了一般的怀旧。

我差一点就出生在那里，就在那部令人不安的电影《十诫》快到结尾的时候。

他们告诉我那是1959年7月的一个闷热夜晚，一个太阳落山也不觉凉爽的夜晚。也许是暑气，要不就是她吃的东西——一杯橘子冰霜和一根硕大的腌黄瓜——不管是什么缘故，大约在银幕上的查尔顿·汉斯顿看着那头金牛，将信奉偶像的以色列人的后代和淫乱女子生下的异教徒摒弃的时候，我决定来到这个世界上。

有些人家生孩子，会在家里的《圣经》上做记号，还有的是用高悬的镜子作为纪念。对于我来说，我的生命是以银幕上流浪的希伯来人、车轮扬起的碎石和悬挂在车里的扬声器作为开端的。

1951年出产的雪佛兰车的前座，虽说很宽敞，但对于新生儿诞生这样的奇迹来说则是太不方便了。当车在21号公路上火速向北飞驰时，我母亲咬紧牙关向上帝祈祷。那里其实离安尼斯顿更近些，但是她当时去的皮特芒的医院则更便宜些，在我们县，大多数住在我们家那一片的乡下人都到那里生孩子和去除肾结石。

结果，又过了几个小时，她这场磨难才宣告结束。在急诊室里，当她痛得不行时，她口中不停地念叨"红海分道"[1]和医院里的人都变成毒蛇之类的胡话，弄得医生都开始怀疑自己是不是在给她止痛药时放错了药。

"护士长对每个人说：'你们大伙快来听听，这个女人，她脑子全乱了。'"母亲一边笑一边说。

终于，星期天的黎明时分，她怀中抱上了她第二个儿子。他当时看上去有点纤弱瘦小，浅蓝色的眼睛，和她一样的头发。因为她怀孕时希望而且坚信这一次一定是个女孩，这时她只好给他穿上粉红色的衣服，包括一顶带着粉红花边的粉红帽子。她给他起名瑞克（Ricky），是跟着瑞克·里卡多起的。我想我应该为她没给我起名露西感到幸运。[2]

所有这一切都是千真万确的真事。但是在我一生中相当长的一段时间里，我把其中的一些重要细节都搞错了。很久以前，我问过她一次，当时我父亲有没有在等候室里抽着"骆驼"牌香烟来回踱步，为她、为我担忧。这是当时做父亲应有的责任，

---

1 "红海分道"是《圣经》上提到的奇迹，是她刚才看的电影中的情节。

2 露西和瑞克·里卡多是美国20世纪50年代走红的电视剧《我爱露西》（*I Love Lucy*）里的夫妻角色。

隔着一段距离，隔着玻璃和墙壁为妇婴担忧。男人不会到产房亲眼见证生产的全过程，就像他们不会到屠宰场去看他们吃的腊肠是怎么做出来的，重要的是结果，不是过程。但是他们必须和忧心忡忡的亲戚们一起等在外面。但是我母亲告诉我说他当时并不在医院，于是我很自然地假定他一定在外面的什么地方一边喝得烂醉，一边等孩子出生的消息。这是另一个能够被公众接受的传统。但事实亦非如此。

我过去一直以为，那天晚上母亲和父亲一起在露天影场看电影，以为是他冷静地在公路上驾着那辆汽车赶到医院。但事实上，那天晚上去看电影的是我母亲、格蕾西·璜尼塔姨妈、琼姨妈、苏姨妈、我哥哥山姆，也许还有一两个躲在后车厢里偷带进场的表亲。父亲根本不在附近，他已经有数月不见人影，所以他与将母亲和我及时送到医院的那段经历一点也沾不上边。格蕾西·璜尼塔姨妈是那天晚上的英雄，到医院的路不是一条捷径。因为当时众人都在同一时间大叫大嚷，指方向、出主意，让她精神无法集中，格蕾西·璜尼塔姨妈一分神就会不辨东西南北，所以她必须花上十分钟先绕路经过自己家，将他们全赶下车，然后驱车直奔皮特芒的医院。她从来不是那种开快车的人，但是我想象她当时感觉情势紧急，一定开着时速六十多公里的车“火速”赶往医院。回首往事，我没生在半路真算得上是奇事一桩。

我出生后最初六年的生活颇为曲折。其间我父母聚少离多，她的家庭变得越来越大，他却越来越不像个父亲。

我是在某次我父亲遗弃我母亲或者将她赶走期间出生的。她那时住在我外婆的小房子里，在地里摘棉花，给人熨衣服。

过了几个星期，也许是几个月，他又添了个儿子的消息才传到了他的耳朵里，或许他觉得这是件大事，却从来没有任何表示。我过周岁时，家里没见他一个字儿。过两岁生日时，他带了礼物来。那时，我已经会走路、会说话了。哥哥山姆那年五岁，他都不记得父亲长什么样。

因为那时我还太小，对当时的情形没有多少第一手的了解，但是我知道他最终把我母亲说动了，搬回去和他团聚，保证不再赶她出门。但这一次重聚的时间仅仅够给她再添一个孩子，我的小弟弟马克。然后，他又一走了之，不知去向，把一个六岁、一个三岁和一个襁褓中的婴儿丢给了她，没留下一文钱，没留下一辆车，没留下一件像样的东西。于是，她只好厚着脸皮再次回到娘家，回到地里，回到将她从一个美丽少女变成未老先衰老妇的强体力劳动之中，直到他再次把我们召回去，然后在皮特芒、普萨塔、春园和杰克逊维尔等地搬来搬去。有一次，我们跟着他到了达拉斯，不过在那里也没久住。

我想有些人也许会不理解，他如此亏待她，她为什么会一次又一次地回到他身边呢？我认为对此事做任何解释均属徒劳，这就好比给一个晚饭晚了几个钟头就喊饿的人解释饥饿的真正含义。她的生活滑入一种自我牺牲和孤独的单调循环之中，那些和他在一起的时光至少曾给她一线希望，一种其他夫妻都有的那种希望。她一次又一次地回到他身边，甚至在她意识到他本性难移以后仍然如此，不是因为她以有些痴情女子爱上坏男人那种可怜的爱情方式去爱他，而是因为偶尔有几个月，他会支付电费，会给她买食品的钱。有那么几个月，在他大致清醒和脾气好的时候，他会和自己的孩子很亲，有一种很接近父爱的亲情。有些晚上，在饭桌前，他会把一个娃娃放在膝盖上用调羹喂他，当我们中的哪一个把饭涂在他脸上时，他会哈哈大笑。可好景总是不长，往事就像是一段交织着痛苦的遗梦。

结果，总会有那么一个晚上，她会将我们的衣服装进纸口袋，给我们系好衣服上的纽扣，求我们别哭，压低声音说，孩子们，我们这就去见外婆。他从未给她买过什么礼物，或者任何东西，所以她本人没有什么值钱的东西可以带走。有时，我们就趁着他酒醉未醒的当口，在拂晓前离开，然后在黑暗中快步走上几英里路，这只是为了离开他。我们一直走到能找到一个公用电话的地方，在那儿她会打电话求助，然后，我们就等某个姨父或姨妈的汽车车前灯的出现，等他们一到，我们就知道我们脱险了。

她尽可能地用自己的工作和汗水抚养我们，但有时实在太难了。我明白求他人施舍这件事伤透了她的心，但是眼睁睁地看着自己的三个儿子受苦则更让她五内俱焚。她到救济办公室门口排队，领取政府发放的救济奶酪。年复一年，每到圣诞，教堂的人会上门送一只火鸡或一块火腿，她对此感激涕零。我曾看到她跟在那些上门送礼的人后面，一直送到他们的大轿车前，对他们千恩万谢。然后回到家里，脸色苍白，双唇紧抿。

我当时不知道，但现在全都知道了，我母亲总是等我们几个吃完了再吃。我当时也许是知道的，只是人还太小，不懂其中的缘由。我当时不知道她把汤和羹中的肉先舀出来放在我们的盘子上。我没有听到她在三个小饿狼把大部分的饭吃完后，刮锅底给自己装盘的声音。但是我还是能看到她将骨头上的肉啃得干干净净，饭后还告诉我们她多喜欢吃贴骨肉，你们是如何不知自己亏的那份口福云云。我们全家人并没有挨过饿，只是在她做出自我牺牲之后，她孩子们的生活质量才有所提高。

她曾站在穷人旧货店付款台前的长队里，一毛钱买来的连衣裙裹着她被烈日晒黑的双臂。我能回忆起她走在那家旧货店一排排货架之间和试穿别人穿过的衣服的情景。从刚会走路到五六岁之间的大多数时间里，我穿的都是山姆穿不下的衣服，一切都好，只是我肩膀到肚脐的距离比他的要长，所以，有五六年的时间，我的肚脐总露在外面。他的腿比我的长，于是母亲得把裤脚收进去，至少她试着收裤脚。她是个大好人，不过她缺乏透视感，结果，改好的裤子总是一条裤筒长，一条裤筒短。在姨父、姨妈给我们拍的那些黑白旧照片里找到我很容易，只要去找一个露着肚脐、站在平地上却像走在倾斜的山梁上的小男孩就行了。

我记得我们在杰克逊维尔的垃圾场捡过垃圾，那时我还太小，不知捡垃圾是件难为情的事。我们在新倒的垃圾中拨弄，然后在堆成山的垃圾中搜寻，不是找食品，因为我们从来没有穷到那个地步，而是找值钱的东西。我们会带着发了霉、瘪了气的橄榄球，烧化了的玩具士兵，不会出声的收音机回家。我母亲则在搜寻任何可以卖钱的东西，铜丝、铝、可乐瓶，橘汁瓶和 RC 可口可乐瓶能卖一分钱。那些垃圾、那些“宝贝”的气味我到现在仍然记得清清楚楚（我真希望能将那些事淡忘掉）。那是一种甜得发腻、带着一丝腐烂和烧煳的气味，因为当时他们用火烧的方式处理垃圾，我们经常得赶在火烧之前将它们抢出来。我心里认定那一定是地狱里的气味。

过了许多年以后，我才长到懂事的年龄，明白了在某种意义上，我们的日子过得不如别人，那时，我开始暗自为之愤怒，直到最后我不好意思带朋友进家门。过了许多年，我才知道去垃圾场淘宝贝时要藏头遮脸，才知道我应该为老师收午餐费时因为我名下盖有“免费”印章就从不叫我名字而感到惭愧。那是政府救济穷人家孩子的午餐。

这么多年过去了，人是会忘掉很多事情的。但是，我清楚地记得在长到知道用母亲所说的“虚荣”掩饰自己的贫困之前，我还是有那么一段开心快乐的童年好时光。虽然我经常由于父亲所造成的生活剧变和动荡而担惊受怕，我当时实在太小也太傻，不知自己生活得艰难。

那座小木板房那时看上去好大，那是一个能在里面跑跳、能藏也能爬的去处，但是现在我站在客厅的中央，一只手碰到东墙，另一只手能碰到西墙。那里有一只烧木头的火炉，厨房里的水池是唯一的自来水设备。那里没有热水龙头，用热水得拿大锅烧，电灯是从屋顶上垂吊下来的一只灯泡。那里没有地下室，没有阁楼，整个房子只是一只固定在四根水泥桩上的小木箱。这样，家犬和孩子们能在房子下面那个夹层凉凉的泥地上找到一个藏身之处。我在那下面一玩就能玩上几个小时，我用一把旧调羹在地上挖小洞，直到野蜂、蛇或者母亲将我从那里赶出来为止。我将我的宝贝埋了起来——用锡箔纸做成的小球、一颗纽扣及所有闪亮的东西，到第二天、下个月或第二年，再把它们挖出来。

我们的茅厕是四十五米之外的一个三合板造的小屋。我知道在茅厕里放些读物是很多人会做的事儿，那里的地板上还果真放着一本西斯·罗邦的商品目录，边上还有一截短棍，那是用来对付十二三厘米长的蜈蚣、“黑寡妇”蜘蛛和形形色色蛇虫的武器。当时，在我们房子所在的那条路上，很多人家的确都有了室内卫生间。对于不少人来说，一旦他们有了稳定的工作，他们做的第一件事是为家人造一间室内卫生间。我母亲得熨四十磅衣物才挣四块钱，所以，我们也许是罗伊·韦布路上接受20世纪洗礼的最后一家。

我不能说我怀念那间茅厕，因为任何曾经在1月份的凌晨两点钟如厕的人都会告诉你，提着手电和一沓过期的《安尼斯顿星报》走进茅厕，屁股碰到松木板的那一瞬间是多么令人“兴奋”。我五岁那会儿因为个子小，所以需要从外面的柳树那里经过一段助跑才能跳上马桶座，但是颇为难堪的事是一旦入座就无法关门。有时，母亲看出我的窘境，会帮我把门关上，不会在一旁窃笑。山姆爱玩恶作剧，不仅任凭山门大敞四开，还要躲在屋子周围冲我扔石子。有一次，我刚脱裤子，他便将一只坏脾气的公猫锁进茅厕和我做伴，他自己则靠在门上大笑。现在听上去，这像是卡通片里的情节。当时可真把我吓得半死。

有一次，我对跳上“王座”距离的估算发生了严重的偏差，照理我应该落在那个菱形洞口边上的木板上，这次我却正中那黑暗的中心，我的腿上擦破了一块皮，把自己也吓了一大跳，感谢上帝，那个洞没有大到吞没我的尺寸。因为平时从某种意义上讲，我是个性情有些古怪的孩子，所以即使人们看到我的窘态，恐怕也只是以为这场虚惊是我故意玩的猴把戏。

我曾在吉曼溪清澈见底的溪水中捉小龙虾，在溪水中游泳，直到冰凉的溪水没到脖子。我们自己建造小船，划出六七英尺便会像石头那样沉下去，差点把我们给淹死。我是个爱水的孩子，下起雨来，我会在倾盆大雨中边笑边跑，脚趾之间挤满了红泥浆。我会扑向泥潭，肚皮贴地，把蝌蚪驱散，同时也压烂不少。但是因为澡盆里的水没有波澜，所以每当我母亲给我洗澡，我总是又踢又闹，一旦她松开抓住我细小胳膊的手，我准会赤条条地满地乱跑。

我爱爬树，但经常摔下来。有时在夏天，我会爬上房子边上的那棵大柳树，靠在枝杈之间，居然会悠悠然睡过去。如果谁没被柳树晃着进入梦乡，谁就没有真的睡过。那一整棵树被风摇得来回晃荡、吱呀作响。爬到树上，特别是很高的地方，隐身在树叶之中，感受徐来的清风，有一种特殊的快意、一种安全感。当然了，你不能挪出弯曲的枝杈，否则你会像一只秤砣那样掉到地上。

如果不算那场茅厕遇险，或者从树上摔下来、被那只公猫惊吓以及山姆用弓箭射我这些琐事，只有一次我的小命差点呜呼。这次是因为一颗塑料的象牙红小浆果，我见了它就像一个馋鬼见了冰激凌。

尽管我们都生活在一个非常真实和美丽，充满赏心悦目的葱郁绿树和似锦繁花的世界里，我们却醉心于那些虚假和做作的东西，这是穷白人和穷黑人生活中的一个共同的怪异现象。在我们家，那就体现在那些塑料花上，在我长大的过程中，家里的桌上至少有一盆假花。我从来没有问过那是从哪里弄来的，但有些假花看上去很像人们留在公墓坟头上的那些花。我琢磨这种事最好别去多想。言归正传，有那么些假花，特别是象牙红，有许多小小的塑料浆果，我时不时地摘上一两颗，放到嘴里嚼。一天，出于无法解释的原因，我不小心将一颗浆果塞进了鼻孔。

我被送进医院的急诊室，一路大哭大闹，詹姆斯·R.金格医生最终用一个像挖桩子的铲子一样的东西将它夹了出来。他冷冷地问我母亲："怎么会出这种荒唐事？"并且说他相信我开创了医学史上的先例。他说他不记得过去从哪个孩子的鼻孔里，或者身上的任何一个洞里钳出过一颗塑料象牙红浆果。我母亲听了只是耸耸肩，低声嘀咕说这孩子不太正常之类的话，然后给了他必不可少的五块钱。她在我走出诊所来到车跟前时紧紧抓住我的手，显然是担心我会有什么另外的精神错乱，会干出赤身裸体跑到车前面之类的事儿。

在这里值得一提的是，我能享受快乐的童年，原因之一是我母系的亲戚们对我们很好，他们的帮助让我们度过了这段好时光。在那个年头，20世纪60年代早期，他们的家境也不过是刚刚收支平衡，然而，他们经常和我们共享生活的乐趣。我们享有两种特殊待遇：一个是去"中途"露天影场看电影，一车的人收两块钱；另一个是去皮威热狗汉堡铺，那里一英尺长的热狗五毛钱一份，我母亲经常将她那一份切成两半和最小的孩子分享。我长到十岁时才意识到，姨妈们和她们的丈夫通常把我母亲交给他们给我们买吃食的钱当作找回的零钱，尽数放回她的手里。

尽管皮威热狗汉堡铺关门停业到现在已有四分之一个世

纪，我还能记得那种美味。周日，我们吃的是煮豆加玉米饼，或者牛奶加玉米饼，或者 Poke 沙拉（北方佬称为“Pokeweed”[1]）加玉米饼。但一到星期六晚上，就会有人带来一口袋皮威热狗汉堡铺的一英尺热狗，光那股诱人的香味就能让我们眉开眼笑。那热狗只不过是一根来历不明的热狗肠，盖上湿湿的辣菜，涂上黄色的芥末酱，上面盖着一层热乎乎的西班牙洋葱末。我们只要再花两毛五，就能买上一份炸薯条，但那超出了我们的支付能力。所以在我三十岁之前，每当跑堂的问我要不要炸薯条，我总是说“见鬼，给我来份薯条”。

因为早饭便宜，一天中最有滋味的一餐是早饭。我小时候每天早上醒来总能闻到小发糕的香味，还有炸猪油的噼啪声和浓烈的香味，我们管猪油叫“白肉”。母亲用我们自家鸡下的蛋做炒蛋，还做了卤汁和玉米糊。有时，除了发糕和用前一天剩下的猪油做的卤汁以外没有其他东西，而我愿意用我现在通常吃的任何东西换取那一顿早餐。我们家里总有一头猪，而不是一群猪，到了杀猪的时候，我们就大饱一顿口福，直到只剩下猪鼻子和猪蹄尖。假如我忙着去赶校车，她会把一块猪油或者一片炸肉夹在发糕里让我在路上吃。今天，我对金钱、美色和权势的向往远不如对浇了用腊肠做的卤汁的发糕、一片番茄和一小碗真正的玉米糊的向往。那可不是餐馆里那种淡而无味、苍白、稀汤似的玉米糊，那种玉米糊用枪顶着我都不会吃，我指的是用奶油和足够的盐和胡椒做出来的正宗南方玉米糊。

1 Pokeweed，美洲商陆，一种可食的野菜。

母亲开了一片菜地，这在那些从未碰过锄把的人听来像是件很浪漫的事。她种玉米、番茄、秋葵和丝瓜，每天要趴在地里拔上几个小时的杂草和叶片锋利如刀的强生草。我记得有一次碰上一条一米二长、肥肥的硕大铜斑蛇，那是南方最厉害、最具危险性的毒蛇之一。当时它正在地垄之间晒太阳。结果，她用锄头把它干掉了，她的脸吓得煞白，因为你一旦惹恼了铜斑蛇，那就是你死我活的结局。那些说“你不去惹它，它就不会惹你”这种风凉话的北方佬生物学家，显然从来用不着用一根头上装着钝钝的金属片的长棍子，将趴在豆田里的一条毒蛇干掉。

现在有些时候——尽管我自知这是傻乎乎地自作多情，我会考虑再开一片菜地，检验一下自己是否还保持着我们家族的老传统，还是已经变得太城市化，干不了什么实事了。我喜欢刚犁过的土地散发的那种芬芳，喜欢绿叶衬托的鲜红的番茄和像糖果一般嫩黄的丝瓜。有时，我母亲会停下手里的活，摘下三个大番茄，自己一个、山姆一个、我一个，用事先从厨房带去的盐罐撒上点盐。然后，我们就坐在地头吃起来，我常常会弄得一身的番茄籽，山姆会笑话我，管我叫娃娃，直到把我惹得火起，冲他那南瓜般的大头上撒上一把灰土。母亲则和小娃娃马克坐在我们中间，不让他吃地上的灰土。

有时，她会将黄丝瓜刻成小船和潜水艇。我们会带着那些“小船”到溪边玩耍，玩着玩着，我们中的一个人会琢磨出一个新招。如果你抓对地方，丝瓜就像一根大棒。于是，总有人会偷偷摸到另一个人的背后，抡“棒”偷袭。这一般是山姆干的勾当，因为没人惹我，我一般是不会先动武的，一旦开打，我们就会抡“棒”对砸，直到丝瓜变成一地的碎块和瓜籽为止。

她会给我们摘五月花，教我们用手指捻转花朵，那里面的花蕊就像是一个正在起舞的女子。她告诉我们猫头鹰的怪叫和乌鸦的夜啼是凶兆，教我们怎样在烂木板下面找到钓鱼用的肥蚯蚓。她教我们如何装钩，怎样不让蚯蚓在你抖腕抛竿时脱钩而去，而是死死地钉在钩上。她教我们怎样用树枝编织鱼笼，教我们冲鱼钩吐口唾沫以求好运。假如我们路过商店，她给我们买炸薯片和其他零嘴，她会假装说“我不吃，孩子们，我不饿，我只是向他们讨口水喝”。

她试着教我们怎样扔棒球、投篮和踢足球，但是她自己对这些并不在行，大多数时间都在追那些她没有投中的球，直到我们最后忍不住说，得了，妈，我们知道怎么玩了。她用报纸和树枝糊成的风筝从来飞不上天，但她仍然兴致不减，乐此不疲。万圣节之夜，我们从来没有戏装，但我们的表姐会用妇女化妆的颜色给我们画上黑眼圈和雀斑，拉上我们一块外出讨糖。“如果他们问我们是谁我们该怎么说？”我问她。她说：“告诉他们，你是饿死鬼。”（有一年，他们将枕套罩在我的头上，上面剪出两个眼洞，我本应是个鬼，但什么人用唇膏在上面画了个十字架，把我弄得像一个三K党的侏儒。）

她一边拖着小娃娃马克，一边在家里尽一个母亲的责任。马克长着一头红褐色的头发，因为她那次又希望生个女孩，所以把马克的头发留得长长的。结果，她落得三个可怜的儿子，把她的生活搞得一团糟。我们哥儿仨就像装在一个布口袋里的三只小猫那样互相打斗，认为在大人上茅厕时向里面扔进一只甲鱼的恶作剧妙不可言。到了商店里，我们喜欢在种菜的农具柜台边上转悠。

说我们哥儿仨都是帮小坏种，就像说张飞只是有点急躁的小毛病，但是我不记得她打过我，冲我吼过。山姆比我年长，需要不断地打屁股，但是他自有一条锦囊妙计对付。回想起来，此计真的非常聪明。每当他干了什么坏事，比如他从后窗扔进一块石子，差点打到我躲闪的脑袋上，然后他撒开腿飞逃而去时，母亲会去追他，母亲人高腿长，也是个能跑的，在她快把他捉住时，他会双膝跪地，高举双臂，祈求上帝在他大祸临头的当口将他带上天国。有时，如果他的恶作剧弄破我的皮肉，估摸着惩罚一定不轻，他会就地一趴，在那里祈祷，我记得他有一次口中念念有词，假装神灵附体，借舌说话。我想如果一个孩子向上帝忏悔，父母想打也难下手，一到这种时候，她就会转回身走开，一边摇头，一边自言自语。至于山姆，等到她走远，对他不再构成威胁时，便冲上帝挤挤眼，继续干他的老本行。

在外婆碧迦头脑清楚、身体健康的时候，她坐在前门廊里把这一切看得一清二楚。她总是咧开嘴笑,她的假牙又宽又白，就像 1957 年生产的凯迪拉克汽车边上的“鱼鳞”。

在我谈起自己的成长历程时，人们经常会说我的成长过程中一直不曾有过一个像样的男人形象，这多么糟糕。但事实上，我们有两个男子汉的榜样，那就是和我琼姨妈结婚的约翰,还有和尼塔（璜尼塔）姨妈结婚的埃德。每到星期五晚上，约翰姨父和琼姨妈必会来访，雷打不动。他会和我们哥儿仨大闹天宫好几个钟头，我当时并不知道他是来扮演父亲角色的。他们自己没有孩子，但正是这个在制管车间的火炉前努力工作挣钱的约翰，给我们哥儿仨每人每周两毛五分钱的零花钱，后来涨到五毛钱。在我长大后，有一次他给过我一个银币。人们常说一个人成长过程中没有父亲的角色一定很难。但我不记得我遇到的男人中有谁能比得上我的这些姨父。

我们和外婆同住的小房子建在属于埃德姨父和璜尼塔姨妈的地皮上，在我生命的大部分时间里，他们就让我们住在那里，从未向我们索取过任何报酬。埃德小时候被车撞伤，双腿致残，但除了山姆，他是我所见过的最能苦干的人。冬天，当水管冰冻起来，正是埃德拿起铁镐，砸开冻土，直到找到漏水的地方，然后将其修补好，让大家能有水喝。正是他每当自己家中有些富余的煤，就给我们家送过来，让大家都能暖和暖和。我在棒球赛中倒地冲本垒时将腿上的皮擦破，是他给我付的医药费。

是的，等我长到六岁时，我已经亲眼看到自己长大后应该成为什么样的人，以及一个人应该怎样做人。我在自己的母亲身上看到这些品质，她穿上男人的裤子，白天在地里干上一整天，晚上为了挣些零钱在家给人熨衣服。我们的亲生父亲，他的声音、他的人品与之相比变得轻如鸿毛，只要一阵轻风，就会无影无踪，永不再见。

尽管母亲的日子过得如此艰难，我却开始有了自己的奢望。我盼着每三个月和我的姨父、姨妈们共享一次家中自制的冰激凌，有时我们会在里面再放上一罐锦上添花的山核桃。我盼着和外婆碧迦坐在一起扯开嗓子高唱《晴空万里》。我指望能在火炉散发的温暖中醒来，在一层层老辈人亲手缝制的柔软但已被用旧的百衲被下沉沉睡去。

我现在重返我们住过的小房子，房子两边是棉花地，一边是巨大的绿草地，另一边是溪水和沼泽地，我们曾经对这个地方了如指掌。我知道假如早上六点半钟准时冲出屋来，我准能看到一辆黄色的大巴车，它会将弟弟送到罗伊·韦布小学。大多数时候他会在上车前冲我扔颗石子，但有时他会冲我招手，我知道世上没有比这更美的事了。

我知道在母亲去为娃娃买止咳糖浆时，开卡罗杂货店的人会给我些小礼物，有一年，他甚至给了我一个复活节的篮子。他为男孩准备的蓝色篮子全给光了，只剩下一个粉红色的。我母亲对他说，“他不懂其中的差别”。我当时的确不懂。我盼着跟母亲去棉花地里干活，盼着爬上那只大棉花口袋，骑在上面。

我知道我父亲迟早会出现，然后，我们会跟他搬到别的地方住上一阵子,但从不会有像外婆这座小房子里的这种家的感觉。

1965 年春天，他又来接我们了，这是他最后一次和我们同住。

我永远不会忘记那天见到他的情景：他穿着一条做工考究的西装裤，脚蹬一双皮便鞋。他上身穿着一件漂亮衬衫，为了显示自己的文身，将领口敞开。但我不记得他当时是处在清醒状态，还是一个梳理齐整的醉鬼。他一向是一个仪表不乱、衣冠整齐的醉鬼。那个年代的人称这种人为“漂亮小生”。他也许已经醉得不辨东西南北，但他的皮鞋总是擦得锃亮。这一类人总是监狱里衣冠最整齐的犯人。他的妻小可能生活无着，但他的衬衫总是熨熨帖帖。世界上有些人的脊梁能撑起重担。而我父亲只是一件靠不住的上了浆的衣壳。

他说他在切罗基县春园郊区麦罗先生开的一家很大的车

身修理铺里找到了稳定的工作。他向她保证，这次他一定浪子回头，重新做人。他过去总说这句话：浪子回头，重新做人。弹指之间，三十年过去了，我仍然记得当时的情景：车子一启动，车底板上来回滚动着互相磕碰的空啤酒瓶。我哥哥山姆像一尊石像一样坐在那里一动不动。母亲为了让我们显得精神些，在他的头发上还特地上了发油。我记得我站在后座上向后窗望去，看到碧迦外婆从房子里跑了出来，那是一种老态龙钟的人颤颤巍巍的小跑。我们在打点行装时，她静静地坐在厨房里，没有说话，甚至没有看我们一眼。但是，当车离开时，她站在门前的车道中央，头上扎着一条挡露水的头巾，围裙在她的手里揪成了一团。她没有挥手，只是愣怔怔地凝视着、凝视着。我们行驶过一道山梁，最终消失在她的视线中。

5

上帝眨眼的工夫

从小到大，大人们总告诫我们兄弟几个，要相信上帝时时刻刻都在关注着我们的一举一动。但我猜想我们离开站在门前车道上的外婆，驶向那幢坐落在山坡上的庞大的、可憎的房子的那一天，上帝肯定在看别处，也许是越南，也许是塞尔马[1]。反正在我父亲的别克汽车穿行于丘陵之间，从卡尔洪县来到切罗基县那一段时间，上帝肯定没在关注我们。我那年六岁。

我永远不会忘记我看到那幢房子的第一眼。它像一座纪念碑那样坐落在山坡上，位于一个小小的农业区的中心。这个地方有个具有田园牧歌情调的名字：春园。这是一幢白色的两层楼的农舍，门前有巨大的方柱，粗得抱不过来。房前有一座巨大的灰色的农用仓库，一个熏腊房，远处有一连串的小窝棚。

1　塞尔马（Selma），美国黑人民权运动的发源地之一。

这幢房子守卫着大片的棉花地和玉米地，房子四周环绕着百年老橡树，有一个苹果园、一片草地以及成公顷空荡荡、孤零零的松林。

他告诉母亲他找了份好差事，但是要租这样的房子，他至少是个县长才行。我们从出生到那时都住在小房子里或者亲戚家里，那些地方小得人坐下来膝盖必须拢到一起，胳膊紧贴着身子，像刚从监狱里释放的犯人的坐相。在汽车驶向这幢房子时，我们心想这简直是座宫殿。

但是当车开近，开到长长的车道上，我才发现这不是什么宫殿，只是一座宫殿的残骸。我看到剥落的油漆和破损的木板，现在回想起来，父亲一定是没花什么钱就把这房子租下的——这是一幢没人要的房子。我们当时如果知道福克纳的话，一定会说这是他笔下典型的南方破屋。茅厕在房子后面一条豚草丛生的泥径的尽头，就像外婆家的那个。

走进房子，里面耷拉的墙纸像张张死皮，一架气派的红木楼梯通向阴森森的、被废弃的二楼。我们住在那里的时间里，没用过那层楼。那里的地板上布满了细细的灰色粉尘，就像坟地里的灰土。直至今天，我闭上眼睛还能看到地板上的脚印，那些脚印也许是什么人在一星期前、一个月前或者多年前留下的。

整幢房子几乎是空的。一个房间里有张床，那是给山姆和我，加上我们的小弟弟马克睡觉的地方。另一个房间里也有一张床，那是父母的床。我记得除了客厅里一张长沙发和椅子，厨房里一张桌子之外，空荡荡的没有其他东西。倒是有壁炉和烧木头的取暖火炉，但你得有东西烧才有用。只有几个房间里有电灯。地板上有那么多缝，一股凉风上窜到脚踝上，就像冰凉的、无形的手从地底下伸出来似的。我第一次感觉到这股阴风时，吓得跳将起来，当时把父亲给逗笑了。

现在，我相信如果当时仔细倾听的话，应该能听到母亲的心在那七翘八裂的地板上怦然破碎的声音。当然，她没吱声。她这人从不会为这种事吱声。这只不过是又一次毁约，对她的自尊的又一次打击。但是，如果这是她需要忍受的全部痛苦的话，她是完全可以承受的。

我怕那幢房子。山姆也怕。我想甚至连母亲也怕。搬进去以后的第一个月，我都是蒙着头睡的。但是我们无处躲避这间老屋里的妖魔鬼怪。一开始，那个老鬼很安静，只是在喘息。我敢肯定它被锁在被遗弃的二楼上的壁橱里，从未离开过我们。

有那么一小段时间，我认为我们过了一段非常像一个正常家庭的生活。母亲把老屋的底层打扫干净，将我们娃娃时期的照片用透明胶粘在墙上，在空荡荡的架子上放些塑料花。搬家后的好几个星期里，我们的父亲早早地起床到麦罗修车铺去干活，他的午饭盒里装满了午餐肉、三明治和甜蛋糕。他回家时身上全是灰尘和油漆的气味，而不是威士忌的酒气。到了星期五，他领了工资就把钱放在母亲的手里，用来买吃的，然后自己去喝个烂醉。我们的冰箱里总放着不是一瓶牛奶，而是两瓶。一瓶是纯白的，我们称之为“甜”奶，另一瓶是巧克力奶。我们想喝多少就喝多少。送牛奶的人会将半加仑的空瓶收走，换上一瓶新奶。我还以为那是不用花钱就自己出现的。

父亲几乎每晚都回家，我们在桌子边围坐着吃晚饭。我还记得他把三岁的马克抱在膝上，试着喂他盘子里的东西的情景，还记得他把吃的东西弄到他自己和他儿子头发里的样子，还有母亲是怎样跑过去，一边擦一边唠叨，父亲只是笑呀笑呀。正像我说的，听到他低沉的笑声给人一种欣慰之感。

我记得他坐在客厅，细细的手指间夹着一支香烟，谈论过日子的事，谈论长远的打算。他在谈论远在棉花地、穷人店和救济奶酪以外的生活。

我猜想他当时在努力做一个父亲，做一个丈夫。但是尽管我当时才六岁，我心里却很清楚他这个人靠不住，不能完全相信他。我总从他身边绕着走，就好像他是一条睡着的狗，不知什么时候醒来会咬我一口。但是一星期又一星期过去了。一转眼数月已过，他的坏习惯仍未复发。直到夏去秋来，老屋周围的古橡树的叶子开始变成橘黄、黄色和红色。

此时，山姆和我对老屋的恐惧感渐渐消失了，我们爬到二楼，然后顺着楼梯扶手滑下来，直到母亲出面大声喝止，说再不听话就要打我们屁股。那只是吓唬吓唬人，从来不会真正兑现。有一天，趁父亲出去，我们把她拉上去让她自己也滑了一回，把她乐得像个小女孩似的。

但我从来没能完全战胜对二楼的恐惧。那里是那样空空荡荡，就像一家鬼魂住在我们头顶上。下楼梯时，我会想象这帮鬼魂正在追赶我，为了脱离险境我就滑下去，滑回母亲和兄弟之中，滑回烤玉米饼和煮豆的香味以及塑料收音机里传来的圣歌声中。

就在那段时间里，我第一次领教了亚拉巴马州公立学校的滋味。我们在春园的学校上学。在那里上一年级时，我迷上了一个叫珍妮丝的女孩，我现在记不起她姓什么了。但是一个老古董似的老师把一年级学生严格按照社会等级分成几个小组，结果，我和她被安排在房间的两端。他们是用鸟名来给不同的小组起名的。她是“红鸟”，属于那些生活优裕，有好书读，有漂亮图画的富家孩子。我是“蓝鸟”，属于一帮穷人家出身的孩子或者傻孩子。我们读的都是别人挑剩下的书。我们上的课很简单。我一向能读书，当我把一篇短文背了下来,老师对我非常欣赏。有一天,她让我和“红鸟”们一起读书，我把书背得一字不差。但第二天，我又被送回“蓝鸟”组。老师对我说了一句让我永远永远都忘不了的话，她说我和我的同类在一起会更自在些。当时我才六岁，但是一个六岁的孩子听人说他不配和那些衣冠整齐、清清爽爽的孩子们坐在一起时，是懂得其中含义的。

我已不记得那个老师的名字了。只记得她是个贵族，一个长着一头银发的老妇人，皮肤就像揉成一团的皱纸袋，她在那皱纸袋上又描口红，又扑白粉。那时我还不懂事，其实那是我第一次领教名门望族的白眼。那些人都是世袭的在乡里掌事的南方望族，他们对待其余南方人的态度就像对待乞丐，认为那些南方人脏脏的泥腿会糟蹋他们精美的白地毯。她开一辆硕大的带着保险杠的汽车，可能是凯迪拉克，戴着一副形如猫眼的眼镜。

* * *

每到星期天晚上，我们就去父亲的亲戚家，当时对我来说那里的人都是些陌生人。但是突然之间，我有了第二个老家，一个有别于我母系那一支的家族。这帮人，至少其中的男人们都是些花天酒地、无法无天的人。他们喝得烂醉在土路上开车，后备厢里装满了非法的走私酒和未经登记的“老密尔沃克”啤酒。车的缓冲弹簧吱呀作响，保险杠与岩石相撞迸出火星。那帮人一只手把住方向盘，另一只手交替打火点烟，摆弄着中波收音机寻找琼尼·哈顿[1]的歌。

他们就像装在一个口袋里的猫那样互相打斗，活像介乎于福克纳想象中的史努比和《小鹿》一书中的福瑞斯特这两家人之间的一群人物。[2]最好的证据就是这家人参与过镇上的一场打斗。“他们不是和别人打，是互相之间打。”母亲说。结果一家人全进了监狱。我家一个姻亲的表亲即使在冬天也拒绝穿鞋，我一点都没有夸张。他们总在不断地互相为闯祸入狱的自家人交保释金。其实倒不是因为他们干了什么大不了的坏勾当，只不过是这帮人拒绝进入20世纪。假如他们是机器而不是人的话，肯定是那种只有一种定速、敞开了转动的机器，他们会开足马力，直到彻底散架为止。我现在琢磨着，他们的确如此。他们现在全都死了，而且都不是死于年老，而是死于糟蹋自己。

我渐渐喜欢起他们来，这其实有悖于我的初衷。我觉得应

1　琼尼·哈顿（Johny Horton），美国20世纪50年代南方民歌和西部歌曲明星。1960年死于车祸，年仅三十三岁。

2　史努比一家人是美国文豪福克纳（William Faulkner）以虚构的约克帕塔法县为背景描写的一群性情暴烈、大胆的南方人的形象；《小鹿》（*Yearling*）一书的作者是玛·金·罗琳斯（Marjorie Kinnan Rawlings），书中描写了巴克斯特家的小男孩和一头小鹿的故事。巴克斯特家的邻居福瑞斯特一家都是吵吵嚷嚷、爱搞恶作剧的人。

该对他们做更多的了解。

那段时间的星期天傍晚，我们总去我祖父鲍比和祖母薇玛家造访。吃上一顿饭需要准备几个小时，得花足足三十分钟才能摆上桌的美餐，让我对他们有了更多的了解。我记得桌上摆的是地道的炸鸡，中央汪着一摊奶油、堆得高高的土豆泥，脆脆的玉米饼，在煮豆中浮着的那一块白猪肉像一叶扁舟，还有从大茶水桶里倒出的甜茶。他们住在一幢乱糟糟的大农舍里，是鲍比用在棉花加工厂里干长工挣的钱买下的。他们有一条又小又胖、名叫“靴子”的狗，大概已有一百五十岁的“狗龄”了，平时在院中僵硬地走动，眼睛已经半瞎。

鲍比·布拉格是一个一头白发的矮个子，算得上我们现在所说的怪人。他当时仍拥有一匹马和一驾马车，在那些年头里，鲍比常常喝得烂醉如泥，穿着长内裤，驾着马车在厂村里晃悠。一路上或唱或骂，对着加工厂的工人和上教堂的妇女大吼脏话连篇的打油诗，这样的情景在当地屡见不鲜。

小镇上的警察极少跟这个暴躁古怪的老头较真，主要是如果要拘留他，他们除了要对付一驾无人掌管的马车不说，还得对付老头，稍微知道点内情的人都知道鲍比是个能动刀的主儿。

他这个人令我惊叹。他的股关节很容易脱位，一旦发生脱位，他一不去看医生，二不干任何合乎常理的事。他会瘸着腿骂娘、喝酒，瘸着腿骂娘、喝酒，直到有一天，他只能躺在床上边骂边喝。一天，我的祖母实在烦透了。她抓住他那条伤腿，开始猛甩、扭转，猛甩、扭转，直到他的股关节在一声脆响中复了位，他的伤就这样给治好了。

在清醒时，他经常衣着整齐地吃晚饭。他穿的不是西服，而是一件干净的工装裤，加上一件用淀粉浆成铁板般笔挺的白色衬衫。“干净利落。”母亲总是这样形容他。在数落祖父的短处时，没人能说他没有自己的独特风格。（在我的家族，很多人坚信我身上的许多古怪之处很可能来自他的遗传。）

我的祖母薇玛·布拉格是一个目光忧郁的矮小女子，很像她血统中的切罗基印第安人的那一部分。她是个脾气好、有耐心的女子。当男人们在一张精美的餐桌上喝威士忌时，她会从男人背后俯下身子，试着擦去他们吐出的污物，以防桌面被腐蚀掉。我记忆中的她总是既慈祥又温柔，特别是对我母亲。我猜想，从某种程度上讲，她能揣摩出母亲这一生的归宿。母亲和祖母现在仍然保持每周的联系。她们俩都是幸存者。

吃过晚饭，男人们会聚到一边，女人们则聚到另一边。家中的长老鲍比会往沙发上一坐，被儿子们包围着。男人们喝起酒来，天哪！他们可真能喝，从一罐又一罐的啤酒到一大壶的烧酒。他们甚至一边喝一边谈喝酒的事儿。他们把烟抽到实在不能再抽时，将烟蒂弹到院子里的泥地上。现在当我闭上眼睛，我还能看到一个个烟蒂划过的那一道道橘黄色的轨迹。母亲经常叫我进屋去，但我却被眼前的这些人和事迷住了。眼前这帮人是被我母系那一支的人们称为“罪孽深重的人”，而在我看来，“作孽”似乎很有趣。

从他们的聊天中，我学到一个男孩子应该知道的许多事，像汽车、手枪、重型机械、猎枪和谈情说爱，所有带有危险性的玩意儿。这帮哥们儿显然相信这些东西都是一个烂醉如泥的人能够掌握自如的事。我听他们说和醉汉打架要比和清醒的人打架容易，因为头脑清醒的人手重，打人打得痛。我还听他们说酒后斗殴时拔刀子没什么大不了的，只不过你得小心别砍了自己的脑袋。

我听到威士忌能医百病一说，从牙痛到肺炎，只要你喝得够多就管用。（有一次我得了重流感，他们甚至让我喝。他们在锅里将酒热了热，小心地不让酒接近明火，然后将其倒在咖啡杯里，和上蜂蜜。然后，不知是谁，也许是我祖母，还在里面挤了柠檬汁。我一口气喝了下去，向前走了两步，蹦了一蹦，跳了一跳，然后，身子一歪，倒在地板上不省人事。我后来听说除了我母亲以外，所有人见状都觉得好笑。我说不准是那玩意儿真让我神清气通，还是因为我当时醉得头疼，根本感觉不出来我的鼻子还塞着。）

他们在一起谈论棉花加工厂里的事儿，谈论狗，谈论打架斗殴和卖私酒的事儿，也稍稍谈些打仗的事儿，但不是父亲打的那场仗。他们谈的是一场新的战争——越战，但是在我的印象中，父亲从来不加入谈论打仗的事儿。他喝他的酒，抽他的烟。我记得有一次，他走下门廊，走进浓重的夜色，很久没有回来。我记得这件事是因为后来母亲准备回家，我们得去找他。最后我们在车里找到了他，他只是独自一人在那里抽烟。

他们还会时不时地谈及他们称为“黑鬼造反”的事儿，但是我当时无法悟出其中的深文大义。我们和黑人除了偶尔从车里或路边挥挥手之外没有任何联系。我生活的世界里没有黑人女佣、厨师或听差。他们在和像母亲那样的白人一起摘棉花时，总是自己聚成一团。我的学校里没有黑人，那时候，从来没有一个黑人登过我们家的门，到过我们家的前院。我在心里纳闷，如果是这样，他们生活在他们的世界里，我们生活在我们的世界里，互相之间井水不犯河水，怎么会发生什么麻烦事呢？我坐在那里听着听着，看着烟头在黑暗中划过的一道道橘黄色的弧线，渐渐明白了他们所指的麻烦事。

原来，黑人在他们的世界里过够了，他们想进入我们的世界。

6

免费的表演

好像当地所有的人都聚集在这里，所有的白人。镇上的大礼堂里挤满了汗流浃背的人，两个金发小男孩拼命招架着不让人踩到自己，他们的母亲紧紧攥着男孩的手在喝彩的人群中穿梭前行。掌声响起，一个管乐队奏起了《迪克西》[1]，有人在来来回回地挥舞着南方邦联的战旗。人群中有还穿着布满尘土的深蓝色工作服的制管厂工人，也有在卡尔洪县法院里高高的柜台后面工作的梳着蓬松发型的淑女，有从拉比镇、塔拉达加和纳特路口远道赶来的穿着工装裤、戴着褐色呢帽的皮肤黝黑的老人，他们都是来看免费表演的。在大舞台上，一个穿着果绿色迷你裙、脚蹬齐膝高靴、头戴印有“华莱士”字样的泡沫塑料船形帽的美女跳出来，高声唱着一首名为《我

---

1 《迪克西》(*Dixie*)，美国内战时期的南军军歌。南军在内战期间支持奴隶制。

妈妈大闹家长会》的歌。当时我还听不懂那歌的意思，但我敢肯定那几位上教堂的淑女听了此歌定会被惊得目瞪口呆。

过了一会儿，我看见了他。

他在一片雷鸣般的掌声和欢呼声中走上舞台，全场的欢呼声一浪高过一浪，直到我的耳膜受不了，只好用手捂住耳朵。在像一根根树桩子那样的大人的人缝中，我只能捕捉到他一闪而过的影子，但我能看到他那油光锃亮的乌黑头发和一脸凶相，他那身皱巴巴的西服，就像那些到法院哀求法官放了亲爹那种人身上穿的西服。我见他高举双拳，然后猛然将一拳砸下做猛击的动作，就像他正在猛击那些削尖脑袋的文人和从外州到南方来的煽风点火的人，一时全场又一次欢声雷动。他就像激惹一只坏猫那样煽起台下观众的怒火和对立情绪。

那些充满敬仰的表情，让我想起在教堂做礼拜的人们脸上的表情，那是被牧师的话触动心弦的表情，那些高举双手伸向耶稣从而得救的人脸上的表情。他们是那般欣喜若狂。他们挤在亚拉巴马州制管城[1]安尼斯顿这个烟雾弥漫的大礼堂里，让那个穿着皱巴巴西服的人把他们带到更高的境界。

山姆和我站在一起，那个人说的话我们没听懂多少。州长讲了许多东西，但是大部分的演讲似乎是在告诉台下的观众，我们白人比黑鬼要高贵。

我们从来不知道我们还能比什么人更高贵。

在我长大的家里，“黑鬼”这个词就像“喂”和“把豌豆

1　安尼斯顿以生产生铁管道器材而闻名，故被称为“制管城”。

递过来”那种话一样司空见惯。假如我想篡改历史，假如我想通过这个故事粉饰太平，那这一点会是我要做改动的地方。但是，那将是个弥天大谎。这个词是我成长过程中的一部分，我猜想仍是现在的我的一部分。

竭力为这个词做解释是徒劳的，尤其对那些被这个词刺痛的人们来说更是如此。借口说我们不知其中的歹毒含义，说那是我们文化的一部分，或者说北方佬不可能理解一个南方人说这个词时并无“恶意”，这些都是徒劳的。

只要你坐下来和一些上年纪的黑人聊一聊，那些人回忆起我小时候的那个世道、那一段历史，他们会告诉你在这个世界上有不同程度的歹毒、不同程度的仇恨、不同程度的无知。在数十年间，估量这些不同的程度是他们赖以生存的手段。他们会告诉你那些歹毒、那些仇恨、那些无知是因人而异的，南方的白人并不是铁板一块，不像白木栅栏的木桩那样整齐划一。他们会告诉你，一个人的好坏，取决于他一生中遇到的事，取决于那些和他肤色不同的人在生活中给他留下的印象，取决于两条互不相关的人生轨迹接近到发生一次千载难逢的碰撞。

要找到我们自己身上的原因，找到在塑造和软化我们家庭对种族差异态度的过程中，什么因素起过决定性作用，我必须到童年时代最黑暗、最丑恶的那一段时光中去寻找。只有剥去一层层丑恶的外衣，才有可能发现内在的美好，那是我们和父亲一起度过的最后几个月，那一年我们每夜入睡前都心惊胆战。

这一切都发生在种族主义在南方横行的历史背景之下。那一年到处都是焚烧的巴士和三 K 党人的野餐聚会。当时身居高位掌管这一切的是被称为“斗士法官”的人。[1]华莱士首次竞选州长失败，为此所作的解释是他的种族隔离政策不如竞选对手强硬，并且发誓今后决不因为在种族隔离问题上显得软弱而导致竞选失败。就这样，民众和州长互相撑腰打气，使得他们都对那个注定要失败的顽固信念坚信不疑。他们认为种族隔离政策一定能永远沿续下去。

但是就在那期间，在那充满仇恨和恐怖的岁月里，从一个最不可思议的源头，从那些仅仅出于善良和正直秉性的人们那里，我们体会到一丝人间的温情。他们从那么多人竭尽全力修建的仇恨之墙的另一边向我们伸出友善的援助之手。

1965 年秋，壁橱的门砰然洞开，那个可怕的恶魔又回到了我们中间。

不知是谁卖给我父亲几瓶陈年的优质好酒，至少他这么认为。那酒不是装在瓷酒瓮、石酒瓮或者钟形酒罐里，而是装在薄薄的、深褐色的半品脱的酒瓶中。一天晚上，他站在厨房里一口气喝了一瓶，接着又喝了一瓶。我记不清楚后来发生的事，只记得最后母亲将通向我们卧室的门猛然关上，保护我们。

第二天，我从春园小学放学回家时，看到她正站在水池边，将一瓶又一瓶酒慢慢倒进下水道。

我那年六岁。那还是琢磨 9 加 9 等于几，试着将颜色涂到两条线之间的年龄。但是，当我看到她这一举动，我清楚地记得当时的想法：“他会要了你的命，妈妈。为了这酒，他会要了你的命。”

那天晚上，当他回到家中，山姆和我站在厨房的门口，看

---

1 指乔治·华莱士。

着他打开食柜去取那些私人酿制的酒，心里为不能帮助、保护母亲感到惭愧。“你不会把它们全倒了吧？”他问道。她点了点头。母亲没有逃跑，没有躲藏。她像尊石像那样站在那里。然后，她慢慢地摘下眼镜。

“别打我的牙。”她说。

我猜想那时天使一定在保佑她。他用严厉的眼光看着她，她慢慢地点着头。然后他径自走到塑料贴面的桌子跟前坐了下来。

“玛格丽特，”他说，“你还不如一枪把我给崩了。”他站起身来，过了一会儿，走出门去，到别处去找酒喝。我当时不知道他的内心正被那些噩梦般的记忆折磨着。我不知道有时他在几个星期、几个月的时间里能暂时摆脱那些纠缠。那些时候他大致是清醒的，能像常人那样生活。但是当那些噩梦归来继续折磨他时,他只能躲到酒瓶中一醉方休。但那是借酒浇愁愁更愁。

她一动不动地站在那里，听到关门的一声巨响，才愣怔怔地走回自己的卧室，关上了门。

后来，他辞了那份工作。他不像过去那样只在周末喝酒，一周中的大多数时间里他总是醉醺醺的。他冲她大吼大叫，说他娶了她这样的老婆本来就倒霉透顶，而让她生出这一窝小崽子，将他的生活搞得乱糟糟的，更是大错一桩。有一次，他喝醉了要剪我的头发。母亲上前阻止，于是他打了她。

我们对此无能为力。我会站在山姆旁边稍微靠后的地方，因为山姆总是像母亲那样站在父亲和我的中间。有一次，我猜想是因为我实在忍不住了，我冲他大叫不许他再碰我们的妈妈。他从椅子上站起来，过来抓我，我永远不可能知道他会怎样惩罚我。就在这时，只见山姆像一只野猫那样纵身向父亲扑去。在我的记忆中，我能看见他挥着攥紧的小拳头向一个大人一拳又一拳地打去。父亲捉住他的双手，山姆就用脚踢，在父亲狂野地抛甩他时，他试着去踢父亲的小腿肚。

我记得当时我的恐惧感似乎全消失了，冲上前去抱住他的一条大腿，在他膝盖后面的关节处狠狠地咬了一口，我听到他嚎叫一声。我不记得他是否打了我们。多亏了母亲，又一次将我们隔开，把我们救了出来。我记忆中大部分的内容是我当时多么无助、弱小和无用。

那一年的冬天很冷，好像12月份每过一天，气温就降几度。有一次，天冷到我家房前的那个小池塘都结了冰，这对北方佬来说是司空见惯的事，在我们那里可是奇事一桩。我们冲着冰面扔石子，小心翼翼地踩上冰面，最多只挪出去几英寸。但我三岁的小弟弟马克则是天不怕地不怕的蛮小子。

他那天穿着两件罩衫，两条裤子，两条臂膀被鼓鼓囊囊的衣服架了起来。父亲手插在口袋里，抽着烟，陷入沉思，马克决定穿着娃娃鞋到冰上溜冰。

他一边笑一边直奔池塘的岸边走去，兴致很高。他人轻不至于压碎冰面。但是,我和山姆两人中的一个将冰弄出一条裂缝,不知是石头砸的，还是踩破了冰。就在此时，我看到父亲瞪着大眼，像疯了一样直奔马克，将我的小弟弟一把抓起，然后奔回房子。那天晚上，他又无缘无故地发酒疯。母亲仍像以往一样,一边挡着他,一边把我们两个赶到卧室避难。我们没有上床,而是钻到床底下互相耳语，商议如何将一个大人杀掉的计划。

数天之后,他离我们而去。没留钱,没留车,没留任何东西。我记得母亲坐在桌前哭的情景。当时，我以为是因为她在惦记他，现在我知道根本不是那么回事。

我记得我们家一日三餐的量变得越来越小，越来越简单。她和父亲重聚后，救济金、政府的救济奶酪、花生酱和玉米糊都消失了。现在连那些都没有了。每周一次，我们裹上冬衣走到一两公里外的一家陈旧、灰暗、没有上油漆的小店，那个上了年纪的店主让我们赊账买吃的。然后，我们就把买的东西放在山姆的小斗车里拉回家。她拉着马克,不让他在马路上乱跑，山姆和我轮流拉车。开车路过的人们都盯着我们看，因为在南方的最南部，没有人会在街上走。你得开车，如果你没有车，你就是窝囊废。我记得运软木的卡车在那条路上定期来回跑，每当司机看到我们，就会从窗口给我们扔几块口香糖，有时会扔出一整包。

最后，连账也不能再赊了。一天，送牛奶的人过来取走空瓶，没有留下任何东西。几个星期过去了，我们吃的全是家里剩下的东西。直到最后，我记得只剩下玉米饼了。要在过去，她的姐妹们会伸出援手。但是，她上次再次回到父亲身边的决定伤了她们的心。她出于自尊不愿再去求家里人，所以能拖一天就拖一天。

后来，她病倒了。她躺在床上一躺就是几天，只是到吃饭的时间才挣扎着起来给我们做吃的。然后，她会弓着腰沿着小路挣扎着走到外面的厕所里，在那冰冷的厕所里待上很久。最后，她会爬回床上，睡得像死人一般。我们当时不知道，原来她又要生孩子了。

我们的日子过得是苦得不能再苦了。

有一天，有人敲门。那是一个黑人小男孩，是住在街那头人家的一个孩子。他说他的妈妈有些多余的玉米，并问道，太太，你想不想要？

他们一定看到我们一家在路上走，也一定听说我们的父亲扔下我们不管的事。他们知道我们一家人的困境。他们自己也是穷人，很穷的人，住在没上油漆的、东倒西歪的房子里。但是，在那一小段时间里，他们的日子比我们稍微好过些。

按照20世纪90年代的眼光,这也许是件微不足道的小事。但是，这件事发生在那个殴打黑人成风的年代。某些人只是使个坏心眼，就能将一个年轻黑人绑架到什么地方，打得头破血流、骨断筋折，或者更糟，将他扔在科克路边不管。这是一个所有一切只是为了玩耍、助兴的年代，一个安尼斯顿邻近的居民棒打“自由乘客”[1]，焚烧他们的公共汽车的年代，一个以在伯明翰和密西西比丛林中发生的恐怖事件为典型的血雨腥风的年代，一个整个可憎的世界都在焚烧的年代。

正因为如此，此事才显得尤为重要。

我们过去只是从远处见过我们的邻居。他们开着破车，住在离我们不到两公里的佃户住的工棚和用破旧松木板造的小房子里。他们的孩子和我们干一样的事情,只是不在一起玩儿。我们爬的是同一棵树，在同一个果园里偷苹果，在同一条小溪里游泳。但总是一帮孩子在小溪的上游，另一帮在下游。

在和他们为数不多的几次接触中，我们就像所有的小孩子那样，冲他们扔石子。我只知道其中一个孩子的名字。他的脑

---

1 “自由乘客”指美国民权运动中和黑人一同乘车到实行种族隔离政策的南方，进行示威抗议的北方白人。

子好像有什么问题，整个头肿胀得很大。其他人管他叫“水脑袋”，他跑不过其他孩子，我的一颗石子正砸在他的背上。我听到他因背上疼而大叫。

如果我说自从那个小男孩给我们送吃的，我们两拨人就走到了一起，互相了解、互相学习，那也是弥天大谎。要知道那是 1965 年的亚拉巴马的乡村，种族之间互相隔离，处在截然不同的两个世界。但是，至少我们不再冲他们扔石头了。

我们在大房子里又住了一小段时间，直到树上叶子落尽、树干苍黑，我们等候校车时脚会冻僵的严冬时分。父亲会时不时地回家，不过除了吓唬我们、喝酒、发酒疯，最后睡得像死人那样之外不干什么好事。不管是谁，只要在他边上，他就打谁。但是，就像以往一样，母亲似乎总能在中间挡着，忍受他的暴戾，承受这一切。然后，他一分钱也不留，也不问我们有没有吃的，什么都不管，甩甩手一走了事。

她生了很长一段时间的病。在好几个月里，她和她腹中的胎儿没有得到应有的营养，除非你把玉米饼算上。我们没钱看医生，也没有到诊所看病的交通工具。

最后，什么都没了。1966 年 2 月的一个下午，在父亲醉得不省人事之际，我们最后一次打点衣物，蹑手蹑脚地在房子里走动、打包。我们问母亲，我们要干什么，她示意我们小点声。我们装上山姆坚持要带上的小斗车。然后，沿着铁路走到杂货店，从那里打电话。

那一定是个令人心酸的情景：一个高大、苍白的金发女子提着一只褐色衣箱，一个三岁的孩子紧紧抓住她的手，跌跌撞撞地走在她身边，另外的两个孩子，一个拉着小斗车，另一个，也就是我，紧紧抱着一只躁动不安、半饥半饱，在我家附近出现了没几天的小野狗。我真希望我能记起它的名字，我可以肯定它当时是有名字的。

母亲打电话从皮特芒叫了一辆出租车。她专为这次出走暗地里存了七块钱的私房钱。但是，七块钱远远不够开到三十多公里以外的外婆家。“我想那个出租车司机看着我们可怜。”母亲说。尽管钱不够，他还是把车开到了外婆家。

数月过后，母亲又生了个孩子，这次又是一个男孩。结果，他死在医院里。后来，她在外婆家里躺了好几个星期，那阵子，我们兄弟几个站在她的床边直纳闷，为什么她老躺在那里呢？

三十年以后的一天，我自己一个人驾车故地重游。我想去看看流逝的岁月在那座破楼身上都留下了些什么痕迹。镇上那家在大萧条时期造的砖房老店仍然在那里，但是窗玻璃已经被砸烂，门上拴着一根锈蚀的铁链。从窗口向里看去，我能看到昏暗的柜台，本来放满马鲛鱼罐头、成口袋的豆、腌在大瓮里的猪脚的货架现在已经空空如也。不知哪一天，哪个北方佬摄影师会路过此地，觉得此处古雅别致，拍上几张照片放到那种摊在咖啡桌上的闲书里供人消闲解闷。“南方遗风”中的大部分，都落得被放在格林尼治村[1]的咖啡桌上的下场。

我们小时候偷绿苹果，吃得肚子都要胀破的那个苹果园已被废弃。里面的杂草长得已有半人高。靠种棉花、玉米和其他主要农作物已经有很长一段时间无法赚钱了。所以，至少在有些房地产开发商在此地建造另一批外形相同、塑料墙面，

1　格林尼治村是纽约文化精英聚集的地方。

单价在 63000 美元左右的居民小区之前，这里的土地一钱不值。

我们曾经抄近路去小店定会经过的那条铁路已被茂盛的野草覆盖。与其说那是旧时铁路的遗迹，不如说是大地上的一条伤疤。在我六岁时，曾躺在床上听着路过的货车在黑暗中疾驶的轰鸣声，那声音就像一支支催眠曲。我曾把那火车想成是冲出这个鬼地方的一条捷径。万一大祸临头，我总还可以在半夜溜出来，扒上火车，离开这个鬼地方。我那时才六岁，哪知天高地厚，还以为那火车会为我停下来。

最后，我鼓足勇气驾车来到那幢令人憎恨的大房子前。在我的想象中，它早已成了根根朽木，分崩离析、被人遗弃。我相信在我们住在那里时，它已行将就木。那已是很久以前的事了。但是，当我的车离它越来越近，我简直无法相信我的眼睛。现在我已长大成人，不再相信闹鬼的房子。我有很长很长一段时间不怕打开壁橱的门了，但眼前的情景就像大白天撞见了鬼。

那幢大房子获得了新生。它看上去焕然一新，外墙贴着一层全新的闪亮的白色铝贴面。在我的车慢慢爬到它跟前时，我一时忘了去找它的缺点和腐朽的迹象，而是注意到它变得更加完美、更加高贵。它就像贵族庄园明信片上的风景，被庞大的树冠环抱着，周围的草地都是精心修剪过的。我注意到从一棵大橡树上垂下的秋千，还有那些散落在院中的色彩鲜艳的塑料玩具。

我忍不住要大叫起来。

7

查无此人

从我懂事起到现在，每当我想到母亲的儿子们，脑子里就会出现三个人。那个最后出生的小弟弟，那个连名字都没来得及起的小弟弟就像一张被放在后车窗边的旧报纸，在我的心里淡忘了。当他们将他埋葬在外祖父的坟边时，我才七岁。他的生命是那样短暂，一闪而过，在我的记忆中没能留下多少印记。我从来没见过母亲抱着他轻轻摇晃，给他喂奶，像给我的小弟弟马克哼唱那样给他唱歌。但是，容易将他忘记的最主要的原因是他没有自己的名字。至少，当我们真的回忆往事时，没有名字这件事让我们更容易联想起他来。

在我们小镇的公墓里，他的墓碑上只刻着“布拉格家的幼子”。这块普通的花岗岩墓碑的顶上有一只屈膝而卧的羊。小时候，母亲带我一起去公墓时，会让我用手去摸那石羊。那时，我认为那只羊被雕得很好看，现在依然这样认为。

他死的时候，父亲连医院都没有去过。下葬时，他也没有去公墓。母系亲戚们像以往帮我们渡过那么多难关一样，帮母亲熬过了这一场噩梦般的经历。在她躺在外婆家那张最舒服的床上时，他们给我们烧饭、讲故事。几个星期过去了，我开始怀疑她究竟还能不能起床。那是我们第一次，也是唯一一次，看到她心力交瘁的样子。过去就连父亲的虐待也没让她变成这个样子。

但是，我们的担心是多余的。一天早上，她从床上下来，径自做小发糕去了。除了不像以前我们能把她逗乐之外，她似乎没有变样。

三十年来，她对此事只字未提。有一阵子，她会去公墓，在坟头放些花，拔些野草。但是时间久了，她就不去了。我猜想也许她哀思已尽，能够重新回到生活中来。我以为她心中的苦水已经倒光。我真傻。

这么多年来，我从来没有问起那孩子的事。在我的想象中，提起她第四个孩子就好像揭开一个陈年的旧伤疤，会唤回一些往日的、被遗忘的痛楚。

实际情况与我的想象正好相反。当我最后开了口，我觉得她心中那种丧子之痛就像发生在昨天那样触目惊心。

那是1996年的8月。她的房子，也就是我去世的外婆老屋里的小空调终于彻底坏了。家里又热又潮，摇头风扇把客厅里的苍蝇吹得来回躲避。

“妈妈，”我提起了话头，“你近来想过那个娃娃吗？”她点点头，眼睛没有看着我，打开了话匣子。

“那天，是他的生日，”她说，“他如果活着，该三十岁了。我昨天坐在客厅里，往回算来着。所以我知道他三十岁了。你们这几个孩子全是相差三岁。第一个是山姆，三年以后是你，又过了三年是马克，然后又过了三年多，是他。是不是挺好玩的？怎么那么凑巧？他死了以后，我又把马克当个娃娃带。我认为我宠他宠得太多。在他长大成人之前，我一直在把他当个娃娃带。”

假如这是她当时的感觉，她一定会给那娃娃起个名字，至少心里已经想好了一个名字。我不想问她，但是我必须知道。

“是的。”她沉吟片刻。我以为她就说这些。“我曾打算给他起名兰迪·约翰，”她终于打破沉默，“我认为那名字叫得响亮。兰迪。我一向喜欢那个名字，兰迪。我想给你们几个孩子中的一个起你约翰姨父的名字，就像我们给你起名瑞克·埃德那样，那是跟你埃德姨父起的。假如他活得稍长一点，我就会给他起那个名。但是，他没有活下来。”

显然，医院和法院的人们也没有劳神给一个摘棉花的女子的死婴登记在册。从官方的角度上讲，他就像从来没有到这个世界走过一遭一样。用我老家的话说，“不明不白的”。

我在等她讲下去，但是她没有什么可说的了。那天晚上，在我开车回亚特兰大的路上，我第一次把那个娃娃想成一个人，一个和我有相同血缘、家庭和姓氏的人。那不是一个能在亚特兰大某个大律师精美信笺上找到的，或者在名门望族的每周通讯上出现的姓名，但是，那个名字叫起来挺响亮的。那名字不加粉饰，有南方味儿，和山区里的家很贴合。

一个念头闪过我的脑海，我想他也许应该有一座新的墓碑，一座刻有他名字的墓碑。就像现在的那座那样，小小的，有一只石羊，但上面有他的名字。他的墓碑上应该有名字才对。

后来，我转念一想，此举一定会给母亲带来痛苦，也许还是让那娃娃就像现在这样安息在那里为好。我无法修补我和她过去生活中的所有差错、缺憾和破损。我无法将过去的岁月重新雕刻在一块光滑、冰凉的大理石上，想当然地认为我这一通折腾能够让大家心里好受一些。那个娃娃的名字已经刻在她的脑海、她的心际和她的灵魂中。现在，因为我这一通折腾，也刻在了我的脑海、心际和灵魂之中。

我的车向亚特兰大驶去，躲避着那些犹疑不定的旅游者、醉醺醺的小卡车司机以及在黑暗中疾驶的十八轮大货运车，我的眼泪夺眶而出。

刚回外婆家那阵子，我每天晚上上床时都会担心有人敲门，担心那个喝得烂醉、正在发火的父亲会来捉我们。但是，他从未出现。他永远不会出现了。我并不惦记他。我甚至不去琢磨他的情况。过了一阵子，我就把他给全忘了。我只是从亲戚的流言蜚语中知晓了一些他的情况。

我们最后一次离开他以后，他开始不断地酗酒，直至最终被杯中之物送掉性命。那是一段很长很长的时间。等他最终如愿以偿时，我已长大成人。我的母亲也青春不再、容颜憔悴。她的早衰主要是因为在地里劳作而不是年龄的增长。

我和他再次面谈是很多年以后的事了。准确地说，我曾经有几次在远处看到他。我们的那个世界是个小地方，有时我会在迎面而过的汽车里看到他。

我们离开他的一两年里，有一次我在皮特芒食品店外的停车场上看到了他。当时他也看到了我，他一边从车里出来，摇摇晃晃地走过沥青路，就像穿过颠簸的甲板，一边向我示意。我撒开腿跑了。

8

机器的血盆大口

1966年夏，虽然我们已回到外婆那座平静、安全的小房子，但母亲还得想法把我们哥儿仨拉扯大。母亲在离家最近的公立学校罗伊·韦布小学为我们注册了。然后求人搭车到安尼斯顿的县政府再一次为我们的救济金登记。那件事很伤她的自尊，但她心里明白要供我们的衣食、健康和教育，仅靠她这个没有手艺、没受过教育的人赚的那点钱是远远不够的。她为我们的免费午餐也登记了。她心里虽然不情愿，但还是咬牙签了字。她曾说不那样做是“虚荣心”在作怪。

她又一次回到地里，为每天几块钱的工资摘棉花。因为她干得既快又好，也因为她从不在棉花袋里掺假塞垃圾，所以她从不缺活干。她这样干了两三年，直到有一天，一台巨大的怪物一般的机器轰鸣着把噩梦带到棉花地里。一下子，所有摘棉花的人的饭碗全丢了。

在南方那些更大的农场里，摘棉机已被采用多年。但是到了20世纪60年代末，它们才开始在我们家乡的那片土地上大显神威。一开始，在一些小农庄里还能找到活干。后来母亲去摘“垃圾棉”，也就是摘棉机开过后遗漏的棉球和沾灰带泥的棉球。第一次看到摘棉机时可把我给看傻了。那家伙大得出奇，能同时摘数行的棉花。我当时还没意识到正在目睹一种生活方式自这个怪物的血盆大口中消失。在这之前，不管你多么穷困潦倒，你总能指望地里的活计谋生。尽管大多数的白人认为那是“黑鬼干的活”，但那也是我们干的活。

地里的饭碗丢了，她就捡着什么干什么。她劈砍甘蔗、摘番茄、捡山核桃，干那些伤腰的体力活。有时挣工资，有时带走一半的收成作为报酬。她到富人的宅子里去清扫房子，在小餐馆里煎汉堡肉饼，帮人洗熨衣服。常常会有人开着漂亮的大汽车来到我家，留下大堆大堆包在床单里的脏衣服。有些衣服她在水池里洗，另一些拿到后院门廊里的老式转桶洗衣机里去洗。我清楚地记得有一次，我将手指卡在两个转桶之间，想看看到底会发生什么事。真疼，和我预料中的结果差不多。

她在我和兄弟们共用的小卧室里熨衣服。不知有多少个晚上，我睡觉时，床周围堆满了陌生人的衣服。她曾严令禁止我去碰那些衣服，但我照碰不误。洗熨一件男衬衫或女衬衫能挣几分钱，她就成小时地干，干得汗流浃背。那吱吱作响的熨斗像是个活物。我有一次碰了一下那熨斗，想看看会是什么感觉，这一次和洗衣机那次一样，和我预料中的结果差不多。（我当时不知道我到底是在为将来当记者做准备呢，还是一个小傻瓜。）

她好像总在不停地干活。尽管在最初的那几年，她还是个美貌的女子，她从没有想过再交个男朋友。她从来不去教堂，因为她不想置身于众目睽睽之下，也不想向众人解释她丈夫的去向。至少这些是她深居简出的部分原因。

过了许多年，我才意识到她除了外出买食品之外，一直将自己禁锢在那幢小房子里的主要原因。她回避人多的地方，甚至是我们的学校。过了很久我才知道，她待在家里是因为怕我们为她难为情，为有这样一个双手粗糙得像男人，可能被人认出身上穿着哪个阔太太扔掉的衣服的母亲难为情。她本人并不以自己穿着露着脚趾的网球鞋为耻，但她怕我们会为她难为情。

她和格蕾西姨妈一起去上夜校，几乎从头开始，重新补课。这样，我们就可以为她自豪，这样，我们就可以说妈妈有高中学历。母亲很小的时候就辍学了,等到长成大人后才重操学业，埋头攻读五年级的英文课本。大多数时间，她在厨房的桌子上读书。她飞快地结束了数学、文学、语法和科学课程。几个月就升一级，有时几个星期就够了。“我喜欢文学，因为有诗。”她告诉我。

在辍学二十多年以后，她参加了正式考试，取得了高中同等学力文凭。那是她自己的毕业证书。

我从来不记得自己小时候曾经为她难为情。后来，等我长大了，开始和女孩子接触，和其他男孩交朋友时，我对她躲在屋里、将自己与世隔绝的做法也没有太多的想法。这些事在下面的章节还会提到。作为小孩子，我们从来不知道我们的日子过得有多苦，所以她还要忍受那些由于我们的无知所造成的不快。

我们穿的是别家孩子穿过的旧衣服和别人给我们的救济，睡的床单是亲戚们用“肖特”牌猪饲料的布口袋改的。但是每到秋天我们会得到一些崭新的内裤（正宗“鲜果布衣”牌），还有一些没人穿过的裤子、衬衫和袜子，总会有几双新鞋。因为当时还小不懂事，我们总要央求她买我们没有的东西。但她不像很多人的妈妈那样要么动手开打，要么大吼大叫，她只是一个劲地说不，她很抱歉。她的脸上有一种表情，我现在知道那是一种无可奈何的人脸上显出的表情。在其他的场合，我也看到过这种表情，比如她在食品店排队付款时，一边心焦地数着钱包里一块钱的票子，一边暗自祈祷那计款器快快停下来时的表情。但是，我们仍在纠缠、仍在索要。

上二年级时，我要的是一双牛仔靴。

* * *

那双牛仔靴底部漆黑，靴筒是鲜亮的蓝色，就像电视上的牛仔们，像汉克·威廉姆斯脚上穿的那种。我敢肯定在整个罗伊·韦布小学，更不用说古德文太太带的二年级，也找不出比这更棒的牛仔靴。我没完没了地缠着她要，一天又一天。现在想来，在她的耳朵里，我的纠缠听上去一定就像指甲在黑板上划来划去时发出的那种刺耳的声音。

一天早上，这双靴子就放在我的床脚。

我一下变了一个人。过去我只是一头黄毛的小瑞克·布拉格，现在我成了史蒂夫·麦昆[1]，那个“追捕逃犯的侦探”。我成了说“拿上枪，走天下”那种硬话的英雄好汉。

1　史蒂夫·麦昆（Steve McQueen），好莱坞著名“硬汉”演员。

我心里好生得意。我会坐在那里把两只脚直挺挺地伸到课桌间走道最显眼的地方，偶尔有人会在上面绊上一下。古德文太太警告我，叫我把脚放在课桌下面，坐有坐相，别那么没精打采。但是穿了好鞋没人知道那多没劲。于是，我会把脚收回到课桌下几分钟，然后再慢慢地挪到走道上，一点一点地挪。为了将它们伸得更远，我的脚都离了鞋底。

后来，有一天，古德文太太给我来了个措手不及。那是在读书大厅里。她从我背后悄悄地摸了上来，飞起一脚将我那只挂在脚上的靴子踢到全班的前面，然后追在后面又补上一脚，将那只靴子踢到门外的走道上。二年级的全班同学，包括我在内，全都吓得大气不敢出。古德文太太已是七十岁的人了，但动作快得像个年轻人。当时，我们都以为她脑子出了问题。她一边踢，嘴里还一边嘀嘀咕咕，在房间里跳来跳去就像一只浑身沾满 DDT 的精瘦老鸦。

我简直无法形容我当时的窘迫。她站在我面前，看我敢不敢去捡回那只靴子，并告诉我如果我敢去取，她就打我的手心。于是，我只好坐在那里，一只脚上有靴子，一只脚没有，我的脸羞得发烧。但是我决不在她面前掉一滴眼泪。

在读书大厅里，她通常让我们一个一个地出去喝水。我在等待我的时机。结果，她硬是没让我出去。但是我给了伍德罗·布朗我用来买牛奶的五分钱，他回来时带回了我的靴子。

* * *

就像我前面说过的，我们小时候傻乎乎的，一点也没有觉察出来，就在我们为这些零星琐事劳神费心的工夫，我母亲的青春年华正在像流水般逝去。

随着一年年过去，除了到处找活干，在没有必要时，她出门的次数越来越少。她从来不去教堂。她只是在家中做祈祷。她几乎从来不去参加家长会，或者去参加万圣节的狂欢、去看圣诞节的游行，或者去看我们打的篮球赛和棒球赛。平时总是璜尼塔姨妈和琼姨妈开车把我们送到该去的地方。数年过后，我读初中时获得由4H俱乐部赞助的演讲比赛冠军。我的母亲当时也没在场。

在我的一生中，不断有人问我，为什么她不再去找个丈夫？一个在报纸上屡见不鲜的那种靠老辈留下的信托基金过日子的傻乎乎的公子哥甚至问，她为什么不去上大学？

要理解个中缘由，你必须了解那个特殊的年代和那个特殊的地点。她是一个20世纪60年代生活在亚拉巴马的已婚女子。那个年代，离婚是件不体面的事，男人不同意就离不了。她不是个软弱的人，从来就不是软弱的人。但是，陈规陋习加上其他东西束缚了她。尽管她遭了许多罪，加上那些绝望的日子，我相信她对他仍怀有一丝忠诚。她是那个乡土气息浓重、新教盛行的贫困南方孕育出来的典型人物。在她二十四五岁时，孤身一人，进退维谷。

我猜想，在她内心深处的什么地方，爱的幽灵仍在徘徊。她从来没有谈起过父亲，在我们眼里，她从来没有流露出死心塌地跟他跟到底的意图。但是，她这一辈子一直保存着一只褐色的小衣箱，就存放在走道边上一个高高的架子上。里面装的是她所有值钱和珍藏的东西。那里面没有多少东西：三张出生证和一沓他给她写的信。那还是他们年轻的时候，父亲去朝鲜之前写的。

1993年，这些东西以及她拥有的几乎所有东西全都被付之一炬，她当初和那个男孩相遇、相爱的最后一些实物凭证也不复存在了。

有两张很小的黑白照片从那场火灾中幸存下来。那些是现在我们仅有的几张他的照片。在其中的一张照片里，他显得精力充沛、面无惧色，也许是在酒过三巡后拍的，在朝鲜穿着冬天的军装，一只手勾在一个正在痛饮威士忌的哥们儿的肩膀上。他们好像在一个温暖、安全和干燥的地方。那一定是在征战开始之前拍的，因为他看上去太勇敢、太精神、太帅气。

另一张照片里的他和我记忆中的他相差如此之大，我几乎无法相信那就是他。那也许是在春天拍的，因为他穿着一件T恤衫，好像是在某个军事基地。背景中起伏的丘陵像是我在朝鲜的照片上看到过的那种丘陵。他的脸正贴着一条小狗。

我在前面说过，这些照片都非常小，看得久了眼睛累得慌。

9

花鹏展翅

我活到一百岁也不会忘记她闭着眼，两只手放在微热的黑白电视机的塑料壳上，口中轻轻祈祷的样子。屏幕上是年轻的电视传教士奥拉·罗伯茨在安慰母亲，他说上帝就在她的身边，假如她心诚的话，她应该能从那台二手电视机那里感受到他的存在。

我母亲不去教堂并不意味着她不信上帝。从巴吞鲁日、杜尔沙和伯明翰市政大礼堂传来的电视直播里的布道不但带来了上帝的福音,还带来他的解救。你只需伸出手触摸电视屏幕，感受到那股温暖，感受到那股电流就可以得救。我自己摸过一两次，但我感觉到的只不过是荧光屏的热辐射。

我不是在拿此事开玩笑。我提及此事只是因为信仰是我母亲生命的一个组成部分，也因为我自己在童年时代花了很多的精力去理解、去接受那个信仰。正是那个信仰、那个信念，使她忍尽世间难忍之事，减轻了她的孤独感。我是那些坚定信徒的后代。他们坚信上帝的存在就像知道走进一条河一定会让他们浑身精湿一样。坚信天堂的召唤是一种安慰，尽管在电视上那些先知的图像出现横向扭曲时，你得去调整天线。

我当时才九岁，但我已经知道上帝并不住在那台电视机里，不过我从来没对母亲说过。她需要相信有个比她更大更强的神在保佑我们全家。所以每到星期天,她就打开电视听布道，虔诚地顶礼膜拜。六频道的那些“先知”才不知道也不会在意她当时身上穿的是旧的、裤筒剪到膝盖的牛仔裤和一毛钱买来的橡胶拖鞋，只要每个月收到她寄给他们的裹在一张一块钱钞票里的许愿单就心满意足了。他们赞美上帝，并告诉电视观众，当然啦，如果他们能寄张五元大票，甚至十元大票则更好。但那样的拯救我们是买不起的。我小时候还真的相信我们的日子过得那样艰难，是因为我们只能付得起每月一块钱的拯救费。

电视传教士摇唇鼓舌，大肆许愿，给那些绝望的人们以希望。我坚信如果他们不在每一次讲经最后要求他们的信众从退休金中挤出钱来寄给他们的话,那也许是件大好事。但正相反，这一切又回到了那个亘古不变的善恶并存的现象。像我母亲那样的人,心里是知道这些传教士的贪婪的,但是她宽恕了他们。因为这些人说的话对她来说是一种安慰，他们讲经布道的口才都是一流的。我记得有个叫瓦利·弗勒的欢天喜地的胖子，弹钢琴击键的劲头就像他的指头全都打在恶魔身上一样。还有年轻的吉米·斯瓦哥特，那还是在我们知道他平日招妓之前的事了。

按照星期天早上的惯例，她会早早起床做上一顿特殊的早餐，也许是小发糕和苹果糊，炒鸡蛋和碎腊肠。她会从菜园里摘来一个熟透的番茄，大大的、鲜红的那种——不是纽约人吃的那种粉红色的假玩意儿，纽约人根本不知道什么叫新鲜的番茄——然后她将它切碎，淋上一小匙新煮的咖啡和刚从煎过腊肠的铁锅里倒出来的热油，然后在上面撒上一层黑胡椒。她管这叫“红眼羹”。

我们会坐在客厅里，将盘子放在膝盖上，一边吃饭，一边听在传教士讲经之前唱诗班的演唱。我记得“佛罗里达小伙”唱诗班，“看看这些来自佛罗里达州的彭萨科拉的人们，他们鞋里还带着海滩上的沙子！”还有“南国余韵”“古德曼幸福家庭”和其他唱诗班。大多是四人小组，都穿着正经西装，唱歌时从不动腿。大家都知道一边唱歌一边摇摆的人都是在自找地狱的惩罚。只要看看“猫王”埃尔维斯的结局你就知道了。

他们唱的大多是教堂里唱的圣歌，尽管我们难得走进教堂，但这些歌早已深深地刻在我们心里。我父亲不信那些。你拿刀架在他脖子上都无法让他坐到教堂里去。但是，我们不需要圣歌唱本。我们不需要哪个八旬老媪在教堂里弹风琴。我们星期天早上六点钟起床，然后就能听一些开着一辆巡回演出巴士的人唱《与主更亲近》。

我们的电子教堂和真的教堂一样，先唱圣歌，然后传福音。传教士通常是相貌年轻的奥拉·罗伯茨，他先念上一段《圣经》，然后给我们解释，说如果他无法为上帝的事业募集一定数目的款项，上帝就会威胁他的生命。根据我听到的福音，不管是在1967年还是在远古时代，你要是和邻居的老婆睡觉，你就注定下地狱。听了这些福音，我认为我懂了。我只是从来没有体验过什么特殊的大彻大悟之感。

我从来没有害怕过炼狱或者感受过竖琴音乐、牛奶和蜂蜜所代表的那种神圣的欢乐。对于一个在狂放的小提琴快奏、小发糕和调味酱中长大的九岁男孩，那些东西显得平淡无味。因为这些牧师必须花很多时间向听众索钱，地狱之火和天堂的极乐这些话题反倒没有得到应有的关注。这些收钱祈祷的牧师都好像在为造一座新的大教堂或者基督徒游乐场拼命地募捐。而我母亲所祈求的只不过是能有足够的钱熬过这个月。

这些电视传教士中的有些人用募集的百万美金做了一些好事，也有些是坑蒙拐骗的江湖骗子，所以把他们全归到一类的做法并不公平。但是，我希望那些坏家伙能看到我母亲把手放在她那台三十五块钱买的电视机上，虔诚地信赖他们所说的话。他们也许会悔过自新，也许还是无动于衷。

从某种程度上讲，我算是幸运的。其他人的父母将耶稣强行灌输到孩子们的脑子里，或者用上帝的儿子作为楷模来强行塑造孩子们的行为。我记得有一次我们为一家农庄剥甘蔗皮，一个六七岁的小女孩累垮了。那活儿对于大人来说都不轻松。你得够到你能够到的甘蔗秆的最高处，将顶上的叶子缠在手指上，然后向下猛拽，才能将甘蔗的外皮剥去。那小女孩没有手套，她的手一定很疼。

她的父亲，也就是我们为之干活的那个农民，问她为什么歇手不干了。她说她实在干不动了。

“孩子，”他说，“你爱主吗？”

小女孩点了点头。

“得了，”那农民说，“主现在要你把那层甘蔗皮给剥了。”

小女孩听了这话哭了起来，我在旁边继续干了下去。

这种事不会在我的生活中发生。上帝是一种仁爱的象征力量。他从那面“最后的晚餐”的画壁上，或从十字架上注视着我们。他那戴着棘刺的头颅低垂着。而在我所见过的所有的画像上，所有那些在一毛钱商店里印在硬纸板上的画像上，耶稣的脸总是那样慈爱、宽厚。我曾坚信，那一定就是上帝的样子。我对上帝和耶稣的存在深信不疑。我就像相信那些只听人说过而从未见过面的人都是真人那样，相信上帝和耶稣的存在，比如说我的外公查理·巴昂德姆、约翰·肯尼迪总统或者阿兰·拉德。我只是相信。但我没有那种开窍的感觉，那种快乐，那种其他人有的宗教狂热。我以为我这个人有毛病。

母亲对此有点担心，几年以后，她终于决定把我送到布道的现场，把我送进一个真的教堂。

也许他们以为我在听福音时需要排除电子干扰。也许神圣感在从图珀洛传送到我家的过程中丢失了，也许被电线阻断了。不管他们怎么想，在一个晦暗的星期天，我洗了一个从未洗过的彻彻底底的干净澡。母亲把我的耳朵掏了又掏，恨不得塞进一块布然后从另一只耳朵穿出来，又给我扑了那么多爽身粉，把身上每个毛孔全堵了个彻底。她给我穿上一双旧鞋，一个我没见过的人穿过的鞋。她从那瓶永远用不完的、布满尘土的玫瑰头油瓶中倒出最后一点给我的头发抹了油，那瓶头油是用来整治我哥哥山姆那一头满是旋儿、不听话的头发的。我一手拿着一本从来没有细读过的《圣经》，另一只手捏着母亲给我的一枚两毛五分的硬币。她让我在教堂募捐时放到募捐盘里。

结果我发现我们家就我一个人去。马克当时还太小，不可能懂宗教福音。至于山姆，他一听到要去教堂的风声，早就溜得无影无踪了。那天早晨，我对去教堂，被迫去和一教堂的陌生人“建立教友关系”的念头跺脚翻眼，甚至轻声骂“见鬼”。我对“建立教友关系”到底是什么意思毫无概念，但我知道那准没好事。我那位对教堂不感兴趣的外婆小声对我说过，如果有个真正坏透了的人走进教堂，整个教堂就会一分两半。我琢磨就因为去看那场好戏也值得一去。

不管怎么说，那是场好戏。

我梳洗干净、扑上粉、抹上油，然后站在白碎石铺成的车道上等来接我去霍里斯路口洗礼教堂的车，等着一个活生生的上帝向我显圣，或者至少在我耳边小声地传他的福音。我那年九岁，有点害怕。

那天，我是和我的表姐妹琳达、芳达和夏洛特一起去的教堂，她们是埃塔娜姨妈的女儿。那辆 1962 年的“雷鸟”汽车有个毛病，无法倒车。所以停车时得在前面留出足够的空，否则就会被困在那里无法出来。

我们停在一座坚固的水泥建筑跟前，但没有靠得太近。车门打开，一股烤肉的香味扑面而来。刹那之间，这股肉香几乎让我一下子成了一个虔诚的基督徒。

在整个南方的新教教堂，在室外的正餐无非是在正餐时的野餐，对于我们来说正餐就是午餐。想象一下那个场面：上百个受过当代烹饪大师训练的为教堂忙碌的大嫂，卸下装满一车的土豆沙拉、自制的腌菜、烤猪排、各类豆菜（蚕豆、刀豆、长豇豆、利马豆、斑豆、煮黄豆、小白豆和青豆)、撒上辣椒粉的卤蛋、用猪油做的玉米面甜糕、炸鸡、拌凉菜、堆成山的小发糕、像浴缸大小的盆里装的香蕉布丁、各色各样的派（柠檬、樱桃、苹果、桃子、无花果、山核桃、巧克力、核桃)、各色蛋糕（你能想到的，那里都有），冰茶和RC可乐能淹死一个大活人。这边，一个大嫂在电热锅里炸虾。但是小孩子们在那附近跑来跑去，不时会将从教堂里拉出的电源线踢得脱落下来。那边是一个汉子在煎烤汉堡肉饼，上面加上一片维代利亚洋葱。[1] 我心想，如果这就是上教堂，赶紧把我给算上吧。

这是不加掩饰的宗教。教堂的房子是崭新的，一个巨大的用大混凝土块砌成的方盒子，外面漆成白色，巨大的建筑坐落在一块巨大的混凝土基座上。那些去教堂的人，那些倾囊出资建造这座教堂的人，没有过多地关注美学效果，但很精通自己的《圣经》，特别是马修在石基上造房子那一段，只有傻瓜才会把房子造在流沙之上。因为当地没有坚实的自然石基，他们就用混凝土浇筑了一块人造石基。我以为马修造房那一段说的是做人的道理，而不是说建筑本身，但不管怎么说，那是一座实实在在的坚固的教堂。

这里的人也是实实在在的普通百姓。放眼望去，在教堂里的排排长椅上你找不到一个戴领结的人。到教堂来的男人们都穿着我们所说的“料子衬衫”，只要袖管上没有显眼的红色血迹，或者从冶炼炉中飞溅出来的火星灼出小洞的衬衫都够格。

---

1 维代利亚（Vidalia）位于佐治亚州东部，以出产个大、味甜、香味别致的洋葱著称。

他们穿着洗熨得平平展展的牛仔裤。每一个衬衫口袋里都装着一包“骆驼”烟，不带过滤嘴的那种，只有胆小鬼才抽带过滤嘴的烟。每个人左手的无名指上都有一只金戒指。一个没有家、没有根、肩上没有责任的男人是算不上真正的男人的。

女人们都穿着自己在“辛格”缝纫机上缝制的，或者在安尼斯顿的JC佩尼商场大减价时买的连衣裙。其中只有少数几个在外工作。大多数女人都在家带孩子，种菜地。她们从母亲那里学会做菜、缝纫和装贮存罐的本事。她们当时无从知晓，我们中也没有人知道她们都是末代淑女，是按照那种老式的生活方式生活、掌握了那些生活技能的最后一代妇女。将那个年代称之为朴实无华的年代听上去像是老生常谈，但那的确是名副其实的。

年长的人都坐在前排。你只要随便把橡皮筋弹到第一排就能打中某个拄着竹枴或者穿着弹力保健袜的老人。不过此举无疑是自杀行为。在教堂里传出“我欲乘风归去”的赞美诗之前，那些老头能从小辈带来的一片叶子上辨认出是什么虫正在啃那家的番茄，然后告诉他们应该怎样治虫；能从掀开的车前盖里面瞄上一眼，拿出一把小水果刀，调整一下空转轮，重新设定火花塞的位置和间隙，就把一辆跑得不稳的车给调教好。

老太太们几乎都有一种神力，是她们世界里的黄教巫师。她们能把一个哭闹的婴儿从母亲的怀中抱走，然后将一只布满皱纹的手指适度地按在婴儿的嘴唇上，孩子便会停止哭闹。她们对本地的历史了如指掌，在她们的《圣经》的空白处，或者就在她们脑子里，仔细认真地储存着当地人出生和亡故的记录。她们对当地的事无所不知。她们访病问苦、吊丧守灵、伺候着那些她们伺候了一辈子的丈夫。

假如这些人的家境再殷实些，不论老少，他们就会到山那边的杰克逊维尔或安尼斯顿的大教堂去做礼拜。那里是开汽车行、开银行和开保险公司的富人去的地方。男人们都穿着背带西装裤和泡泡纱做的西服，女士们都脚蹬有跟的鞋，不是高得吓人的那种，穿那种鞋会让旁人说三道四的。他们坐在有红玻璃装饰的、座位上铺有软垫的教堂里。霍里斯路口教堂的座位上是没有软垫的。

教堂里没有唱诗班，至少没有穿着大袍子的正式唱诗班。所有的信众，男女老少都是唱诗班成员，假如你不唱，不定有哪位老太会掉转头来，冲你抛个白眼。

他们是洗礼教派，不是新教派，所以他们弹拨吉他、擂鼓、弹钢琴。我记得一个有一副浑厚男低音的年轻人能把赞美诗唱到很低很低，就像是从水井中发出的嗡嗡声。一个将头发拢成引人注目的蜂窝头的老太太的声音像是全从鼻孔中出来似的，她会给周围的人分送薄荷糖。一个老头嗓门大得出奇，但声音难听至极，周围的人曾在私下里嘀咕，是否应该由某人出面向他挑明。但是最后没人出头，众人认为这种做法不符合基督教教义。

这座巨大的白色建筑包含着一种完整、新颖和令人着迷的文化。我去那里的星期天学校上课，主要原因不是为了去学习《圣经》，而是暗地里盼着和漂亮的女孩坐在一起。那里的老师只要求学生每周背诵一段《圣经》。我每个星期天都用同一段敷衍。

“耶稣哭了。”每星期我都背诵这一句，短小精悍。

老师会冲我瞪眼。

几个星期过去了。母亲非常关切地问我学到些什么，牧师说了些什么，在那里见过哪些人，他们穿的是什么衣服。每一次，我们都央求她和我们一起去，但她总说不。她思前想后，还是待在家中，不去为好。下个星期天再说。

与此同时，我听到一个星期日学校的老师结结巴巴地给我们讲“圣灵受孕”的故事。圣诞节的礼物抽签时，我得到一个能用弹弓射到天上的“蝙蝠侠”。我试着学唱几首赞美诗，以为那样做了，那些老年的卫道士就不会再用那种咄咄逼人的眼光看我，傻乎乎地以为我真的属于那个地方。

但是这只是那里活动中的一小部分。在那么多飞逝而过的星期天里，从那些待我像一家人的好人那里，从那些热情、正直、在那个教堂里找到极乐境界的好心人那里，我明白了不能只为了那顿野餐而去的道理。你不能只为了听吉他手拨弄琴弦，或者和女孩坐在一起，或者在那里像“小和尚念经——有口无心”那样假装唱唱圣歌。你不能只来看一场好戏，得付出些什么才合情理。

教堂的牧师是一个面目和善的长者。他从不用布道来吓唬信众，而是给大家形容因主得救的可爱、神奇和极乐的境界，得救的奖励不仅在天堂，而且也在人间。他向我们保证和平和幸福，还有更多的东西，那个东西会在黑暗中给你送来光明，将那些想来伤害你的东西驱走。在我的记忆中，他不是一个伶牙俐齿之人。但他站在那里，一手拿着他的旧《圣经》，一边布道。他的语调温和，虽然有点缺乏底气，但是清晰而有说服力。他用他的话将那些人指引到上帝张开的双臂中去。

甚至在那时，我就像是个记者了。我相信亲眼看见、亲耳听到的东西，有些时候，相信自己能感觉到的东西。但是，我坚信有一个非常强大、非常激烈的东西曾将那个光光的、灰色的混凝土地面开膛破肚，分成两边。

每到礼拜快结束时，赞美诗唱完了，经讲完了，牧师会主持一个“齐集圣坛”的仪式。在信众们轻声唱着《神的榜样》时，那个穿着带有汗渍的涤棉西装的长者恳请他们到圣坛前，跪在神的面前，得到神的拯救。

这是一个简单的仪式，不是忏悔，忏悔是天主教搞的仪式。一个灵魂，渴望得到拯救、渴望和平、渴望全面大赦，洗清平生的孽障。人们一开始双唇颤抖，然后热泪横流。用不了多久，人们变得无法自持，他们一个一个，也有三三两两的，默默地走到牧师身边，在一个简朴的木制圣坛上的简单的木制十字架前跪下。其他人则从长条椅中走将出来，疯癫狂喜，无法自已，就好像长条凳一下子变得烫得坐不住似的。也许，板凳真的烫了他们的屁股。在信众中，那些已经得救的人高举双臂指向天花板，指向天堂，慢慢地左右摆动，年老的牧师拉着新近迷途知返的人们的手，肯定他们的觉醒。

他一个接一个地拯救他们。有老的，也有小的，还有那些被拯救过一两次，但感到自己的信仰有所减弱，必须再次来到圣坛前重振信念的人。他拯救孩子们，他说没有孩子太小不需拯救一说。他轻轻地抚摸着那些孩子的脖子，那些孩子跪在那里，流着泪，不是很理解自己的这种感受和为什么会有这种感受。他们的母亲和父亲在一旁为他们的得救喜泪横流。一周又一周，他乐此不疲，直到攒到足够多的孩子，他就举行一个像样的洗礼。那仪式我平生只见过一次。我认为那是世界上我所见过的最美好的仪式。

他们只在天暖和时举行洗礼，仪式在一个离教堂不远的鱼塘里举行。首先，有人向塘中扔块石头把水蛇吓走。然后，教堂的牧师和他的助祭穿着他们最好的衣服走进墨绿色的水中。在这个文化、我们南方的文化中，没有什么能比这个仪式更重要了。其余的信众则沿着岸边站着，唱着赞美约旦河的赞美诗。我现在不记得歌词了，但是时至今日，我仍能在心中哼唱那些歌。

那些身上的罪孽即将被洗刷干净的人们在一旁等着，有的在哭、有的在笑。我记得女人和女孩总是穿白色，有些人头上还戴着花，受洗的人们赤着脚走进浑浊的水中。我现在还能回忆起当牧师将她们抱在怀中时，她们脸上露出的喜悦之色。然后，牧师缓缓地将她们向后倾倒，直到水没过她们的身体，就算大功告成。我记得她们的睫毛膏是怎样被水弄花，以及她们脸上露出的完完全全重获新生的神情。我从来没有在别处见过那种神情，就好像有什么比海洛因还能提精神的东西，在她们的每一根血管中沸腾、奔流。

我还记得看到那些彪形大汉，那些给制管厂的锅炉里添煤的人，那些搬动两百磅的软木条就像拨弄火柴棍似的大汉，像孩子那样乖乖地躺在牧师的怀中，顺从地被放进水中的情景。那样的情景好生怪异。在岸上围观的人们不出声地动着嘴唇，念着“感谢上帝”和“谢谢你，耶稣”。

然后，众人回到教堂，回到圣言中，回到老牧师无声的信仰以及他旨在拯救我们的坚定不移的努力之中。

每个星期天，我都在等，等着自己开窍，等着自己心领神会的欣喜一刻。我在等圣灵进入我的心灵和思维，等着他在我周围的那些人身上显的神效在我身上灵验，将我从椅子上提出来，领到圣坛前，拯救我。我等待那个时刻的心情就像一个男孩在等火车。

但是，在我对这一切感到既好奇又有点害怕的同时，我从来没有达到我看到的、觉察到的其他人身上表现出来的那种境界。我不是在拒绝神的召唤，反驳他的教义。我渴望宗教，渴望宗教的力量和欢乐，但是最渴望的是宗教的坦荡平和。这是牧师许诺过的，上帝的应许。

我只是坐在那里。我满可以装模作样地表示虔诚。我认为那里的有些人的确在装模作样，但那又能有什么好处呢？我坐着，一个又一个星期天过去了，我还坐着。

在那以前，我从未经历过那种孤独感。

打那以后，我不认为我又经历过那种孤独感。

过了一阵子，我不去教堂了。自从那以后，我再也没去过教堂，但我对那段去教堂的经历从不后悔。我在那里看到了宗教的力量。我看到了人们对宗教的需要。这么多年来，我去过的地方，那些生活在危险、痛苦或者暴政之下的老百姓，总有一个地方可以避难。有时，那个地方的门上钉着一个十字架，有时是其他的标志，虽然简陋，但那里依然是避难所。

在我去过的每一个伤心绝望的地方，总有那一线希望。我脑子里转的总是一个念头，我要是能感受到那些信徒在身处逆境时的坦荡平和，该是件多美妙的事呀。我猜想那是羡慕，也许是嫉妒之情。羡慕他们的天堂是多么令人悲伤的事呀。

我不全信牧师讲的那些东西，甚至其中的大部分内容。我认为你不必做什么特殊的事才能进天堂，只要你凭良心做人就行。假如你曾经不计报酬为哪位残疾人推过一次轮椅，你也许就能进天堂，假如你曾经向一个老人的纱门里望去，道一声问候以消解他的孤独之感，你也许就能进天堂。我的母亲会进天堂，这一点我知道。即使她只是将双手按在积了灰的闪着荧光的带电盒子的顶上，她和上帝距离之近也是大多数人此生无法企及的。这是我能聊以自慰的信念。

我记得她在那段艰难岁月里，坐在客厅里，一边缝补被我们扯破的牛仔裤，一边轻声吟唱的样子：

静坐幽思起
展翅一花鹏
英名永垂世
尽在《圣经》中

10

要杀人，最好别杀家里的人

我十岁到十三岁的那三年，是段好时光。我生活在无忧无虑的混沌朦胧之中，摆脱了往日那些揪心的纠缠，也不知道童年时代结束之后等着我们的是什么命运。夏天，我会在三叶草丛中成小时地搜寻一棵长着四片叶子的草，然后将它夹在《汤姆·索亚历险记》或《哈代兄弟》的书页中。直到今天，我还会翻开这些旧书寻找它们，但它们要么早已碾作尘泥，要么早无影无踪了，就好像它们只把好运带给了那个男孩，但他长大成人后便不见了。

冬天，我会找一个能被苍白无力的阳光照到的避风处大做白日梦,离奇至极的白日梦。山姆和马克曾经认为我有点怪异，他们问母亲我到底怎么了。“他只是在外面瞎晃悠，”她会说，“你们的父亲过去也这个样。”

告别了 20 世纪 60 年代，迎来了 70 年代，山姆十三岁，我十岁，马克七岁。我们哥儿仨站在一起，头发里的旋儿都在一个地方，大耳朵，不同程度的金发。我们就像三级台阶：山姆比我高出一英寸，脸上有雀斑的马克比我矮一英寸。约翰姨父每个星期六晚上要用折叠尺或卷尺给我们量身高，或凭印象估摸，所以我知道得这么准确。具体的细节我记不清了。我们都留着那种一块钱理的发型，那个心不在焉的剃头师傅总会把我们的头发剪成某一种角度，结果头发会披落下来，像一块遮眼布那样遮住一只眼。每天，我们哥儿仨加起来只有三只有用的眼。人们曾经在杂货店里看到我们站在母亲身后冲他们微笑。

“他们长得像野草一般快，玛格丽特。”有位老太太在超市里对母亲说。母亲会有礼貌地回答说，是的，太太，他们吃起饭来狼吞虎咽的。

但是，尽管外貌相似，我们那时早已形成各自不同的个性，令人难以相信我们是同出一母的三兄弟。山姆是个踏实的人，最像母亲。他给人洗衣服，每件挣两毛五分钱，为家里背柴火，每天早上在校车来之前给猪喂泔水。马克尽管这么小，性情就已经很难预料，这最像父亲，身上同时具有凶恶和温和的特征。他们两人的手都很巧，有把榔头和锯子就能造出任何东西，给把扳手就能修好任何东西。山姆总是埋头苦干、锲而不舍，直至大功告成。但马克则总是不满现状、心猿意马，就好像心里有什么东西在纠缠他。即使还是个小孩子，他就火气不小了。

我不像他俩中的任何一个。我不会钉钉子，要么把钉子砸弯，要么把我自己或者站在身边的人给伤着。假如指望我给火炉添柴取暖或者喂猪，我们一定会和那些骨瘦如柴的猪一起活活冻死。我是个空想家，喜欢树林、小溪和我们生活的自然环境。我还喜欢一头埋在书本中。在家里所有的灯都熄了以后，我会打开手电读书，直到把电池用光。我读过《你曾在那里》，那是本关于阿拉莫保卫战的书，还有关于大溪印第安人战争和新奥尔良战役的书。我和哈代兄弟一同解开疑团，和马克·吐温一同沿着密西西比河顺流而下。等我到了八年级，我已读完罗伊·韦布初中小图书馆里的童书以外的每一本书。我不是在这里卖弄。我只是读起书来如饥似渴。一到没书读的时候，我就自己一个人找个安静的去处做白日梦。

山姆和马克造出树上的一间间小屋，我就用我的想象力驾它们远航到中国去。

当然，如果你到我家来正赶上我们之间发生了严重的、有时会造成到医院急诊室就诊的分歧，你是不会知道上面所说的这些性格差异的。只需要一句不管多么无关紧要的气话或骂人的话，我们性格中的那些微妙的差别就会全部消失。你会以为我们都是硬汉、铁汉的孩子，完全失去控制。母亲曾希望等我们长大以后，性情能变得更有节制、更和缓些。但是增长的岁月只是让我们的力气更大，拳头更硬。就像我们生来不能沾酒否则就会惹祸那样，我们生来就有打架的基因。

跟我们的父亲、他的父亲、他的兄弟一样，我们用拳头、石头、泥块、棍棒、棒球棍打架，有一次还动用了火腿骨。有一次，山姆的弓箭将我护眼睛的手打伤。另一次，马克用松木刺戳破了我的脑门，我流了整整一夸脱的血。我们用弹弓和 BB 枪互相射打（有一次，我误打了表妹康妮）。难得的冷冬里的雪仗也可以打到头破血流。我们将雪裹在石头外面以增加重量，也可以扔得更远。我们互相将对方从树上推下来，互相将对方按在水里，直到最后的一串气泡浮上水面，互相掐对方的脖子，看是不是真的会变得青紫。有一次，马克从四十米开外扔的石头正好打在我的指关节上。我们后来走了那段路，只是为了量一量距离。

只有当母亲掉了泪，我们才会罢手。她会提着山核桃棍，眼中冒着火，漫山遍野地追赶我们。我们真让她担心死了。但假如她真的气哭了，我们都会羞愧起来，将野性暂时收敛，或者至少等她回到屋里以后再撒野。我记得有一次，她把我们叫到客厅求我们帮她一把。

她和我们坐下来谈话的次数不多，所以当她真的和我们坐下来，问题就严重了。她流着泪和我单独谈过一次。那天，我拿上一把剪刀把一条新牛仔裤的裤脚给剪了，那条牛仔裤是她用给人熨衣服挣的钱给山姆买的，而我却剪了裤脚给自己穿。她半心半意地打了我几下，只是做做样子不往痛里打，这是她唯一一次打我，给我解释家里没有钱来弥补我造成的损失。

这一次，她向我们解释，她正在尽力为我们的衣食忙碌，这样我们能活得像样些，事实上，她为没有足够的时间和我们在一起而抱歉。但是，我们这几个孩子让她担心死了，最后，在让我们出去玩之前，她逼着我们立下三个誓言：

一、别送了自己的性命。

二、兄弟之间别玩命。

三、争取别要了其他人的性命，但如果没有办法一定要杀人，最好别杀家里的人。

她这一通说教简直是对牛弹琴。我们用废料造出小儿学步车、小脚踏车和摩托车。对了，实际上，那些都是山姆造的，但总是由我担任试车员，最后总是以轰轰烈烈的失败告终。在一次失败的试验中，我曾被滚烫的排气管消音器灼伤，躺在户外的消防水龙头（北方佬称之为消防水闸）下用凉水把自己浇了个透，因为没了它，我会疼得大叫大嚷。

有一次，山姆不知从哪儿弄来一辆毫无特色的小脚踏机动车，一半像自行车，一半像摩托，看上去和巴黎那些女孩子气十足的哥们儿或者哪位老太太挺般配的玩意儿。但是，我们将它拆到只剩下一个座椅下面的马达，再给它安上两只轮子，然后山姆从背后推了我一把，我便上了路。它的直线速度能到每小时近百公里。我能骑着它飞越沟堑。我本应该戴个头盔什么的，但那玩意儿碍手碍脚，戴了它动作不利索。母亲见状，以为我疯了，一边跑，一边喊，她的身影被一阵扬起的红色尘土所遮蔽，她的喊声被那锯短了五厘米的排气管发出的巨响所淹没。每上一个坡，每碰到一个土堆，我都会腾空飞起，在我征服地心引力的那一瞬间，我把自己想象成科幻故事中的英雄。那车前面没有挡板，所以我从头到脚都蒙了一层红土。我的嘴里也进了沙土，但我从不在意。

我骑着车，顺着那条从我家到吉曼溪的路来来回回地跑。那年头，吉曼溪是条风景如画、碧水清冽的溪水。水中长满水芹，到处都是小龙虾，两岸是成行的橡树。附近的人会在那里野餐，有时年轻的情侣喜欢在那里幽会，那是个清静的好去处。如果不是那个身上带着厚厚尘土的野小子把尘土扬到空中，用他制造的噪声打破树林的宁静的话，人们的耳根子本来是可以清净许多的。再说，他们也搞不清楚那到底是什么声音。我猜想是我让他们分了神、烦了心。最后，有人给警察打了电话。

我在离家一两公里的地方看到巡警车上的警灯亮了起来，于是驱车直奔母亲的房子。快到家时，我才意识到把警察引到家可能会让她伤心落泪。于是，就在尘土飞扬、警笛大作的当口，我决定溜之大吉。我顺着泥路直冲而下，从房子正对着的方向冲了出去，钻过晾衣绳，绕过仓房，穿过苹果林，一头冲进棉花地里。车在软软的泥地上打转转，绿色的棉桃在我的手上划出道道血痕，但是，我没被巡警捉住。回头望去，我看到一个巡警从车里钻了出来，看着我的狼狈相笑得连腰都直不起来。那年我十一岁，快十二岁了。我琢磨着即使被他捉住，也不会坐几天班房。

那时的日子总过得美滋滋的，没什么大麻烦事。有时，山姆、马克、我、母亲、外婆、璜尼塔姨妈、表兄杰弗里加上我那条坏脾气的小狗“巴那巴斯”，全都挤进璜尼塔姨妈的雪佛兰车，去彭萨科拉玩上一回。在蒙哥马利南边的一个地方，我们一行人下车到林子里小便，结果上车时居然把狗给忘了。等到车开出去三十多公里，突然有人问：“那条该死的狗在哪儿？”我们赶紧回头去找。结果就在刚才歇脚的地方，我们发现巴那巴斯正失魂落魄地站在路边。打那以后，它再也不信任我们，坚决不再上车。

假如我们稍微见过点世面，也许就不会出什么洋相。就在那次出游期间，我正坐在一家十二块钱一晚的“漂泊旅店”的厕所里，读着彭萨科拉旅游指南。突然，我听到外面警笛骤起，立刻有人敲门。“失火啦，失火啦，失火啦！！！”我听到母亲和格蕾西姨妈大喊。还没等我提起裤子，母亲和格蕾西姨妈就已将门撞开，一把将还光着屁股的我抓起，扔到旅馆的院子里。周围的人明显露出好奇的神色，他们不懂为什么这两个女人要把一个光着屁股的十一岁的男孩扔到院子里来。我一边慌忙地提裤子，一边寻找火和救火车的影子。但是除了一辆装着一台驱蚊喷雾器、每隔几分钟就拉响警报让有肺病的老人躲避的小卡车之外什么也没有。

我们虽穷，但我们并不古板单调。母亲和亲戚们的亲情和政府的救济让我的童年时代变得甜美和温暖。埃德姨父甚至给我们买了一匹矮种马。那是一匹名叫“巴士德”的坏脾气的马中侏儒，最终离家出走，让运货大卡车给撞死了。山姆和我被选入罗伊·韦布学校的校篮球队后，我们有了高帮的“匡威”球鞋。姨妈开车送我们去比赛。过了一阵子，我们不再纳闷，也不再关心母亲是否来看我们的比赛。

在我老家，除了教堂的礼拜，篮球赛算得上是一周中的一件大事。我们的球衣是紫色和金色相间的颜色，能穿上球衣意味着你是一个重要团体的组成部分。球场的地板是深色木材铺成的，上面打过那么多次蜡，平滑得就像光滑的冰面。我仍能记得在我们急转时橡胶鞋底在地板上摩擦时发出的声音。一个因为老是在午餐餐厅的里屋嚼烟草被捉而得了个“嚼儿”绰号的男孩没有大脚趾，所以他的球鞋发出的声音与众不同，那是一种闷闷的声响。我想那是因为他在球鞋里塞了旧袜子的缘故。假如不小心，“嚼儿”会从你背后将球偷走，因为你听不到他的脚步声。

我是个投篮手。我不注重防守,所以我就乘防守时歇口气。除非球在我手中，我对其余的部分没有兴趣。那也许是我上场时间不长的最主要原因。“别给他！他光知道投篮。”我的队友会互相喊。但是最让我被人指责的是将球从篮下带出来。因为从十八米外投篮命中要比从一米八外投篮命中光彩得多。我会运球远离篮架。每当我远投命中，我会冲自己球队的板凳方向看一眼，心中好生得意，但常常只会看到教练奥维拉·约翰逊用一个弯曲的指头指着我。[1]

我年轻时自豪的辉煌时刻之一是我在八年级时的一场重要比赛。我记得那是和韦伯斯特·查普尔的比赛，教练看了一眼板凳上的队员们说了声，“我需要一个投篮的人”。说罢，冲我打了个手势。

我从离篮架很远很远的地方，远离罚球线的一侧接到传球，然后出手投篮。球不能投得太高，因为那该死的天花板太低了，但是那球那样美妙、轻盈地钻进篮网，我敢肯定坐在观众席上的大人都会为那个漂亮球而动容。那还是在有三分球规则之前的事儿，所以他们只给了我两分。但是假如那个球不值得算三分的话，我愿意吃一只虫子给大家谢罪。我下一个投篮没有命中，一个“三不沾”。我猜想第一个球也许是撞了大运。

并不是。

我的生活丰富多彩。每逢星期五，在午餐餐厅里，我们总能吃上汉堡包和巧克力冰激凌。从一年级开始，我每年都有

1 换下场的手势。

一个女朋友，我是那种“亲热一阵就散伙”的男孩。有一年，在罗伊·韦布初中的万圣节派对上，我成了二年级的加冕国王，也许是三年级，记不准了。我的王后是戴碧·葛珊，她认为我长得清秀可爱，而且并不计较我们吃政府救济那一茬。

1971年夏天，我十二岁了。像以往一样，我是一个尽其所能自立而又需要些帮助的女人的儿子。我对作为穷人没有深究过，因为生在穷人家，这是我所知道的一切。不知为什么，我在书上读到的和从黑白电视上看到的东西都好像和我们的生活毫无关联，不像是真的。我们从未被住好房子的人家请到家里做过客，从未到上档次的商店里买过东西。我们去过的最时髦的地方是老法院广场上的一毛钱商店。那店是两个老姐妹开的。我会在货架间徜徉，看着那些不许我碰的玩具和其他不值钱的小玩意儿，还有期刊架。老太太的眼睛总是紧紧地盯着我的一举一动。每隔十分钟，其中的一个老太太会问我要不要帮忙。“不，太太，”我会说，“我只是看看。”

有一次过圣诞，我为母亲找礼物。她们有一些挂在墙上的用喷漆漆成金色的瓷制天使。我猜想那玩意儿很容易碎。我取下一个来到付款台，其中一个老太太迎上来对我说：“你买不起这个东西。”直到今天，我仍然搞不懂她们怎么就知道我口袋里有多少钱。

我相信在1971年的圣诞，我对自己的身份开始有所了解。那一年，杰克逊维尔州立大学一个大学生兄弟会为穷人家的孩子举办了一个义捐晚会。他们为我买了一件罩衫、一双鞋、一只橄榄球和一台半导体收音机。义捐晚会在兄弟会宿舍举行。糖酥饼摆在那里任你吃，“七喜”饮料像白开水那样管够。马克和我坐在一起，被一群陌生人包围着，我把这一切全记在心里。那年我十二岁，但那天晚上发生的一切现在想起来依然清晰如初。我就像一棵圣诞树那样置身于这帮神采飞扬的年轻人之中，作为他们的救济对象。我当时还没到为此感到羞耻的年龄，但是，我开始意识到我和他们之间的差别。

那些互相之间称兄道弟的年轻人，带着他们的女朋友，开着他们的“野马”、卡麦罗敞篷车和奶油色的“美洲狮”来接我们。那些车无疑是他们家人给他们的高中毕业礼物。女孩们个个貌若天仙，我不记得还有哪次一眼看去周围所有的女孩全都那般漂亮。她们身上的味道非常非常好闻。小伙子们穿着绒衣，总想伸出手来搞乱我那倾斜的发型。所有的小伙子都穿着皮鞋、蓝西装，系着领带，我从未见过那么多的领带。他们身上充满“空手道”牌男用香水的味道，就好像他们所有的人都在共用一大瓶香水似的。

我当时不懂什么叫“兄弟会”，但我知道这些是富家子弟。他们不是纽约曼哈顿的阔少，仅仅是当地殷实人家的子女。他们是好心的富人，能为素不相识的穷人家的孩子慷慨解囊的富人，心肠一定不错。但是，在我这样的人的眼里，他们就像因纽特人和飞碟中的外星人那般陌生。

这些都是从亚拉巴马州和佐治亚州附近的小城镇出来的年轻人，是当地房地产经纪人、保险业巨头和英文教授的后代。他们是镇上第一洗礼教会的成员，偶尔也会有几个公理教会的成员。杰克逊维尔州立大学的“斗鸡”橄榄球队大胜特洛伊州立大学后，他们会开怀畅饮。但喝酒本身并不意味着他们不爱上帝。

他们的圣诞树是我平生见过的最大的一棵，甚至比我们教堂里的那棵还大。树下的礼物堆得足有三英尺高。唱完《平安夜》，他们为那些坐得毕恭毕敬的像马克和我那样的软木工人、清洁工和酒鬼的儿女们递来混合果汁。他们给我的罩衫是花灰羊毛呢做的，半导体收音机是带电池的。

他们和我一样是南蛮子，但又完全不同。我记得我想过自己如果能像他们那样就实在太美了。我记得当时还想，这绝不可能，我永远不可能像他们那样。

那个晚上，我们是晚会的一部分，因为我们是穷人，因为我们是孩子。我希望如今“兄弟会”的小伙子和他们“姐妹会”的女朋友仍然在为城里和乡村的穷孩子们做同样的事。但是，当童年时代飞快地离你而去时，你会超出请柬的年龄范围，进入一个更现实的世界。最终，你会长到一个年纪，那堵将你和他们舒适、殷实和体面的中产阶级生活隔开的高墙无情地重新筑起。假如那是一堵铁墙而不是一堵玻璃墙，也许这种隔阂不会那样令人不堪忍受。

因为你每天都能看到他们那边的事。在他们那一边，老师在学校的会议室里叫他们的名字时，他们会昂首挺胸地走到她的书桌前，交上他们的午餐费。在你这一边，老师叫到你的名字，你低下头看着自己的鞋子，等着她在你名字边上打个对钩，然后说一声“免费”，心里盼着她能快快结束这个程序。在他们那一边，夏天意味着沙滩上皮肤黝黑的漂亮女郎。在你这一边，夏天在汉堡包摊前排的队中，人们躲着你，因为你带着一身汗味、肥料味和柴油味。

在他们那一边，汽车里不会有啤酒瓶来回滚动的声音，房子客厅里不会有床。但是，让你真正糟心的是另一边那些面带微笑、无忧无虑的人，能像我们看到他们一样，不用费劲就能看到我们这一边的事儿。但他们会转过脸去，假装看不见。

在这一边，只有氧气更加充足。这一点毋庸置疑，因为你的童年时代燃烧殆尽的速度比那一边要快许多许多。

我只要抬头看一眼坐在铺着塑料贴面的厨房桌子另一端的哥哥山姆，就能看到自己的未来。在十三岁时，他已经在干一个成年人的活：挖煤、推着装满石块的推车、清洗猪圈、在堆着一眼看不到头的二十多公斤的黏土和碱土口袋的迪克西黏土场里给货车装车。有些晚上，他会坐在那张硬靠背椅上沉沉睡去。母亲会把他安置到床上。他生来就是干活的苦命。他所得到的礼物是干不完的重活，而不是一辆“野马”车。

11

毒日当头

那种时候，你会在心里祈求老天能赐予你一丝云彩。

那毒日头不是照射下来的，而是从你的帽子、头发和脑壳穿过，钻进你体内的，直到你能觉出你脑子里的那股火辣，直到太阳变成无数的小亮点在你的眼前晃动。那毒日头把锄把灼得滚烫，把红土烤得火热，透过皮制工靴都能觉出那股热气来。你的汗不是滴下来，而是流淌成溪，将你脸上的尘土糊成一道道泥浆，将你身上的T恤衫和牛仔裤泡得透湿，像一层死皮那样紧紧地贴在身上。汗水里的盐刺痛你的眼睛，你的眼睑被腌得通红，眼白布满血丝，像个醉汉。时不时地，你或者你周围的人会发现一条响尾蛇。你会用铁铲将它剁成碎块，或者用钉耙将它砸成肉泥。那不只是因为它会咬你，要了你的命，还因为它在那里碍事，是它让你在那烈日之下多走了一步，多抬了一下手。

我们干过清理土地、筑路和铺设建筑场地这样的体力活。我们为建造一座有三间卧室、两个车库和高出地面的游泳池的砖制平房清出场地。我们挖出石块和老树根，锯断松树，这些大多是为我们的埃德姨父干的活儿。我们躲闪着那些庞大、轰鸣着的黄色“全球大丰收”推土机和伤痕累累的雪佛兰大翻斗车，就像一群工蚁在肥大的蚁后身边忙忙碌碌。我们从眼角留神观看卡车司机皮文先生的一举一动，小心不让那些卡车的车轮把脚趾给轧了。

我们为很多人干过很多活儿，其中数清场的活儿最重、最常见、最脏。山姆、我，最后到马克，都在不同的时间干过这活儿。每次我们接到这活儿时都很高兴。我们的埃德姨父待我们不错，按时发薪，一天给我们送两次冰镇的 RC 可乐。那毒日头也在他身上灼烧，但他从不在乎。我曾经认识许多意志顽强的人，许多战胜过严酷环境，甚至连子弹都打不倒的硬汉子，但没有哪个人能比埃德·菲尔更能咬牙忍痛。在他小时候，他的双腿不仅被一辆飞驰而过的汽车压断，而且骨头全碎了。然而，他就靠这双残腿，每天工作长达十二小时，用靠铁棒和碎骨拼凑起来的腿，蹬踩着巨大推土机的操纵踏板，移山填沟，根本不计较疼痛。在这种人面前，你根本不可能诉苦抱怨。我们只是埋头干活。每个夏天、周末、放学后，只要他需要我们，我们就去干。我们在上初中时，母亲认为我们已经懂事，人也长大了，能够干活了。于是，我们就开始给他打工。

埃德姨父指望我们能和工程队里所有的人一样卖力。但其实他还是很关照我们的，力争不让我们受伤。他在其他方面也挺关照我们。

夏日的一天，我记得好像我们当时正在铺草坪。吃午饭时，我到一家乡村小店去为工程队的人买几瓶冷饮和零食。我从头到脚都是尘土和汗水。不知为什么，也许是我没带足够的钱，或者忘了该买什么，我到了小店后又折返回去。当我再次来到小店，收款台后面的那个人瞪着我，对我说："你刚才偷了可乐，你得付钱。"当时店里还有其他顾客，一听这话，他们的目光一下转向了我。

我告诉他我没偷任何东西。后来，埃德姨父见我久去不归，便过来看看。一见这个情景，他便对那个人拉下脸，我当时看准他会在那里和他干上一架。

"我知道这个孩子。是我帮着把他拉扯大的。这孩子绝不会偷东西，"他说，"他犯不着偷，假如他要一瓶冷饮，我口袋里的钱能把你这整个鸟店买下来。"说罢，他走出去，我跟在他后面。收款台后面的那人羞恼之下，闹了个大红脸。我希望他知道，他屁股上没挨上一记九号工靴算是走运。那工靴上还有一个附加的鞋跟，那是为了弥补埃德姨父那条伤得更重的腿装的。

我对有这份差事挣钱很感激，但是我心里其实并不愿意干。上完学期的最后一堂课，暑假开始时，我便暗自为此苦恼。第二天早上，母亲把我们叫醒。我们吃完小发糕和炒鸡蛋，她就给我们每人一只褐色纸袋，里面装着两只小白面包和肉酱三明治——中间夹的粉色的酱是肉酱和防腐剂做的，还有一块甜酥饼。她从来不放巧克力酥饼。巧克力在翻斗车驾驶室的高温里会融化，你得用舌头将它从包装纸上舔下来。上班搭的车里有一股难闻的柴油味和烟灰的混合气味。大翻斗车在路上一边哼哼，一边左右扭摆颠簸，还没等到你动一下指头，就希望这一天的活儿已干完，太阳已经下山。

假如那天干的不是清场地的活儿，我们就跟在推土机的后面走进松林，链锯震得人上牙打下牙。你得小心别把舌头伸出来，否则会被自己的牙咬伤。我们将被机器推倒的树切成小段。然后，真正的活计才刚刚开始：树干被切成一米八长的木材，软木加工厂只收购这种尺寸的木材；我们将它们堆放到翻斗车的车斗里，车身有两米四高，有些树干有二十二三公斤，有些有九十公斤；有时，只能先将木材的一端架到车斗上，然后将其余的部分推上车斗。假如你没推好，木头滚落下来，你得赶紧躲开，否则门牙难保。黏得像胶水的松脂涂满了你的臂膀和脸，树皮的碎片会不时扎你的眼睛。每走一步，都得提防被铜头蛇或响尾蛇尖利的毒牙咬伤腿肚子，因为在盘根错节的枝杈中间，你不知在何处落脚。

但是最麻烦的是把房子的场院清理出来的活儿，也就是说那块地皮里的每一块石头、每一个树根和每一块硬土疙瘩都必须挖出来、挑出来和扒走，然后堆在一处让“垃圾工”拉走。因为山姆和我总是工程队里最小的两个，我们总是“垃圾工”。我们用的是巨大的半人高的铁叉，能挑起十八公斤的垃圾；我们将垃圾挑过肩膀，掀进翻斗车的车斗里。有时，碰到有些地方的树挨得太近，加上有些雅皮士担心会擦伤他们的山茱萸，翻斗车开不过来，我们就只好先将垃圾装上小推车，然后使出吃奶的力气将小推车推上架在一辆平板车后的斜坡木板，然后将垃圾倒在车上。

“有朝一日，你得找个好差事，”埃德姨父告诉我，“你应该把这把叉子挂在墙上做个纪念，这样你就会记住现在干的这份苦活儿。不去争取一份好差事，就永远得不到它。”

我当时就知道我不会一辈子干这样的活儿，那只是一种获取物质报酬的途径和方式。山姆在这一点上最倒霉。我猜想作为长子，他自然难逃此劫。他在十二三岁时，就像一个帮助母亲挣些零碎小钱的男孩那样出去打工，用他干的活儿换来一车煤。他会帮一个人杀猪，以那样一个血污腥臭的差事来换取猪肉。等到了十五岁，他的手臂肌肉就很发达，腿硬得像松木疙瘩。我当时将他看成是一个坚不可摧的铁人，以至于有一次他不小心让电锯割了自己的腿，我见到他居然会流血，心中还暗自惊讶。

我当时希望这份差事是艰苦而又暂时的，会随着时间的推移成为过去。对于我来说，这段经历就好像是用烈火来锤炼我的素质。相形之下，这一段经历让我觉得过去干过的以及我在有生之年里将要干的每一个工作，以及任何其他事情都变得轻而易举、荒唐可笑。

但对于山姆来说，那段经历只不过是万里长征迈出的第一步。在他的人生旅途中，沿途的景色极少有什么变化。

罗伊·韦布初级中学是罗伊·韦布路边的一座一层楼的红砖建筑，它坐落在这个社区的中心。我从未费心打听过罗伊·韦布究竟是何许人也。但是，假如说待人谦和是他生前的美德之一的话，现在，红土之下的他一定无法瞑目。学校里有那么几个富家子女，但是大多数是劳动人民的后代。即使在这样一个环境中，仍然存在着不同的阶层。我记得在小学时，我必须回答关于为什么我们住在外祖母家里的问题。一时，“他们是没爹的孩子”的流言传播开来。

当校长和老师们得知我们哥儿俩的身份和社会等级以后，便告诉山姆他可以用打扫走道、清洗厕所、给学校的锅炉添煤这些活计来换取他的免费午餐。于是，他开始给学校倒垃圾、疏通堵塞的马桶。他们从来没有费心劳神教他好好念书，他都得靠自己学。他们从来没有费心劳神告诉他在他狭小、有限的生活空间之外的东西，也忘了给他看宇宙挂图或者与他分享历史和生物学的秘密。当其他学生闭门攻读有关历史上的帝国、战争和国王的书籍的时候，他却在学校的室内操场上给地板上蜡。

12

超越你的成长环境

我母亲平时不太教训我们，但她在虚荣心的问题上训过我们。父亲有个毛病，他会坐在那里一坐就是几个钟头，仔细擦他的皮鞋或者磨他的刀，那就是虚荣心在作怪。他会忘记关注生活中真正重要的东西，比如妻子有没有钱买吃的。她时不时地说我有父亲那种过分的荣誉感，我太关注外表，给外人看表面的那个侧面。如果我不知道正是因为那种荣誉感将她禁锢在我家的小房子里，我也许会把她的话更当真些。但是，我猜想为人之母和说话严谨、合乎逻辑之间没有任何关系。

真正让人伤心的事是我自己那种过分的荣誉感，其实是虚荣心，让我为和一个十四岁女孩之间发生的事自惭形秽。更糟糕的是，我的虚荣心让我为母亲的形象惭愧。

那是我进中学前的夏天，尽管我早已发现我家和其他家庭之间的差异，但在和那个女孩好之前，从来没人对我挑明我们的家境。

在我心目中，我是一个风流倜傥的形象。我在校队里打篮球和棒球，我拥有一辆红白相间的本田摩托。虽然那车在挂上高挡时，链条常常脱落下来，接着以时速近百公里的速度锁定在后轮上跑，但那仍然是辆摩托，是我用给埃德姨父干活挣的钱买的。

那是我第一个认真要好的女孩。她个子高高的，比大多数的男孩还高，褐色的大波浪发型，牛仔短裤，T恤衫在腰间系一个结。她是个啦啦队员，功课门门满分，每个星期天都去教堂，平时喜欢谈将来上大学的事。

她是学校附近小镇上一个体面人家的女儿。算是我走运，我家不在那个镇上。所以，除了告诉她关于我的情况以外，她对我的家庭一无所知。我没有凭空臆造一个身世，没有胡编乱造一段荣耀的家史。我不会将自己降格到如此下流的地步。相反，我从不提起我的家庭背景。我们坐在她家后院的秋千上谈呀谈呀，谈的都是除了我以外的任何事，我以为我很安全。

后来有一天，有人敲我家的门。开门一看，原来是她，两边还站着好些她的女朋友。原来她们那天要去附近的吉曼溪野餐，顺路过来问我是否想一块去。

我永远不会忘记当她们踏进我家狭小的客厅时，脸上显出的惊愕表情。那里只有一张破烂的人造革沙发、破旧磨损的地毯和从天花板垂吊下来的一只没有灯罩的灯泡。

我看到她们看到我母亲时的眼神，她那天穿着一双拖鞋和一条裤脚剪到膝盖的旧裤子。我告诉她们那天我得去打工，不能和她们一起去野餐。

几天过后，她告诉我，我们得散伙。她说我们之间的门第相差实在太大。我问她这话是什么意思。她说因为我是穷人，而她不是，所以我俩好下去是不会有什么结果的。她说话的架势就好像我们俩都是成年人，而不是两个十四岁的孩子。她说话的腔调就好像她是个大家闺秀，正在为自己和一个破落户的爱情唱挽歌。

我当时真应该回敬她一句见鬼去吧。然而，我却只说了句“你说的也许没错”，便骑上摩托，体体面面地走了。

那时，我知道伪装和隐藏是徒劳的。我仍然自惭形秽，但是自从那一刻起，与他人交往时，我总是把我家贫困的家境摆在明处。我把我的女朋友们带到家里，假如我看到那种不屑的神情以及她们眼中流露出惊骇的话，我就把她们送回家，再也不去找她们。结果，我看到的几乎都是那种眼神。我从来没有意识到我是注定要失败的。我只对从我向往的那个世界里出来的女孩们感兴趣，她们的社会地位要高我一头。在我老家，社会阶层的划分几乎就像对待不同肤色那样泾渭分明。我还算走运，有那么几个女孩喜欢到贫民窟里走走。她们喜欢坐在摩托车的后座上，过上一段自由自在、无牵无挂的幸福时光。对我来说，那也就足够了。其他的男孩会带她们去参加大舞会。我当时不在意。我不在意。

母亲只是不停地努力，坚持苦熬。

《圣经》故事中，我最喜欢的是寡妇捐钱的故事，那个穷女子将两枚小钱币捐给了神庙。富商大贾捐的钱要比她多得多，但上帝却把她的礼物看得更重，因为她将自己仅有的钱捐了出来。于是，上帝为她祝福。

13

人品不错

他死的时候，我不记得我有什么悲痛。悲痛会让我显得做作，就像冲着放在坟前的塑料花弯下腰，要闻闻它们并不存在的香味似的。

你永远不可能知道在自己临终前会怎样表现。你也许会哭，也许会诅咒，也许会对上帝挥拳头，或者，用尽全身最后的一点力气，努力向上伸出你的中指。但是，有一点我是知道的：在我看到死神降临时，假设我能看到，我不会像父亲去世前那样，请求我伤害过的人们来关心和照顾我。这不是因为我有多么高尚，为他人着想。只是我担心他们会像我过去亏待他们那样亏待我。那是我无法忍受的。

我过十五岁生日时，父亲已经病了很长一段时间。1974年秋，我进中学时，他已处于垂危状态。一天又一天的痛苦日子，他待在那座小房子里咳得死去活来，越来越虚弱，越来越害怕，于是临时抱佛脚，寻找上帝的庇护。

我们那时很怕电话铃响。当时我们刚刚安了一部自己的电话，一听铃响，本来应该欢天喜地，大家都会抢着去接。可在那时，每当电话铃响，我们都盯着话筒看而不去接，就好像那是死神打来的电话。从某种意义上讲，也的确是这么回事。我们都愣怔怔地盯着电话，直到母亲拎起话筒。她只是静静地听他诉说自己的恐惧,不说一句话。有时,她只是垂下头,闭上眼，坐在那里一动不动，我知道她在为他祈祷。

关于我最后一次见他，他给我那些珍贵的书和新步枪，还给我讲了他打仗的故事的那天，我没有什么可以补充的了。只是有一点：假如那件事从未发生，假如他没有费点口舌给我讲那个故事，我这一辈子都会恨他。但是，他毕竟把该讲的话都给讲了。结果，当他的痛苦走到尽头时，我真不知道自己心里是什么感受。但是，我知道那不是仇恨。我知道什么是恨，我当时的感受和恨是风马牛不相及的东西。

他死于 1975 年 1 月 29 日，终年四十一岁。我相信他当时的神志是清醒的。

我们没有去参加他的葬礼。但是母亲觉得应当让我们到殡仪馆去和他见上最后一面，把我们该穿的衣服放在床上。但是山姆拒绝去，我也不去。这是我一生中为数不多的几次有意和他人联合起来与她作对。也许我是在报答当年山姆扑向父亲保护我的那笔旧情。对于马克来说，他是个陌生人。他的死对他没有任何意义。结果，我们哥儿仨全留在家里。

母亲自己去了。她在那里没待多久，向我的祖母致意，最后看了一眼他的遗容。我从未问起她看到些什么以及心里的感受。那是他们俩之间的事儿。

许多年过后，一个和父亲打过一辈子交道的人，一个比我认识他的时间更长，对他的了解也比我更深的人说过这样一句话："假如你不算他喝酒的毛病，查尔斯的人品还是不错的。"我告诉他我感谢他的中肯之言，我愿意相信他的话。我很愿意会会孩提时代的父亲。那时候，无情的岁月还没有给他的内心造成这么多的创伤。

有时我会纳闷是否能在他身上看到我自己，在他的脸上、在他的言谈举止中找到我们的共性。时不时地，有人会告诉我，我遗传了一些他的秉性，但是其中大多数是不好的东西。我像他一样脾气暴躁，像他那样很难宽恕别人或者根本不宽恕别人。我和他一样，对自己无法改变的事暴跳如雷，而对自己能够施加影响而改变的事则往往视而不见。

我真想在生活变得一团糟之前，所有那些创伤痛苦、所有那些成加仑的威士忌出现之前，和他深谈一次。从他的脸上和他的心里找到一些他传给我的东西，一些好的东西。

14

时速一百六十公里，大头冲下，然后斜刺里冲将出去

从小，我就一直在寻找一把能将自己越来越快地弹射到远处的“大弹弓”。当坐在一辆为开快车而改装的汽车里拧转钥匙，当听到隆隆震响的马达声有如正在逼近的暴风雨，感觉到手中的方向盘在按捺不住的能量冲动中颤抖，你就好像能从任何樊笼中挣脱出来，就好像能够将你的整个过去抛到脑后，让它变成后视镜里一个不起眼的小黑点。

1976 年夏，在我进杰克逊维尔高中前的那个夏天，我有了一把举世无双的“弹弓”。那是一辆 1969 年出产的通用敞篷大马力跑车，八汽缸三百五十四马力，加上像我手臂一样长的四管汽化器。跑下坡时，一升汽油能跑两三公里，马达发动时的轰鸣声就像世界末日降临一般。那车车身颀长、低矮，外形凶狠，跑起来像一股疯狂的旋风，车内是橘黄色的碎方格贴面和一个八道卡式磁带播放机。车停在院子里的松树下面，

那架势就像是一辆挺能跑的好车。我记得当时车里只有一盘磁带《伊歌金曲大全》。

我是靠拿着最低工资，在地狱般的酷暑里干了两个夏天才攒够了买下这辆车的钱。另外，还向埃德姨父借了些钱。因为是用百元大票付的现钱，他只花了 1900 块钱就买下了这辆车。“你开车得小心，小子，”他对我说，“那玩意儿能要了你的命。”我向他保证，是的，大人，我会像一个老太太那样慢慢磨蹭的。

我暗自思忖，我喜欢那辆车是因为它是那样漂亮，跑得那么快，也因为我喜欢想象在一排排的松树之间奔驰，身边坐着某位还不知道她比我身价更高的女孩，她的金发在风中飞扬的场面。但实际上，我喜欢它是因为它让我找到了心理上的平衡点。至少在我的眼里，它把我的身价给抬高了，它让我更接近我向往的、心理上需要达到的那个社会地位。在中学里，我既不特别受欢迎，也不是许多装酷的哥们儿中的一个。我总被邀请与那些受欢迎的孩子们一起参加夜晚的聚会，和漂亮姑娘们出双入对。但通常我自己的家世，和她们总存在着一定的距离。

从一个完全肤浅的角度上讲，那辆车把这个差异给弥补了。羡慕的人们在“哈迪”快餐店外的停车场上挤在它周围。我只让一个人开过它，她名叫帕特丽斯·科莉，她是全校女生中最漂亮的一个。我只让她开了不到两公里。

买下车后的第一个周末，我来到超市外面又长又宽的停车场上和别人赛车。如果有人明知道警车随时有可能路过却还干这事，简直是在发疯。那种比赛不仅是比速度也是比胆量，实际上，在快到终点线时你必须减速，而不是加速，因为你马上就要冲到停车场外面去了。我刚战胜林·约翰逊的普利茅斯车冲过终点，就得狠踩刹车，将车拧转过来。否则我就会连车带人冲过挡车石块、马路，一头栽进一家快餐店的停车场。

假如我好好照顾这辆车，我由此获得的这个新的心理平衡也许能维持更长一段时间。我想我本该多看看它而不是总拿它和别人赛车。但在我的身上流着太多布拉格家族的血，那不像是我能控制的事。我会深更半夜把它开到某条偏僻的乡间路上，放下车篷，开足马力从坡顶冲将下来，直到我知道车轮马上就要离地。但是，车轮从未离过地。不知为什么，车轮紧紧地咬着地皮，直到我开到路的尽头或者不敢再踩油门为止。我感觉好像我和它在一起，它有无限的潜力，要开多快就能开多快。

结果，从我买下它以后，只过了两个星期的好光景。

一个星期六晚上，夜已很深。在我回家的路上，我在镇里最后一个十字路口的红灯前停了下来。卡尔·史密斯开着一辆隆隆作响的雪佛兰在我边上停了下来，并且狠狠地踩着挂在空挡上的油门。灯变绿了，我没有急着冲将出去，我这辆车不是那种性急的车。我挂着空挡，狠踩油门，将飞轮的转速不断加大，就像将一根发条上得紧而又紧。

在接近21号公路的一个大弯道时，时速已超过一百六十公里，我看到一辆闪着蓝色警灯的警车迎面而来。后来的事我就记不准了。我只记得我猛踩油门，在大弯道过了一半的地方，顿时感到一种不祥的腾空飞起、在空中翻转的感觉。当时，车子仍然在以时速一百六十公里的速度运动，只不过已是大头冲下，然后斜刺里冲将出去。

它四轮朝天，栽进沟里。警察后来说，如果不是它落得恰到好处，我的脑袋早就没了。我当时没有系安全带，那时我们从来不系。我居然没有被抛出去，车子腾空的角度碰巧让离心力将我紧紧固定在座位上。我是从九年级的科学课上学到的离心力原理。

我非但没有头破血流、全身散架躺在车旁的地上，或者成为无头之鬼，反而皮毛未损地坐在原处，只是大头冲下。我平时总是将可以调节的方向盘放得很低，在大腿上一英寸不到的地方，现在就是它将我固定在原处，只是沾了一脑袋的泥浆和碎玻璃。我还记得收音机还在大声唱老鹰乐队的《长途跋涉》，我试图在黑暗中找到旋钮把它关掉。滑稽的是，我被卡在一辆四轮朝天的车里，闻着从油箱中淌出的汽油味儿，听着滚烫的马达发出的嘀嗒声，心想“那油可千万别淌到滚烫的集合管上”，但我所做的只是试着把收音机关掉。

我知道警察来了，因为我听到他们的说话声。终于，我感觉有一只手搭在我的脖子上摸脉搏。一个州警将我从车里拽了出来，然后拽到沟外。一下子，我置身于几辆警车的头灯的聚焦之中。我从未见过那么多的头灯同时照在我身上。那里有几辆警车、救护车，公路上的交通发生了堵塞。看上去，长长的车流好像一直延伸到了皮特芒。

“你这小子，上帝一定坐在你边上，”州警说，“不然你早没命了。”

我母亲站在一旁吓傻了。最后，警察让她过来见我。她从头到脚把我看了个仔细。但是，除了我头发上的玻璃碴和扭伤的脖子，我像个没事人。谢天谢地，我那时已经长到她不能再去砍下一根山核桃树枝打我屁股的年纪，但是我想她心里一定转过那个念头。

州警和杰克逊维尔的市警走到一旁单独讨论此事，他们必须决定是否要让我坐一辈子班房。最后，他们告诉母亲我吃够了苦头，让她带我回家。在我们驶离现场时，我回首望去，清理现场的人已将我的车从沟底拖了上来。几条大汉将它翻转过来。它那副惨相就像从路过的车里扔到沟里的一张被揉皱的白纸。

“上帝准和那孩子在一起。”清理现场的工头卡利斯·史洛兹对埃德姨父说。好多人都这么说，我都能想象第二天《安尼斯顿星报》头版上的大标题：上帝与男孩乘车同行，但还是翻了车。

有一阵子，我在当地成了名人。没有什么人，从来没有什么人以时速一百六十公里的速度翻车，不系安全带，皮毛未损，走着离开现场。人们说我命大。我母亲则像州警和卡利斯·史洛兹一样，猜想当时上帝的确坐在我的身边。

事过四个月，史洛兹修车铺的好手艺恢复了那辆车的原貌。埃德姨父借钱给我修车，然后从我的工资里扣除。修车的人把它修复得美貌重现，但是它再也不是过去那辆车了。它跑得快，但那不是真的快，就好像有些藏在深处的小玩意仍然没有完全康复似的。最终，有人在超市的停车场上倒车时撞了它。当我将它以一千四百块钱的价儿转卖给一个从不超速的牧师的儿子时，心中好不窝囊。

我讲这个故事的目的，是想让你知道我在上中学时虚度光阴的程度。我差点辜负了母亲为我做的牺牲。我有梦想，但没有野心。我逃了课，然后跑到操场上练十八米处的远投。我功课门门及格，从不做回家作业。我只读我想读的东西，但是从不学习那些老师们认为重要的东西。我穿着一身借来的西装，在个人专长表演中大显身手。我在公共演讲的比赛中夺冠，因为动嘴皮子对我来说并不难。我参与了校报的编辑工作，因为写作并不花费什么钱。我在比赛后和晚会上喝酒。有一次学校组织去亚特兰大，我曾试着混进脱衣舞酒吧，未能成功。我从来没有，绝对没有跳过迪斯科，除非有哪位年轻姑娘让我跳。夏天，我曾为艾德·菲尔的“园林土佬”棒球队做过投手，有一场比赛，我接连两次打出全垒打。假如我和姑娘出去约会需要钱，但因为天气的关系找不到活儿干，外婆会将藏在床垫下面的私房钱拿出来给我。

因为在外打工挣钱，我那时吃午饭已经是自己掏钱。我有两条牛仔裤，够我穿一星期了，这事除了我之外，没人知道。我有一枚用假金子做的毕业戒指，当然也没有必要让别人知道那是假的。我虽然算不上聪明，至少长相还不错。

我本该用功读书，争取获得上大学的奖学金，本该认真为未来做好准备，像那么多人那样，集中精力将自己从贫困中解脱出来。但是在我身上所有的缺陷里，最大的一条是“今朝有酒今朝醉，不管明朝是与非”与及时行乐的人生观。如果是肯尼迪家族的人，抱这种人生观当然问题不大。但对于像我这样出身的男孩就危险了，或者，我的处境至少应该向我敲起警钟。

但是我的命大，那场车祸证明了这一点，我一生中发生的其他事情也都证明了这一点。即使在当初，我就明白了这样一个道理：只要你孤注一掷，背水一战，你就只会成功，不会失败。

当我带着镇上最凶狠的恶少的女朋友去看橄榄球赛时，他带着一车的帮凶追在我后面。我只是滑脚溜走，跑得比他快。一开始是开车比他开得快，后来是凭两条腿逃过他的追赶。作为堂堂男子汉，本应在那里和他斗个高下。此事假如事关我的脸面，我是会和他干的。但是，此事与脸面无关，只是涉及一个名叫爱莉森的女孩子。再说平时我们也只是以朋友相称。只有为爱情才值得被人打得半死。

在读高中时，我向一个朋友借了一笔钱买了一辆鲜亮的橘黄色的铃木 750 型摩托车，用的还是水冷却系统（现在回头一想，我还欠他一百块钱咧）。只要你能把稳车，那车能跑两百公里的时速。但因为车身太重，人们称它“水牛”。夏天，我穿着短裤、网球鞋骑着它到处跑，此举纯属自杀行为。如果在水泥地或石子路上摔倒，皮肉就会被全部擦光，见到骨头。所以我不能摔倒。我只歪倒过一次，那是在亚拉巴马州的兰洛克镇的红灯跟前。我当时正和停在我身边的一辆车里的女孩子搭话，一时没留神，结果车身倒向一边。那车重重地压在我的身上，我当时就像被鞋踩住的一只甲壳虫。

每逢周末，如果埃德姨父实在找不到人开大翻斗车，他只好眼一闭，心一横，口中念叨几句祈祷，把那活儿交给我。他平时雇的司机老是因酒后驾车被吊销执照，要不他是绝不会让我沾那辆车的边的。一个开着大卡车的愣头青比开着跑车的愣头青还要危险。我就像著名跑车手在赛车时那样麻利地挂上高速挡，驾着轮胎被磨得光光的卡车擦着弯道疾驶。我常常看着身边那些上了年纪的老工人们，像死神那样冲着他们大笑。结果，他们全都爬进装着肥料的平板卡车的车斗里，不再搭我开的车。

我尽情地享受人生的快乐，但没有一个专长。我唯一能拿得出手的是讲故事和听故事，但那不是个能赚钱谋生的营生。要说我去为校报工作是出于对写作的热爱，那是不实之词。写作其实是件苦差事，会让你的手指酸疼，我当时又不会打字。讲故事是人们在茶余饭后在门廊里的消遣。写新闻稿似乎和干活太相似，就好像在地里刨土豆。

我在杰克逊维尔选修新闻课的本意是图个方便，在宪法第一修正案保护之下的那块塑料新闻牌照给了我许多自由[1]：我可以在学校走道里奔走，在室内操场上投篮，拐到杰克逊维尔州立大学和女大学生搭话，要不就是无所事事、虚度光阴。新闻组里只有一个戴眼镜的老师，名叫艾德娜·贝格斯。她当时一定是看出我会有点儿出息，否则早就会因为我滥用新闻牌照的事将我从校报赶出去。在初中时，因为没有人愿意接手，我被任命为校报的体育编辑。我可能并无出众之处，但我喜欢看到故事上方署上我的大名。那让我自命不凡。

当时我哪里知道，正是那段经历让我最终摆脱了苦海。

高中毕业时，继续靠写作谋生的可能性很小。我回到老地方为埃德姨父干活。我记得我想过可能一辈子以开卡车为生。那年夏末时节，在我手中握叉，大汗淋漓地搬抬、诅咒那些巨石的时候，我能感觉到原先那种漫不经心的态度开始转变。取而代之的是后悔，最后变得越来越绝望。

我交的那些朋友，所有和我相好过的女孩都上了大学，离我而去，远离我脚下的这一片泥土。我记得我当时在心里琢磨，

1 美国宪法第一修正案确保新闻媒体报道和言论自由。

难道这就是我的归宿?

我从来没有将自己伪装成一个阔少。但是,在过去的三年里,我在自己哄骗自己,认为我并不比他们逊色。我也的确做到了这一点。我认为我、我的兄弟、我的母亲不比任何人逊色。我错就错在相信其他人也和我有同感。

十九年前的那个夏天,我意识到我原先的想法是多么幼稚。这个清醒过程令我难过和痛心。当时,附近出了一件人命案子。一个下午,我成了杀人嫌疑犯。

15

通常的嫌疑犯

多年来，每当想起此事，我都会怒火中烧，五内俱焚。其实，涉及此案的问话、怀疑和那些通常的警方办案程序，在几分钟内就结束了。但是，这件事把我母亲吓得不轻，只是因为她相信警方会将罪名强加在我们兄弟中的某一个人头上，因为他们手中有权，也因为我们家卑微的社会地位。

枪击事件发生在离我们家很近的地方——不到两公里。我本来应该听到枪声的。直到今天，我仍在纳闷为什么我当时会没听到任何动静。也许是蟋蟀，或者电扇摇摆时的声音，或者是电视里发出的瓮声瓮气的声音在干扰。那是个星期天，那天我在古斯河一个港汊里的静水区里游泳游得筋疲力尽，皮肤也被烈日灼伤。我上了床，安安静静地，一点不知道在离我窗户这么近的地方，居然正在发生一起杀人凶案。

吉曼溪在天黑之前是个诗情画意的去处。溪水冰凉，但只有几厘米深，在老树中穿行。溪水魔术般地从石缝中涌出。早在我出生之前，情侣们就常来这儿。他们在草上铺上块毯子，或商议未来，或享受眼前的良辰美景。丹娜·塔克和马克·马丁是一对情侣。1977年7月17日晚，他们在溪边铺上毯子。那年5月，他们已从春园高中毕业。丹娜是个聪明、漂亮的女孩，是杰克逊维尔州立大学的一年级学生，想成为一名实验室的化验员。她高中一毕业就进了大学，这样花上三年时间而不是四年就能拿到文凭。马克是个很受欢迎、样样在行的运动员。他在加油站打零工，打算秋天和她一起到杰克逊维尔州立大学读书。每个星期二，他到校园去帮助她学习。每个周末，她回到春园的家中。每个星期天晚上，他开车送她返校。大家都认定他们有朝一日会成亲。他们都以为所有完美无缺、天作之合的好事都会持续下去。

在离他们几米的阴暗处，一张野餐桌边坐着一个人。他先是到他们跟前讨香烟抽，然后又过来讨火柴。第三次，他走向他们，手里拿着一把枪。他勒令他俩站起身来，然后逼他们把衣服脱光。

此人名叫约翰·斯巴克，大家都知道他是个性欲狂和酒鬼。他大专没读完，干过许多工作，但一事无成，情场上也很失意。他被空军赶了出来。他觉得不管到什么地方，不管干什么事情，他与这个世界总是格格不入。

这两个年轻人现在只能任凭他宰割。他先玩弄了她，又玩弄了他，然后又过来玩弄她。当她尖叫起来，他狠狠地打了她一记耳光。此时，为了求生强压怒火的马克再也忍不住了。他对斯巴克说如果他再碰丹娜，那就先冲自己开枪。那不是出于匹夫之勇，而是义愤填膺时的直言。他告诉斯巴克，他在等他向自己开枪。结果，斯巴克真的开了枪。

第一颗子弹打进他的颌骨，第二颗穿过他的脖子和颈椎。然后，斯巴克将枪对准丹娜，向她的头部开了两枪，然后逃走了。

事发后两小时，警察在例行巡视时发现了他俩。她当时已经遇难。他还活着，但他现在只能用噙在嘴里的一根小棍子翻书，颈部以下的身体全都瘫痪了。

第二天早上我醒来时，看到溪边到处都是警察，而且不只是当地的警察，连县里的和亚拉巴马州调查局的人也都来了。消息一下就在家家户户中传开。邻居们详细形容了那个可怕的现场，但为了死者的体面，他们将其他的细节省略了。等到警察上门询问时，已是第二天的下午了。

我们并不是唯一被找来问话的人。他们将犯罪现场附近所有的穷人、黑人和犯过罪的人，或者智能不健全的人全召集到杰克逊维尔州调查局大楼的门厅里。那里已被改成临时指挥中心。在那里，我见到几个有痴呆脸型的傻瓜坐在那里，神情迷惑，惊恐万状。令人愤慨的是，他们没有把附近的富家子弟也召来问话。

问话只持续了几分钟。他们问我昨晚在哪儿，干了些什么。我告诉他们我当时在看电视。他们问我看的是什么节目，什么内容。我说我在看劳埃德·布里奇斯主演的《死亡游戏》。

后来，他们把我给惹火了。

他们问我当时还有谁在场，我说我弟弟马克，他们问我他开的是什么车。我说是辆诺拉，酱红色，中间有道白线，车顶是黑的或是白的，我记不准。“到底是什么颜色，黑的还是白的？”侦探问，那副架势就好像他是福尔摩斯或者波罗那样的神探。“你难道不知道什么是黑什么是白？”就这样，问话持续了几分钟。但是，我猜想我并不符合那种性变态的推测。于是，他们把我放了。马克也经过了一番同样的问话，但我们所经历的比起母亲经历的一切，简直算不上什么。

她非常紧张焦躁。她知道我们没有干任何坏事。但是在一个在富人家阴影中长大的女子的眼里，这并不是一颗定心丸。警察可能把罪名强加在我们兄弟中的某一个人头上，只是因为他们手中有权,只是因为我们的社会地位。一想到这种可能性，她总是心惊胆战。

那个星期天，我在水中游泳时穿的是一双旧跑鞋。亚拉巴马的巨大人工湖中的静水区是用一系列大坝将低洼地淹没而形成。水下有铁丝网和整座的房子，只有傻瓜才会赤着脚下水。我回家时，鞋里已经进了不少脏东西和碎石子，于是我将它们留在前门廊。

母亲看到那鞋，一下慌了神。她听人说那个凶手是穿过溪流逃跑的。她担心侦探会看到那双鞋，从而认定我是凶手。于是，她将鞋埋在后院一大堆垃圾下面。

* * *

结果，约翰·斯巴克在牢房里找到了耶稣。他在亚拉巴马很南面的门罗县一个小小的第一洗礼教会的教堂里传播进地狱、被主拯救的福音。听人说，他在那里讲经布道讲得还不错。什么样的人都能被宗教挽救，他在那些信众面前就是一个活生生的证明。

我琢磨也真是这么回事。

我一直明白我不会真的被冤枉。但是有时候因为那宗血案那么邪恶、那么卑鄙，也因为我被迫和这件事发生的某种联系，至今想起来仍令我愤怒和战栗。这件事在我身上引起了一次强烈的震动。它毫无疑问地印证了我原有的有关阶级和特权的观念。这里说的特权与你能否做什么事的特权关系不大，而是指避免飞来横祸的特权。我母亲从来没有过这样的特权，一天也没有。

我必须拥有这种特权才行。

那年夏天，我大多数的钱都浪费在摆弄车、同女孩子交往和快餐店窗售的汉堡上了。但我还有足够的钱到9月份在杰克逊维尔州立大学注册修一门课，我每天上下班都要路过那所大学。那将是我在一连串的行动和筹划中迈出的第一步，采取的第一个行动。那以后发生的大多数事和我撞上好运有关，最终让我得到了我梦寐以求的那些东西。

我选了专栏写作这一门课。教课的老师是不好对付的玛米·B.赫布，她是一个将自己火红色的头发高绾在头上的女人。她告诉我她读了我最初写的几篇作业，认为我颇有天分和希望。不过，她只给我一个“良”，但那是一个有天分的“良”和充满希望的“良”。

我是个大学生了。我没告诉任何人我只修一门课，再说也没有人问起过此事。在登记注册时，我在“专业”一栏中选了“未定”，那是因为那表上没有“刚刚够格”这样的选择。

这个学校的校报名叫《雄鸡报》，是从一首诗中借来的名字。我来到《雄鸡报》的编辑办公室，主动要求义务为他们供稿。我告诉他们我在高中干过一阵子，有经验，他们二话没说就接纳了我。只要还有口气在的人，他们都要。每个晴朗的星期六我就去实地采访“雄鸡”橄榄球队的比赛，大多数情况下都会如实报道。我仍然每天为埃德姨父干活，仍然在堆放松木，叉掀碎石，斩杀蛇虫。

几个星期过后，当地周刊《杰克逊维尔新闻》的编辑给我家里打电话，问我是否愿意为他们写体育报道挣些钱。他们给校报打电话，不知校报报社里的哪位仁兄说我这个人还认几个字。这个编辑说假如我愿意，我还可以写自己的专栏。在文章上方不光是我的大名，本人的尊容也将出现在那里。我转眼之间成了一个人物。

那份差事每星期只发五十来块钱的工资，但那并不重要。他们给了我一张书桌和一台无法打字母“Q”的打字机。于是，我写文章时就尽量避免用这个字母。我学会了用两个指头打字，我思考的速度也就那么快。我母亲把我写的第一篇报道从报上剪了下来贴在小本子里。从此，凡是她能找到的我写的东西她都照此办理。

对于大多数人来说，这似乎算不上什么了不起的差事，在夜深人静时趴在打字机前，写关于比赛的报道。对于我来说，这简直是天赐的美差。一次，我去记者招待会时需要戴领带。我戴的是一条搭扣领带，但没有人知道——除非你用力拽。结果，我的新领带就像我刚刚取得的那点小名声那样，稳稳地待在该待的地方。不久，我突然意识到，我趴在打字机前斟字酌句的时间，远远超过了一个健康的十八岁小伙子应该在这种事情上花的时间。为了给墨带快要用完的打字机打出的越来越淡的干巴巴的词语着色添彩，我在心中拼命回忆那些运动场上的场面和细节。

过了不久，我才知道《杰克逊维尔新闻》本来要把这份工作交给另一个给校报写稿的记者。结果，那人因为已经在肯德基炸鸡店找到一份稳定的工作，所以谢绝了这桩差事。

上帝肯定还在我的身边。

我当时对这份写作的差事和我的前途之间的关系一无所知。我的确梦想过有朝一日，它能将我送到从 21 号公路下来还要再走二十几公里路才到的在当地颇有名气的《安尼斯顿星报》报社，那份报的发行量有三万份。假如能在那里找份差事，每周能挣一百一十四块钱，还有健康保险津贴和圣诞晚会上的免费烤牛肉。我从未梦想，也从来不敢梦想这份差事能为我打开通向大喜大悲的大门。我从来不敢梦想它能将我引进我干的这一行业中的最高圣殿，那个位于纽约 43 街脏脏的人行道边传奇式的去处。[1] 我从未梦想我必须沿着别人噩梦中阴暗、扭曲的隧道奔跑，才能达到那个目标。我出于犯傻和追求浪漫刺激，自以为对社会的阴暗面熟门熟路，才选择了这个终身职业。

1 《纽约时报》报社所在地，纽约西 43 街 229 号。

II ……………… 对母亲说谎

16

在圣殿里

纽约，1994年冬。

报社和地铁在我的眼里有很多相似之处。两者都勉强达到运作有序的标准，两者都是振荡、嘈杂、强大、人们赖以生活的东西。在这个拥挤、忙碌的地方，我坐在自己的书桌前，挖空心思寻找惊人之语。我在电脑的键盘上用力敲击一个键，一下、两下，再用力敲。没有反应，键又坏了。你能在事业上春风得意，青云直上，直到跻身《纽约时报》报社的记者行列，但那并不意味着当你需要一个“Q”时，你一定能如愿以偿。

那天晚上，我在北方的严冬里，沿着那些曾被人写进歌中的路灯，走回50街上公司分配给我的小公寓。已过9点，但是川流不息的黄色出租车仍然在百老汇和第七大道上涌动，伴随着以十几种不同语言混合组成的高声谩骂的大合唱，坐在窗户紧闭的后车座上的乘客自然是听不到这些的。[1]尽管在这个钟点，人行道上仍然熙熙攘攘。我在心里犯嘀咕："难道这些家伙从来不知道回家？"不过对于那些衣衫褴褛，手里紧攥着皱巴巴的装满废物和被人用过的塑料刀叉的垃圾袋的人来说，他们已经在家里了。

我走过"阳春白雪"的地段和"下里巴人"的地段，走过著名演员为满座高朋演出的剧院，也走过不知名艺术家自娱自乐的剧院。我不去那家鸡肉沙拉三明治标价 11 块钱的高档餐馆，而是去了"鼓眼水手"鸡肉发糕店。在那里，花上 5 块钱加上一点零头，能让你吃得撑死。这是时报广场上最温暖的地方。哪怕是寒冷的冬夜，站在那里，你都能感觉到柜台另一端油炸锅散发的热浪。我要了些外带的鸡肉。

也许在我进餐馆之前就在下雪，但在出门时我才第一次注意到，小小的白雪花，一下就被人行道的热气融化了。在离家还有几条横马路的地方，我看到一个瘦削的面有病容的金发女子。她穿着一件粉色尼龙罩衫，站在一个色情电影院外面的公用电话亭边上。她手持话筒不说话，只是拿着话筒假装在和谁通电话，等那辆警车从她边上驶过。她从来不张口要钱，只是盯着你看。她的眼光冷峻却面带微笑，狡黠而又尖刻，让人联想起用唇膏抹在公共厕所镜子上的那些涂鸦，直到你冲她摇摇头才作罢。

在 49 街，一个乞丐向我伸手要钱。我给了他一个两毛五的硬币，也许是两个。因为我还没在纽约住得足够长，还没有

---

1 纽约的出租车司机中的相当一部分，是来自世界各国的新移民。

练就一副铁石心肠。乞丐能看出我是初来乍到，就像马能觉察出你的畏缩那样。他们有时会从一条马路追到另一条马路，一路央求。今晚算我走运，碰到个获得新生的教徒。那个人对上帝将他遗弃在又冷又脏的人行道旁并无怨言，他只是为我祈祷。

看门人为我打开公寓的大门，像以往那样，此举总会让我产生一种异样的感觉。“你怎么能吃那玩意儿？”看门人说。我对他说我的肠胃对辛辣、油腻之物无动于衷。像每天晚上那样，他听到我浓重的南方口音，忍不住笑了起来。他一定在想象一个乡下佬进城狼奔豕突的样子。他对我每说一句话都要重复一遍，我猜想他是怕我听不懂，我也不在乎这个，他是个好人。

我坐在沙发上，一边有一搭没一搭地听着为了解闷打开的电视，一边从口袋里拿出鸡肉和发糕吃，一边向窗外百老汇方向的“冬园”屋顶看去，路上车灯的长流一直延伸到天边，至少到110街。我刚写完一篇关于在纽约生生死死的故事。我一边开始读第一页，一边试图不让油和发糕渣子掉到稿子上。

在内城区，又一宗杀人事件和一座不起眼的坟墓之间是位于布鲁克林的一面墙。

凯姆·哈伯特上星期将她兄弟的名字用大大的银字刻在那面墙上。现在，在死者从人群中悄悄地消失的社区，邻居们将会记住，凯尔·拉希尔·哈伯特是在1990年1月9日中弹身亡的。

死难者纪念墙坐落在布鲁克林区的皇冠高地小区的皇冠路和贝特弗街的拐角。和布朗克区南边及哈伦区的那两面墙一样，上面刻的都是那些死去的孩子、无辜的被误杀的人、杀人不眨眼的凶手、负心的情人和死去的好人的名字。

在那里，人们用精心绘制的壁画呼吁停止毫无意义的杀戮，还有死难者的朋友用墨水笔和破碎的心写的细细几行字。他们告诉人们“爸爸”已经安息，“琪琪”找到了上帝。

没人知道在纽约还有多少像这样的墙，或在内城区里又有多少人的名字被刻在坐落在洗衣铺、诊所和社区小店边上与它形成同一道风景线的那些纪念墙上。住在这些纪念墙附近的人们估计，有几百座像这样的墙散落在城中的大街小巷，上面刻有数以千计的姓名。

死者都被抬到内城区之外的公墓里埋葬。但是这里的人相信他们的灵魂仍然在社区游荡，所以纪念性建筑应该建在这里。人们将插在软饮料罐中的鲜花留在墙前。他们抚摸着墙上刻的名字，为他们的灵魂祈祷。有些纪念墙上刻有几百个名字，墙面几乎从来没有被人污损过。“琪琪”“爸爸”和拉希尔得到了在他们遇难时未能得到的尊重。

“我无法让他们起死回生，”皇冠高地区的居民领袖和布鲁克林墙的保养人理查德·格林对我说，“但是我能把他们的灵魂留在社区里。

“我有一个死在越南的朋友，我无法去参加他的葬礼。后来，我去了那座墙，越战纪念墙，找到了他的名字。那个名字仍然有一种力量。”

我从头到尾读了一遍稿子。和往常一样，我发现其中有十几处值得修改的地方。但是，一旦他们开动机器，一旦汽笛鸣响，一旦机器开始不断翻转，你就不可能让那台巨大的印刷机倒转。就像时间不会倒流一样。有时，那份刚印出来的，还带有机器余温的报纸读上去是那样别别扭扭，有时简直读不顺口，但木已成舟。你得承担全部的责任。对于一个想重新写稿的人来说已为时太晚了。

我记得纽约的那个夜晚，因为在纽约的每个夜晚都是如此。我原本可以给母亲打电话，可以向她倾诉我这个南方土佬远离故土，在这里的处境是多么糟糕。但那些都是谎话。

我不是那种穿着无鞋带的乐福鞋和刻意作旧的卡其裤，向家人倾诉怀念故乡河水的呢喃和家中门廊的清风，故作多情的南方小子。我去过离家更远的地方，那种能为抢你脚上穿的鞋把你杀了的地方。我甚至没有问自己究竟是怎样鬼使神差走到今天这一步的，因为我对自己如何一步一步走来清清楚楚。从我第一次坐在那家充满油墨和香烟气味的小报社里那张伤痕累累的书桌前，在那架旧的打字机上寻找、敲打字母键，我一直都在追求这个目标，或者是和这个非常相似的目标。

从我的小公寓向外望去没有什么风景可言。老天，我住的是中城区。你得住到格林尼治村或者苏豪那种地方才能称得上风景如画，如果你有胆量并且有神灵护身，西班牙哈伦区也是风景这边独好。我不是那种在四处苦苦搜寻灵感和素材的潦倒作家。我工作的这个城市素材很多，我得从十个故事素材上面连踩带踹奔过去，才能抢到一个我想写的故事，就像从在街上睡觉的乞丐身上踩过去赶地铁一般。我吃的不是罐装汤和苏打饼干。我不属于那种一边等着阔佬爸爸寄钱，一边涂鸦几行不到入土不会有人问津的歪诗的那种有闲阶层，我是靠写作挣工资的人。每天都有上百万的人读我写的文章。

我对在纽约打拼能否算成功心中无数，但我能很有把握地说，目前我的处境算不上失败。一时间，我想起曾经获得两次全美大学联赛冠军的杰克逊维尔州立大学棒球队的教练鲁迪·阿博特。我一向敬重鲁迪。我想那是因为他是从安尼斯顿城西工业区起家的缘故。他从小在工厂的阴影下长大，然后从那里出人头地。他给过我一句忠告，也许更像一句警告。

“像你我这种人，”他说，“我们是不会失败的。”

不错，我干得还算不错。

说实话，这个城市之庞大，其中有些什么东西会迫使你做些反思，就好像你被如潮的陌生人席卷时必须不断地在内心深处做些反省，以确保自己的本色不变。一个箱子里有那么多的老鼠，你想确保你这个老鼠仍然与众不同，你就得静下来想一想此时此地之外的什么时间、什么地方发生的事儿。你得将自己放在记忆中的某个地方，从中得到慰藉。我不知道在纽约土生土长的人要反思时该干些什么，也许他们记忆中的纽约是个和现在有很大不同的地方。我听说是这么回事。也许他们可以凭空臆造一个地方，然后置身其中聊以自慰。

我唯一真正的遗憾，那个在成长过程中最让我痛心疾首的憾事，是在很多很多年里我无法和母亲坦率地谈谈我赖以谋生的职业。那不是因为我以自己的职业为耻，我其实为之感到自豪，只是我的职业涉及的内容让我缄口。我记得驻扎在海地的一个年轻美国士兵，一个从密西西比州来的小伙子，闷在防弹背心里给他的女朋友和母亲写信。他给女朋友写的大多是实情：人世间无以复加的肮脏、仇恨和残暴，但他给母亲的信则都在撒谎。“对妈妈你只能报喜，不能报忧。”他说。这是不言自明的道理。

我想让她相信，我做的每一件事都是温情脉脉、平和纯洁的，我只是和别人坐在一起谈谈奇闻怪事，等旅馆服务员提供客房服务。我怎么能告诉她我在前两个星期乃至过去的十年里在外面寻找无家可归的人、绝望的人和被世人永生永世唾弃的人呢？我怎么能告诉她，她的小本子里的剪报早已过时，告诉她就在几天前，一个深谙纽约街巷门道的摄影记者米歇尔·艾金丝在一个非常危险的拐角处叫我赶快躲进面包车，不只是因为我可能送命，而且她与其他和我们在一起的人的命也得搭进去那种事儿呢？我该怎样给她形容那些内城区里因为不指望自己能活过二十岁，都事先交付了殡葬费的孩子，那些因为某人不小心踩了他们的球鞋或者紧盯着他们看而杀人的孩子眼中的凶狠呢？你该怎样来到一个一生悲苦的女人跟前，将那些和她素不相识的人的悲苦放在她的脚边呢？不行，我没去提电话筒。

我星期天会给她打电话，会告诉她我到哈伦区的一家叫“西尔维娅”的餐馆去吃火鸡翅膀和玉米饼，会告诉她纽约是个好地方，那里的人说话慢条斯理的，我都能听懂[1]，我写的文章总被登在头版，一登就是两篇。我想那是所有她需要知道的事情。每当我写一个令人开心的故事，我就将剪报寄给她并

1　纽约人以说话快著称。

在里层粘上一张百元钞票。她会把剪报给别人看，将百元钞票放到床垫底下。她有三个床垫。乡下人从不将旧床垫扔掉，只是将它们一个摞一个地放在床上，越来越高，最新的放在最上面一层。假如你在熟睡中死去，和你最初的境遇相比，你离天堂可要近多了。

反正那时已过10点，她在一个小时前就睡了。假如这里冷成这样，那里恐怕也不会暖和多少。她会让狗进屋，让水龙头滴水，这样，那些东拼西凑凑合起来的水管才不至于上冻、开裂。

她会5点钟起床，将柴火放进火炉，那里只剩下留着做过夜火种的煤块。她会想做些发糕，甚至把猪油罐和面粉都拿了出来。但她又会把它们放回原处，因为没有必要做上一大堆早餐，然后一个人坐在那里吃。有时，早上起来，火已熄灭。她必须用几条松木将她唯一读的报纸《杰克逊维尔新闻报》卷成卷重新生火。她对所有的人说，那报纸不错，生火特管用。我儿子过去在那里干过，大概你们还记得他吧？他过去专写球赛的事儿，他现在在纽约干事，我也闹不准他到底在干些什么，他们写的东西不在这里卖，他也不说。

* * *

我看了11点钟的晚间新闻，然后向窗外看了一会儿。我知道在城市的另一边，在联合国总部附近，无家可归的人们正在将毯子铺在冒着蒸汽的下水道出气口上，准备睡下。在麦迪逊大街，他们会将纸箱拖到豪华的时装店门口的门廊中，紧挨着将他们和店内舒适的环境隔开的闪光锃亮的玻璃门躺下。在肉类加工厂那一片，穿着男装、几乎是赤身裸体的娼妓在一辆辆车之间跑来跑去寻找主顾，她们的皮肤在严寒中显得阴森惨白。

我拎起电话给我在佛罗里达的女朋友打电话。我请她告诉我，她那里还算暖和。她说不暖和，那里也很冷，当地的果农担心柑橘会被冻坏。

17

10月里的星期六

我刚开始干新闻这一行时，几乎没有写过杀戮和人间的悲苦之事。我写的都是暴力，这一点不假。我写的是肩宽体壮的大汉们试图将对手撞成一堆肉泥后满地找牙的报道。我写的是橄榄球赛，即使在南方，这也简直和杀人差不太远。人们说橄榄球是我们现代人取代旧时代决斗的一种比赛。我对这种说法不以为然。从严格的意义上讲，比赛本身算不上暴力。我以为这只是我们取代骚乱的一种游戏。

当我不再写橄榄球的赛事时，我曾恋恋不舍。在炎热、潮湿的空气远没有开始转成凉爽的清风，在橡树和枫树树叶没有丝毫转成金色和红色的迹象时，橄榄球就已将夏天驱逐，并以激昂的鼓乐和惊天动地的亚拉巴马大学的校歌声正式宣告：秋天到了！

在那个转眼即逝的赛季里，在长方形的长着野葱、参差不齐的绿茵球场上以及用人造地毯铺就的假草球场上，我亲眼见过一些重要事件。

在伯明翰，1978 年的一个晴朗的秋日里，星期六，我看到查利·怀特在和亚拉巴马大学的“红潮”队比赛时，带球跑了起码将近一公里。结果，南卡罗来纳州立大学队把亚拉巴马大学队打得落花流水。ABC（美国广播公司）将我们的耻辱实况转播到全国各地，成年男人和女人们为之痛哭流涕。直到今天，我仍然将亚队教头“大熊”保罗·布赖恩特的英年早逝归罪于查利·怀特。

在阿森斯，我亲眼看见赫舍尔·沃克在那场史诗般的决战中将奥伯恩的防线冲得分崩离析，然后像一只巨大的红鸟那样，在关键时刻脱颖而出，那些倒地的壮汉就像胖孩子伸手去抓糖块那样想去抓他。就是因为这个赫舍尔，在很长很长一段时间里，那些本来就够令人讨厌的佐治亚球迷变得更加令人难以忍受。

在有“平原上最可爱的村庄”之称的奥本，我看到波·杰克逊撞倒几乎每一个企图阻挡他的人。我心里怀疑，他一定也让“大熊”折了不少阳寿。

但是，我见过的最出色的跑卫是博伊斯·卡拉汉，杰克逊维尔州立大学的 33 号，档案上注明他体重七十二公斤。他也许本来只有六十五公斤左右，是在两边的口袋里各装上几公斤豆子以后才上的磅秤。他跑起来像条蠕虫，每场比赛都被对手撞得稀里糊涂，但他打进过美联社小联盟。我的约翰姨父每年带我去看一两场主场比赛，领教一番他的出色表演。他会在溜边滑角时被人撞个正着，然后滑到另一个角落，某个对手把他的头盔撞飞。接着，他们会让他从中路突破，他又被撞翻在地。这时，你也许会在心里犯嘀咕，该是去叫救护车的时候了吧。就在此时，你会突然看到一个穿红色球衣的人从人堆中脱颖而出，独自一人。他会高昂起头，所有在场的人都会大叫：“那是博伊斯！”然后，他便一溜烟地跑得无影无踪了。他的袜子总会滑落下来，他的络腮胡子是我在监狱以外的世界里见过的最杂乱的，但这小子真是个能跑的。我们甚至在雨天也去看他的比赛。在我们前面的人都打起雨伞，把我的视线全挡了，约翰姨父会恨恨地抱怨“如果没有那些该死的伞，我们还能看些球赛”。

我一辈子都在告诉自己我写的东西是重要的。当我在土生土长的南方大地上从一个比赛场地开车到另一个比赛场地时，我还没有悟出我正在做的是件重要的事儿。我坐在一个又一个记者席中，吃着无数难吃的热狗。在每个星期五晚上灯光照耀下的高中橄榄球场上，穷人家的孩子和富家子弟是平等的，只要他能把对方后卫的门牙给砸掉就是好样的。在观众席里，教堂里的助祭和那些满嘴喷着酒气的人坐在一起。男人一下班就来到这里，他们的衬衫口袋上方都印有他们的大名。[1] 双方每斗一个回合，场上的球员身体碰撞时发出的声音，就像一根根木棍打在人身上时发出的那种闷响，观众席中的男男女女都会屏息静气，等着自家的儿子从地上爬起来。

一晚接着一晚，在那些以小镇上的医生、去世的教练和乐善好施的乡绅名字命名的球场上，我把这一切都看了个够。

1　美国的蓝领工人的制服上通常印有姓名。

在这些球场停车收费一块钱，赞助“一毛钱运动”[1]。我只要对门口收票的老头说一声“记者”，他们就会让我进去，就好像我念的是句“芝——麻——开——门”的咒语。大多数时候，我在记者席上看了个够，不过那并不意味着在那里总有我的座位。记者席其实是为现场广播员预备的。广播员总是坐定在那里，另外还有他的好友，还有那好友身体虚弱的叔叔，以及大家暗地里认为是同性恋的军乐队主管，再加上那个被大伙认定是主管相好的人。不管怎样，在记者席中找个座位并不容易。在亚拉巴马，我坐在一个塑料桶上。在文森特，我坐在一块木板上。当坐在观众中的胖小伙们憋足了劲吹大号演奏天晓得什么曲子时，我坐在三合板做的盒子上用手塞住耳朵，浑身打战。我想他们吹的大概是《周六的球场》。我在报道中引用某个教练的话，此公每个星期都是那句老话，“我们已经尽了百分之一百一十的力”。我从来没有问他那怎么可能。我记录统计数据非常马虎，常常会在第二天早上惹得教练摇头叹气道：“带球跑一百一十四米？狗屁！”有时为了赶限期，我会将抢球立功的边线卫的名字拼错，要知道这些孩子除了结婚或者死亡，他们的名字是永远不会再有机会登报的。

每到星期六，倒头睡上几小时觉，就到了大学比赛的日子。我坐着单引擎的小飞机飞过不知多少公里路，那些飞行员都在越南上空翱翔过，但他们很容易在无惊无险的密西西比的天空

1　一毛钱运动（March of Dimes）系1938年1月由美国总统罗斯福倡导的全美攻克小儿麻痹症的运动，他号召全美每人捐赠一毛钱用以研究、治疗小儿麻痹症。“一毛钱运动”因此得名。

中打瞌睡。我曾在斯塔克维尔吃盒饭时食物中毒，在塔斯卡卢萨的分区边线的拐角处被人撞翻。我曾像个傻瓜一样站在那里，等某个十九岁的毛头小子给我道出我可以在报道中引用的真情，如果想到我比他们大出许多，你就明白这简直是件令人无法忍受的事儿。在密西西比，每当主队得分，就要放炮庆祝。那该死的炮把我的耳朵都快震聋了，然后在赛后的记者会上还要费劲地听布赖恩特的小声嘟哝。会上的那群记者中如有谁斗胆对这老头和他代表的大学稍有微词的话，下次见面就小命难保了。我们每天工作十八个小时，开着自己的车到田纳西州的马汀和密西西比州的费拉德尔菲亚那种地方。每开一公里路能得一毛三分钱的津贴，住的旅店里的浴缸中会有四脚朝天的棕榈虫，床单上有先前住店客留下的零食碎渣。

上帝，我真想回去再干上一回。

在南方，橄榄球是老生常谈。我不认为体育运动是南方生活的精髓。我知道在一般情况下，上帝、工作和家庭排在橄榄球之前，当然，亚拉巴马和奥伯恩比赛的那一天除外。其实说穿了，球赛是从那种现实生活中最彻底的解脱。对于我来说，解脱则有一种完全不同的含义。

没有球赛，我是绝对不可能靠耍笔杆子吃饭的。靠那成绩平平的功课，我是永远不可能进新闻学院的。我敢肯定我永远不会找到份像样的工作。有些报纸认为体育栏目是玩具工厂，不是正宗搞新闻的人干的，所以可以放心地交给那些没有进过哈佛的人去干，或者可以定期让哪位当地的牙医代劳一下。我知道，这是我的晋升之路。回首往事，我意识到我过去从来没有认为我能干上这一行是多么幸运和福星高照。

我写过关于英雄的报道。在我童年时代的大部分时间里，亚拉巴马州里最受人尊重的不是乔治·华莱士，而是“大熊”布赖恩特（如果你从南方的平原来，奥伯恩的希格·乔丹则是你的偶像）。直到今天，假如你走进一家伯明翰的酒吧或餐馆，最终总能听到那个关于水的笑话：

> 圣彼得欢迎一个刚上天堂的人。这个新来的人看到一个头戴斜纹布帽的老头在水上行走。“那人是不是‘大熊’布赖恩特？”他怀着敬意问道。
>
> “不，那是上帝，”圣彼得回答说，“他只是在梦想成为‘大熊’布赖恩特。”

这老头有他自己的电视节目，由可口可乐公司和“金片”薯片公司赞助。你一眼就能看出来，因为每次在节目开始时，他都会打开一袋炸薯片，在面前的桌子上放一瓶开了盖的可乐。在屏幕上放映比赛精彩片段的同时，他会嘟哝他是如何为这个孩子或那个孩子自豪，他们的父母是如何如何不简单，等等。说着说着，当屏幕上出现他手下的一个边线卫将对方带球的人拦腰猛撞的情景，布赖恩特会跳起来大吼一声：“好！”就像某人用叉子捅了他一下似的。

他是我们家乡传奇人物中值得为之自豪的一个，那种感情强烈到伤身体的程度。当他的死讯传来，我的报社派我去采访一个为他挖坟坑的人。

在二十三岁之前，我为之写体育报道的报社一家比一家大，但从来没有一家超过三万读者。我没有继续上大学的课，因为我达到了上大学的目的，获得一个上班需要穿西装、戴领带的工作,并以我的小才相继为《塔拉德加每日家庭报》和《安尼斯顿星报》效力。他们不在乎我有没有大学文凭。我能做到拼写正确无误，还算凑合吧。我是廉价劳动力。我需要这份工作，我热爱这份工作，加班加点从不计报酬。

十九岁那年，在我为《塔拉德加每日家庭报》工作时，我曾和新闻界大名鼎鼎的汤米·霍恩斯比一起开车到亚特兰大去报道赛车比赛。他是体育部编辑，又在一个乡村摇滚乐队里做鼓手。他带我第一次去了脱衣舞酒吧。当时，两个脱衣舞女中的一个醉了，另一个的手腕上有一条长长的粉红色疤痕，她满嘴都是“万宝路”的烟味。我从汤米那里学了不少东西。

二十岁时，我在《安尼斯顿星报》干全日制的工作，这是亚拉巴马州最好的地方报纸，也是在全国名列前茅的地方报纸。那里的体育部编辑名叫韦恩·赫斯特，他是个颇有才气的作家。有一次他对我说我的笔头还不错，并且让我写上几篇。在那里上班的第一天，我下穿一条白裤子，上穿白衬衫，加上一条白色的搭扣领带，看上去就好像是个卖冰激凌的。

我什么都写，从中学的摔跤比赛到富人俱乐部的高尔夫球赛，但是我最喜欢的还是赛车。从我们报社开车到塔拉德加国际赛车跑道只需二十分钟，但当时赛车的风气完全是野路子。大多数的赛车手都是在南、北卡罗来纳州的山区贩运私酒时练就的飞车本领，或者是从那些走私犯那里学的招数。我写过费伯·罗伯茨、理查德·佩蒂、博比·艾利森、凯尔·亚伯勒、巴迪·贝克和朱尼尔·约翰逊。这些赛车手就连名字都起得不同一般，比如可可·马林和莱克·斯皮德（意为“速度”）。

当然还有我最喜欢的“黑子”吉米·明斯，此人常常在塔拉德加赛车道上撞墙而命大不死。

他们时速开到三百二十公里，车子前后左右挤得水泄不通。时不时地，其中的某个人就会送命。通常是坐在二流车里的哪位名不见经传的赛车手，但出事的并不总是二流车手，他无法把握那种速度，那种精彩绝伦的速度。他只要在倾斜度大得人都站不直的弯道上哆嗦一下，就会飞将出去，在围墙上或者在拦腰撞来的其他车的保险杠前去见耶稣，人们将这种撞车称为“大卸八块”。

除非死的是哪个著名车手，这些死者仅仅是整篇报道中的一个小小注脚。因为赛车本身更重要，谁最终赢了才是人们关心的事。我们总是千篇一律地在报道中写这类事故。在第三段或者第四段中写道：“整个赛程被（插入某人的姓名）遇难的气氛所笼罩。”我当时还不谙人事，我应该写得更通人情一点。我应该在第一段就这样写：“今天，在这里，有一个人遇难了，赛程结束了。”

但是老天啊，赛车可真够刺激。仅仅那马达轰鸣的声音就能让你兴奋起来，整个赛场就像罩在一只巨大的箱子里，成千上万被激惹的马蜂在里面嗡嗡作响。每当一辆车从车道上风驰电掣般驶过，死亡就近在咫尺。

我当时正在慢慢地意识到，唯一值得写的是生与死，以及生死之间那层一戳即破的薄膜。我从来不是一个喜欢死亡的人。杀戮和死亡曾令我恶心，睡眠只不过是凌晨 4 点的又一场梦。但是即使在那时，我还是被这些故事吸引。那些故事中有一种浓重的阴暗成分，那种身处危境和逆境的人的苦斗。相形之下，其他故事便显得微不足道。这些是报纸里最重头的文章。我想写这些故事，除了这些故事以外什么都不想写。

在我二十岁出头时，《安尼斯顿星报》的总编将我转到全州新闻组，那里唱主角的全是来自哈佛、耶鲁、哥伦比亚以及形形色色名校的毕业生。这些北方佬到南方来是为了积累宝贵的工作经验，日后便可以在人们面前炫耀他们写的那些他们本人大多不屑一顾的人的故事。《安尼斯顿星报》能吸引这些人来，是因为《安尼斯顿星报》向来以能学到新闻界里的高招著称。报社的主人兼主编 H. 勃兰特·艾尔斯在这些北方佬离开报社之前能从他们那里挖出些好故事来，因为尽管他们将自己到南方的经历比作在非洲荒野上巡猎，其中有些人还是干得很出色的。他们揭露了一些丑闻。有些在县委会里供职的笑嘻嘻的江湖骗子企图滥用职权中饱私囊，他们就写文章揭露他们的行径。他们在城东富人家的游泳池边的小屋和公寓的地下室"地狱"里修行两年后，纷纷转到更大的，但不一定质量更高的报社去。像我这种没有学历的人则都留在原处。这就是这个行当里代代相传的老规矩，我对此甚至从来没有想过要去讨个公道。我和资深的老编辑柯迪·豪尔有过一次长谈，他直白地对我说，我应该为我能干到这一步感到自豪和满足。"人生苦短，别总和哪个丑娘儿们跳舞。"我的"丑娘儿们"就是我内心的嫉妒。

但事实上，现在回想起来，那些北方佬总的来说都还不错。我和他们一起去吃南方烧烤和椰子派。在他们的北方佬的外表下面，我还能看到他们对贫弱大众的关心。《安尼斯顿星报》的创始人艾尔斯上校曾坚信，报纸有责任成为社会上最没有影响力、最弱小的民众和普通读者的喉舌。有许许多多走过报社门口的普通百姓在读了编者按后，发现那些话挺往心里去的。我在一个年轻的全州组编辑手下干，他名叫兰迪·亨德森，他很有耐心，没有将我赶走。他是一个聪明、正直的人，没有任何东西能让他在大是大非的道德问题上做任何妥协。但是，正像我在上面所说的，他最大的特点是耐心。对我这个急性子来说，那是一个很重要的美德。

我作为新闻记者写的第一篇故事，是关于猎鹿的猎人在树林里误伤同伴的事故创下新纪录的事。我描述了一个人在误伤他的朋友，致使对方流血过多身亡之后，试图将他朋友的尸体拉出林子的情景。那真是一宗难事，比我一生中做的任何事都难。责任编辑克里斯·沃德尔对我说文章写得不错，我第一次尝到一种奇怪的复杂情绪：一方面为自己写的文章刊登在醒目的位置感到骄傲，另一方面为文章字句中的悲哀所触动。

因为我是在外采访的记者，我写过好些其他不那么戏剧性的报道。我采访过克利本县的县委会和安尼斯顿市政会议，我一生中最喜欢的政治家平克·朱尼尔·伍德坐在讲坛之上，他是一个理发师出身的政治家。在南方干报业这一行中的几件最让人得意的事之一是，至少每周一次你能写下“平克·朱尼尔·伍德”这几个字。我写专抓超速开车人的小镇警察、斗鸡场和偏僻、蜿蜒的公路上的交通事故。我采访过蒙哥马利的市长埃默里·福马，此公在政治上如此保守，使得成群的黑人选民倾州出动，去选举乔治·华莱士。[1]

1 乔治·华莱士以主张种族隔离政策著称，如果黑人选民为他投票，他的竞选对手的主张之极端便可想而知。

我继续和北方佬记者切磋交流、交换故事和建立友情，在他们开我玩笑时回敬几个玩笑。和这么多受过良好教育、出身高贵的年轻人肩并肩工作的这段经历，对我颇有裨益，这一点我心里很明白。但是，我的贫寒出身这块心病在那段时间里越来越严重。在我看来，他们要什么有什么，而我除了能耍几下笔杆子以外什么也没有，我当时肯定是凭着一股傻乎乎的孩子气对这种不平很反感。

在《伯明翰新闻报》将兰迪·亨德森挖走以后，我被转到一个不把我放在眼里的城市编辑的手下。我想他看不起我自有他的原因。但有一件事什么时候想起来都仍然令我伤感。本来，报社的总编已经将城市记者的职位给了我，那几乎是所有职位中最好的差事，他选我的原因是他认为我干得不错，而且，他不在乎我有没有上过普林斯顿。而城市编辑心里则有另一个人选，那是一个颇有才气的年轻人，他的实地采访写得比我好。于是城市编辑下班后带我去喝酒，然后，当面说我的写作水平还不够做一个城市记者。我本该骂他的，但我没有那样做，只是坐在那里忍了过去，心中直恨自己。第二天一早，我便走进总编办公室告诉他，是的，我愿意做城市记者，非常感谢您的栽培。

事实上，从某种意义上讲，那个城市编辑也许没错。我也许的确不适宜干记者这一行。我只上过六个月的大学课程，在记者席中坐了四年，试图把四分卫的名字搞清楚。我只知道怎样在报纸上讲故事，但身上没有一点那位有名望的编辑巴兹尔·帕尼称为“果酱”的东西。他将“果酱”解释成许许多多东西的大杂烩，但是其中的主要成分是拿腔拿调。我和巴兹尔·帕尼这一类人相比，只是平淡无味的小发糕。

但是我在酒吧里对那个编辑的污辱忍气吞声的主要原因，是我没有其他选择。我需要那份工作。那个时候，我需要付买房的贷款，我已有自己的责任，一个月的电费就得交二百五十块钱。

那时，我已经娶妻。

18

白色燕尾服

她就像落在玫瑰花上的阳光一样美丽动人。她体态娇小、五官清秀、玲珑，她的头发几乎是纯黑的。她有一双大大的褐色眼睛和一辆硕大、鲜红的庞蒂克－勒芒汽车。每当我那辆转过三次手的破烂大马力车在路边抛锚时，她就会开着那辆车来救驾。我的表姐妹都说她像个瓷娃娃，长得完美无缺。她很聪明，在高中和大学里的成绩全优，为人也很好。我敢肯定她现在仍然保持着这个本色。

她的父亲有读雷克斯·斯托特[1]的小说的习惯，她母亲做的干酪烤空心面是我平生吃过的最好吃的。他们唯一的女儿在一个砖房林立的中产阶级居民区里长大。那里的猫都喂得饱饱的，所有的狗都戴着项圈，并且调教有方，从不咬人。

1　雷克斯·斯托特（Rex Stout），美国著名侦探小说作家。

我们是在杰克逊维尔相遇的，那时我在给《杰克逊维尔新闻报》干活。她是杰克逊维尔州立大学的二年级学生，专业是社区服务。她在市政大楼打半天的工，在那里接电话。我认为她父亲有点喜欢我，她母亲有点不中意。也许这是老生常谈，但这种情形还是挺常见的。

在我在《安尼斯顿星报》拿到第一个像样的全日制工作后不久，我向她求了婚。我用信用卡在大众百货店里买了订婚戒指，当我把戒指给她时，她落了泪。

我是站着向她求婚的。我本来应该跪下求婚的。但过去打球时我把膝盖伤得厉害，我知道如果真的跪下，我其中的一个膝盖肯定撑不住，她得帮我站起来。她并不在意我站着求婚。

我不怕结婚。能结婚意味着你还中用，至少这是我老家的乡土观念。我不是我父亲，我不断地在心中告诫自己。我决不会像他那样。

我二十岁出头，有份不错的工作。已经像一个男子汉那样完成了我戏称为“走江湖”的过程。在此过程中，我没有在从某人的卧室窗口爬出来时被人一枪了结性命。我相信我到该成家的时候了。

我不是花花公子那种类型。我不像许多同龄人那样缠绵，而是早就悟出强扭的瓜不甜的道理。你要么在那里浪费时间做白日梦，将失去的女人抢回来，要么往前看，继续走你的路。这也许不是什么爱情故事里的情节：就在某个多情种子猛地扎进交错朋友的苦海之中，在人生谷底苦闷良久，然后浮出水面换气的那段时间里，我完全可能被女友抛弃过三四次了。事实的确如此。我不是那种缠绵多情的男孩，没写过情书，没有独坐一处冥思苦想她们为什么会离我而去，或者我为什么要离开她们。女朋友们来来去去，平均一年两个。经常是当她们发现我的庐山真面目和我的来历时，一眨眼的工夫，关系告吹。

她似乎不在乎我不体面的名声，或者事实上我就是那种别人只会在我背后叫的“白痞子”。她对我母亲彬彬有礼，似乎不认为她比我母亲、比我、比我关心的那些人更高贵。她有一颗善良、美好的心灵，有敞开、豁达的胸怀。

7月，我们在韦弗第一联合公理会教堂里办了婚礼。那是从我家开车十五分钟就能到的地方。我穿了一身白色燕尾服，在那些更加知书达理的人们看来，也许我打扮得像个傻猴。但那时，我自认为挺风流倜傥的。

她从走道上走来时的模样可真是夺人魂魄。我这一辈子老听人这么说，但我总以为那只是人们说说而已。可是那情、那景还真的夺了我的魂魄。

我的兄弟、约翰姨父和我认识的人中为人最好的托尼·埃斯蒂斯跟我站在一起。托尼是我表妹杰姬的丈夫，因为我过去没一件上档次的衣服，所以他曾经在我出去会女朋友时把他的衣服借给我穿。我原想请埃德姨父和我站在一起，但我当时觉得他未必想上去。其实我是应该请他的。那样的话，所有那些在我成长过程中起过作用的人们，就都能在同一张相片中站在一起了。

我母亲来了，她坐在前排，我一辈子第一次看到她打扮起来。她穿着一身鲜亮的连衣裙，像果冻那种橘红颜色，有人给她烫了头发。我为她自豪。

我在买辆汽车上花的心思比花在结婚成家上的还多，我当时只是觉得似乎到了该成家的时候，她似乎是我的意中人，于是就把此事办了。我在结婚前的最后时刻有过迟疑，我曾想临阵脱逃。但是我站在那里，像个男子汉那样将一切都承担了下来。接着，我们驱车南下到佛罗里达的巴拿马城，在那里的银沙旅店度了蜜月。回来安顿新家时，我们俩的皮肤都被太阳灼伤了。

我们住的那座砖制的有三间卧室的房子，是我有生以来住过的最好的地方。她父亲帮我们付了首付，我想这大概是因为我在讨论婚后生活时，曾经漫不经心地随口说了声，也许我们可以找个流动房住，把她一家人给吓坏了。整个房子铺着褐色的地毯，我们养了三只脾气乖张、不守规矩的暹罗猫，我暗中讨厌它们，还养了一条巨大的名叫“国王”的圣伯纳德犬，我喜欢那条狗。安好家后，她半工半读，我则全日上班。她拿了学位，我为她骄傲。

每年夏天，我们和她的父母和祖父母一起到巴拿马城，住在他们那所季节性的共享公寓里。每一年冬天的圣诞之夜，我们在他们的房子里吃小三明治和白色的软糖，喝混合果汁。她一家人都心地善良。我很感激他们所有的人。那时，我明白了一个人必须勤奋工作、端正品行，将自己的根深深扎进土地中，直到无法动摇为止的道理，只有这样，才能成为中产阶级的一员。

1985 年，在我二十五六岁时，全州最大的一家报纸《伯明翰新闻报》给了我一个职位，工资几乎涨了一倍。地点离家不过一百一十八公里路，但是，上下班的车程和新工作占去了我所有的时间。我又回到我的老编辑兰迪·亨德森手下干，他让我搞了些他称为“本垒打”的大项目。一下子，我变得一点不在乎干到深更半夜或者凌晨才能回家。我得了一些奖，墙上挂满了奖状。

就在那段时间里的一个晚上，我们俩坐在客厅里，她告诉我她可能怀孕了。一听到这话，我的心一下子凉了半截，脸上勉强挤出个微笑，心里却在暗暗叫苦，这可真是要我的命了。

我们讨论过要孩子的事。当时决定等到将来某一天，但是那个“将来某一天”总像是距离今天那样遥远、那样令人心安理得的未来。这件突发的事儿不仅让我吓了一跳，而且让我忧心忡忡、寝食难安。我张口结舌、无言以对。那以后的好多天，尽管最初心凉了半截的感觉有所减退，但心口总像是堵了一块巨石。

数天之后，我们发现那只是一场虚惊。她看着我，没有责难的神情，只有会心的眼神，说：“你失望了吧，是不是有一点点？”我撒了个谎，对她说是的。

从此之后，我对她退避三舍，也许我们在互相躲避。她说我们在一起不像夫妻，更像室友，她的话没错。我告诉她那是因为我工作太卖力，工作时间太长的缘故。她是个聪明人，此话哄不了她。几个月过后的一个晚上，应该说是凌晨，在写完一篇关于监狱骚乱的报道后，我回到家里。我当时又累又饿。就在我站在冰箱的灯光中做一个腊肉三明治时，她从屋里走了出来对我说，我们得坐下来好好谈一次。

我只是默默地点点头。第二天，我带上我的衣物和我的狗离开了家。归根结底，我还是我父亲的儿子。

我不像我父亲那样坏。我一年中醉上两次，最多三次。我从来没有对她动过一个指头。那种举止有违我的本性。我们从来没有互相大吼大叫，很少吵架。我经常加班加点，还给杂志写些东西挣些外快，把家撑得像模像样。我下定决心一定要超越我父亲那种令人糟心的做丈夫的标准，但最终还是砸了锅。我原以为只要不去做他过去做过的那些事儿就够了，所以我砸了锅。

我们的婚姻告终了。我给自己和给别人的解释是我的时间只能放在工作上，也就是说，搜肠刮肚、遣词造句是我唯一钟情的事情。这话确实部分属实，我对写作的热爱的确像有些男人对女人的爱情。

但是实话实说，我无法想象哪天我有个自己的孩子，无法想象自己有个必须依靠、信赖、需要我的孩子。我敢肯定我会尽我所能为那孩子提供一切我能提供的东西。但在我内心最深处，也就是隐藏我们那些最最难言的耻辱和担忧的地方，我仍然在担心我有可能，只是可能，像我父亲那样，人虽不算坏到骨子里，但是性格软弱。

这的确是一件令人难以理解的事儿。我在工作中受过伤。我曾站在拥挤的人群中，心里明白人群的情绪在任何时刻都可能骤变，到那时他们会将我这个外人一下子给生吞活剥了。但我不记得有哪一次遇险能比那天坐在挂有猫的画像的客厅里、落地电视边上的人造革沙发上听到妻子怀孕消息的那一刻更令我心惊肉跳。

数年之后，她再婚了。我听说她生了个女孩。如果她继承了她母亲的特性，我敢肯定她一定是个聪明、漂亮的女孩。

我们离婚数年之后，在超市外面的停车场上，她从我身后赶上来，吻了我一下，冲我微笑。这个举动让我欣慰。我知道她并不恨我。我只是她一生中被浪费掉的一段时光。

你不会恨你浪费的时光，它触发的是远比恨要温和的情感。你只是希望你能重新获得那段时光，就像你奢望要回你扔进赌博机里的那枚没有为你赢钱的硬币。

19

天堂的标价

在亚拉巴马那种地方长大，有些事你自然而然就知道了。假如你需要将一座房子搬走，你只要给德雷南·史密斯打个电话就行，就是一座维多利亚式的老房子，他也能将其连根拔起，放上一辆大卡车，运到你指定的地点。当然，那需要假设轮胎不在半路上爆掉：没有什么能比一幢在路边散架的房子更寒碜人的了。假如碰上合家团聚的日子，你想钓足够的鲈鱼，你得到切罗基县去，用小鱼做鱼饵在静水区里钓。假如你在所有合法销售的威士忌都被锁上禁售的星期天想喝酒想疯了，你可以到卡尔洪县林子里的“哈蒂阿姨”酒馆去。在那里只要你有钱，日历是没有什么约束力的。假如你需要一副假牙，但口袋里没有多少钱的话，你得到佩尔城，那里是世界廉价假牙之都。在我的老家，随便找个人问他是从哪里买的假牙，他们都会告诉你在佩尔城买的。有时，他们还会吐出一口假牙，让你见识一下假牙的做工。

我们都想买上天堂的票，不管以何种形式。有些人用世面上流通的货币，而另一些人，比如像我这样的人，试图以物易物。就好像人死后的世界是在云端里举行的一个以物易物的交易会似的。我自己嘛，总是在想自己是否孝顺母亲。终于有了一个机会。我试着用一副假牙来买上天堂的票。

到了 1986 年，我已有很长一段时间没住在母亲的房子里。然而，我从未真正地离开家。我总是住在离家很近的地方，假如她需要我，开车几分钟就到。我过去因为自己是一个为人洗熨、清洗地板的女人的儿子而产生的那种羞愧感早已荡然无存。我开始为自己未能尽孝难为情，打算在她的晚年做些补偿。

我那时已能挣足够的钱帮她做些小事，像买食品、付医药费。我企图通过一张张五十元的票子的贿赂而进入天堂。圣诞节时，我会把火腿、蛋糕和其他昂贵的东西塞进超市的推车，直到塞得满满的为止，那些都是些她不会自己花钱买的东西。再说靠她洗熨衣服和装果酱、辣椒和西瓜酱菜贮存罐挣的那几个钱也买不起。她喜欢吃蛋糕，她是我认识的所有人中唯一吃果脯蛋糕的人。[1]

我给她买她需要的生活用品，从电热器到新电视机。尽管她一辈子从未张口向我要过钱，我总是给她钱用。在我给她票子时，她总说一句话："我感觉像个老不中用的。"我对她说，这是在说傻话。我当时，云里雾里自认为是个了不起的人物，

1 果脯蛋糕由于经久耐放，是美国人节日期间常见的互赠礼品，但由于其质地坚硬，常常最终被人丢弃，也常被人作为笑柄。

每星期进账四百大洋，平时足以接济老母，等等。但是时不时会发生些什么事把我拖回到地面上来。

我记得那次我看到她眯着眼读《圣经》，把书都快凑到鼻子跟前的样子，我对她说我们得到加兹登去看眼科医生。几个星期之后，当她坐在检验椅上时，医生问她最后一次检查眼睛、配眼镜到现在有多久。

“我想那是 1963 年的事了。”她回答。

眼科医生看了我一眼。那眼神就像在审视眼前这个星球上最低等的生物。

在那以前的大多数时间里，她一直在用从一毛钱商店里买的那种放大镜读书。她成了半个瞎子。对此我却从来没注意过。

我们为她配了两副新眼镜。她问其中的一副能否是只用来读书的老花镜。我问她为什么，因为远近视双用镜也能用来读书。她沉吟了足足有一分钟没有吱声。最后，她终于向我坦白，说双用的老花镜会让她显得老相。我在心里好笑。尽管含辛茹苦这么多年，她的一丝爱美之心尚存。

数年之后，在我试着让她到牙医那里装一副假牙时，我又看到类似的一幕。她一直试着保养她的牙齿，但是那些本该用在牙医那里的钱都花到我们身上了。到了五十多岁时，她的牙齿已经坏到只能吃糊糊之类软食的程度，这是另一件我周末从伯明翰回家时没注意到的事儿。我对她说她得去看牙医。在南方，假如你无法吃你想吃的东西，人活着就失去了意义。她说等天凉下来就去。结果，等了差不多十年天才凉下来。她最后让了步，也许是疼得实在受不了的缘故。（我家族的人有个怪毛病，他们在春夏天热时拒绝接受任何外科手术，包括拔牙。也许这根本算不上什么怪毛病。在我长大那会儿，我们家族中没人家里有空调。假如你要卧床休养一段时间，最好是在冬天。）

牙医把她的牙全拔了。但是，她没让那个拔牙的牙医给她装假牙，却自己跑到佩尔城去弄了一副超级廉价的假牙。她说那是为我省钱。佩尔城的便宜假牙闻名于世，自然是个合理的选择。她买了一副放在柜台里的、崭新的、看上去绝对没问题的假牙。

结果那副假牙和她的牙床不配，总让她恶心作呕。在回家的路上，她恶心得实在受不了，只好让埃塔娜姨妈把车停到路边。当她呕吐时，她的新假牙，一上一下就像两只瓷鸟飞进草丛。我知道这事听上去挺滑稽：两个老太太在草丛中寻找我母亲的新假牙。直到现在，我在家里没有外人时想起此事，都会把肚子给笑痛。我脑子里总会设想这样一个可能的场景——有个州警前去帮助两个老太太，问道："女士们，需要我帮忙吗？"母亲会说："是的，警官先生，请你帮我们找找我的牙。"

那以后的几个月里，我老打电话问她是否适应了她的假牙。她会说（我发誓我没有编造）戴那玩意儿吃饭和说话不好受。但是，她自豪地说，她已经习惯戴着它睡觉了。我对她说这是本末倒置，那玩意儿本来是为了白天使用而设计的。她听了此话生了气。但是假如你除了做梦之外，无法用你嘴里的牙咀嚼，那牙还有什么用？

我有时希望至少她能做吃上猪排骨的梦。

我向来不强求母亲做任何事，我没有那样的权利。但这一次我逼着她回到牙医那里去配一副合口的不会让她恶心的新假牙。她说，“行，等天凉了再说吧”。那是几年前的事了，直到现在,我们仍然在等那降不下来的气温。那大概一定是“全球气候变暖的温室效应”吧。

在大多数事情上，她不是一个固执的女子。而在有些事情上，九牛二虎也拉不回她。关于牙的问题，恐怕永远不会有个了结。

不管怎么说，我总是尽力而为。每年冬天，我在西尔斯商场里的男士专区给她买一件宽大、暖和、毛茸茸的浴袍，因为她身材高大，女柜中不容易找到合身的。我给她买了窗户上装的风扇和一个新的抽水马桶。我给她买了一台热水器，那台用坏了以后，又买了一台新的。在纳什维尔的一家基督徒书店里，在我等候采访一个参议员时，闲得无聊，给她买了一个附有小小的耶稣像的金十字架。结果她将它放在家里的客厅里，让人给偷走了，我又给她买了个新的。这都是些小玩意儿，并不是举足轻重的东西。我这样做是因为这些是我分内的事，因为现在该轮到我为她做些事了，同时也因为我想弥补我过去的不孝。

但是，我最想为她做的事、为她争取的东西，却是我当时力所不能及的事儿。

她整个一生，从孩子起，到少妇，到装着假牙昏睡的老人，一直都住在别人的房子里。

我们过去住的地方，有时是因为房租便宜，有时是因为亲友的好意收留。她一辈子都在受人恩惠。最接近属于我们自己的地方是小时候住过几个月的一座小流动房。我想让她有一幢自己的房子，一幢像样的房子。但是从这个角度看，我选错了行当。我选择的职业，也许除了教学以外，任凭你得多少奖，结果还是穷得叮当响。

但是，我向她保证，有朝一日，我会实现这个理想。我们坐在母亲房子的客厅里，那间客厅小得可怜，我站在正中，抬手就能碰到两面相对的墙。我对她说：“妈妈，有朝一日，我要给你买幢房子。”她只是点点头，好像在说“那不错，亲爱的”。我闭上了嘴。我知道，对她来说，我还不如告诉她耶稣正骑着自行车从奎因德大街上过来呢。她不相信我。在她眼里，我仍然是当年那个在地里找长着四片叶子的三叶草的少年，仍在那里做白日梦。她一生的经历让她学会了不相信诺言和梦想家。

我不想让人们感觉，好像我们不感激那些为我们提供栖身之地的做善事的好心人。如果没有他们的帮助，我敢肯定我们会是卡尔洪县里的第一户无家可归者。数十年间，我的姨父、姨妈们帮着她付电费。埃德姨父每星期给她二十块钱，那是从他交给教堂的钱中抽出来的。他估摸着上帝对此不会介意。

她从来没有说过要房子的事，她甚至没有暗示过。但是假如你能看到当我们开车沿着我们县的乡村路驶过时她脸上的表情，听到她谈论这座房子是A形房架，那座房子是维多利亚式，这座房子过几年需要上层新漆，以及那座房子刚安上铝合金墙面，你就知道了。一个难得出门的女人，知道在尼斯伯特湖路、罗伊·韦布路、柯夫路和任何一条路上的每一座房子。她知道谁住在那里，谁曾经住在那里。她能看一眼房顶，就知道那房顶上的印渍是因为陈旧变色还是甜胶树滴下来的树胶染的。

她到底是一个木匠的女儿。她父亲也是一辈子给他人造窝，从未有过自己房子的人。我猜想她从未指望拥有一座房子。也许在和我父亲成家之前，在她还敢于梦想的时候，有过那么一丁点梦想。

在我十几岁时，她曾经从杰姆·沃尔特公司索取产品目录。该公司以建造“价廉物美的房屋”著称。那些不是用锡和颗粒合成板造的宽大的时髦房子，而是干净、漂亮、小巧，通常是白色的，有前门廊的用原木造的房子。她会像小孩子翻玩具目录那样一边翻看，一边在心里企盼着。但是即使能攒下造一座比狗窝大一点的房子的钱，我们也没有买地的钱。你在领救济时能做梦，在洗熨衣服时能盼望。只是如果你不去想的话，心里会舒坦些。

我可以贷款为她买一座房子，我可以花钱再精打细算一些，为她支付贷款。但是我和她一样，对过于完美、过分的东西总有一种不安的感觉。我担心我把她安置在一座好房子里，我这里万一出个什么意外，让我无法继续支付的话，她将会失去那座房子。

在我的一生中从未发生任何能让我产生这种顾虑的倒霉事，我一向幸运得令自己都有点惭愧。但是，如果你在长大的过程中总被别人称为“白痞子”，你的心里一定很明白眼前所有这一切随时有可能灰飞烟灭。我知道唯一能够确保这一切的办法，是不背一分钱的债将它整个买下来。

我起步起晚了，几乎太晚了。我从来没存下一分钱。结婚那会儿，我们和其他人一样，一个月接着一个月，日子都过得紧巴巴的。重新成了单身汉以后，我将付了房租、账单和烧烤肉剩下的钱全浪费在那辆1966年的“野马”车、和电视节目女主持人以及前仙枝谷高中的鼓乐领舞女郎的交往中了。我从来没有过奢侈豪华的生活，现在仍旧如此。我拥有的财产，当时的和现在的，加起来也就是几个自制的书架、书籍、一张沙发、一把椅子、一台电视、一套立体音响、一只垒球手套，刚刚够换的衣物。在我二十九岁之前，我没置办过一件西服。那时我有两条领带，现在增加到四条。我不戴首饰，现在依旧如此。我有过的车中，从来没有一流的古董老车，都是些我用信用贷款买的勉强能动弹的、徒有其表的垃圾老车，很少有超过四千块钱的。

我极少外出度假，那时只到沃尔顿堡海滩去过几天。除了有一次到得克萨斯报道橄榄球赛时去过一次墨西哥，我当时还从未出过国。假如没有女人的话，嗐，就别提我在她们身上花的那些钱了，我本应该做一个清心寡欲的出家人或者至少做一个黑尔·克里希纳的信徒。我已经有几双网球鞋了[1]。

问题在于，我选择了美国收入最低的职业。然后，我猜想是因为我的自私，越拖问题越严重。也许，我应该去卖保险，或者到银行找份工作，或在固特异轮胎行里供职，或在伯明翰的工厂里干。相反，我干上了耍笔杆子写报道这一行。

1987年，我在伯明翰的银行开了个储蓄的账户。

到那会儿，我的兄弟和我都已长大成人。

1　黑尔·克里希纳（Hare Krishna）是源于印度的一个宗教派别领袖。在美国收罗的信徒在他的宗教仪式上常常穿着道袍，脚上常穿网球鞋。

山姆，那个最艰难困苦的生活环境都无法伤他皮毛的铁打的硬汉，正在像一个泥瓦匠那样扎扎实实地建他的小窝。他不需要我或任何人的帮忙。他和特蕾莎结了婚。她是一个有头脑、话不多的姑娘，她做的草莓小蛋糕入口即化。我到医院里去看他们的新生儿玛丽黛斯·玛丽，那是随母亲的名字玛格丽特·玛丽起的名儿。她是那么小，我抱了抱她就马上把她传给了当时在场的一个姨妈，生怕让她散了架。山姆扼着命运的咽喉，拼命地拼搏。除非他半途而废，他是不会有什么问题的。我知道他是绝对、绝对不会半途而废的。

多年来，我的小弟弟马克对我来说是个陌生人。我知道他已经辍学，这在当地并不是件稀奇之事。我估摸着他会像山姆那样靠自己的汗水谋条生路。所以我不但没有劝止他，反而系上自己的破领带，继续为陌生的读者写陌生人的故事。

我只是从我母亲的担忧中得知他的一些情况。他喝酒喝得太多，但是联想起我们这些人身上的血统，如果他不喝酒、不骂街、不打架，那才叫稀奇事呢。

只有时光才能决定他是否能像我们家族中的一些人那样，不再计较人世间的不公，安下心来过安稳日子，还是最终让那股无名之火把自己给毁了。

我理应早就看出他根本没有任何安下心的迹象。他有一辆从我们表兄查利·库奇那里买来的改装后加大马力的切维-诺瓦。每一次带我出去兜风，他总是把油门踩到底，差点就能把引擎给废了。他不但开快车，而且是快马加鞭。我注意到后座的地上总有啤酒瓶，不止三四个，而是成堆的瓶子。车里还有六瓶未经冰镇的啤酒。他才不在乎啤酒是凉的还是热的。

那种喝法本该给我敲响警钟的。

但是每次我从伯明翰开车回家时，心里总是多少有些把握。除非哪天晚上他的车在过铁道时抛了锚，他不会出问题。埃德姨父给了他一份稳定的工作。约翰姨父帮他在韦伯斯特教堂附近买了些地。他开始建造一座房子。

我继续写报道，打垒球，在新奥尔良和一个二十一岁的信天主教的姑娘度过一个个缠绵、甜蜜的周末。有些大地方的报纸开始注意到我。他们给我写信，问我是否有兴趣涉足亚拉巴马以外的新闻报道。

当我最后又一次劳神关注我的小弟马克，当我最后半心半意地关心起他的事时，我再也无法找到他原来的影子了。过去的那个男孩彻底消失了，被那条将我们的父亲席卷而去的酒河卷走了。只要看一看他的眼睛，那空洞散漫的目光、那双未老先衰的眼睛，就令我心碎。在那以后的十年里，我怀着一线希望，奢望他能洗心革面，把酒戒了，去寻找耶稣。不管做什么，只要不去一口接一口地让杯中之物把自己毁了。

我这一辈子从没独自喝过酒。

我总是在人群中和别人一起喝。在我年轻时，我以为威士忌让我变得招人喜欢，而且刀枪不入。在我二十五岁傻乎乎、不谙人事时，有一次，在伯明翰的酒吧里，我喝得太多了。当一个人在酒吧的酒客面前挥舞一把手枪时，我上前抢下那人的枪，坚信那人伤不了我。

但我从来不独饮，担心自己会上瘾。我担心它会让我麻木，给我以温暖和慰藉，最终引我上钩。我非常害怕它有可能会将痛苦、疑惑和恐惧从我的头脑中夺走，让我变得孤芳自赏。

我最害怕的是我会在酒中找到在我父系和母系两边的几代人从杯中找到的那种解脱。这是流在我血液里的、我基因里的东西，就像我的金色头发和蓝眼睛那样。你一旦热衷此物，一关上门，你就永远别想挣脱它的纠缠。

我坚信是酒让父亲变得对家人毫不关心，是酒让他丢下母亲，没给她留下牛奶、钱或者一条生存之道，是酒让她无法看医生。我坚信这一点。因为尽管他性格软弱，尽管他当时被战争的鬼魂附了体，一个堂堂男子汉在清醒时是不会做出那种缺德事的。

记得有一次，我住在迈阿密的一家旅店里。夜已很深，我精疲力尽，忐忑不安，还生着病。当时我刚从海地回来，我在那里待了数月，大多数时间都在写杀戮的事。我无法入眠，头疼得无法读东西，打开的电视只是在刺激我的神经。

我来到客房里的小酒吧。没有想别的，只是想找些分神的东西。我将钥匙插入小冰箱，打开门。里面是一个五彩斑斓的酒的世界：一排排小瓶子整齐地排列着，有琥珀色的苏格兰酒、黄色的龙舌兰酒、无色澄清的金酒和一瓶近似银色的伏特加酒。它们都被包装得美丽极了。我伸手取出一小瓶“野火鸡”，打开瓶盖，将酒倒进玻璃杯。我清晰地记得将杯子举到唇边时闻到的那股气味：就像烟味和红糖加上什么烈性的成分，那是酒的灵魂。我一下有点恶心，随即将酒倒入水池，将杯子冲洗干净。

然后，我就着一杯水吃了一些小软糖，看着卡通片《老鼠巡警》和推销商品的电视节目，一直看到朝阳最后冲破了比斯坎湾天边的一抹黑云，喷薄而出。

20

千锤百炼

等到我到伯明翰的时候，曾在这个城市发生过的惊天动地的往事都已经被刻到石头上了。凯利·英格拉姆现在是一个有不少塑像的地方。除非你是那种会被历史警醒的人中的一个，你会觉得那里是个安静、平和的去处。上了年纪的黑人坐在公园的长条椅上享受照在脸上的阳光，谈论着那尊黑人主教马丁·路德·金博士的塑像到底像不像他本人。那尊塑像没有高高的基座，那个地方是这个城市里许多人心目中的圣地。民权运动的游行示威者就是在这里被警棍殴打，被消防水龙冲击，被警犬啮咬，所有这一切都是一个绰号叫“公牛”康纳的独眼小个子下的命令。数米之外便是那座神圣、古老的16街洗礼教堂。就在这里，三K党徒的炸弹曾夺走四个小女孩的生命。在这里，历史也许不会冲每一个白人大吼一声，但它仍会低语。

我刚到伯明翰时，那里成了一个追逐新潮的“嬉皮”城市。一到午餐时分，20街上熙熙攘攘，黑色的皮鞋和适度的高跟鞋比比皆是。那里的天空很久没有被钢厂的浓烟笼罩了。这座美丽的绿色城市的标志是一所世界级的医学院，而不是炼钢炉。我原来以为伯明翰这个名字将永远和民权运动最黑暗的那段历史联系起来。但是当我在20世纪80年代后期到那里时，这座城市就连关于“公牛”康纳那样的人的记忆也遗弃了，就像我当时在一篇文章中写的那样，“就像一把遗弃在犯罪现场的枪”。

在我为《伯明翰新闻报》工作期间，在那个混乱动荡的年头过去二十五年之后，我写了一篇关于这段历史的文章。我描述了公园的庄严肃穆，以及那些塑像对于曾经身受其苦的黑人群众的意义。

“至于康纳，”我写道，“这里没有为他竖的纪念碑，甚至连他曾经在这个地方的痕迹都没有。假如说16街和六大道北的交叉路口是一座民权运动圣地的话，那里也就是康纳没有墓碑标志的葬身之地。”

文章见报的那天晚上，我接到一个陌生人的电话。他只问：“你就是那个写关于康纳文章的人？”

“是的。”我说。

“那好，”那人说，“那就让你见鬼去吧。”说罢，将电话挂了。好像他刚刚完成了一个什么重要使命一般。

在这个世界上，有时你无法得到一整条狗。时不时地，你得到一根尾巴也就该满足了。

如果可能的话，我会非常乐意去报道1963年在这里发生的一系列事件。我知道，不论是黑人记者还是白人记者，只要是真正搞新闻的,就不会放弃跻身其中的机会。但我生不逢时，无法亲眼看见那一场波澜壮阔的历史转折，将其报道出来，却在二十五年之后被哪个想让历史开倒车的家伙给唤醒了。我将电话放回基座，心里在想我还不如住到克里夫兰去呢。[1]

事实上，我是在伯明翰学会写重头文章的，也就是那种登在头版头条的、可以让记者一举成名的文章。我一篇一篇地写，他们一篇一篇地登。在我们这一行里，这也就算干到顶了。我写过关于煤矿小城慢慢地消亡的报道：那座小城里有一个名叫迪安·巴伯的商业文书，他有一条名叫提顿的狗，据称总有一天那狗能学会弹班卓琴。我和一个名叫迈克·奥立弗的记者合作写了一篇有关亚拉巴马州政府在社会项目的资金投放不足，导致数千名儿童被忽视或虐待的可悲状况的报道。迈克有一手跳起后仰投篮的绝招，消息也非常灵通。我和迈克一起写过监狱的报道：由于设计失误，监狱成了一个危机四伏的地方，导致监狱里的职工被囚犯伏击、刺伤和强奸。我写过一个亚拉巴马州的牧师被误判杀害年轻妻子的冤案，为他洗清了不白之冤。

那个年代，谈起“记者”一词，人们就会联想哪个草包在问一个挂着鼻环的女人，她为什么会爱上一个眉毛上别着一根大别针、声称曾经在一盘炒蛋上看到“猫王”埃尔维斯影子的男人的荒唐形象。我写的那些报道还算是些重要和严肃的话题。我为从事严肃新闻而接受的教育起源于杰克逊维尔和塔拉

---

1 克里夫兰是位于俄亥俄州的北方城市，种族主义倾向不像南方那样露骨。

迪加，在安尼斯顿的那三年多的时间里渐趋成熟，最后在这里派上了用场。我没有指望这段好光景能延续多久。我是一个自由派倾向强烈的、性情急躁的年轻人，却在为一家政治上带有保守倾向的报纸工作。报社里至少有两位资深的编辑认为我平时爱耍小聪明，爱出风头。但由于我干得出色，他们无法找到借口将我解雇。

这是一份中等规模的日报，许多人爬到我这一步就指望能在这里干到退休。我的同事大多是来自亚拉巴马和奥伯恩新闻学院的毕业生，而不是从哈佛和耶鲁出来的人物。在这里，我仍然觉得如鱼得水，尽管有些人对我恨之入骨，这是我们这个行当的令人悲哀的特性。我的那块心病还在那里。每当某个记者哼着亚拉巴马大学校歌，问我在哪里上的大学，我就能觉出那块心病，不过当时已不再像以前那样沉重。我每隔几个星期就用一篇头版文章来证实我的价值。

我干得快快活活，交了一些长期保持来往的朋友。在格雷格·加里森和美术组的特蕾西结婚时，我站在他边上。我们还为他开了一个“告别单身汉”的派对，其间他喝得烂醉。一个人一辈子只有一个晚上醉成这样似乎无可非议，但他醉后咬了脱衣舞女郎的屁股。结果，我们这伙人被一个我平生从未见过的健硕无比的彪形大汉扔出酒吧。要知道，格雷格还是一个报道宗教的记者呢。我和报道户外活动的迈克·博尔顿一起吃的烤肉的量足能撑死一个大活人。他有一次将烤肉酱弄到自己的衬衫上，便用白色涂改液抹上去掩盖，让我佩服得五体投地。

我和杰夫·汉森曾开着一辆大众牌小面包车去追踪报道一

场龙卷风。强风把车吹得在高速公路上直晃悠。为了给自己壮胆，我们唱起所有我听过的难听的乡村歌曲。他老走调，也许是我在走调，但是我俩的声音是如此不协调。我必须不时地冲他大吼："闭嘴吧，杰夫，本人正在唱歌呢！"

我曾和一个非常不简单的人物，一个叫本·豪斯的夜间编辑谈论过甘蓝对男性消化道的好处。他为报社所在的这座有些年头的大楼里消失的老式厕所惋惜不已。根据他的描述，那些是大理石砌起来的宫殿，是躲避编辑室里人事纠纷的硝烟战火的避风港。现在，它们已被尽数拆除，换上了单调乏味的现代化设施。本气哼哼地说，那纯粹是由于"有些人缺乏欣赏典雅的拉屎房间的眼光"。

我在时髦的城南区租了一套公寓。在伯明翰，花上二百四十五块的月租,你就能赶上时髦了。向卧室的窗外望去，我能看到"铸神"。"铸神"是矗立在红山之巅一座巨大的铸造之神的铸铁塑像，那是炼钢炉还在冒烟的那个年代留下的历史遗迹。我相信他本应该手持一柄长矛刺向天空。但是很久以前，有人认为他应该手持一盏信号灯。公路上发生车祸死了人就闪红灯，太平无事就点绿灯。我相信，有一阵子他曾高举一只巨大的可乐瓶子。也许那只是传说而已。我也不确切知道。我的确知道有一阵子，有人主张让他穿上一条牛仔裤，因为邻城霍姆伍德的人抱怨他们整天看一个希腊神话里的神的光屁股看得够够的了。这倒是真的，铸神的围裙之下的确是一丝不挂。这就是他为什么无法到市中心来闹出几起风流韵事的原因。

我在家里待的时间有限。我没有多少家具,最初的六个月，我就靠一张床和一个被人扔掉的斜背沙发将就着过日子。我从来没有做过一顿饭，也没有锅。有一次，我在炉灶上直接热一罐豌豆，结果弄得一团糟。打那以后，我就再也不在炉灶上点火了。我每次请年轻姑娘上门，她们总会将信将疑地看着空空如也的公寓。我会向她们解释我只是最近实在太忙，没空到外面淘古董旧货。

说起这段经历，我也许应该撒些谎。但说真的，在那里的三年多时间里，我并不总是规规矩矩。我只不过是长得还算像样，也许有那么点小聪明，所以不至于孤单的那种人。我和一些脾气非常好，脑子非常聪明，长相非常漂亮的年轻姑娘处过一阵子，她们从一开始就觉出我不像是块可以托付终身的材料。结果，我没有让她们感到意外。

对我的朋友，我也没有好多少。一个住在走廊尽头的记者乔·基弗在他外出时把他房门的钥匙交给我，让我“照看”一下他的房间。我却将他所有的冰激凌都偷吃了，每次偷一碗。

我为《伯明翰新闻报》的垒球队做投手和跑不快的左外场，每当我的队友格雷格接滚地球出错，我就骂他，他的回应是冲我脑袋扔球。这情景把对方营盘里的队员都看傻了，这绝对是他们平生第一次看到两个同队队员停止比赛，准备打架的场面。[1]

我猜想我是玩得过于开心了。

一天，在我和上司编辑亨德森发生了一场小小的争执之后，他给我发了一个短短的电邮。

其大意是“有些人开始说你是一个自命不凡的大明星了”。

---

1 美国职业棒球比赛中，经常会发生投手和对方击球手之间的冲突，结果总是双方全队一拥而上，全场混战。同队队员从不在场上打架。

我想这话不假。

《伯明翰新闻报》教育了我，也容忍了我的放纵，这一点我会永远铭记在心的。就像我在《安尼斯顿星报》那阵子，有些编辑面对那么大的压力，仍然站在我这一边，这一点我是无法忘怀的。但是到最后，我又一次发现自己和周围的环境格格不入。我可以试着改变自己的个性，很多人都这样做，但我不愿开这个头。我琢磨这么个变法，变到哪里是个头呢？我当时很傻，才学会走了几步就开始大摇大摆。哪里知道前面的路还长着呢。

我将自己的履历寄到几家报社。说到底，我还是有几条退路的。我所见过的最好的一家中等规模的《圣彼得斯堡时报》为我买了飞机票，让我南下面谈了一次。数天之后，他们给了我一份工作。但是一个意料之外的变故让我不得不延缓这个为了证明自身价值而搬迁到那里的计划。

是个人原因和家庭原因将我带回家中的。我母亲病了，她整天一副无精打采的样子，总感到累，结果她没得什么大病，但我回绝了当时看来是美梦成真的那份美差回到故里。为了住在她的附近，我又一次来到《安尼斯顿星报》工作。

在我去伯明翰那三年里，家中发生了很大的变化，都是些我在节日期间或者偶尔周末在家里待的那几个小时里没有注意到的事儿。母亲看上去像是精疲力竭，无法自持。就好像一离开了抚养后代、为他们衣食操劳这些事儿，她的生命就失去了意义。她变得自暴自弃。在过去那么长的时间里，她为了我们这几个孩子，早已习惯于逆水行舟的生活。现在，她失去了为之拼搏的目标。她除了去信箱取信之外，足不出户，坐在小房子里，一坐就是数星期乃至数月。一天又一天，她独坐斗室，一边读着《圣经》，一边担忧。

但从很大程度上讲，我对那些令她担惊受怕的东西的猜测都错了。我当时不知道她得的病是否有一个明确的临床定义，但是我过了一段时间渐渐明白过来。她当时既怕听到电话铃声，又怕听到车轮在碎石路上的摩擦声。她得的是一种心病，深重的内心创伤让她对生活失去了乐趣。每一天给她带来的只是新一轮的麻烦、愤怒和担忧。一天又一天，周而复始。

她平日里总是忧心忡忡，并不是担心她自己，至少不是出于人身安全的考虑。谁要是敢伤害她，山姆和我非要了他的命不可。我们会一把火烧了他们的房子，然后在他们逃出来时，用枪打断他们的腿。我那时虽然打起了领带，但还没变得那般斯文。每个人都爱自己的母亲，这种情感即使在我们这个失调的世界也没有什么两样。世上没有人曾像我们蒙受那样深厚的母爱。山姆和我会尽我们所能保护她不受外界侵犯。

但是，对她当时的那种心病，我们束手无策。除了坐在那里看着这一切，感受内心痛苦的折磨之外，没有任何办法。

21

走火入魔

他又在逃避追捕了，开的是一辆比机动割草机快不了多少的平板小卡车。但在家乡又窄又曲折的小路上，胆量比速度更重要。一个明知迟早会开车一头撞到树上还是决定逃跑的亡命之徒，几乎总能从一个指望当天晚上下班回家见到自家孩子的人手中逃脱。那个天不怕、地不怕，赤条条来去无牵挂的家伙简直能飞。

如果肚子里能有几盅酒的话，他就更神。马克总是这样，星期天也不例外。我只是事后听人说，但我能想象他在方向盘上弓着身子，叼着烟，开着隆隆作响的破车行进在沟渠之间的样子。他的车尾一溜青烟，引擎被烧得滚烫，随时可能在他的脚下散架，零件像弹片一样飞散出去。这次，他起步抢了先，现在已经溜得无影无踪。但是要彻底逃脱追捕，他得找个藏身洞，在那里躲上一阵，直到巡警作罢为止。（好像我们兄弟中总有某一个在试图逍遥法外，或者干类似的事。）

有一次，马克开车路过一座名叫“九件神赐礼”的教堂。当时，正赶上人们开车来到停车场准备参加星期天的礼拜。他见状心里一动，匆匆转弯，加入车流。然后，他和信众们一起走进教堂,醉醺醺地坐在后排。“欢迎你,兄弟。”信众们对他说。他参加了整个礼拜仪式：讲经、唱赞美诗、圣坛的召唤，一整套。

母亲告诉我：那教堂里的人都是些好人。那个牧师后来探望她时告诉她，他希望能在上帝的圣殿里看到那些罪孽深重的人们。那些已经得救的人们没有什么顾虑，对马克关照备至。那个教堂他去了两年。

但是，正像我猜想的那样，他最终没有听到上帝的召唤。

这是一个我想编都编不出来的故事。听上去就像是 20 世纪 50 年代走私威士忌那样的传奇故事，像是从我久远的家族史里撕下的几页。但这只是几年以前的事。

时代的变迁对于马克来说没有什么特殊意义。从很多方面，他被禁锢在一个他从未生活过的时代里。长大成人以后，他的大部分生活基本上是在随心所欲中度过的。而他为这种生活付出的代价，则是一次又一次地进监狱。他每一次锒铛入狱，母亲的心就会凉上一截。我知道这是老生常谈。但是，你如果见过她坐在客厅和正在牢房里的马克通电话，看到她知道自己除了给他一点香烟钱之外无计可施的情景，你就会知道我话中的含义。那种痛苦不是出于个人的耻辱感。她这个人是能够承受那种耻辱感的。她曾站在法官和法警面前为我父亲苦苦央求。

是的，真正要她命的是无助感、担忧和恐慌。她生怕在铁丝网和铁窗将他与她的母爱和呵护隔开之后，他会被人伤害。

我十几次地见过她像看着一条蜷缩的蛇似的紧盯着正在响的电话铃，但是从来没见过她不去接电话。我猜想，那是因为如果给他在电话中做个伴儿是她唯一能做的事，她是不会拒绝的。

也许是因为那个男孩子是我的小弟，对某些东西我会偏听偏信、视而不见。但我绝不相信他是个性情残暴、天生歹毒之人，为人像我父亲那样。但是有时候，那个曾经在父亲身上肆虐的恶魔好像就附在他的身体上，好像富人将家传的银怀表代代相传一样，他继承了他的恶魔。我自己除了几个特殊的晚上喝点酒之外，算是逃脱了那些恶魔的魔爪。但从某种程度上讲，马克只不过是走了厄运中了邪而已。

我知道只要他不喝酒，就是个不错的人。我知道只要处在清醒状态，他会为我赴汤蹈火、在所不辞。

我见过他见了被车撞伤的狗差点哭出来，见过他将伤狗轻轻抱到怀里抚慰的样子。我见过他为自己的建筑手艺，比如那座他凭着自己的双手建造的房子表现出来的那股自豪劲儿。我一直很羡慕他，羡慕他只要有合适的工具就什么都难不倒的那股聪明劲儿。

有些时候，有很多次，他的言谈举止会引得我大笑，就像前面说的那个去教堂的故事。但也有时，他会让我恨不得一拳打塌一堵墙。大多数时候，我就像母亲一样为他担心。他不像我父亲当年那样一去杳无音信，我会及时地听到他出的事。我不知道他内心有哪些隐痛需要借酒洗去，我只知道他这个样子让母亲很伤心。而他自己似乎还不知道。

他是不会有意伤她心的，绝对不会。对他的担心来自于他的酗酒、斗殴和莽撞。我知道他无数次死里逃生。他的臂膀里现在还留着一颗弹头，卡在两根骨头中间；他的背上有横七竖八的刀疤，那是在他试图从车前座冲杀出来时被车后座上的什么人用刀划的。我担心假如他哪天伤得再重些，母亲会受不了。

母亲有一次告诉我，让她最伤心的是看到他的火气。他活得是那么不痛快。这情形让她感到好像是她自己做人的失败，好像是她做错了什么事或者没有尽到责任。

“我知道火气是能传给下一代的，”她告诉我，“在生马克那会儿，我好生你父亲的气。我给他写信，我是满肚子的火。我想我也许把那一肚子的火全传给了马克。”

我告诉她这是在胡思乱想。如果我小弟的性情真是遗传的结果，我们都清楚来自哪一方。

我们一家对于酗酒的人是有耐心的。我希望哪一天，我也能沉浸在那个男孩身上被倾注的那么多温情、忠诚和耐心之中。亲戚们虽然由于在外人面前丢面子和多出来的麻烦事，以及一次又一次为他保释、为他还债这些事被惹得怒火中烧，但仍旧在帮他的忙，为他保驾。我曾经有一次央求他看在母亲的分上洗心革面、重新做人。他只是淡淡一笑。

我母亲在他身边因为担惊受怕变老了。

我父亲耗费了她的青春，影响了孩子。

让她有个安定的晚年吧。

* * *

在马克出生时，母亲又在盼望是个女孩。他有一头浅褐色的头发，颜色比我和山姆的要深，更像父亲的头发。在他还是幼儿时，她曾让他的头发留得稍长些，因为她认为长头发挺好看的。他是全家人中唯一天生卷发的人。我和山姆，甚至母亲的头发都是笔直地像一片平板那样挂下来的那种，但他的不同。等她最终给他剪头发时，他快一岁了。她将一缕卷发放到一只旧信封里保存到现在。

小时候，我们都管他叫“雀斑”。他那玩世不恭的表情，让你看上一眼就知道这孩子今后不是一盏省油的灯。在学校的合影里，他大多时候不是在微笑，更多的是一种狡黠的笑，像个小机灵鬼在使坏。剃头师傅的手艺那时已有所长进，所以他的刘海多少还算对称，藏在刘海后面的眼睛骨碌碌地转着，闪着狡黠。你知道一等照相完毕，他就会从凳子上爬下来，马上闹出些什么事来。

他没有受过比我和山姆更多的溺爱，因为除了母亲对他的关心之外，没有其他人会溺爱他。她第四个儿子死的时候，马克三岁多了。也许母亲真的又把他当成个娃娃抚养，将他作为她最重要的责任、她大部分精力的中心和她的命根子。在她眼里，他仍然是个“娃娃”，仍然是她在这个世界上最重要的责任。特别是她第四个娃娃死后，每当马克染病，她总是急得团团转。

他在长个头时瘦得像根火柴棍，喜欢在开阔地上一个劲儿地跑。我们玩橄榄球时，我是四分卫。因为马克能接住球，所以我只把球扔给他。玩的时候谁挡他的路他就把谁撞翻。和他打架的唯一招数是骑在他身上，不过你得小心，他会咬人。

他还是我见过的最出色的扔石块的能手。有一次他从远到我都看不见的地方投来一石，正中我的手。打那以后，我们就让他在埃德姨父的垒球队里打右外场的位置。他是全队中最小的一个。假如他上场击球，对方的外场队员看到那个瘦筋筋的小孩子在本垒击球，会一边笑一边向内场紧缩。他会一棒将球击出，飞越他们的头顶，他们才不得不红着脸反身追赶，骂骂咧咧地一直到围栏边才捡到球。

他对学校的功课毫无兴趣，但他是善用工具的能工巧匠。在他还太小，未到合法开车年龄时，他就能将车大卸八块。他是一个泥瓦工、下水管道工、能修屋顶的瓦匠和木匠，能像有些人揣摩枪械那样细细揣摩一段木料，告诉你那是不是真货。

十六岁时，他找了一份虽然很苦但是稳定的工作，置办了一辆好车、几件好行头。有好一阵子，这是我知道的关于小弟的全部情况，因为大约就在那个时候，我们走上了不同的人生道路。我不再和他一起开着大翻斗车上班了，开始了一段很少有他参与的生活。

有一次，我听说他交了个女朋友。但是那人心眼不好，最终离他而去，令他伤透了心。人们告诉我，他从此变了一个人。后来的事，我就不知道了。我无法相信一个女人能毁掉一个男人的一生，也许那是我还没有遇上一个有缘人的缘故。

他一时心血来潮，在树林深处远离公共视线的一个地方，靠自己的双手锯木材，建造了一座房子。当我最终见到此屋时，不禁为之惊叹。那可不是一个简易的草棚子，那是一座像样的房子。他很为此自豪。他挖了一个养鲇鱼的池塘，建了个花坛，在院子里喂鸡养狗。我回家过感恩节时，我和山姆会提上枪来到他房后的林子里，轮流将洗衣剂的塑料桶扔到半空，然后开枪将其击碎。我猜想当时在骗自己，认为小弟这边万事大吉，也许我只是不想让我的新生活带上任何旧日的阴影而已。

我时不时地给家里打电话。我会问母亲近来可好，她会说挺好，但语气中能听出她未吐真情。结果总是马克又出了什么事：撞了车啦，犯了法啦，她说来说去总是那几句话。她没有打电话告诉我马克的事是怕我担心。有一次，他被关押了一年。她每天都在家里受罪，为他担心。你也许总听别人说一个人是如何如何在一年中老了十岁的事。我亲眼看见过这样的事。

我本来是应该去探监的。我当时为自己开脱的理由是，我无法想象我能忍心去看关在牢笼中的他。但真正的原因则远比这个托词来得自私。那段时间正是我对自己的身份非常敏感的时期。我拼命工作，不只是为了生存，而且是为了成功。一个锒铛入狱的兄弟和我想塑造的形象太不协调了。

我本来是应该去的。我应该给他带去一条骆驼烟和一点在监狱商店里花的零用钱，和他一直聊到会客时间结束。然而，我只是把给他的钱留给了母亲，让她转手交给他。

在我对不把母亲公开放在我生活背景里的做法心安理得的那段时间里，我对不起母亲。同样，我也对不起马克。有时，我告诉自己，做些应该做的事儿吧。我明白自己必须为母亲所做的一切，但是对我的小弟则真不知从何做起。他像我父亲那样，内心深处埋藏着一腔怒火。但我不知这腔怒火从何而来，又是如何发展起来的。单就这个疑团就足够让人们相信鬼神附体的说法了。

他有时会给我打电话，总是一边喝酒一边说他爱我。

22

假　如

我哥哥山姆生来就是个大好人。他在杰克逊维尔的棉花加工厂工作，干的是给停在那座巨大的红砖厂房外的大货车卸货的活儿。比起他过去干的那些差事，这已经算是份不错的工作了。工资虽不算高，但是能为全家提供像样的健康医疗保险，这让他心里有底。“心里有底”是难以估价的，他总说。其实这是他干活挣钱的全部目的。于是，他总是准时上班，干到工厂不让他再干下去时才歇手。就像所有今天在美国靠一双手吃饭的人那样，每天早上起床都会揣摩这会不会是他们让他进工厂大门的最后一天。尽管如此，他对那些给他发工资，维持他生计的人忠心耿耿。工厂为从不旷工的工人发帽子、衣服和夹克作为奖励。他那瘦高的身上穿的都是厂里发的“鲜果布衣”牌衣服。

没有人喜欢用“解雇”一词，所以大家都称它为“淡季”。

一到那时，他就在家劈柴火，然后装进他那辆 1963 年的切维小卡车，拉到城里去卖。他能为你修车，只收五块钱，有时小毛病干脆免费。尽管日子过得艰难，他总能设法应付银行的买房贷款，养家糊口。他那座小木板房的后面有一个玫瑰园，房子边上是亚拉巴马的州花。为了支撑这个家，他甚至可以带上机修工随身带的工灯和一大把工具，在一台抛了锚的拖拉机下面干到凌晨一点钟，然后睡上几个小时，再去上连续十二个小时的班儿。

他的妻子特蕾莎在一个食品店工作。我们那里仍然只有两家超市。她一直对他很好，他的运气不错。

多年前，他给学校的锅炉添煤、疏通抽水马桶换取免费午餐时失去的受教育机会，让他这辈子注定要靠体力劳动谋生。他十三岁时就全天给埃德姨父干活。那都是些使铁镐和铁铲的重活，将二十多公斤的黏土和碱土装上火车车皮，碱液在他的肩上和臂膀上燎起大串的血疱。

他没有为干体力活自卑。即使他对自己的处境不平，他也从未挂在嘴上。他从一穷二白到建成个像样的家庭，心里很满足，踏踏实实地为自己的未来做些梦。他极少沾酒，骂人的话用得适度。（假如我还没有表明我很敬重他的话，我想让大家知道我的确敬重他，我一直很敬重他。）

在我小时候的大多数时间里，他处处护着我，在操场上用他的赤手空拳保护我。他是那种什么坏了的东西都能修好的人。我的车在路边抛了锚，迟早他会来救驾。他见了我的狼狈相，会一边摇头，一边骂我“傻头”。但他总能让我的车重新启动，或者把我从沟里拉出来，或者至少用一根铁链拴住我的车的保险杠，将我从中途抛锚的窘境中拉出来。

有时我会想，如果我和山姆在同一天被召到圣彼得面前忏悔一生的过失，会是个什么情形。我的罪过将包括与那些不正经的女人的瓜葛和在教堂里做礼拜时打的瞌睡，而山姆则会说：“对了，彼得，有一次我在星期天钓鱼来着。”

山姆工作之余就喜欢钓鱼，有姜太公的耐性。我喜欢看他在鱼塘甩竿的架势，那般轻松、流畅和平和，等着鱼咬钩，然后一条肥大的鳟鱼跃出水面，激起一阵浪花，那条被激怒的鱼凶猛地甩着头，大张的嘴能放进一只拳头。“好小子！”每到此时，他总要大喊一声。接着，他慢慢地、稳稳地往回收线。他看了一会儿手中的鱼，没有扬扬自得，而是一种欣赏备至的神情，然后将鱼慢慢放回浑浊的水中，让它重获自由。他钓鱼的本事真神了。在我还是小孩子时，每当鱼咬了他的钩，他就会把鱼竿交给我，这样我就可以过过钓上鱼的瘾。

他留在家乡照顾母亲，把在外闯荡和长见识的机会给了我。他为她劈柴火，结冰时帮她修补破裂的水管。每到她的生日，他总是一次不落地来看她。

他有时会破天荒地让我和他一起坐在停放卡车和钓鱼船的仓房里，让我给他摆摆我去过的地方和见过的事儿。

作为回报，他会给我讲家乡的情形，将我从天边拉回到故里。他谈棉花加工厂裁员的事情，什么人死了，葬礼在哪儿办的。他告诉我他新添的娃娃们，新置的能立马锯倒一棵大松树的油锯，以及那个住在韦伯斯特·查普尔的老糊涂又一次将钥匙锁在家里的事儿。他可真能讲故事，比我强上不知多少倍，有时把我笑得躺倒。

每一次我们促膝长谈都计划去钓鱼。我、他和马克——假如马克愿意参加的话。计划虽然定好了，但因为工作的缘故，结果总是由于我临时变卦泡了汤。他从来没为此事不快，听了我的解释，他总是点点头。

为了工作，他能理解。

观察男孩寻找自己崇拜的英雄的方式，是件挺滑稽的事儿。我们在战争中、在塔斯卡卢萨和奥伯恩的橄榄球场上、在亚拉巴马国际赛车场上被晒得滚烫的柏油跑道上寻找我们心目中的英雄。我梦想自己能像约翰尼·穆索那样带球飞跑，梦想自己能像“黑子”吉米·明斯那样，赛车被撞得稀烂，但人总能生还。

但是在最长的一段时间里，我向往成为的，是每隔两周的星期四都要揍一顿的那个人，手持装满“弹药”的弹弓绕着房子追赶我的那个人，骗我说房子外面那个低洼处的化粪池实际上是没有墓碑的坟墓的那个人，在仓房房梁上装秋千，让我先上去试试绳子是否能够承重的那个人，在硕大而又充满怨恨的大房子里和我一起躲在床下，看到我泪流满面时，用他的臂膀勾住我双肩的那个人。

我经常纳闷，如果马克只有我这一个哥哥，会不会出落成一个完全不同的人，就像我有一个做哥哥的山姆那样。我想大概不会，那种可能性很小。我想我永远也不可能知道，尽管令人痛心，这种宿命的人生观也许是我可以聊以自慰的依托。

* * *

我们的钓鱼计划终于实现了，山姆和我。马克出门在外，未能参加。

我们去的是离家仅一两公里的保罗·威廉斯的鱼塘，我们得用色彩鲜艳的鱼饵来弥补水浑的缺陷。“瞧，”他对我说，指着一条像我手臂一般粗、缓缓地在静水处扭来扭去的水蛇，“这里有鱼，它们能吃了那老小子。”

但是，像以往一样，鱼总爱咬他的钩，不咬我的。他告诉我，我的问题是拉钩拉得太急，但我这个人从来没有对任何事有过耐心，非得有哪条能腾云驾雾的鳟鱼才可能追得上我的鱼饵。一眨眼的工夫，几个小时过去了，他钓上六条，我则丢了一半的橡皮鱼饵。

我对他说，差不多该是回家的时候了。我们又肩并肩地钓了几分钟，在他的几次抛竿中，有一次从靠近岸边的浅水区钓上来一条近两公斤的鳟鱼。我能看到它血口大张吞吃鱼饵时张开的鱼鳃。

他将鱼竿递给了我，让我收线。

23

人间天堂

1988年和1989年冬春之交的那几个月里，我回到卡尔洪的老家，回到《安尼斯顿星报》工作，和家人在一起的那些日子就像在我心中打翻了五味瓶。那时的情形已经非常明了，我这一步其实走错了。我原以为只要我在母亲身边，就能修复她所有的创伤，我以为自己能一下子适应一个离开很久并且改变了的环境，但事实并不尽然。与此同时，我将自己的雄心壮志暂时束之高阁，但这并不是说我在这段时间里虚度了光阴。这几个月里，发生了不少好事。我又一次为那些能叫出我的名字、认识我的人写报道，那总比为陌生人写更有意义。我甚至接到一封我前岳母写的信，她在信中说她喜欢我写的一篇关于我那条叫"国王"的狗的专栏文章。那条狗变得衰老、虚弱，像一个身患风湿性关节炎的老人，拖着僵硬的四条腿走来走去。它最后归西时，我心里暗自松了口气，因为我知道它不会再受罪了。我把它埋在羊圈里，因为在那里，羊不会让野草疯长起来。

由于报社体育部缺人手，我又为一场高中的橄榄球赛做了报道。尽管比赛的统计数字还是把我搞得晕头转向，但这次我基本上没把名字和比分弄错，那还是挺要紧的事儿。我多年来第一次在家里过了感恩节、圣诞节和元旦，吃了母亲图吉利做的黑眼豌豆。我甚至去猎鸟，但是我枪枪落空，无功而返。在此期间，我还亲眼看见了三只小狗的诞生，其中的一只被起名为“鸡肫”，长大后成了这个星球上相貌最丑的狗，同时也成了母亲最钟爱的伴侣。它出生时就病恹恹的,长相丑得出奇。但是母亲救了它一命,一滴一滴地喂它牛奶,直到它有了起色。

我又在母亲的家里吃上了星期六的早饭，又和亲戚们见了面。当我的车坏了，又是山姆来救我。“瑞奇，假如我不买辆比你这辆更靠得住的车，我是肯定不敢再离开家的，”有一次，他从我的车前盖下对我说，“我不可能去佛罗里达为你救驾。”

但是过了几个月，又到了该走的时候。我二十九岁，尽管看来似乎还很年轻，当时的感觉就像自己站在码头上，眼睁睁看着一艘艘船在我面前开走。假如再过十五年、二十年，我也许会心满意足地在故乡度过余生。只是当时就让我回家，还太早了些。

我交了个女朋友，那是个好姑娘。她说我深夜里在客厅里来回踱步的样子，像马戏团里的一头大象被困在一个实在太狭窄的圈子里。“去吧。”她说。那时，她反正对我有些厌烦了，好像是嫌我的注意力无法集中。

我给《圣彼得斯堡时报》打了电话，问他们是否还要我。

该报发行量虽不算大，但名声不小，比我工作过的任何一家报纸都要大出一倍。年复一年，它稳定地排在全美同行业的前十名。我原来会因为在那种地方工作必须证实自己价值而感到紧张，但是雇我的那个编辑保罗·塔什告诉我，要办好一份报纸，得依靠不同脾性、不同素质的人才行。他会毫无掩饰地对别人说，他刚从亚拉巴马的帕森乔特招了个乡村记者。我在《伯明翰新闻报》的编辑兰迪·亨德森也说过类似的话。只要在我工作的报社里至少有一个像这样的仁兄在掌舵，我知道我不会有什么大问题。

然而，让我最终打定主意前去赴任的原因是在那里的面谈。总编辑迈克·弗利在他的办公室里放了一尊“猫王”埃尔维斯的胸像。我见状心中暗想，像这样一个地方，我也许能和大家融洽相处。在那幢高楼的最上面几层，你甚至能看到海湾的景色。

3月，一个凉飕飕的下午，天下着雨，我和母亲告别。我给她留下一个装有两百块钱的信封。我确信她知道怎样在紧急情况下找到我，然后告诉她要给我打对方付费的电话。我告诉她，佛罗里达只不过是一个坐上飞机一眨眼就能到的地方。如果她需要我回家，我几个小时就能飞回来。这对那些去欧洲度假或者每星期都要坐飞机的人来说也许有些好笑。但我母亲从未去过离家四五百公里以外的地方，也从未接近过飞机——除了那些喷农药的飞机向我家附近的棉花地俯冲下来洒药之外。对她来说，佛罗里达的坦帕湾就像远在天涯海角。她一边忍着眼泪，一边给我做我最爱吃的土豆洋葱炖牛肉。在我动身之前，她给我一个装有卡片的信封，叮嘱我到晚上再打开。那里面有张十元的票子。

我带了些玫瑰去和我的女朋友道别，保证今后继续保持联系。我们心里都清楚这只是出于礼节，没有其他的深意，然后我驱车南下。到圣彼得斯堡时已是早晨四点半，找旅馆已经太晚。于是，我干脆直接驱车去清水湾的海滩看日出，其实那是犯傻，因为我忘了水在哪一边。当太阳从我身后升起时，我轻声骂自己，在这里只能看到海上的日落，你这个傻瓜。

从很多角度上看，这是个怪异的去处。皮内拉斯县境内从坦帕湾到海滩之间的土地几乎全都铺上了柏油路。各色人等都聚集在那些紧挨着的色彩柔和的小平房、不规整的砖制平房以及湾区的大房子里。想知道为什么这么多人都聚集在这个地方，你只要住到海边上去，面对那碧水蓝天，或者驱车深入内地，穿过甘蔗林，来到它的腹地看看就不难理解了。我在靠近海湾的地方租了一套小公寓，那里也许是我住过的最平和的地方。入夜，我住所前的小水湾水平如镜，你能坐在地上看鲻鱼跃出水面，鹭鸶和其他水鸟会将你手中剥开的柑橘叼走。有记者抱怨这里的生活节奏过于缓慢和乏味，就好像是一顿“先到者优惠餐”，但我却很喜欢这里。编辑们有时会将我派去采访些我认为微不足道的小事，这种安排虽然有伤我的自尊，但住在风景如画的海滩边很难让人心情不好。

我在那里供职期间的一个高潮，至少在头几个月里的一个高潮与一只叫“麻婆茜”的母鸡有关。清水湾北面的一个湾畔小城达尼丁，最近成了一个“连环杀手”的攻击对象。一只山猫好像每天晚上都要出来咬死几只退休老人养的鸡。一天，编辑表情严肃地来到我面前，告诉我前一天晚上又出了一起山猫咬鸡事件，但是那只母鸡奇迹般活了下来，虽被抓伤，但还在咕咕叫。他告诉我那只鸡的名字叫“麻婆茜”，我对他嘟囔了一句“他一定在和我开玩笑之类”的话。但两分钟之后，我便驱车前往宁静平和的达尼丁小城。我当时二十九岁。在我屋里，奖状挂满了整整一面墙，我曾在治安情况恶劣的城区、监狱和龙卷风里出生入死，现在却让我去采访一只该死的母鸡。

那只母鸡屁股上的毛的确被拔得精光。当我试图接近它时，它隔着一个院子就大叫大嚷起来。我想主人应该给它做些心理咨询。于是，我就退而求其次，把车开到一个临水的小停车场，在车里坐了半个小时，一边用手揉着眼睛，一边采访鸡的主人。此事若是发生在老家，“麻婆茜”早成了桌上的一盘菜。

回到报社，我铁了心要报复一下。我决定要写一篇一生中最缠绵做作的垃圾文章，将此事过分渲染，写得夸张造作。目的是让编辑为将我派去采访此事后悔。我是这样开的头：

“麻婆茜和死神近在咫尺，死神的胡须都碰到它了。”

结果，文章按原稿刊登了。所有的编辑都对我说，这篇文章写得太棒了。此事发生后不久，我升职了。我相信，这次升职将在我的余生让我和秃屁股母鸡遇险的故事永远分开了。

我认为这件事给我的启示是：千万不要故意写一大堆大肆夸张的垃圾文章。假如你的大作读上去太像你通常写的那些肆意夸张的垃圾，会让编辑们认为你在原有的基础上更上了一层楼。

升职后，我被派到州内新闻组专管佛州的西南部，包括南部的大沼泽地。那个地方对于我这个来自丘陵地带的孩子具有一种神奇的吸引力。我在州内组接到的第一个采访任务就足以把那些平时打扮得体、伶牙俐齿、能说会道的在市政厅采访的记者吓得魂飞魄散。但对我来说，真可谓美梦成真。他们派我去采访猎取大鳄鱼的经过。

佛州组织的猎鳄是为了稍微减少鳄鱼的数量，以保证那些走近住宅区里的水塘和清洌河流的旅行者和狗的安全。鳄鱼受到保护的这些年里，子孙兴旺，结果，佛州决定在每年9月份用抽签的方法给一些猎手颁发许可证，允许他们猎取鳄鱼，获取鳄皮和鳄肉，同时也能满足猎人追求刺激的要求。他们先用鱼叉扎住鳄鱼，然后将其拖至船边，鳄鱼的大嘴一张一合，尾巴猛甩,然后,猎人再给它一枪,了结性命。“老天，”我心想，“这才称得上钓鱼咧。”

我和佛州南部三个中了签的哥们儿安排见了一面。他们同意让我们一同前往。报社派了一个蓄着长头发、打扮得像嬉皮士的摄影师乔·瓦利斯和我同行，用胶片记录鳄鱼的垂死挣扎。

猎人们计划到奥基乔比的运河边缘巡猎，那里是遍布水草的沼泽地的源头。有人看到鳄鱼们在河岸上像烧烤架上的一根根热狗腊肠那样，并排躺着晒太阳。我去奥基乔比钓过鱼，但和此行相比不能同日而语。

那里是一片巨大的内海，到处是有毒的泥沼，除非你的筷子上装有放射性测量仪，否则从那里钓来的鱼你是不敢吃的。到了晚上，四周黑得像锅底。有时，你的船会被一堆浅黄色的水草缠住。一到这种时候，明知那里的泥沼可能将你吸进去，明知有毒的黑棉口蛇可能就盘在那一堆可恨的乱草之上，你还得跳出船去，将船推出困境。

那里的人也特别。那是个天高皇帝远，法律管不着的地界。在那种地方，如果看到路上有一只被人丢掉的鞋，我还真的会走到跟前，仔细看一下是否里面还有一只脚。在那里，我结识了一个名叫吉米的钓鱼向导，此君从来不穿鞋，对正在叮咬他的蚊虫也无动于衷。他话不多，从来不说废话。我永远不会忘记在一个伸手不见五指的黑夜里，我和他一起坐在船上，听到他清了清喉咙。

“我吃过狗肉。”他自言自语地说了一声。

“为什么要吃狗肉呢？”我问。

“因为它跑到我的院子里来了。”他说，然后就再也不提此事了。

此事绝非我的胡编乱造。

但是这趟采访猎杀鳄鱼从任何角度上讲都具有特殊意义。在我们驶离码头的那个晚上，天正下着雨，四周是黑洞洞的天、黑沉沉的水、黑乎乎的雨。我除了担心在黑暗中会有什么逮着机会把我吃掉的东西之外并不怕黑。人们惧怕黑夜有无数理由。对我来说，黑夜中最可怕的是鳄鱼可怕的眼睛，每每想起总会让我心惊肉跳。当其中一个猎人在运河附近打开探照灯，就在那里，成百双爬行类动物的眼睛闪着橘黄色幽光。突然间，渔船变得非常渺小。

在那之后的几个小时里，我们将这些鳄鱼完全惹恼了。我们的两条船慢慢地驶进运河，其中一个人站在船头高举一把鱼叉。他一次又一次地捅、扎，刺伤了一条又一条鳄鱼，但他那根带刺的鱼叉始终未能扎透一条。他说那是由于光线不足的缘故。他们船上需要一个帮手，我自告奋勇去帮忙。

他们将两条船凑到一起，以便让我轻松地跳过去。但是不知是我起跳时的蹬力将两条船推开了距离，还是一个涌浪和我开了个玩笑，结果我像秤砣一样落到那条五六米宽的河道中央。我当时心想自己必死无疑。我浮上水面，扒住船帮，心里害怕得要死，等着那些三四米长的怪物咬住我的腿，将我拖下水去。我试着爬上船去，但是那船帮光溜溜的，没有一个手能抓的地方。要靠船上的那些小个子把我这个近一米九高、一百多公斤重的大傻瓜从水中硬提上去，则是件不可能的事。

我从《国家地理杂志》上读到过，鳄鱼在一块臭烘烘的烂乌龟肉和一个大活人之间，更喜欢乌龟肉。我知道，如果有一条法国小普度狗在你身边护驾，它们就不会轻易攻击你。但在我吊在那里不上不下时，这些常识都无法进入我的脑子。那场惊险前后不过几分钟时间，但是当你半身浸没在满是鳄鱼的黑水之中，和那些被你的猎人同伴用冰冷的钢叉捅刺了大半夜的鳄鱼做伴时，时间过得可真是慢极了。

“哥们儿，”我试图用冷静的口吻，压低了嗓音说，“你们得想法把我拉上那条该死的船。”就在此时，我听到身后传来一阵嚓嚓声。我心头一紧，扭头向后望去，心想看到的一定是一条鳄鱼正在磕牙，准备把我当作一顿美餐吃了。但是我看到的却是我们报社的摄影师正在拍我落水的照片。我清楚地记得，当时我心想，只要我回到岸上还有一口气，非和这小子算这笔账不可。

终于，有人建议我应该沿着船帮挪到船尾，然后踩着引擎附近的横梁爬回船上。我依计而行,使尽吃奶的力气爬了上去。除了我之外，在场的所有人都觉得此事好笑。摄影师瓦利斯后来向我解释，他当时觉得有责任将此新闻记录下来。就在那几分钟里，我一下成了故事的中心人物。

我能想象明日报纸上那个大标题：

鳄鱼吞食记者，帕森乔特全城举哀。

一年之后是：

瓦利斯获普利策新闻奖。

采访归来，编辑们要我写两个故事：一个关于猎鳄本身的经历，另一个以第一人称写我自己的历险记，那故事只能让我像个大傻瓜那样在读者面前献丑。在次日举行的《圣彼得斯堡时报》的头版会议上，有这样一段对话后来传到了我的耳朵里。

编辑一：那个关于鳄鱼的故事结果没有按照我们期望的那样发展，是不是？

编辑二：是啊，实在太精彩了。

我的运气，从很久以前那辆四轮朝天的敞篷车开始的那颗高照的吉星，依然在保佑我。我母亲没有任何运气，马克也没有，山姆是自己给自己创造运气。但是，我这个人就是一个大马趴摔进化粪池，爬出来时身上也会带有木芙蓉的芬芳。

我从清水湾边的小房子里搬了出来，搬到一个岛上住。真的，一点儿不是吹牛。这个小岛名叫"安娜·玛丽"。岛上禁止造两层楼以上的建筑，汽车时速限定在四十公里之内，就好像下定决心要将正在"阳光州"[1]其他地方发生的事情排斥在小岛之外。天暖和时，我每天早上都会走到海滩上。那里几乎四季如春，有些早晨我就在清如明月的海水中游泳。这不是一个富

1 佛州的别称。

人蜂拥而至，名门大户和豪华游艇云集的小岛，而是那些在埃文斯维尔和斯克兰顿卖了一辈子保险和铝合金墙面的退休老人安度晚年的地方。这里是平民百姓支付得起的天堂，就连一个领记者工资的人也能住到离海滩近的地方，每天晚上在海中沉浮几回直到日落。我记得那儿海滩的沙里有松针，这在佛州也算是件稀奇事。通常，在那儿唯一可以遮阴的地方是住宅楼的阴影。

我的老家以及所有与之相关的新怨旧恨，似乎离这个地方有十万八千里。在这里，你可以坐在“豆角”处看着货船的灯光从高耸入云、气势磅礴的“阳光天路大桥”下面经过，进入黑洞洞的湾区，直奔坦帕湾的港口。白天，我在一间只有两张书桌的小屋里工作。我和另一个负责广告的中年人合用一间年久失修的办公室，他有一个我知道的最精彩的名字：乔·罗密欧。有几次星期六的早上，他过来砸我的门，拉我去湾区的盐水静水区钓鳟鱼。到了晚上，他和他太太会把钓来的鱼做成菜，配上玉米糊、甜菜和冰茶请我吃饭。

我住一套有两间卧室的公寓，比我实际需要的多出两间[1]，因为我仍然没有任何家具，但是房租还算公道，离海滩和市内唯一的超市只隔一条横马路，到任何地方都很近。我开着一辆银色的1966年的“野马”敞篷车，车身上没有锈迹。它有二百八十九匹马力，八汽缸，开动起来的隆隆声响能吓坏飞禽走兽，快要散架的车头能吓坏我。但从远处看，车还是挺漂亮的。

那些未能和罗密欧夫妇一起吃炸鱼的晚上，我的晚饭有两个选择：要么去“埃迪”快餐，一家主要为旅行者开的简陋小

---

1 作者的自嘲：他其实只需要一间起居室。

吃店，那里的烤石斑鱼三明治味道不错；要么去上点档次的“沙洲”饭店，那也是一家为旅行者开的饭店，但在那里你可以一边吃，一边和你的情人看日落，当然你得先找到仍和你有联系的情人才行。至于早饭，在海边有家很小的“甜点心”小吃店，在那里，你能拿上一份酱汁浇发糕走到店外面去吃。说真的，我当时认定自己生活在人间天堂。

报社给我时间写在美丽而又神秘的大沼泽地里的偷猎者的故事和一宗十七年前被人打伤大脑的一个女子的离奇案子，在她最终死于脑伤引起的癫痫后，这宗案子变成了谋杀案。我写过那些跟踪老年人作案的罪犯，写过佛州最后一批美洲豹慢慢地在沼泽中绝迹的故事。我写过沼泽地和湿地的汞中毒事件，还采访过一个与自己的亲生女儿结婚的人。他向我发誓“我不知道”。（他还胡诌他在拉斯维加斯的酒吧里打工时，曾用一枚钉子在埃尔维斯戏装的皮带上多打了一个孔，以便让“猫王”有足够的空间扭摆。）但是，在大多数时间里，我是一个严肃的新闻工作者。

我做过些鲁莽的事儿。我过去一向以为，因为自己过去的成长经历，我的性格要比那些更具城里人气质的同事坚强些，所以我更能挖些东西。在写偷猎者的故事时，为了给报道加点分量，我决定至少要和一个偷猎者面谈一次。在佛州，找个偷猎者并不难，只要找在家中车库前停着一条气垫船的人就行。即使他自己的后院里没有十几张正在鞣制的鳄鱼皮，他也准认识一些搞偷猎的人。我没安排正式的采访，而是一个碰头会，找个机会见上一面，问上一两个问题，然后走人。我见过的那些人都不是什么质朴的英雄好汉，而是盗取自然资源的罪犯。他们无法看出自己正在做的事情有什么不妥之处，对于他们的父辈来说，什么时候打猎、怎样去打猎这一类事根本没有人管，提上枪去打就行。但是他们知道现在这样做会被罚款，如果被当场捉住，还有可能坐牢。从这个角度讲，我在他们眼里是一个危险人物。而在我自己看来，我并不是什么危险人物。他们拒绝告诉我姓名。我也不去看他们的车牌号。但是，当他们中的一个人探过身子在他卡车车座的后面摸出一把点22口径步枪的那一瞬间，我担心自己也有可能被他们杀了灭口。偷猎者喜欢点22口径步枪，因为它的枪声不大，不会把保护野生动物的执法官引来。我这不是戏剧性的夸张。记者们喜欢追求那些冒着生命危险得到的素材，只不过那些曾在那么多可怕的地方被吓得半死的记者，用不着再被自己的记忆吓上一回。但在那条灌木丛中的沙路上，有那么一瞬间，我知道我为了五六段的报道内容，差点把小命搭进去。

然而，那些惊险场面只不过是在那一整段好光景中糟心的一瞬间。有些人一辈子都在追求天赐良机。在担任《圣彼得斯堡时报》阳光海岸部主管的那段日子里，我享受了一段那样的人生境界。我在一个名叫罗布·胡克的编辑手下干，他平时为记者仗义执言，修改起文章来手头不重。我平生第一次觉得自己找到了一个可以待上一阵子的地方。我母亲给了我第一个家，《圣彼得斯堡时报》给了我第二个。那个雇我入伙的编辑塔什曾说，在这个地方，人们对待工作的态度之严肃胜过对待自己的私事。上司看的是你的工作质量，而不是你从哪所名校毕业。我能够胜任自己的工作，但就在干得欢实的时候，我接受了一个令人悲伤的采访任务，那件事让我的业务能力更上了一个台阶。

我说过，有几次，在我描写故事中的人物时，我总是努力将他们写得有些人情味，不去损害他们的人格和尊严，但此话并不确切。其实你所做的一切应该是将他们原本就在那里的尊严和情感发掘出来。这是我在那次采访过程中领悟出来的道理。

1990 年春，我们得知圣彼得斯堡的一个女子生下一对胸部连在一起的双胞胎，也就是人们通常所说的“连体婴儿”。我的上司派我去说服那家人，让我们报道这件事。我向那个母亲做出一个明确的保证，我会把她的孩子作为具有各自特性的、面临复杂医学难题的两个婴儿去写，除此之外，我绝不在其他方面做文章。我告诉他们，我会将这个故事，他们的故事写得不失尊严。我信守了这个诺言。

我在这个原本是一个悲剧的故事上花了数月的时间。我从他们出生起就开始跟踪报道，我曾将他们抱在怀里，然后经历他们的分离手术，最后和他们年轻的父母一起经历了两场葬礼。

从纯粹个人角度，这是我平生经历的一件最令人肝肠寸断的痛心事。我永远不会忘记在新生儿重症室里初次见到他们的那一天，我平生第一次看到那么多小生命在死亡的边缘挣扎。在我眼中，世界上的任何一样东西，一阵微风、一声低语、一声巨响，任何事都有可能把他们从我们手中夺走。那对连体婴儿就在所有这些微小、纤弱的早产儿中间。我试图尽可能真实地将那个地方的气氛和那些婴儿描绘出来，让人们看到我看到的东西，感受到我感受的情感。几乎在所有的场合，你只是用词句描绘一幅图画，然后让读者自己去想象和感受。但是这一次，我试图迫使他们去感受。

“值夜班的护士称他们是奇迹婴儿，”我写道，“但是似乎现实生活中的奇迹实在太少了。儿童医院的新生儿重症室里的大部分婴儿都是些不足月的早产儿。有些勉强活上一阵子，然后悄然逝去，就像珠子从断了线的珠链上滑落下来一样。”

我们这一行的规矩是不能在故事里表达个人情感的，我们必须用一种绝对、纯粹的客观眼光去看待一切事物，但在写这个故事时，我无法做到这一点。我悟出那种绝对的客观纯属狗屁，假如人间的痛苦太过深重，那种从痛苦中流出的血会在数年，甚至数十年后滴到泛黄的报纸上。

过了些日子，那对连体婴儿的妈妈和爸爸，还有祖母对我写的故事表示感谢，对于这些，我无言以对。

佛罗里达真是一个神奇的去处，从迪士尼世界的奇妙景观到迈阿密的昏暗巫术。殊不知,迪士尼乐园里的卡通人物古菲，其实是一个躲在一大堆塑料里面、汗流浃背的克莱姆森大学的一年级新生，而在迈阿密的河道里，到处都漂浮着为祭祀而杀的死鸡，偶尔还会看到一只无头的山羊。在那里，你能看到在世界任何一个地方都无法看到的事情，那些荒诞不经、令人胆寒和令人无比悲伤的事情。我永远不会忘记 1990 年春的一天，我坐在我的车前盖上，亲眼看到一片沼地飞上天的奇观。联邦毒品监察和曼那提县的警局过高估计了炸掉一个小岛所需的炸药。当他们按动开关时，整个沼地，包括树木、泥土、水、鳄鱼、蛇、乌龟和青蛙全都飞到了九霄云外。我坐在那里眼看着那一切又洒落下来，留神不让任何水蛇落到我的“野马”车上,然后回家写了关于此事的报道。第二天,我接到有人从“制止虐待动物协会”打来的电话，他问我是否为这件事的不人道感到义愤填膺。我告诉他，我对青蛙和乌龟的遭遇有点同情，不过我对那些蛇没有丝毫的同情，说实话，在下与鳄鱼之间还有过一次极不寻常的遭遇呢。

这个世界上只有一份工作是我愿意和我现在的这份交换的：在迈阿密的那份工作。那里是记者的极乐世界。那是一个拦路抢劫的强盗手持水泥块跟踪旅行者作案的地方，一个整幢摩天大楼都是靠贩卖毒品的黑钱建造的地方，一个海地独裁者派人跨越佛罗里达海峡前来暗杀政敌的地方，也是聚集着一帮满腔仇恨，在沼地里演兵习武，梦想有朝一日能干掉卡斯特罗的古巴老人的地方。

迈阿密的那份工作在我到报社工作的第二年空了出来，我向上司苦苦央求这份差事。我虽然不会说西班牙语和南美法语，我知道的当地复杂的地缘政治知识也都是从书本上读来的，我甚至从来没有去过中南美洲。但是，编辑们最后还是决定，他们宁可要一个能给报纸写精彩报道的记者接手这项工作，也不要那个只会在晚宴上能说会道，转换语言就像手动车换挡那样容易的人。

编辑们将布告贴在报社的备忘栏里，一个朋友在电话中给我读了一遍。那是副总编约翰·科斯塔写的。那上面只是简单地写着，我将去迈阿密赴任。“……布拉格和迈阿密对阵，谁胜谁负，有待分晓。”

24

迈阿密，愤怒的迈阿密

按照迈阿密的标准，那只是一场小打小闹，芝麻绿豆大的一点事。但当我时不时地回忆起那段往事，仍然感到有些揪心。现在，恐惧感已经淡去，但是那种羞愧……我猜想是要带着入土的。

我没超脱到不用惊险的故事来吸引在报社里工作的那些实习生的程度。我不是个浪漫多情的角色，但也不是乏味之人。我一生没有成就多少大事，但还是从近处观察过一些异乎寻常的场面。有时，那种观察会伴随一些小小的危险。但是有一段往事我几乎从来不讲，因为那是一件超越悲伤、爱憎的私事。那事和恐惧有关，没有任何值得自豪的东西。

1991 年 6 月 27 日，星期四，大约晚上 10 点钟。天很热，那是一个只有迈阿密才有的闷热的夜晚。有些地方天黑之后就会凉快下来，但在迈阿密的某些晚上，那种闷热感就好像什么人给整个城市罩上了一块黑布似的。在南海滩，从海上吹来的风能让人稍稍凉快些，但是海风从来吹不到自由城和上城。那些地方很热，一直要热到11月份才罢休。

我当时的女朋友蕾切尔是《迈阿密先驱报》的记者。那天她打电话说，她得留在报社里写那天的重头文章，所以要到很晚才能回家。城里的气氛比平常更紧张。法庭推翻了对一个拉丁裔警察过失杀人的两项定罪的原判，这个决定激怒了那些从某种意义上早已被人遗忘的迈阿密黑人群众。此事要是放在其他城市，要么让牧师和主教出面平息众怒，要么会引发打着标语牌的抗议示威。迈阿密则不同。在迈阿密，此事意味着会发生焚烧和骚乱，只是迟早的问题。在过去的十年里，自由城和上城两个区已被骚乱和焚烧席卷四次——因为白人警察杀了黑人或者杀了黑人后被判无罪。现在，迈阿密又到作乱的时候了。骚乱几乎成了当地的一个传统。

在这里，早在人们听说罗德尼·金[1]这个名字之前，就有人死于种族间的暴力冲突。距今最近的一次骚乱发生在1989年1月，焚烧、枪击和殴打持续了三天。事情的起因是迈阿密警察威廉姆·洛扎诺向克莱门特·劳埃德开枪，劳埃德是一个二十三岁、身上没有携带武器的黑人。枪击发生时他正骑着摩托向警察的方向过来，结果，失控的摩托车撞上一辆车，劳埃德和他的乘客，二十四岁的艾伦·布兰查德当场死亡。在这场枪击事件后发生的骚乱中，有一人死亡，十一人受伤，

1 洛杉矶的一个黑人。1991年3月3日晚，他被白人警察暴力殴打，引发了著名的洛杉矶暴乱。

三百七十二人被捕，十三座建筑被焚烧。

洛扎诺最终被判定两项过失杀人罪，当地民众的愿望得到了满足。但在 1991 年 6 月 25 日，星期二，高级法院驳回原判，此案又被退回初级法院重审。这一决定就像在许多黑人群众的背上划过的一根火柴。高级法院判定此案本来应该转移到迈阿密之外的地方审理，因为担心无罪的裁决可能会引发当地黑人的暴力行为。

一个晚上过去了，又一个晚上过去了，平安无事。黑人领袖们在街上号召和平，央求民众用和平方式解决争议。他们告诉愤怒的民众，再一次焚烧自己家园的做法是何等荒唐。局势终于稳定了下来，但那种平静就像一根橡皮筋被拉到极限。《迈阿密先驱报》的记者正在密切关注事态的发展。我告诉蕾切尔得小心行事。一不小心，骚乱就会伤害到你自己。

《圣彼得斯堡时报》不是一家当地报纸，所以用不着如此密切地关注此事。我知道这话听上去像是铁石心肠的人说的，但只要城里没人纵火，我晚上就可以下班回家。女朋友不在家，有的是可消磨的时间。我做了一件任何一个男人都会做的事，邀请我的朋友肖恩·罗威过来吃牛排，然后一起看电视剧《野小子们》。

就在我已经把骚乱的可能性忘了个一干二净的时候，电话铃响了。一个编辑说我也许应该将头伸出窗外闻一闻是否有烟味，他告诉我最糟糕的事情发生了。一个迈阿密警察开枪打了一个黑人。如果原来城里还没炸开锅，现在出了这件事，骚乱已成定局。

傍晚时分，一群人围攻了一辆市里的公共汽车，将司机拽了出来。司机是一个女子，被人打得头破血流。一个警察被一辆车撞倒，事情的经过均被在场的摄制组拍了下来。数十名警察闻讯出动，就在他们个个身穿防弹衣、头戴钢盔赶到骚乱现场时，城里几条街上的人们都在向他们扔石块和瓶子。他们在有些区域站了好几排，一面紧张地在房顶上扫视以防狙击手打冷枪，一面用塑胶盾牌遮挡飞来的石块。

我这个人算不上有多勇敢,但还算忠于职守。我听人说过，有的记者是躲在家里看着电视写报道的。不知哪一天我也许会失去勇气，也会这样去做，但当时我知道我必须在现场。

我的“野马”车在一年前就报废了，实际上是刹车出了问题，我在比斯坎大街上撞断一根停车计时表的杆子后，又一头撞向一棵棕榈树。后来我买了辆1969年的紫红色的“火鸟”敞篷车,此车在大多数情况下能跑。这辆车虽然挺招女人喜欢，但将它开到骚乱现场则甚为不妥。那会把所有人的注意力都给吸引过去——当你把车开到一个人人都想伤害白人的区域，那种注意力你可无法消受。我的朋友肖恩过去是《迈阿密先驱报》的记者，当时在迈阿密《新时代》杂志社做调查记者。他说还是由他开着他太太罗伊斯的丰田车和我一块儿去为好。

他是那种少见的认为生活越是离奇，活得才越有意义的人中的一个。但是他又是我们在亚拉巴马称为“能人”的那一类人。假如你侮辱了他，他会和你动真格的。他曾经和一帮不要命的水手搭乘一条从迈阿密到海地的不定期货船。当这条东倒西歪、刚刚能航海的破船行至中途熄火，灯火俱灭，横着船身让海浪带过大西洋上这条最繁忙的航线时，他还觉得此事颇为好笑。他为人仗义,我知道他当时也想为他的杂志社报道骚乱。

但那天晚上他开车带我去的真正原因，是为了不让我一个人像傻瓜一样，开着一辆挂着“我来了，快冲我扔石头”大招牌的车到那种地方去。

警方对付这次骚乱的对策与以往有所不同。过去他们只是将大块区域封锁起来，任凭暴力和纵火犯在里面肆虐。这一次他们似乎下了决心控制暴力。于是，直接遣派人员赶赴骚乱现场。这样，以往区分骚乱的明确界线不见了，骚乱区被分割成一小块一小块的，有些街区是安全的，有些则不安全。也算我们倒霉，正好闯进一个不安全的区域。

每到这种时候，某种气氛就会笼罩某个地方，也许那就是你的一种预感。这种预感随后在那些阴暗的楼房和破损的街灯那里得到印证。在上城和自由城的这些地方，即使是太平光景，大白天你也可能被那些想要你的车或者钱包的人打死。我白天黑夜都曾从这些区域开车驶过，但从来没有见过恶如此膨胀。

那天晚上，当我们穿行在这些区域的大街小巷时，我心里有些发毛，时不时地看到有人在街上跑。我记得有个人提着一长段铁链。肖恩和我没多说话，我猜想我们都在担心会过多表露各自心中的恐慌。

那是在上城 3 街西北段的一个政府救济公寓小区的前面。当时好像有好多人从楼里拥了出来。但他们看上去安安静静的，站在马路的两侧，人群中有男人、女人和一些孩子。因为有些小孩在来回穿马路，我们的车只好慢慢往前蹭。

一眨眼的工夫，石块、瓶子和谩骂就像雨点般袭来。有些砸在车上，一面侧窗被砸烂，一块石头正打在我的腮帮子上，在那一瞬间，我不知道是什么感觉，也无法感觉任何东西。肖恩后来告诉我，我被砸得嗷嗷大叫。我只记得石块和谩骂齐飞的情景，一个光着上身的小伙子直奔那扇被砸烂的侧窗，从近在咫尺的地方向车里扔了一样什么东西，但不知什么原因没有打中我，也没有打中肖恩。尽管被吓得魂飞魄散，我还强作镇静地小声嘟哝：“不管发生什么事，别停车，千万别停车。”但随后出现的情形还是把我吓得半死。

我们自两排人中间慢慢地驶过，生怕撞着什么人。正在此时，我看到一辆长长的黑车——一辆破烂车，被众人从两幢楼之间慢慢推出，堵住了道路。车里没有人，这车是一帮人推出来堵街用的。肖恩临危不乱，向左猛打方向盘，离开马路，将车开上了人行道。我不知道他最终是怎样避开那些树、路边停的车和那些人的。反正不知怎么的，我们最终绕了过去，逃离了险境。

我不愿去多想，但是假如他当时惊慌失措，假如他把车停下，假如他油门踩得稍重些把什么人给撞倒，我们的两条小命恐怕就没了。你总能听到人们用那种过分渲染的陈词滥调说，某人临危不乱，行动果断，救了自己一命，但这一次遇险，他的确救了我一命。

我们把车开到被警方基本控制的区域。不知从哪儿冒出来的混账电视记者试图采访我们，我说不，我不想接受采访。在封锁线的另一边，有许多人正在经历我们刚才经历的事，只不过他们是黑人。在黑暗中，在愤怒的驱使下，人们对任何在移动的东西扔石头。我有点头晕，但总的来说还算不错。我找了个电话，给报社讲了这个故事。

按照迈阿密的标准，那算不上什么大的骚乱，只是一夜的愤怒。黑人领袖们，像著名的律师H.T.史密斯介入了此事，从一个居民区到另一个居民区向民众呼吁和平。这一次，他们成功地制止了事态的进一步恶化，直到将愤怒的情绪降到了温暾水的程度，也就是通常的状况。

我们在车里找到两块石头，其中一块在我的座位旁边，那是打中我的那块。我将它放进了口袋。

第二天，我将它放在我的书案上当镇纸用，作为一个纪念品。

第二天的早上，晨光将上城和自由城的新伤旧痕，内部全被烧光、窗户上钉着木板的楼房残骸展示在世人面前。空空的场地仅留下参差不齐的断壁残垣，原来是店铺的地方成了杂草丛生的荒地。我强作镇静，开车在各个居民区里穿行。有一次，一个人从一家店铺的前门快步跑了出来，我握着方向盘的手抖了一下，差点没开到对面的车道上去。我必须提醒自己：我现在并不在一个骚乱区域里穿梭，而是驶过一个人们居住的地方。那是我准备给第二天的报纸写的故事，那是一个名叫珍妮特·波的年轻黑人姑娘走上来帮我忙的故事。

我记得威利·科尔曼说过的一席绝望的话。1968年，他和他太太搬到上城。他亲眼看见黑人或者其他族裔开的店铺因为骚乱而迁移他处。这种迁移将整个迈阿密撕得粉碎，那个四分五裂的躯体从来没有得到真正的修复。

“他们为什么要回来呢？”科尔曼问道，他是一个七十一岁的退休建筑工人，“这里除了一片废墟以外，什么都没有。”

但是，我印象最深的是一个十八岁的名叫托尼·福克斯的黑人小伙子说的一番话，以及话里表现出来的愤怒和绝望。在他看来，骚乱是回击和吸引公共注意力的一种手段。他说他会和其他人一起捣毁、抢劫，因为他住的那一块区域里，黑人一贫如洗，什么东西都没有。他们只是住在闷热的房子里，和两英寸长的棕榈虫做伴。向他们的窗外看去，能看到那些更加殷实的拉丁美洲人住的居民小区，那些拉美人来到迈阿密以后发了家、致了富，把在这里土生土长的黑人甩在后头。在他们看来，他们不但被“白鬼子”征服，现在又让这帮不在这里出生的家伙占了上风。

“这世道不公平，我们没钱，所以去毁房子。这是和这个不公平的世道扯扯平。”

干新闻这一行的人喜欢报道一个由坏变好的发展趋势。我们能从四面八方研讨观察，请教一些大学教授，让他们告诉我们应该思考些什么，然后再将这些转交给读者。多年来，谈论迈阿密黑人区的希望和发展成了一种时髦。发展倒是有一些。

一个黑人领袖保证说，由于司法不公而引起大众暴力反应的年代已成为历史。肖恩和我驾着罗伊斯那辆倒霉的丰田车遇险的那个晚上，是迈阿密最后一次有人纵火，而且规模不大。

在我住在迈阿密的那阵子，肖恩·罗威和我是好朋友。在我搬走之后，我们就各奔东西了，即使联系时，我们也极少谈起那个晚上的事。男子汉，特别是我长大的那个地方的男子汉，不愿意在别的男人面前暴露自己的怯懦。

那块石头在我的书案上放了很久。有一天我看到它，不愿再有任何关于那件事的回忆，便把它扔进了垃圾桶。

前些日子，在那件事发生多年之后，我给肖恩去了个电话。我没有为不早些给他打电话的事向他道歉，他也没为未给我打电话道歉。我告诉他我正在本书中写那天晚上发生的事，问他是否在意我将写好的东西在电话上念给他听。我必须知道自己是否如实反映了事件的全貌。他听了，然后告诉我他的感觉，不错，是那么回事。但是他说我对那天晚上可能发生的后果的评估太过保守。“对我来说，毫无疑问，假如我们被拉出车去，他们肯定会把我们干掉。”他说。我想也是这么回事。

他又说了一些我不知道的事。他告诉我，他保存过我们在车里找到的另一块石头，就像我保存我那块一样，作为一场惊心动魄事件的纪念品。他也像我一样，有一天，他觉得他不想再看到那块石头，就将它扔进了垃圾桶。

25

人生五味

在有些地方，你只是在平平淡淡地过日子。在迈阿密，你不管是死是活，都是轰轰烈烈的。以下是在我报道当地见闻的一个月里发生的事：一个六年级学生为了一块比萨饼向一个无家可归的人开枪；在埃克特药房工作的一个药剂师开枪打死店里另一个药剂师；一个收垃圾的司机因为拒绝为一个抢劫犯停车，就被一枪打伤脊椎；一个无家可归的人被人浇上汽油，然后点上火；形形色色的旅行者神秘失踪、杳无音信。我驱车驶向出事现场的那一段高速公路上一片漆黑，没有一盏路灯，那是因为沿途的电线全被无家可归者和其他穷人为了窃取里面的黄铜给偷走了。不管哪一天，在一部分用可卡因毒品赚的黑钱集资建造的摩天楼的后面，总有上百人排着长队在建国二百周年纪念公园领取免费食品。有一次，我和一个州里的执法人员在夜里巡视城区。每隔几个小时，他就停下来给他太太打电话，告诉她他还活着。他在确信我会使用手枪后，才开车出发。“那天晚上，我们从一个家伙那里缴获了一支点45口径的手枪，弹夹里有六颗子弹，枪膛里有一颗。”他说。我们出巡的那天算是走运，把旅行者算在内都没死人。

当然，你可以把车窗封得死死的，飞快地驶过这一切，溜进你住的装有铁门的居民区里，然后想象你自己在一个温泉疗养胜地度假。事实上，大多数人都是这样做的。在他们生活的城市里，停尸房里的死尸多到必须借助挂在大脚趾上的红外扫描识别牌才能辨别身份。但这种事与他们毫不相关。我想我本可以和他们一起住进治安形势较那次遇险的地方更好的区域。但是对于我来说，那样做就像在隔靴搔痒。

上城那个噩梦似的夜晚在我心里滞留了很长时间。我猜想那个噩梦仍旧在那里，但那件事没有影响我对迈阿密的喜爱。假如你还年轻，假如你喜欢探险，在这个世界上就没有比那里更理想的居住地，来干我谋生的这一行。有时领工资时，我都会笑出声来，倒不是有多少钱，只是因为我能靠我这一手谋生。

在迈阿密的大部分时间里，我住在椰子沟。一开始住在一幢两户合住的混凝土房子里。在初来乍到的三个月里，我车里的立体声音响就被人偷了三回。后来，我搬到治安较好的区里的一幢被巨大的橡树和棕榈树环抱的小房子。树上百鸟争鸣，甚至从哪家养鸟人那里逃出来的鹦鹉也会过来掺和。好多个星期过去了，我都忘了为自己远离故土、浪迹天涯而感到不安。母亲为我住在这样一个充满罪恶、物欲横流的地方担心。但我向她担保：除了哪天我忘了抹防晒霜让烈日把脸皮晒焦，其他的一切都好好的。有一次，她还专门派了埃塔娜姨妈过来探我的底细，我将她带到椰子沟富人区里的庭院市场转了转，把她哄骗了过去。我们在那里买到一些好看的撒盐罐。

每到星期天，我就给母亲打电话，告诉她我正在写有关南海滩上模特的报道，我还真写过一次那个素材，然后向她保证绝对不去离古巴近的地方。我告诉她我吃的鸡、黄米和西班牙火腿让我长了不少膘，那些美食能让人体验到穿衣的最大乐趣。我告诉她我写过关于美术展的报道，但有意忘记提起我到那里去的唯一原因，是一个反卡斯特罗的极端组织指责经营展览馆的人是亲共派，在那里放了一颗炸弹。我告诉她这里的高级咖啡就像融化的巧克力，融入了音乐和刺激的玩意儿，所以我对这个地方喜欢得不得了。但我让她确信，除非我会快乐得死去，否则这里的一切都不可能伤害我。

而真实的情况是，我当时正深深地陷入一生中遇到的最令人压抑的一些采访活动之中。我在州际高速公路的立交桥下和一些无家可归的男男女女一起度过了许多日子。他们在那里创造了一种独特的亚文化，有自己的一套规矩和惩戒制度。假如某人在偷别人东西或者和别人的伙伴偷情时被捉住，他们会结伙揍他一顿。他们没有法庭，只有自己定的规矩和惩罚。白天是周而复始的乞讨、打瞌睡、再乞讨的循环。为的是一块钱、一毛钱和一点点他人的注意力。

他们最怕见到太阳下山。我和一个养过一只病恹恹的猫的面容瘦削的人聊过一次。他说他每天晚上睡觉前总担心，哪个有药瘾的家伙会爬进他称之为“我的公寓”的包装冰箱用的纸箱里，为了他口袋里那几个零钱抹他的脖子。子夜过后，当人们围在用垃圾和轮胎烧的一大堆火周围时，那些脸色憔悴得像离咽气不远的女人，就散布在邻近的街道和高速公路的出口处，为三块钱、一块钱或者更少的钱卖身，其中有个女人只为过一过坐车瘾而卖身。

在那里，还有一群群漂泊流浪、无家可归的异装癖。身高一米八的黑人小伙子，头戴金色的假发套，脚蹬高跟鞋，就地躺下就睡。有一个被其他无家可归者称为“隐形人”的老头，他因常常在谈话谈到一半时突然宣布“我去也”，然后假装成“隐形”而得名。一到那种时候，他目光紧紧注视前方，任凭你在他耳边大吼，他也听而不闻。但大多数住在立交桥下的人都怕变成隐形人，因为社会上的许多人已经将他们看成视而不见的隐形人了。

即使在大白天，在城里的贫民窟中走过，也像置身于洗礼教派传教营里放的电影中描述的地狱之内。满是尘土的泥地上，零星放着散发着恶臭的床垫。一个骨瘦如柴的人望着头顶上隆隆作响的高速公路，神情木然。在另一张床垫上，坐着两个十来岁的女孩子，都怀有身孕，冲你打着手势，做出媚态，出卖自己的肉体。

一个看上去挺正常的名叫埃德·华盛顿的无家可归者，掀开毯子的一角，让我看了看下面藏着的一把又细又长的刀。他从未被人伤害过，也没有伤害过任何人。“但是我没出过事的唯一原因，是真正的傻瓜从不来给我找麻烦。这种地方是会出事的，说了你也不会相信。有一次有个人被刀伤得不轻。有个警察走到他跟前，上下打量了一下说：‘你看，你如果死在这里，不是给我找麻烦吗？’于是，那个人便顺着这条路走了。

那以后，我们再也没见过那个人。”

一个叫罗洛·威廉斯的人，刚做了爸爸。“我的女人上星期在这儿生了个娃娃，我从来没见过那么漂亮的小玩意儿。但是，我不知道怎么养他。不能在这儿将他抚养成人。假如我有个家，我会好好抚养他的。我的全部家当就是一个纸箱。但那是个很漂亮的娃娃。”

有一个叫亚利克斯·赖特的年轻人。他高大、瘦削，是个来自加州的吉他手，看上去潇洒倜傥。他说他在旧金山时为卡洛斯·桑塔纳演奏过一次，但是现在他把吉他送进了当铺。当我问他是不是无家可归者时，他像是受了莫大的污辱。“我是一个音乐家、一个艺术家。我不是无家可归的人，只是在这里等着将吉他赎出来。我不是无家可归的人，我只是在外露营而已。”

这些人是旅行者从高速公路市中心出口处看到的第一批人：欢迎你到人间天堂来，要不要我帮你把挡风玻璃洗干净？当然你肯定是想要的。

除了上城的那个噩梦之夜，在我身边发生的另一次骚乱，是在大沼地边缘一个流动劳工群居的小镇上。每天早上，合法的和非法的劳工们排着长队，乞求一份工作。工头们从他们中挑出最强壮、最年轻的人，将这帮来自危地马拉、海地、萨尔瓦多，能代表一个小联合国的廉价劳工装上巴士，这些巴士因为经常翻车掉进河中而臭名昭著。工头们让他们一干就是十二个小时，有时根本不付给他们工钱。

他们生活在美国最基本的生活标准之下。他们送到县卫生局的幼儿身上遍布被蚂蚁咬出的包，就像得了麻疹，另外还有患肺结核的病童。一旦他们的父母为了赶收获季节迁移他处，他们就杳无踪影了，医生们总惦记着那些病童的病情。他们常常是十二个人挤在为两个人设计的活动房里。雇主慈悲为怀，允许娼妓出入。他们总得有个发泄的地方。这些人刚从热带雨林中、从行刑队的枪口下、从无边无沿的贫民窟中逃出来，所以他们对这种生活环境并不在意。人们称这个小镇为“Immokalee”，意思是“家”。

我到那个小镇的时候，收获季节已过，雨季开始了。懂得什么叫受苦受难和在恶劣环境中生存的海地人，对此有一句很妙的谚语。这话无法准确地翻译，但是其大意为“老天不哭，苦不到头”。一天晚上，我坐在车里看到一个人从酒吧踉踉跄跄地走出来。那个酒吧没有招牌，没有任何标志，里面只有坐成一排的醉鬼。那人开始自说自话地骂街，亮出一把小刀，在空中发疯似的挥舞着，就像一个被雨淋得精湿的义侠佐罗，然后一屁股坐在泥里捂着脸失声痛哭。

另一个人，我在妓院外面发现的一个喝得烂醉、名叫加洛的人给我讲过一个笑话。在那个笑话里，他死在地里，一个工头叫他的尸体站起来继续干活。

“但是，我已经死了！”他的魂从半空中的云端向下大吼。

“你不能死。”工头说。

“为什么？”魂问道。

“因为上帝照管活人太忙了。”工头答道。

“但他管不着 Immokalee，”魂说，“上帝不知它在哪儿。”

写这种极端的人间苦难比较容易，因为我们和他们之间没有什么私人感情。而在迈阿密城北劳德代尔堡发生的一件事，确实是对我创作的客观性的一次考验。

那是一个名叫“脏红”的小男孩的故事。他和他母亲住在劳德代尔堡城边一个光秃秃没有树木，也没有希望熬出苦海的政府救济公寓里。故事开始于 1990 年 5 月 20 日。那一天，一辆警车开来将他带走，警方指控他犯了一宗他没有参与的小案子。他当时才六岁，但是布劳沃德县警方指控他奸污了一个七岁的女孩，他们说他用棍子捅她两腿之间的地方。当他们将他带进警车开走时，他母亲所能看到的只是他小脑袋的顶部。

他们记录了他的指纹，拍了犯人照，把他吓得半死。“红儿”只是一个劲地摇头说，我没有干那事。

结果那是一个弥天大谎，是一个奸污幼女的人编造出来的假指控。但布劳沃德警方居然不回到这幢公寓为“红儿”的不白之冤平反，向邻里说明是警方把人抓错了。结果，公寓里的人从此把他当成一个小色鬼。他成了一个到处遭人唾弃的人。大多数的孩子不和他一起玩，每当他路过，他们就“脏红，脏红”地唱。当他走到大人身边，他们甚至会打他几巴掌。

早在此事之前，他母亲就开始叫他“脏红”，但那时是一个挺好听的绰号。她这样叫他是因为他的皮肤透出一种红色的光泽，还因为他常常在她刚给他洗完澡后就出去玩得浑身脏兮兮的。但是自从他被拘捕之后，人们便将这个绰号变成一句脏话、一句恶意的谩骂。就这样，原来那个小男孩，那个像小鸟一样在公寓楼外自由漫游的小男孩，那个拿起母亲的洗碗布罩在头上当头巾玩的小男孩不见了。

那小男孩几乎变得像一个强迫症患者，拒绝离开他母亲半步。他坐在她身边，或者在她脚前，她走到哪儿，他就跟到哪儿，他的手指总是紧紧揪住她的裙脚。

我去见他们的那天，她需要和我单独谈几分钟。她必须用力掰开他揪住她裙子的手指，告诉他到外面去，“孩子，到外面去玩，没事的”。

但是，那天，或者任何一天，“脏红”都无法面对四邻。为了听母亲的话，他走下楼梯，然后又一步跨两级台阶地飞跑了回来。他坐在台阶上，大拇指含在嘴里，就坐在门口。我知道这一切是因为我们的摄影师理查德·费罗为他拍下的一张令人痛心疾首的照片。

“他们告诉我，我的孩子成了各部门推来推去不管的麻烦事。”他母亲说。她眼里流露出无可奈何的神情，那种神情通常只在那些身患绝症的人眼里才会看到。“我想也许有关部门能给住在这里的居民写封信。我想求什么人告诉他们，我的孩子是清白的，没有问题的。但是，没人愿意做任何事，也许他们对他一点都不关心。假如这件事发生在哪个富裕的白人家里，你想能是这样的结局吗？你想他们难道不会赶紧给他们打躬作揖，赔礼道歉？”

她曾试着给四邻解释她的儿子没有犯法，这一切都是一场误会。但是人们只相信那天晚上看到警察来抓孩子的事。

那以后的几个月里，他母亲只要离开他半步，他就大叫大嚷。“终于，我们把他调教到能自己出门了。但他一出门，人们就欺负他。”

我在《圣彼得斯堡时报》坐落在珊瑚路上、榕树浓荫掩映的僻静处的迈阿密分局里写了“脏红”的故事。我向他母亲保证，即使在最坏的情况下，我的故事也不会给她的儿子造成不良后果。报社在头版登了这个故事，还附有一张大大的、令人痛心的照片。接下来的那个星期，我给他母亲寄去一大堆报纸的复印件。

正如我想象的那样，她拿着那些报纸在邻里间挨家挨户地传递这篇文章。她将手中的报纸在那些欺负她儿子的人们面前一放说："看吧，我跟你说过的。"

看到此事登了报，人们开始相信了。这件事还得到了当地教堂的牧师和其他好心人的帮助。他们帮助在四邻中传播真相，保证让所有的人都知道事情的真相。心理咨询专家打来电话提供免费咨询服务。人们寄来钱和玩具。他的知名度有点像美国职业篮球迈阿密热浪队的吉祥物。他的情形好转了。

我原本不是为了改变这个世界才干新闻的，我的初衷只是为了讲故事。但时不时地，你的文章能让人们关心，让人们注意到人间不公之事。词语能轻轻地推一推他们，促使他们起身动手去纠正、去修补。

事实上，在迈阿密，我写的故事中有完美结局的为数极少。绝大多数对社会没有丝毫的改进作用。我写过卡斯特罗将亲戚卖给住在迈阿密的古巴裔美国人的事，一个被迈阿密警察掐脖子掐到昏迷不醒的人令人绝望的故事。朋友们说我阴暗面写得太多，说我对这一类的素材着了迷，我得小心，别让抑郁情绪淤积在心里云云。一个记者朋友，为我起了个"悲情作家"的称号。但是我向来能够将我自己的生活和我写的东西保持一定的距离，然后在两者之间来回穿梭。迈阿密是一个保持距离的好地方。挑个天高云淡的日子，你能站在南海滩，放眼望去，时空无限。我凭着做记者挣的那点工资过得尽可能充实和丰富。每个月下来，我都在银行里存下一笔钱，履行我为母亲许下的诺言。

有一天，也许是因为脑子里积攒的坏消息太多，我变得有点烦躁。我想写一个令人愉快的故事，一个和杀戮、和人间邪恶无关的故事。我翻阅当地的报纸，搜寻线索，任何线索。结果，还真有那么一件事，就一件。那是关于一种名叫“三角戟”的稀有植物的事。此物只在佛州的少数几个地方生长，其中一个地方是留作今后商业开发用的。环境保护主义者正在试图将其保持原状。我一边读，一边努力不去想他们未能拯救美洲豹或者海牛的事。

我给比尔·库克打了电话。他是我们报社的编外摄影师，也是我的朋友，但他的脾气不好，即使在他春风得意时也不例外。我叫他到报社来与我会合，我们这就去帮着拯救三角戟。

“你在胡说八道些什么呀？”他问。

“我们这就去救三角戟。”我说。

“你是不是喝多了？”他问。

“没有。快过来。三角戟正等着我们呢，它需要我们。”

几分钟后，他出现了，用一种狐疑的眼光看着我。比尔去过越南，见过人们在无声无息之中死去的情景。

三十分钟之后，我们站在迈阿密以南、国立1号公路边的一个长着松树和灌木的山沟里。我们来到一棵小小的绿色植物跟前，那玩意儿长得像是蘑菇和菠萝的杂交品种。

“这看上去像。”他说。

“好吧。”我说。

“什么‘好吧’，下一步怎么做？”他说。

“快拍该死的照片吧。”

“他们不会登报的。”他说。

“不管，拍下来再说。”

他拍了几张照片，然后我们打道回府。那天晚上，我使出浑身解数，以三角戟的遭遇为题材写了一篇美丽的颂歌，就连福克纳也未必能更胜一筹。结果,我的报社在“坦帕湾和佛州”版面的头条登了这篇文章。比尔·库克为此打赌输了，请我吃了顿晚饭。

“你也许是我认识的人中唯一能为三角戟争下五十厘米版面的人,”他说,“你真是个诗人。”

“谢谢夸奖。”我说。

直到今天，三角戟还活着。

在两年多的时间里，报社没来管我，让我自己去发掘好的素材，除了有一个星期他们将我派去采访“沙漠什么的行动”，也就是在他们真正动武将其改名为“沙漠风暴行动”之前的那一段时间。在他们决定派我去的时候,我连个出国护照都没有，但我心里高兴极了。“假如你们让我去的话，我愿意去亲一下骆驼。”我对编辑们说。我在那里写了一篇好报道，写的是驻扎在沙特阿拉伯的以色列士兵被迫躲在壁橱里做犹太祷告，以及将六芒星从他们脖子上挂着的身份识别牌上去掉的事儿，另外写了四篇糟糕透顶的报道。那是我第一次出国为报纸写稿。下一次出国的经历将让我脱胎换骨，变了一个人。

我渐渐自信我有一个特长：写陷入困境的人们的故事，写人间的悲苦。其实，我当时最多只能算得上是业余水平。我根本不知道什么才是真正的人间悲苦，但我很快将会领悟到。

26

铁锤声声

太子港，海地，1991 年 10 月

我过去一直想去海地，就像我小时候摸母亲的热熨斗那样，想将那个地方探个究竟。海地人的顽强坚韧令我惊叹。但是说实话，把我吸引到这个地方的原因，是想看看人间的邪恶在这里能肆虐到何种程度。一场血腥的政变给我一个理由来到这里，将所见所闻写下来。

我写道：“在一个玫瑰也会生锈的墓地里，那些死去的人消失在年迈的守墓人模糊的记忆里。葬礼上用的花是用锡片做的，这样可以反复使用。弗拉森 · 多维利尔在墓地里徘徊，他在寻找他的父亲。但是自从 9 月份以来，这里埋葬过那么多的死人，守墓人已记不清谁埋在哪儿。这个墓地已经埋得满满的了，守墓人说。

“从老坟里挖出的棺木，摞起来有四个到八个棺材的高度。

多维利尔爬到一个棺木顶上，然后爬上一个混凝土的十字架，指望能从那里看到他父亲的棺材，但他能看到的只不过是自己的未来。墓地占地五公顷，一直延伸到闷热、腐臭的贫民窟。在那里，赤身裸体的幼儿站在污泥之中，老妇人因为羞于显出饥饿之色而躲进屋里。多维利尔能从那里看到黄颜色的兵营。在那里，目不识丁的年轻士兵们正在玩弄富人给他们买的枪械，正是那些枪在两星期前杀害了他的父亲。在不远处高耸入云的山上，住着那些浅色皮肤的贵族。他们不愁吃穿，住所干净整洁。但是，即使站在数代人的棺材之上，多维利尔也看不到那么远。

“不到一年之前，海地出现了一个救星。一个愤怒的为穷人伸张正义的人正告贵族们，他们要是再不和穷人分享财富，那就等着农民们自己来夺取。他提醒他们‘皮李本’（Pere Lebrun），那是将敌人活活烧死在一个浸透了汽油的汽车轮胎里的酷刑。穷人们热爱让·贝特朗·阿里斯蒂德，但结果，他给海地带来的是再一次陷入黑暗。阿里斯蒂德，这个第一个通过合法的民主程序当选的领袖，在流浪异乡时，眼睁睁地看着自己四分五裂的祖国渐渐陷入全面混乱。海地士兵正在用子弹维持现状。”

到海地的第一天，夜幕降临时，我坐在一个我见过的最大墓地里的一口棺木上，等着那个名叫多维利尔的年轻人寻找他的父亲。灰色的骨头从那些老棺材之间的灰色泥土中显露出来，是盗墓者遗弃在那里的。我已经告诉母亲，如果她往迈阿密打电话找不到我的话，不用担心，我正在“岛上的一个什么地方”度假。

我三十二岁了，离了婚，比理想体重重了几磅，也许几十磅，我的膝盖和脚踝已经开始显露出关节炎的迹象。当时说我的那个女人开始意识到我这个人已是本性难移，过去我交往过的女朋友在这一点上也从来没有成功过。我虽没有背什么债，但也没有什么财产可言。一个好朋友说我也许是他认识的人中唯一可能度过一生，而“不在社会的沙滩上留下任何永久的足迹”的人。但是我那时手中有这么好的素材，只要素材源源不断，我就心满意足了。

我和海地一个名叫丹尼尔·莫雷尔的彪形大汉一起工作。他是我的摄影师兼翻译，后来成了我的朋友。我们在机场见面时，他比那些打着手势、大叫大嚷、为外国人提供开车服务、提供翻译的一大堆人高出整整一个头。我后来才知道，那些人还可以将埋死人的地点卖给我。丹尼尔·莫雷尔是为合众社拍照的。他过去听说过我的报纸，“你们的照片很棒、很棒”。他同意带我去看看海地，去看看所有我能忍受的东西。

我不是那种驻外记者，我在向报社的驻外部门苦苦请求派我到海地时，还不知道自己不具备加入那个俱乐部的任何条件。我这人一看就不像一个驻外记者。你能在近百米外从一堆人中认出一个“外记”来。他们都有一种说话时嘴巴不动的本事，我相信那是个从老辈那里传下来的叼着烟斗说话的招数。他们说起话来总喜欢夹带几句法语，哪怕在没有必要用法语的情况下也照说不误。我不会说法语，我知道怎样用西班牙语说“太太，你真美丽”。我在迈阿密学到的唯一的南美法语是“Git mou mou”，我估摸着那肯定是句脏话。

但是我想到这儿来的原因是这里的故事和我写过的故事

不一样。一个一直被独裁者、杀人狂和卑鄙小人统治的国家刚刚看到一线希望，然后眼睁睁地看着那个希望又被夺走。我想到这儿来是因为我半生都在读关于海地的情况，这里不只是人间苦难之所在，同时也是个神奇的国度。

报社的驻外部门同意了我的请求，主要是因为国内记者很少请缨出国。虽然将我派到那里总比不派任何人只好那么一点点，但总比一张白纸要好。

我告诉丹尼尔我想写的东西。我想采访拥护阿里斯蒂德的人们。他只是说,“当然了”。我告诉他我还需要和富人们谈谈。闻听此言，他的脸上掠过一层阴影。现在回想起来，我一个美国人采访结束后，可以平平安安地回家一走了事，他仍然得住在此地。他当时只说了声，“当然了”。

日复一日，年复一年，时间一长，我悟出没有什么事能难倒丹尼尔。

回想起在海地的第一天，贫困和残酷的画面在我的脑海里一张张地展开。但是伴随这些画面的气味极少变化。那是一股混合气味：野花、煤烟、人的屎尿、腐烂的垃圾、压烂的甘蔗、汗味和死亡的气息。

我事先租了一辆车。但是，由于我人生地不熟，丹尼尔又不能总拉着我的手，所以我改变计划坐了很长一段时间的出租车。那辆锈迹斑斑、表面凹凸不平、喷烟吐气的破车，在去有钱人聚居的佩蒂奥维尔路上的一个急转弯处，差点撞上一个头上顶着一大桶水的小女孩。她向后踉跄了一下，水洒了出来。出租汽车司机对此没有在意。她只不过是个使唤丫头，某个中产阶级家庭中的一个奴隶。她的生命只是一种节外生枝，充其量不过是路上的一个凹坑，车保险杠上的一个印记而已。

在西特·索莱，人们住在像小茅厕一般大小的棚子里，污泥从他们的脚趾间挤出来，一个鼓胀着肚子的小男孩坐在那里，身上满是苍蝇。维德林·瑟夫的两个赤身裸体的幼儿在码头附近的污泥中玩耍，儿子普莱索诺在外乞讨。一个像是好几个星期没吃过饱饭的老妇人，坐在一个用锡片搭起的窝棚半掩着的门后。有人路过时，她就将脸藏起来。墙上漆着阿里斯蒂德的标志：一只红公鸡。这些人都是阿里斯蒂德的追随者。

“他是上帝为我们送来的救星。”一个在街头卖炸鸡的小贩说。她没有向我透露她住在哪里，因为当兵的知道谁敢仗义执言就会杀掉谁。她说当军人逼阿里斯蒂德出国流亡时，她的心都要碎了。“蒂德总有一天会回到我们中间来的，”她说，用的是阿里斯蒂德的昵称，“他不会就这样离开我们的。”

他们等他等了两百年，但在他们享受了不到一年的解放和暂时缓和之后，海地又一次陷入黑暗之中。

我越读海地的历史，越是为它着迷。我知道海地曾经是一个很富有的、繁华的法国殖民地，95% 的岛民是拖枷戴镣的奴隶。“1791 年，”我写道，“一个名叫伯克曼的巫师在喝了祭祀的猪血后，发动了第一次奴隶起义。当海地最终于 1804 年在刺刀尖下争取到独立时，奴隶制宣告结束。但是，压迫只是刚刚开始。在一个接一个残暴、无能的领袖的统治下，穷人依旧是穷人，上流社会依旧富有。在海地的资源耗尽之后，人们开始挨饿，海地变成了一个天堂里的地狱，沦为西半球最穷的国家。然后，在1957年的一次有争议的大选中，海地找到了一个统治地狱的人：'爸爸医生'（Papa Doc）弗朗西斯·杜瓦利埃，他是一个医生兼业余巫师的角色，曾试图和一个死去的敌人的头颅对话，曾经用山羊的内脏卜算未来，曾将一个敌人活活打死，然后叫他的医生为死者做紧急大脑手术，试图将那人救回来。（他们真不知残酷为何物，在我的老家，要埋人，得先确定那些人都死了才能入土。杜瓦利埃却将活人埋在地里，折磨他们的神志，让他们的精神错乱，从而达到杀一儆百的目的。）他宣布自己为终身总统，组建了唐顿·马奇秘密警察部队。这个名字来自于神话中的巨人，这个巨人在山里走，将那些不幸的孩子塞进他的口袋。在'爸爸医生'于1971年一命归西之前，这支秘密警察部队镇压了所有的反抗。然后，他的儿子'小医生'（Baby Doc）让·克劳德·杜瓦利埃接管了政权。由于粮食匮乏引起了严重的骚乱，迫使他在1986年从海地出逃。接下来，一个又一个的头脑人物都试图用恐怖气氛维持政权。杜瓦利埃虽然离去，但是秘密警察阴魂不散，只不过是换个名目，以事新主罢了。

"希望出现在一个似乎不可能的救星身上。1988年9月，一群歹徒闯进圣让波斯科教堂的礼拜，杀害十二人，伤了七十人。但他们漏掉了军人总统让·亨利·纳姆菲最想干掉的心腹之患：一个名叫阿里斯蒂德的惹是生非的年轻牧师。他宣扬一个军人不屠杀平民，穷人和那些法裔贵族分享财富的新海地。他号召民众，海地必须获得新生。一席精彩演讲在一个65%的人口不识字的地方是极有影响力的。临时总统艾苏·帕斯卡尔·特鲁约特组建了一个过渡政府，以保证1990年的公共选举时，阿里斯蒂德是候选人之一。12 月 17 日，他以 37% 的得票率当选总统。12 月 18 日，士兵向一群阿里斯蒂德的支持者开枪，打死一个孕妇。次年 1 月 7 日，在阿里斯蒂德宣誓就职之前，歹徒发动过一场短命的政变，一度包围了政府。最终，阿里斯蒂德，这个眼镜大得与脑袋不相称的小个子，终于接管了政府。穷人们在大街上载歌载舞，贵族们则在他们的豪华宅院里冷眼旁观。”

我只见过他一次，那还是在迈阿密。在那里，他受到那些逃离故乡移居美国的海地人的盛情欢迎。“我们在此相聚，共同庆祝一个胜利，”他在一次对一万三千名海地人所作的演说中说，“回到故乡来吧，恐怖政治已经一去不复返了。”

阿里斯蒂德试图仅仅以个人魅力掌管一个人口七百万的国家。尽管他向军人保证他会让他们和民众团结起来，军人还是对他心有余悸，担心他会剥夺他们原有的那点小小的特权。

9 月 30 日，就在他于迈阿密作演讲后的第三天，海地军人发动兵变，向他的住所开火。救星被迫流亡海外。

这起事变给了我一个来亲眼看一下那些传说的借口。那种恐怖气氛是否确有其事，我一点都不知道。

“那些守卫市立医院的士兵手里提的都是以色列造的机关枪，”我写道，“以防哪个只有一条腿的人跳将出来，企图将他们踢死。”在围墙里面其实已经没有什么值得他们害怕的东西。一半的病人已经被枪打得千疮百孔，另一半则早已命赴黄泉，只不过还没来得及被人抬走而已。我向一个侧卧的病人走去，走到跟前才发现他已经永远不会开口说话。医院和停尸房的距离只有几码之遥，所以那些年迈的运死人的修女用不着走太远。在停尸房里,尸体堆得杂乱无章。空调机和冷风机都坏了,腐臭之重，令人无法靠近。只有一个名叫普莱斯耐尔的人，既没钱，也没家，蹲在院子中间等死。

“一个疯子。”丹尼尔解释道，语气中没有嫌弃之意。那人确已死期将至，等在那里，死了停尸也图个方便。

一辆用没有后舱的加长车改装的灵车，玻璃漆成黑色，就在医院附近等着。停尸房里的死人都是些没有人认领的孤魂。灵车就停在离前大门不远的地方，等着一个刚死的人。“很快就会再来一个。没问题。”司机一边说，一边吃着冰棍。

医院里充满了从窗外吹进来的脏床单和停尸房的恶臭。一个下午一眨眼就过去了。在这个穷人的栖身之地里看不到医生、药品或者替班的人的影子，只有修女们。她们将死人从床上抬走，连床单也不换，就在上面放上一个新病人。

成排的床上是一个又一个令人毛骨悚然的场面：其中一个人的脸都不见了。十二岁的伊努斯·郎迪三星期前被子弹打伤的腿上爬满了苍蝇。他的父母失踪了，所以他没饭吃。他肯定会挨饿，肯定会死，假如他命大活了下来，他这一辈子也注定要拄着拐棍走路。他的兄弟，说不准是哥哥还是弟弟，坐在他旁边，沉默无语。

让·克劳德·富兰肯是被士兵们打伤膝盖的。“向我开枪的还是个小孩子，一个笑嘻嘻端着机关枪的十来岁的孩子。”他说。他们向他开枪是为了取乐,为了练枪法。他们接到命令,可以向那些从明确支持阿里斯蒂德的居民区出来的人开枪，格杀勿论。

我后来知道这些都是阿里斯蒂德的追随者。当兵的知道他们可以随意屠杀这些穷人而不用承担任何后果，所以向妇女和儿童开枪。我看到眼前的这一切，努力不让自己痛哭失声。有一次，一个年轻的士兵，把枪放得低低的，枪口对准我的肚子，走到我跟前，枪管捅到我的肋骨。他这不是在威胁我，只是闹着玩，就像士兵们向富兰肯的腿上开枪是闹着玩一样。我痛恨这种做法，痛恨这个地方。

这时，有人告诉我，像我们这样身份的人本来不许到这里来，并且催促我们赶紧离开。但是丹尼尔冲着那个膝盖被打伤的孩子向我示意。“你可以给他点什么东西。”他对我说。但一开始我摇摇头。我们是不出钱买故事的。他只是盯着我看。我给了那孩子五十块钱，足够他买几个月的口粮了。“上苍慈悲。”他说，但脸上的表情没变。

我来到佩蒂奥维尔，这里的空气好多了。这里的居民承认他们给军队提供钱财、食品，甚至新枪，至少是部分赞助了那场政变。他们说对阿里斯蒂德用传教的方法煽动的混乱局面，必须予以迎头痛击。佩蒂奥维尔是一个餐馆里摆着大龙虾比萨饼、梨子冰露和花式啤酒的地方。那里的人都开着欧洲产的汽车，家里有用人为他们洗刷地板，冰箱里的食品总是堆得满满的。

“阿里斯蒂德告诉穷人：‘假如你饿了，去吃富人的粮。假如你渴了，去喝富人的水。’”一个女人说，“我们为什么不把钱交给士兵让他们保护我们的财产？”

在太子港的一家首饰店里，坐着一个置身于闪亮金光中的富人。店铺不大，但在店堂前有三个别着手枪的人。

“阿里斯蒂德以为他能不靠我们的支持掌权，”那个富人说，“你听说他讲的关于‘皮李本’酷刑的话没有？我喜欢那种颜色，也喜欢那种味道。”

这是一段多么离奇古怪的经历呀。我们在城里来回转，抬着头四处寻找升起的烟柱。丹尼尔告诉我，前几天，有些人被活埋，在我离开海地之前我们有可能看到同样的事再次发生。我在这里的所见所闻已将我获得写作素材的那种喜悦一扫而光。我知道当我坐下来写作时，我会重新感受到那种喜悦。过去我写作时总有这种感觉，但是现在我又累又有点儿恶心。这个地方的悲惨现状不是时不时地给你来上一拳，而是在接连不断地捶打你的神经。

我们看到一个山顶上的贫民窟升起浓烟，于是立刻赶了过去。我们看到一大群人围成一圈正在看热闹，但是那里并没有起火。他们只是在围观一条只有三条腿的狗试图和另一条狗交配，在杀人的间隙里，这算是和在太子港看到西洋景差不多的稀奇事了。

我一直以为“皮李本”是“燃烧的项链”的别称。假如我像一个货真价实的驻外记者那样精通法语，我就不会云里雾里地不知其中奥秘了。

那其实是一个卖汽车轮胎的人的名字。让·克劳德·李本过去曾在电台和电视里做广告，把自己称为“皮（Pere，父亲）·李本（Lebrun）”。这样每当人们一想起汽车轮胎，就会想起他。

杜瓦利埃倒台以后，人们一找到秘密警察便就地将他们烧死。他们将轮胎浸上汽油，然后套在他们的头上和肩膀上，点火焚烧。阿里斯蒂德的追随者恢复了这个传统，但现在，士兵们正在贫民窟巡逻。他们又在到处杀人，杀人。总是有那么一些人在杀人。

我悟出在这个地方，是非善恶之间并没有明确的界限。

10 月 23 日，上百名海地中产阶级人士聚集在一起，为西尔维·克劳德主教送葬。他平素对阿里斯蒂德颇有微词，结果，成群的穷人围攻他。他逃进一个警察局，人们便包围了警察局，里面的两个警察见势不妙，将他交给了那些人。最后他被人用大刀活活砍死。

目睹他的葬礼让我知道了这个地方许多事情的错综复杂。

海地的中产阶级，克劳德的朋友们和追随者在殡仪馆外一个中队士兵的保护下聚集在一起。从里面传来一个女人的痛哭声。仪式是开棺的，化妆师的手艺不高。中产阶级的吊唁者排队进去，出来的人眼中无不冒火，互相之间大吼大叫。我周围站的是一群衣衫褴褛的海地穷人，用仇恨的眼光看着这一切。

“阿里斯蒂德是个暗杀凶手。”中产阶级人群中的一个人大胆地用英语喊了一声，我将这句话记了下来。

穷人中的一个赤着脚的年轻人，盯着喊话的那个人。他的英语不怎么好，但是，他后来向我表明了他的意图。他到这里来，是来看谁来吊唁，他要记住那些人的脸。阿里斯蒂德哪天东山再起，他会记住这些人，他会记住。

一个管外事的编辑给过我一句忠告，在我的报道中不要对海地的未来做任何预测。那肯定是不成熟的。但是这里发生的一切，很难让一个身处其中的人不预见一场迫在眉睫的翻天覆地的变化。这种情形怎么可能持续下去呢？反过来讲，正像我说过的，我对这个地方所知甚少，没有这个权威得出任何结论。

“黑市可以提供富人需要的所有东西。富人将他们的财产留在美国的银行里，”我写道，“他们可以熬过迈阿密和圣多明戈的危机。腐败的军队有他们的财政收入来源，走私、毒品和地盘保护费。物资禁运对于富人来说只是制造了点儿不方便。但是一个传教士告诉我，就在他在海地逗留的两个星期里，他看到排长队领取救济粮的人多了一倍。军队向那些闯入运送汽油队列的人开枪。太子港的大迁移已经开始。人们正在走出城市，进入山区，到离产粮区更近的地方。从空中看下去，他们就像一支衣衫褴褛的吉卜赛人的队列，头顶水桶，怀抱婴儿。港口和乡下的粮食因为货车缺汽油而无法送到城里穷人的手里。阿里斯蒂德要求用全面禁运来力促他的回归，但不管是挨饿的还是吃得饱饱的人都认为，那是无法实现的空想。物资禁运已经造成了工厂关门，五千人失业。过去的一年里，随着政治形势的紧张，又有一万人失业。许多有工作的人因为没有汽油而无法上班。抛锚的车将道路堵塞。停电让酒吧里的音乐停了下来。晚上 10 点和 11 点拉响的汽笛，警告人们赶快回家。一到 11 点 1 分，就能听到枪声打破寂静，人们暗自希望那只是士兵向天上开枪警告。海地的社会结构正在崩溃解体。阿里斯蒂德在等待。士兵们在玩弄枪械。你问海地人他们认为事情能有个什么样的结果，他们只会摇头。海地的故事，据信教的人讲，海地的穷人和《圣经》中‘流亡’一章中所描绘的一模一样。他们在荒原上流浪了二百年，终于找到了一个发誓将他们救出苦海的人。他在海外的流亡只是海地穷苦大众流浪和他们所受疾苦的一部分而已。”

我决定无视编辑给我的建议，在新闻稿中暗示，在海地，将要发生一件有深远意义的事情，那件事会为海地带来重大的改变。

“路易斯·玻利瓦尔是太子港市中心的一个木匠，他能预知未来，”我写道，“他能让粗糙的木材变成结实的桌椅，人们要什么，他就做什么。他那咚咚地敲榔头的声音，一周七天，从没有间断过，一直到深夜。他在打造棺材。”

我坐上一架小飞机飞到圣多明戈，然后从那里转机飞回家。当我回到椰子沟的住处时，正值万圣节之夜。人们都戴上橡皮面具，身上涂着假的血上了街，挥舞着玩具刀。人们也许会纳闷，我为什么见了此情此景脸上会露出一丝苦笑。

27

罐装的人造雪

那年，我按惯例回家过圣诞，回到那一座座被松林和黑洞洞的道路远远隔开的、闪着五光十色的圣诞彩灯的农舍小屋之间。在我的老家，就连那些知道自己家的零钱罐里或银行账户里的钱还不够付每月电费的人家，也会在房檐上、桃树上、路边的防猪栅栏上挂上四五十米长的彩灯。那些彩灯将我从亚特兰大机场回家的这一路照得灯火通明。每当我路过一家装饰得特别浓墨重彩的花园，都会发出会心的微笑，为我的家乡父老没有屈服而感到高兴和自豪——自命不凡的城里人将这种装饰风格贬低为“俗气”。

我喜欢一年中的这一段时间。从迈阿密的温暖气候中出来，这里的空气显得凉爽、宜人，但要说很冷就有些夸张了。这就是回家的感觉，过圣诞的气氛。对我来说，圣诞并不意味着积雪。我一生中没见过12月25日那天下过雪。我们的“雪”是装在罐子里的。我们在打开彩灯之前，要先在树上喷上人造雪。假如我们没有店里买的人造雪罐，母亲就用熨衣服用的淀粉喷雾代替。

母亲从来不在我们住的小屋上挂许多彩灯。但从我能记事起，从外面看，总能透过窗户看到挂在一棵简朴的小雪松上一串彩灯发出的微弱幽光。这次，我在开上车道时，特意留神看了一下。不错，那幽光仍在那里。

母亲仍然是老样子，仍在一个劲儿地为马克操心，但身体还算结实。我问她什么时候再到牙医那里去配一副新的假牙，但那时天还暖和,所以我对此不抱什么奢望。马克还是老样子，仍然对自己给母亲造成的痛苦茫然无知。我告诉他希望他能努力振作起来，但他听了我的话只是对我笑了笑。他说他曾打算到迈阿密来看我，也许会和我住上一阵子。我说没问题。但我知道他是不会来的。那倒也罢。迈阿密那种地方会毁了他，就好比地上的一汪汽油见了一根点着的火柴。山姆也还是老样子，仍然是白天干、晚上干、周末干。我的姨父、姨妈们也都是老样子，仍在问我何时成家，仍会问起我之前的那个女朋友的情况。

只有我的外婆变了样，变得沉默寡言。她这一辈子从来不是个安安静静的人。

我知道有人会说人老了都这样，用不着大惊小怪，所有的人都会变老的。但是你得知道我外婆的为人，得看到她身上的那股孩子气，看到她在我们使坏时的那个笑模样，看到只要她那把老筋老骨还吃得消，就会和我们一起搞恶作剧的样子，你才能理解看到她现在这个样子，我心里的那种难过劲儿。

如果我回家更规律、更频繁的话，我是会看到多年来在她变得衰老、虚弱的过程中发生的所有变化的。现在这个样子，就好像她突然累倒了似的。她过去从来不知道累。往年回家，我只要探一下脑袋，她就会尖声大叫我的名字，高兴得跳起来，或者以她那年迈和慢慢愈合的股骨所能做的跳跃姿态迎接我。用不了几分钟，她就会拿出她的口琴或者班卓琴，像在大歌剧院的舞台上报幕那样向我宣布，我们将要来上一段《煮卷心菜》。然后她会拨弄起琴弦，一年不如一年准确麻利。但琴声在我听来仍然动听悦耳。一种乐器玩够了，她就抓起另一种接着演奏。如果知道歌词，我会跟着一起唱。

小时候，我们会坐在她的床上一起扯开嗓子唱《无云的一天》，或者至少按照我们能记住的词唱个大概。我们唱得那么响，亲戚们会赶来，以为出了什么大事，她对此会咯咯一笑，因为她有时只是喜欢耍弄一下亲朋好友。等我们长大了，用大声地唱来弥补我们不知道的词，或者忘掉的词，或者不在乎歌词，因为音量大小才是关键。一个老太太和一个年轻人扯开嗓子高歌：

> 哦，他们告诉我有一个家园
> 那里没有乌云当头
> 他们告诉我有一个家园
> 远在天边
> 哦，他们告诉我有一片土地
> 有一片无云的蓝天
> 哦……他们告诉我
> 无云的一天

这一次与以往不同。她坐在自己的小屋里，身边堆满小辈孝敬的东西。那里面有照片、洋娃娃和绒毛玩偶，我从来没在一间屋子里见过那么多小玩意儿。那里放着她的乐器，吉他、班卓琴和口琴，都静静地躺在那里，没有派上什么用场。那天，她没有为我演奏。后来，她再也没有为我演奏过。

我走进屋子，心里非常担心她会认不出我。她的眼神不好，所以我凑到离她很近的地方。我看到她脸上绽出一丝微笑。“瑞克？”她问。我心中道了声谢天谢地，回答说：“是我。”

我只和她一起坐了几分钟。她问我莉萨近况可好，那是我的前妻，我告诉她，她很好。她问我她是不是在这儿，我说没有，她在家里。她知道我们已不再是夫妻，她只是一时糊涂。她一向很喜欢她，我觉得现在这种时候没有必要为了将一切解释清楚而伤她的心。我容忍一个谎言的能力，比她忍受一个事实的能力要强些。

我对她说她看上去气色不错。她说不，她看上去很糟。我对她说她看上去很年轻，但是她听了这话低下头说，不，傻孩子，我老了。

我像以往那样问她是否有个“相好”。过去这话总会引她发笑。这次她只说了声，没有，太老了，用不着找什么相好了。

过去，在我看来，她似乎是永远不会老的。风吹日晒在她早年就留下了印记，但在我的记忆中，她一直是一头银丝。似水流年似乎对她没有什么影响，至少从外表看上去如此。但在内部，她开始衰弱了。

我的外公和祖父很早以前就去世了。除了每隔数年的几次短短的探访，我对父亲的母亲从未有过真正的了解。在我的一生中，我的外婆阿比盖尔一直是我和遥远的往昔之间唯一的真正联系。那年的圣诞，当我坐在小屋里握着她的手，除了那双颤巍巍的手之外，我还感觉到了些另外的什么东西。

亲戚们像以往那样齐聚在圣诞前夜。他们像以往那样送了我所需要的礼物。母亲还像以往那样送了我九条“鲜果布衣”牌内裤，尺寸三十六码。其他人送了我毛巾、袜子、T恤衫、一把水果刀。山姆送了我一些工具，以弥补因我远离故土、他无法前来救驾的缺憾。等我七十岁时，我希望能攒上十打内裤、一打袜子和毛巾。像这样的礼物能让你紧紧地和这个地方建立起感情联系，让你不忘记你的根。

第二天，我们吃了圣诞晚餐。在吃过的所有圣诞晚餐中，我不记得曾吃过比那年更丰富的。其间有一只十八升水桶般大小的火腿、土豆糊、几盘盖浇饭（你也可以称其为填料）、斑豆煮猪蹄、凉拌卷心菜、外脆内软的发糕和酸果酱（离了酸果酱，盖浇饭就没味了）。另外，还有装在一加仑腌菜罐中的甜茶。

我吃得太饱，结果在和山姆定位投篮比赛时一败涂地。本来篮筐是按照规定的三米的高度钉在树上的。但是天长日久，篮筐跟着树一起长高了许多，我抱怨那是我屡投不中的原因。他又骂我“傻头”，我注意到他的头发变得稀疏了。

在他投中一个完美的六米开外的远投后，他问我是否还会回老家住。我说没有这个打算，至少在很长很长一段时间内不会考虑。他说听了我的决定为我遗憾。我肚子里的话到了嘴边，又咽了回去，我一向认为我离家远行是因为我干得不错，因为我事业有成，而不是因为我受到惩罚、被流放在外。我住在迈阿密，因为我选择住在那里，因为我能够住在那里。但在山姆看来，没有人会自己选择住在外地，住在那些远离这片松林的遥远异乡。我仍然无法确定谁对谁错，或者此事是否究竟有个对错。

我进屋和外婆告了别，让她再唤了一次我的名字。

我叮嘱母亲给我打对方付费的电话。我没见马克的影子。当我准备去亚特兰大机场时，山姆给了我最后一件礼物。那是一顶橘黄色的带有一个塑料面罩的硬壳安全帽。那是伐木工人戴的，以防倒下的树把你的脑袋砸了或者树枝将你的眼珠挖出来。我看着这顶帽子，然后看着他，大惑不解。

“留着以后骚乱时戴。”他说。

28

“常春藤学府”的面试

除了那场讨厌的“安德鲁”飓风，1992年的夏天算得上神奇之夏。我在迈阿密为自己安了一个几乎像个家的小窝。我在迈阿密四周漫游，寻找故事素材，或者在外散心，尽情享受生活中的一切。我在迈阿密河上吃鲳鱼三明治，在大沼地里漫游、钓鱼、蹚水，乘着信风在海上漂浮，身上暖暖的。我那时的女朋友大约就在那段时间离开了我，但我没有感觉到多大的伤害。我们从很大程度上讲就像两个室友那样在一起住了很长一段时间。冷却了的情感不是你真正留恋的东西。那就像当你看到路边的一只空瓶，你在心里想“天哪，我真想喝可乐”。让你恋恋不舍的是那些你没把握住的、依然温热甚至烫手的爱。

那是一段好时光，我的生活有了一个明确的目标，使得这段时光更加甜美。我在这里住了快三年，在相当长的一段时间里，比我在这之前待过的任何一个地方都长。尽管我过得很开心，但还是躁动不安。我需要一些变动。

上帝，我可真是心想事成。

在一些朋友的督促下，我申请了哈佛大学为1992—1993年度新闻工作者举办的为期九个月的短训班而设的尼曼奖学金，这是全国最有名望的奖学金。对于一个在职的、一个接着一个写故事的新闻记者来说几乎是最佳的进修良机。进入这个短训班的竞争异常激烈，而我和哈佛的关系就好像一头肥猪和一袭晚礼裙那样风马牛不相及。但是朋友们都说我是这个班的最佳人选，或者说这个班简直就是为我这样的人举办的。我的朋友问我，有多少搞新闻搞到我这地步的人，还像我那么不谙世事？

其实，要赢得这个机会，你只需要写两篇关于自己的文章，让招生组的成员相信，你会充分利用这段时间回报哈佛，不会将那块宝地一把火烧个干净就行。事实上，在那以后的数月时间里，我得知许多入选的人并不是要填补自己教育背景空白的人，而是些已有名校学历的人。

我觉得自己像一个最低级的伪君子。我没靠名校的文凭照样把本职工作干得很不错。我对那些凭借名校关系而青云直上的人公开表示不屑。十五年凭耍笔杆子挣钱，我靠的是自身固有的才气。我将这个过去的心病像皇冠那样戴在头上给众人看。我把所有的奖状挂在墙上，直到把我的客厅弄得像一个牙医诊所，[1]剩下的都给了母亲。我最终在全美最佳报纸中的一家证明了自己的价值。现在我还要去寻找，我到底要找什么呢？

---

1 美国医生行业，必须将文凭和准许行医的证明张贴在诊所里，年资越长，证明越多。

我自己认为，我是奔着这个班的主办人、尼曼奖学金的“招募人”比尔·柯瓦奇去的。他是我们这一行的老前辈之一，是个南方人，过去曾任《纽约时报》编辑兼记者。我曾经一直梦想在他手下干，或者至少有机会和他深谈一次。这个短训班的机会，就像我有一次在杂志里写的关于柯瓦奇的故事里描述的那样“大材小用”。

但这只是部分原因。我申请去那个班还因为他们那里有我需要的东西。

经过层层选拔，在最后名单产生之前，我被邀请去接受一些哈佛教授和一些曾获得尼曼奖学金的新闻记者的面试。面试是在尼曼的总部，一座典雅的白房子里举行的。不知为什么，那座房子一眼看去就像是哈佛的。面试的房间里，考官围着桌子坐成一圈。这样也好，至少我不用站在那里，面对一排坐在高高讲台上的主考官。

要说我进屋时紧张得发抖就太过分了。我从来不怕在公众场合讲话，从来不腼腆，总能即兴思考。但我见了这个阵势还是有点紧张，因为它不仅仅是决定我能否得到两万五千块钱、脱产一年、学费全免以及喝雪利美酒和食鹅肝佳肴的一次考核。

它还是一次检验，检验在这个世界上我是否真能跻身这些出身名校者的行列，哪怕只是一次决定为期一年的短期进修资格的考核。这些主考官对我说的任何话都不会让我为自己的出身和自己多年来的成就感觉低人一等。至少,我希望的确如此。不，这是一次检验我是否能向他们证明我有足够的才气，能够为这个班和这个全国顶尖学府贡献点儿东西的考核。我这一辈子都在提醒自己，绝对别去为那些聪明人怎么看我这样的事儿操心。然而，此时此刻，我却要对他们毕恭毕敬。

结果，那场面试的情形比我想象的还要糟糕。

最先发问的几个人中有一个问我，是不是在那两篇自我介绍的文章中弄虚作假，其中流露出来的“南方情调”、这个南方乡下孩子的形象是否只是我玩弄的花招。因为我说话不只是带南方口音，而且还带着土腔。因为我现在在哈佛，所以他用了个文绉绉的“乡土气”来形容我的口音。北方佬认为南方人是世界上最能装腔作势的人。有很多南方人努力消除他们的南方口音。他们认为自己说话慢条斯理，或者至少用词不那么复杂。我猜想我现在知道了个中缘由。

我闻听此言，心中冒火，但我只是透过上火的脸皮微笑作答：不，我真的是我口音所代表的那些人。

“我不是一个虚伪的人，”我说，“文章里写的就是我自己。”

另一个选拔委员会的成员问我怎么可以在其中一篇文章里说，亚拉巴马一个受人尊重的黑人市长辜负了选民们对他的期望。他的潜台词似乎在说，只因为我是一个来自南方的白人，就有可能是个种族主义者或者南方蛮汉。

我向他解释，该市长初次当选时，黑人拥有的工商企业不到全市总数的1%。三届任期下来，当初的选民的孩子差不多都有了选举权的时候，黑人仍然只拥有不到全市1%的工商企业。

“我没有指望哪个人能在短短几年里改变一百年里形成的陋习。”我说。但是，市长在那段时间里是可以让他的选民的经济状况有些小小改善的。

提问的人点了点头，我心想，“我躲过了这一枪”。

但是，更难的问题，那个让我绊了一跤的问题是柯瓦奇提的。那是一个很简单的问题:“你为什么要进这个班?”

我如实相告。我告诉他我工作勤奋努力,有时还冒生命危险,为自己的前程冒险,才达到今天这个地步。但是在新闻这一行里有一种虚假伪饰的泡泡,我经常发现自己在和这个泡泡对着干。哈佛能给我一枚针,将这个泡泡戳破,以达到真正的突破。我虽然已经证明自己的价值,但正像我的老编辑巴兹尔·彭尼说过的那样,我还没有足够的能量。

“说句老实话,”我说,“这个班对其他人的意义比对我的意义要大得多。”

柯瓦奇没有买这个账,其实这只是我心里想的一半原因。我不记得他的原话,但其大意为:如此说来,你认为在你胸前挂块“哈佛”的招牌,就可以高枕无忧了?

我说不,我希望能从这个班里学到有用的东西。我告诉主考官我想学的东西以及为什么想学。这样我就不会总是临时东拼西凑,这样我写东西时心里会更有底,而不只是表面上看上去心中有底。

面试结束时,原来那个自以为机智、那个决心不让学术权威小看的家伙已是汗如雨下。自信、自强是一回事;但有人当面告诉你不要做戏,看着他们的眼睛说实话,伤你的自尊则是另一码事。

我当时认准了这一辈子再也不会看到这个房间和这幢房子了。他们请我从边门出去,这样我就不会和其他在那幢老房子的门厅里等候面试的候选人打照面。

回家的那趟飞行是我记忆中最漫长的旅途。我见识了学术权威,向他们伸出手,但隐隐中总有一种忘了将自己指甲下面的污垢清理干净的不安感觉。

尼曼基金会定于数星期后的某一天清早，用电话通知被录取的学员。假如你的电话到 9 点钟还没响，你可能就完了。那一天的前夜，我一宿没睡。

大约早上 7 点钟，电话铃响了。是柯瓦奇打来的。他问我是否愿意到哈佛来，他说他为我的中选感到骄傲。此时，我突然意识到我当时没有穿任何东西，身上一丝不挂，就像我刚出生时那样赤条条地在和一个新闻界泰斗通话。

我挂上电话，拥抱了我的女朋友，一种带有歉疚的解脱感贯注了我的全身。我这时告诫自己，不要把这看成一件大不了的事儿，一件多么重要的事儿。我差点让自己相信我能这般豁达脱俗。

我给母亲打了电话，告诉她三个儿子中的老二将要到全美最有名望的高等学府去了。我们在这之前谈过几次这件事，但是不到有个准信儿，所有的可能性对她来说都只是空谈。正如我前面说的，我母亲这一辈子被空头支票坑苦了。

“感谢上帝。”她说。然后，她用一种担心的口吻问：“那是在哪儿呀？”

我说在剑桥，就在波士顿边上的马萨诸塞州。

“上帝，”她说，“那个地方得冻死你。”

不论柯瓦奇是真的为我骄傲，还是一句客套话，最终，他真的成了我生活中的一盏指路明灯。我后来得知，他在讨论最后人选时为我这个与他素昧平生的人力争游说。我猜想，他这样做，是因为他认为我是完全靠自己的天分和勤奋争取到这样一个机会的。或者是因为他本人是从田纳西州，从一个划分“优劣”的南北分界线以南的地方打拼出来的。

不管是什么原因被选中，我是一定要去的。我的女朋友蕾切尔为我买了一件猎鸭人的罩衫作为生日礼物，那是从一家独家经营的作坊寄来的，邮购目录里所能找到的最适合北方气候的衣服。我买了一双保暖靴，还有些长绒裤和手套。一切准备就绪。

我本来为离开迈阿密做了一个安排。先在给母亲买房的账户里存上一大笔钱，然后将银行支票账户里剩下的四百块钱提出来，搭上一架海上飞机南下。我在那里可以听钢鼓音乐，花天酒地一番，直到身无分文为止，接下来和蕾切尔吻别，我们好聚好散，然后北上。结果，从非洲海岸吹来的一阵风把所有的计划都给打乱了。

“安德鲁”飓风用每小时二百九十公里的狂风为我在迈阿密的生活和那一段时光做了一个小结。我先被邀请到圣彼得斯堡参加一个送行聚会，然后跨过鳄鱼小道[1]匆匆赶回迈阿密，迎面是压城而来的滚滚黑云。所有的人都在出城。

当时我已将那辆旧的“火鸟”卖掉。正当“安德鲁”在海岸线以外呼啸时，我开着一辆租来的“雷鸟”在空荡荡的街道上游逛，寻找那些没头没脑、留在城里的人。我看到其中一个孤零零无家可归的人，似乎还没有听到飓风将至的消息。我告诉他赶紧找个地方躲一躲，他闻言后还是一副满不在乎的神情。那神情就好像在他历尽劫波之后，一场飓风对他来说只不过是一次大扫除而已。最后，风越来越大，把车吹得东倒西歪，无法安全行车。一根断树枝倒下来砸掉了左边的尾灯。我想回

1　鳄鱼小道（Alligator Alley）又称大沼泽干道，是美国75号州际公路的昵称。

到我在海湾附近的小房子，但警察不让，那里离海岸太近了。结果，我只好回到离海岸四百米的办公室去躲避这场风暴。我记得在那里我有一纸袋的零食：奥利奥夹心饼干、奇多奶酪炸薯条和炸猪皮,还有一些瓶装水。我找了张榻榻米放在地板上。然后，在这场罕见的飓风像狂怒的上帝那样压向佛州南部、窗摇楼晃之时，我将榻榻米卷成春卷，裹在里面睡了过去。

第二天早上醒来，在我眼前展现的是一片废墟，帆船搁浅在树上，房子成了碎片，生灵涂炭。我租的那幢小房子已成一堆废墟,被水冲走。办公楼前面那棵美丽的榕树也已枝残叶损。我写过上百篇报道，放眼望去，不知为什么这一废墟场景比我见过的任何一个事故现场更让我悲哀。

奇怪的是，“安德鲁”袭击佛州南部的那一天，正是我原来计划离开的那一天。结果我在那里又待了三天。我对飓风的威力叹为观止，最后拿到了一张去亚特兰大转波士顿的机票，我开车来到迈阿密机场。

当飞机起飞后，我好好地看了最后一眼这个不知为什么适合我性格的城市。尽管我那一口浓重的亚拉巴马土腔与这个城市如此不协调。这里的人说话都带古巴人喝的朗姆酒加可乐混合饮料的味道。在这里,英语早已成为第二语言。从高空向下望去，那景象就好像有什么人抓起了一只在旅行者光顾的纪念品商店里卖的“雪花玻璃球”，又将它砸碎在地板上一样。

* * *

在继续北上之前，我在亚拉巴马老家住了一两天。我知道尽管母亲对“赞助金”一词的真正含义不很清楚，但她为我重返高校感到自豪。“fellowship”这个词在我们老家是指牧师在教堂里叫你转身和你邻座的人握手，这也许是对这个词更准确的注释。尽管《安尼斯顿星报》一个真正上过哈佛的伙伴迫不及待地向我指出，这不是“真正的哈佛”，但仍然是件喜事。我后来得知母亲对所有愿意听她唠叨的人说，她的儿子去了哈佛。

她让我带上一些黑莓酱和腌辣椒，叮嘱我注意保暖。她说在迈阿密的这些年把我的血弄稀了，所以除非我在北方所有时间里都穿上长绒裤和两件罩衫，否则我会感冒不断的。

我最后一个休闲的傍晚是在山姆的库房里度过的，只是闲聊。我没有提哈佛的事儿。我敢肯定在所有人当中，他是对这种免费的高等教育机会最不感兴趣的人。两个朋友开车前来，我们一起走到外面聊。当他们没什么可聊的，就闲站着。这是典型南方男人的举动。他们只是闲站着，安安静静地，将身体的重心从一条腿移到另一条腿，直到有人觉得有话可说。这次，是山姆先开的口。

“瑞克要去哈佛了。”我向上帝发誓，他是带着自豪的口吻说的。

一段长时间的沉默。

“不错，”其中的一个年轻人说，从他的帽檐底下冒出一句，“那太好了。”

然后，他们开始谈论关于棉花加工厂、厂里裁人和经济增长缓慢的事。不知为什么，我觉得心里升起一阵惭愧。

29

抹了香水的猪

在哈佛，我只有一天不称心的日子。那只是因为那天我做了一件事儿印证了人们对我这个南蛮存有的固有偏见。那天晚上我让自己的脾气冲破那一层薄薄的温文尔雅的面纱，在哈佛教工俱乐部摆的白桌布晚餐上，在牛里脊肉被端上来和美洲原住民报纸的出版人令人激奋的演讲之间的某个时刻，我扬言要踢某人的屁股。

那是很冷的一天,也就是10月份到次年5月份中的某一天。我和一个刚刚介绍过我就把他的姓名忘了的人陷入了一场我原以为是友好的辩论。我这个人记人名的本事很差。辩论的话题是克林顿总统司法部部长的人选问题，我当时只不过是谈了谈我的看法。我认为，从全国效率排名最低的戴德县的司法部门里选拔司法部部长也许不是一个明智之举。他对我的推论不以为然，如果他只是直言相告也就罢了。然而，他却出言不逊。

“你难道不为自己感到羞耻？”他说。

他口出此言还不如扇我一记耳光，或者冲我脸上吐口唾沫。那种娇生惯养的知识分子有一个毛病，那就是假设和他们在一张桌子上吃饭的每个人都和他们一样温文尔雅。不错，我当时的确穿着西装，戴着领带，连袜子也是配了对的。但是，他犯下了一个大错。我这一辈子都在纳闷，我是不是像我周围这些上流社会的人一样能干，一样聪明，一样干净。现在，这样一个挑衅，就像揉进我眼中的一粒盐粒。

“你听着，”我说，“我这就把你拖出去踢你一通屁股。”

他的脸一下涨得通红，我从来没见谁变脸变成这样。他又用挑衅的口吻说：“自从小学后，就没人对我说过这种话。”

我用眼睛死死盯着他，然后在他面前放声大笑起来。就连我自己也被那笑声吓了一跳。那笑声里有种疯劲，听上去像是我很久很久没有听到的什么人的笑声。

没过多久，他就离开了，在席间留下一阵尴尬的沉默。这让我觉得好像我扫了大家的兴致或者做出其他什么不得了的非礼之举。后来，一个从南非来的学识渊博的年轻记者蒂姆·杜普利斯凑过来说：“对不起，瑞克，我听到你说要踢那个人的屁股，我没听错吧？”

我告诉他，他没听错，并请求他原谅我在餐桌上的粗鲁无礼。

事发之后，我做好了被开除的准备，或者按照他们北方人的规矩接受惩罚。但当我把这事给短训班招募人科瓦奇一说，他只是大笑了一回。此事便不了了之。

但是，为了保险起见，从那以后，我开始藏头夹尾，收敛锋芒。那样为人处世更容易些。假如你猫下腰，那种自命不凡的习气就不会露头。

事实上，我的确对这种等级观念过于敏感，甚至有可能我感觉到的那种藐视根本就不存在。那比“可能”更强烈，应该说是我“很可能”过于敏感。

但不管怎么说，我要学的东西太多了，要做的事情太多了，我没有那么多的闲空琢磨那种事儿。

哈佛对于一个只上过六个月大学的人来说是一件礼物，一份厚礼。我学了拉丁语和加勒比地区的黑人的历史；我上了所有我能上的美国历史课；我学了外交学；我学了宗教；我学了人类心理和行为。在从事新闻行业的整个过程中，我一直以为自己对人性了解得很透。在这里，我得到了一次真正的学习机会。

我读了推荐阅读书目上所有的书，几乎每天都去上课。我抽业余时间坐地铁去波士顿上西班牙语课，在我能说的少得可怜的几句话的基础上，更上了一个台阶。我很快悟出，只能说“太太，你真美丽”这句话是无法让我蒙混过关一辈子的。

我有个像模像样的装满书的书包，到哪儿我都走着去。在一座座古旧建筑之间，在巨大的图书馆里的一堆堆书之中，在早上能闻到课桌椅上陈旧的抛光涂料和同学湿漉漉头发散发的气味的教室里，有一种平和的气氛。也许对有些人来说，这些只是昔日重归之感，但我过去从未见过或做过任何类似的事情。

我住在一幢殖民时代建的老房子的三楼。每次邀请朋友来访时，除了谈话，还是谈话，总有谈不完的话。我交了些朋友。我吃过肉煎包，很像母亲过去用锅里煮的肉做的三明治。我还见了一些颇有名气的人物。我听过的讲座次数之多能活活耗死个大活人，我总是坐在后排，以便一旦发现内容不对胃口，滑脚走人。结果大多数的讲座均是如此。假如我得了思乡病，我就给母亲打电话，然后到卖南方风味饭食的 Mr. B’s 小吃店，来上一份调味肉酱和土豆糊。我买了件印有哈佛标志的绒衣，然后买了三十件带回家做圣诞礼物。那一年，不知情的人还会以为所有住在老家帕森乔特、罗伊·韦布路和吉曼溪的乡亲们都寄宿过哈佛的柯克兰公寓。

到了 12 月份，查尔斯河被冰封起来。那第一场、厚厚的、下个不停的雪令我终生难忘。我兴奋地在房子里上蹿下跳，想找个什么人和我一起到雪地里去玩。他们都愣怔怔地看着我，好像我在犯傻。我冲到哈佛园，那里是一年级新生喜欢玩的地方，他们在互相扔雪球。我没有马上加入雪仗，我年龄比他们要大出一倍，但后来一个小姑娘的一团湿雪正中我的脑门，在那以后的几分钟里，我又成了一个小孩子，在雪地里像个傻瓜一样跌爬滚打。当铲雪车把雪堆得齐腰高，将雪的颜色和质地变成柏油碎渣那样，我仍然乐此不疲，但是我想我对雪的兴趣只维持了一小阵。

我从来没有喜欢过那里的寒冷。也许我的血真的有点冷，就像我的脸皮有点薄那样。

至于尼曼的其他“学员”(fellows)，我总认为这个词显得廉价而又有点荒唐，他们都是些现成的朋友。他们都是像我一样的记者，同时又和我完全不同。一半的人来自全美各地，远至阿拉斯加，其余的来自世界各地：印度、阿尔巴尼亚、南非、中国、约旦、越南。其中有一个性情火暴的俄罗斯女子，我敢肯定她能镇住我。我喜欢听她发言，但时不时会忍不住想起洛基和布尔维克的苏联冤家对头鲍里斯和娜塔莎。[1]我很想和她开个玩笑，用带俄国口音的英语在她耳边轻声问："大角鹿和松鼠在哪儿？"[2]

还有一个从意大利来的尖刻女人。她对美国新闻界很不以为然，但对我倒还不错。有一次，她捏了一下我的腮帮子说了声"Ciao，bello"，就连我这个木讷之人也知道那肯定是句中听的话。

几乎所有来自美国的尼曼学员都进过常春藤高等学府。他们几乎都是从哈佛、耶鲁、哥伦比亚、斯沃斯莫尔等名校出来的。所以我做好了一见面就不喜欢他们的思想准备。其中还真有那么一个浑蛋，他以为我来自亚拉巴马，就注定是个愚笨无知的人。这不是我的猜疑，而是此人的态度堂而皇之，昭然若揭，引起班上其他人的反感。但我没有给他一拳崩掉他几颗门牙，因为那将在我上尼曼班的这一段经历上投下阴影。事实上，他们中的大多数人是好人，但大多属于养尊处优之辈，食堂里有点蔫的芝麻菜就能糟蹋他们一整天的心情。

我以过去通常的交友方式交了一些长久的朋友。任何浑蛋在无惊无险时都能表现不错，只有在你陷入困境时帮助你的人才是真正的朋友。我在哈佛期间把原来就受过伤的膝盖又给伤了，而且伤得还不轻。几乎在两个月的时间里，我无法行走。有两个尼曼学员，一个是从得克萨斯州来的奥立弗·塔利，另

---

1 美国电影《洛基》（*Rocky*）中的几个角色。

2 《洛基》里的一句台词。

一个是纽约人海迪·埃文斯，他们抬着我往来于住所和医院之间，向医生询问关于我伤势的情况。他们追问医生的那股认真劲儿，是我这个来自亚拉巴马的人无法想象的。我老家的人一向认为医生是些重要人物，不屑向我们解释那些我们无法理解的东西。另一个尼曼班的学员特里·唐为我烧了鸭子和萝卜，我们花了近一小时谈论不起眼的萝卜，都认为萝卜的好处远没有受到应有的重视。有一次，她还为我买了一个香蕉船冰激凌。那天气温只有华氏十二度，在回家的路上，冰激凌一点儿都没化。

正是他们这些人，令我悟出这个道理：在你一辈子遇到的人中，你不能只因为他们的生活环境使得他们不用像你那样苦苦挣扎，或者他们的成长道路不像你走过的那样坎坷而不喜欢他们。天知道，也许我真该多费点心了解了解他们，他们或许也有过不少坎坷。或许他们只是没有将那些遭遇像荣誉勋章那样贴在身上、挂在嘴上——像我做的那样——而已。再说，奥立弗是从得克萨斯来的。[1]

哈佛的学生们，我指的是那些真格付了学费，必须正经上课读书的学生，对我这个人有点摸不清底细。我的块头比他们大一倍，哈佛的学生往往是些小个子，有的人在哈佛园的水泥小路上看到我迎面走来，会闪到草地上以免和我相撞。我自信不是个面目狰狞之人，也知道我的穿着比无家可归的人要像样，所以对此大惑不解。一个朋友告诉我，这只不过是他们中的大多数人从小到大受过的调教的结果，那不是我的错，

1　得州也是南方诸州之一，常被北方人认为是蛮荒不开化之地。

而是他们自己的毛病。“别做出什么突然的举动。如果你向他们招手说‘嗨，你好！’，你会把他们吓坏的，或者至少需要心理治疗。他们在躲你时也许会伤着自己。”

然而在教室里，当我觉得有什么东西需要补充或者有什么问题要问，我和他们不同，总是大胆参与或发问。其实有些哈佛的学生不在课堂上提问是因为他们生怕自己会在众人面前显得无知。在课后我一次又一次地回答他们关于南方，关于南方的种族问题，关于政治、食品和两性关系之类的问题。过了一阵，我意识到了尼曼在招收学员时所说的为哈佛大学回报些什么东西的真正含义。我往那里一站，就是一本活教材、一个活样板。我亲眼见过他们只在教科书上关于第三世界的章节中读到的人世间的歹毒和杀戮，也亲眼见过乔治・华莱士本人。

大多数的教授很乐意让我们这些学员旁听他们的课，因为我们在那里听课是出于自愿，而不仅仅是为了修得一个学分。有一个教授似乎对我在那里不太高兴。那个教授用北方口音谈论人世间的痛苦和偏见。我能感觉到教授是根据他自己早年在南方农村的巡视观察和很久以前的亲身经历而形成的观点。在他头脑中的许多观点，早变成了化石，无论多少新信息、新动态都无法扭转他的看法。在南方，有许多新的恶意和新的种族主义，但现在的情形比以往更加复杂。有些坏人在公众有线电视上搞起了自己的节目；另一些人则更倾向于佩戴纳粹党徽，而不是焚烧十字架。新一代种族主义者不像老一代种族主义者用宗教为种族仇视正名，他们更喜欢将散布仇恨言论和反对政府介入民间事务的群众情绪混淆起来。哈佛在种族主义问题上的观点有点脱离现实。

但是，有那么多人打开了我的心灵之门。我记得一个老教授就美国的外交政策以及美国在西半球其他国家播下背信弃义种子的历史所作的一席流畅、精辟的长谈。当他准备讲话时，总是抬手去抓他教授袍上的翻领，但他当时并没有穿教授袍。那是因为在他开始做教授的那个年代，教授们都穿那玩意儿。现在，在他脑海里从一个事件跳到另一个事件时，他仍然下意识地去抓那只并不存在的翻领。我坐在那里专注地聆听他讲课。

说我在那里学到了其他民族和其他文化的一些东西，听上去有点夸大其词，但那的确是实情；当然，作为一个记者，我从第一次采访起就开始了这个学习过程。但哈佛是一个像山姆·沃顿[1]的批发仓库那样，集信息与经验之大全的所在。我这个人大概一辈子不会去欣赏带字幕的外国电影，也许永远不会拥有名牌勃肯[2]凉鞋，但在这个地方，还是让我的脑袋开了一点窍。

现在，凡是在有可能的场合，我总要谈起和比尔·柯瓦奇一起写作、生活的那段经历。他是那种能让你把他作为奋斗目标的集聪慧和人品于一身的榜样人物。当然你还得有那个潜力才行。他通过自己的智慧、勤奋和人品向世界证实了自己的价值。我身上没有他这些精英素质，他令我望尘莫及。我甚至在将他称为我的朋友的问题上都很小心谨慎，因为我不想自说自话。但是，很少有人像他那样对我以好友相待。

1　山姆·沃顿（Sam Walton）是全美最大的廉价连锁店沃尔玛的创建人。

2　勃肯（Birkenstock）是德国著名的鞋类品牌，拥有近二百五十年的历史。

他是一个有一头银发和深色眼珠的人。他的父母从阿尔巴尼亚移居田纳西州，每当我戏问他田纳西大学还有没有橄榄球队时，他从不觉得那有什么特别好笑的。每当我想回避一个问题，或者用我来自南方的背景找借口，或者用花言巧语糊弄他，他就会骂我是个“谎话虫”。

他说我这人有点天分，这话我想任何人都爱听，尽管不一定属实，但是他还是多少有些含蓄地告诫我，我还需要多多磨炼。他说我喜欢在我的故事中将精妙词句挤在一起，我需要做的事是将它们的距离拉开。我试着改正这个毛病。他告诉我，他认为我的人品不错。听了这话，我差点哭了。因为不知为什么他看到了我内心深处的东西，让他相信我的人品。

作为讲习班的招募人，他得听取许多身在福中不知福的记者的抱怨。也许他能容忍我这个人的原因之一是，我每天早上醒来都在笑，从我这里听不到一句怨言。

一天，他问我这一辈子打算干什么。我告诉他我热爱我干的这一行，可能一辈子就吃新闻这碗饭了，但是我没敢想到更大的报纸去干，比如到《洛杉矶时报》那些以写作质量著称的报纸或者更好的杂志那里试试身手。

“到《纽约时报》去怎么样？”他问我。

我摇了摇头。

“像我这样的人，他们不会看得上的。”我说。他看我的眼神就像我刚开始锻炼身体就告诉他我无法再做一次俯卧撑似的。

“那可没准。”他说。但我在心里已经将那个念头打消了。

我能为《圣彼得斯堡时报》工作就心满意足了。从许多方面讲，那是我干过的所有工作中最好的一个。但是我当时真的相信在我和《纽约时报》那种地方之间隔着一堵墙，一堵柯瓦奇不承认或者拒绝承认的墙。

在我和他相处的短短一段时间里，有一件事就像有人从背后轻轻将一只手搭在你肩头那样令人难忘。

一个编辑曾经带着一丝嘲讽的口气问我，是谁教我写作的。

我将此事告诉了柯瓦奇。

“下一次如果有人再问你这个问题，”他说，“你就告诉他们，是上帝教的。”

那一年转眼就过去了，真快，就像时光的飞轮加了润滑油。当严冬最终退却，查尔斯河解冻，我意识到一年中的一大半已经过去，我还没写上一篇报道。这一段时间里，我没有和哪个悲痛的母亲交谈过，或者在哪个丢满可卡因毒品针剂瓶的走道上走过，或者……我只是读书、学习、谈论和睡大觉。这是一份多么丰厚的礼物呀！

我现在知道，为什么自己在那么长的一段时间里那么不喜欢名校出来的人。那就好比我是被一根纠缠成一团的锁链锁住的狗，离水桶只有一尺之遥，只能眼睁睁地看着所有其他的狗喝水。在哈佛的那一段经历将那根锁链理顺了。

最后一天，他们发给我一份印有哈佛标志的证书。我将它挂在墙上所有人都能看到的地方。我那些上过“真的哈佛”的朋友常说，显示自己的“哈佛血统”是一种“不适之举”，就好像人们单从你的气质就能知道你上过哈佛似的。

我将它挂在墙上好长一段时间，光见我这个人恐怕无法知道我还去过哈佛。

当初我离开迈阿密时就已做好彻底离开那里的思想准备。

但是在剑桥寒冷的冬月里，我越想越觉得应该回到《圣彼得斯堡时报》。我除了迈阿密之外，不想去佛州任何其他地方工作。当我得知报社关闭了迈阿密的分部，我很伤心。但那并不是什么无法克服的困难，我琢磨着我能在家里工作。但是报社则另有打算。高级编辑们要我回到圣彼得斯堡总部。我想他们是想让我为脱产一年，喝雪利酒、吃鹅肝的好日子付出点代价，让我干些缺乏品位和无聊的报道。

结果，我又撞上了好运。新任执行编辑保罗·塔什，最初雇我的那个人，将我提升为全国范围的记者，告诉我哪里有最好的故事素材就到哪里去。

我发掘到了一些好素材。我在纳瓦霍印第安人居留地住了一段时间，一边吃葡萄刨冰，一边和部落里的巫师和巫女谈论从大地母亲流来的生命之气被阻断的事儿。我去过他们的一个“歌唱”仪式，在那里，人们头顶无边无沿的天空，聚集在一起，随着鼓乐歌唱。这个仪式不是为了摆样子给旅行者拍照，而是因为“汉达”病毒[1]正在当地蔓延造成不少人的死亡。我信步走在漫漫荒漠，和一个为造原子弹开采铀矿而患癌症身亡的人的老遗孀一同坐在一棵树下。她邀请我到她家吃她做的煎饼。

我写了在得克萨斯维多城的种族主义事件、爱荷华德漠因大洪水和密西西比州比洛克西的赌馆。与此同时，我住在佛州西海岸海滩边一套在二楼的公寓里，从厨房的水池向外望去能看到墨西哥湾。我又交了一个新的女朋友，一个正在佛州大学

1 “汉达”（Hanta）病毒是一种鼠疫的病原体。在 20 世纪 90 年代初期曾在印第安人保留地蔓延。

读书的年轻、可爱的姑娘，我敢肯定自己应该为这感到惭愧。这一切又像是按照我的意愿安排的一样。

就好像我的好运还没到头，我又接连收到两份聘书：一份来自《纽约时报》，另一份来自《洛杉矶时报》。我认为我是又一次吉星高照，又一次觉得我将永远立于不败之地。

我飞到洛杉矶，和那里的人见了一面，那些人都不错，认为我能和他们融洽相处。他们赞赏我的作品，带我去一家叫"毕加索楼"的餐馆吃午饭。他们对我说，我的加盟将会是一个完美无缺的联姻，会创造一个幸福的家。

我飞到纽约，看到被云雾遮断的帝国大厦。我和马克斯·弗兰克尔及乔·莱利维尔德这两位报业泰斗坐在一间房间里，我承认当时有点紧张。我那块印有NYT的身份牌好几次掉在地上。他们说不打算将我改头换面、重新包装，只会让我变得更精彩。我可以写我一贯写的题材，用我自己的风格去写。他们告诉我，我写的那些故事在他们的报纸上是有一席之地的。

我感觉自己就像一个身价很高的四分卫。我心想，也许这一切都是真的，我不会犯错误。

然后，我的那块"通灵宝玉"一定是从我的裤子口袋的一个洞里滑落出来，又从地板上的一条裂缝中掉了出去。

我接受了《洛杉矶时报》的聘书。那是个完美无缺的差事，那个职位和我的风格般配得简直是天衣无缝，我都不知怎样才能锦上添花。《纽约时报》的大名则让我心里有点发毛。只要读一读那份报纸就够吓人的了，那上面尽是好文章，但是有那么多人警告过我，说我肯定在那里待不长久，因为我这个人太与众不同。《纽约时报》会试着把我和我的作品重新包装。那无疑会是一场灾难。在洛杉矶，我会有机会写长篇的、漂亮的文章。那里的气氛更接近几乎是哺养我长大的《圣彼得斯堡时报》。

我知道有些记者听了这话会大不以为然：我真的舍不得离开《圣彼得斯堡时报》。那里的编辑没有斤斤计较我来自何方、我的口音和我上过什么学校。至少因为刚从哈佛回来就这么急着走人，我觉得对不起他们。但是编辑塔什在和我握手道别时对我说，“你给我们干出的成绩让我们够本了”。对此我将永远感激不尽。

我记得当我告诉老家的人我要去洛杉矶时，他们几乎生了我的气。佛罗里达已经够糟糕的了，尽管我在迈阿密，但那儿似乎还不算太远。母亲没说叫我别去的话，但好几个星期里，她的语气很低沉。

她告诉我她在地图上找到洛杉矶，再看看她自己住的地方，把她给吓得半死。

入秋，我启程前往洛杉矶，平生第一次沾了太平洋的水。那海水的颜色几乎让我吃了一惊，在码头外的深水处几乎是一片紫色。

那时，洛杉矶的骚乱才刚刚过去一年。就像过去的迈阿密那样，这里我写得拿手的素材多极了。我大致地走过一遍，在脑子里将它们分列成册。我散步穿过回音公园，在市中心吃了一个猪肚卷饼，看到一个手臂上吊着一支针筒昏倒的人，和挤在一个小单间的一家五口人聊过天，他们将火警紧急出口封死，以防那些在邻里作乱的小孽种捣乱。

那里迎接我的是 11 月依旧温暖、有力的太阳，还有我无法想象的交通堵塞，与老家完全不同但也确实不错的烤肉。我住进了一幢建造在减震金属滑轮上的公寓楼。

我来到这里后很快发现，我想象中的那份工作其实根本不存在。而等着我的那份工作并不像当初我们谈妥时想象的那么好，这严重地挫伤了我的自尊心。我让情绪支配了我的反应，主宰了我的未来。

因为报社里知道给我什么样的职位的人太多了，所以至少在我向高级编辑要求兑现我跨了大半个国家前来担任的职位时，我不用怀疑自己的神经是否正常。他们叫我别着急，耐心一点，但耐性是我所不具备的特性，我也从来没有想过要培养耐性。

那里连找个人发火都找不到。这是一个各部门互相不通气造成的尴尬局面。为了公平起见，编辑们经过磋商履行了他们原来向我做出的承诺。但说到底，当你一开始就和你的上司红了脸，在那儿还能有什么前途呢？这是人之常情。结果，每当人们问我在那里干了多久，我会告诉他三个星期两天四小时二十七分钟。一个编辑在我离开前向我索取停车证。那就有点像被赶出军队时，将你军装上的袖章扯下来的感觉。

假如我不是摔得那样轻，也许事情会体面得多。我给《纽约时报》打了电话，告诉他们我当时做决定时犯了个大错误。假如他们还要我的话，我现在愿意为他们效力。我原想他们会说，你还是好好享受享受加州的阳光、棕榈树和失业生活吧。然而正相反，主管招人的编辑卡罗琳·李告诉我让我 1 月份就开始给他们干活，重整旗鼓。

我的运气，我的那个老朋友，最终没有弃我而去。

也许在我一生中，我第一次想求保险，结果惹得一身腥。我暗中告诫自己今后不能、再也不能求稳了。

我在洛杉矶住了大约有一个月的时间。主要是因为我无处可去，再说房租已付。我练习我那点可怜的西班牙语，读了点书，甚至到海滩上去走了走。但一直有一种异样感。那里的海水太冷。我完全来错了一个大洋。

我有时会唱上几句田纳西·厄尼·福特的一首老歌，那让我感觉好些。

> 亲爱的，我乘快车去过佐治亚
> 我可不是昨天出生的人
> 不错，我在乡间长大
> 书只读到八年级
> 但你们大伙也不必这般待我

30
纽　约

已是傍晚时分，在《纽约时报》的新闻室里，我刚把一篇将要决定我在《纽约时报》前途的报道递交给编辑。那只是我赴任后写的第二篇稿子，但我在写它时毫无保留，没有为能不能登报而瞻前顾后。这个故事读上去就像是我写的，粗犷、阴暗、真切。我认为写得不错。但它到底怎么样并不取决于我的看法，只有那些正在开会的编辑的看法才能作数。他们正在开的是著名的"头版会议"，在会上，记者们递交的稿件被大师们肢解、推敲。我就像看着绞刑架一点点搭建起来的一个死刑犯那样看着那扇关着的门。我不能在这里失败，我不能再次失败。终于，那门豁然洞开，编辑们纷纷走出。然后我看到那个很快就要成为主编的副主编乔·莱利维尔德向我走来，脸上没有一丝笑意。

他站在我的桌前，靠在桌上。我不记得他的原话，大意是这样的，我知道我对你说过我们会对你的文章做些小改动，但是……我的心一下凉了半截。

“但是我们得在你的标题里改个逗号。”现在他绽出笑容，我知道我中了他的计。我其实根本没有在意，只是希望他没注意到我的大笑声中包含的那种类似歇斯底里的成分。

我心里暗自琢磨，难道这就是人们常说的冷峻、严肃的《纽约时报》吗？难道这就是那个冷冰冰、难以接近的乔·莱利维尔德吗？那一瞬间，我只觉得自己脚上在洛杉矶戴上的银铛脚镣顿时松开，觉得我也许还过得去。我想我现在不会无颜见江东父老。不知哪一天，我也许还会闯祸，但不是现在。

我不知道这是否是他事先计划好的，甚至他是否知道我的感觉。也许他是知道的。人们都说他是个聪明人。

我只花了短短几个星期就悟出外面盛传的关于《纽约时报》的一些传闻，大多数是些陈芝麻烂谷子，或者纯属误传。我的大多数上司编辑只有一个简单明确的使命：去找到最好、最重要的故事素材，将它们写出来登在报上。

以上也是城区编辑迈克·奥瑞斯科在工作之前就给我的训示。在那以后的六个月里，在有史以来最冷、最严酷的那个冬天里，我就在那个巨大的令人摸不着头脑的地方转悠，但如果说我那是在找素材则不尽然。我用不着去找素材。纽约会像诺兰·莱恩投进快球那样把好素材一个接一个地扔给我。你只要接住它们就行，只不过得小心别让那些素材把脑袋砸掉。[1]

---

1 诺兰·莱恩（Nolan Ryan）是美国棒球史上传奇式的投手。他以投快球著称，经常将球扔到对方击球手身上和头上。

当时，新闻室是个拥挤、嘈杂，灰尘很大，地牢似的地方。在那里工作的记者几乎是摩肩接踵。其中有些人待我不错，也有些人对我的态度就好像我只要用自己粗俗的文笔碰一下，就会把他们一尘不染的报纸给弄脏似的。我能感觉到我那块老心病变得越来越沉重，比我在过去很长一段时间里的感觉还要沉重。但是，我还能撑得住。我心里明白，只是因为他们让你进学校大门，并不等于他们会邀请你跳舞。

然而，我在摄影组里交了不少朋友。这是一帮讨人喜爱、聪明、脾气暴躁、老于世故的人，他们中经常有胆大、无畏的艺术家和怪人，他们对这个城市的大街小巷了如指掌，并且愿意带上我与他们同行。假如没有他们，我是注定要失败和孤立无援的。然而，他们拉着我找到一个又一个好素材。我觉得自己像个跟在别人边上捡便宜货的人，但我们的确找到了一些值得一写的好素材。

其中的一个人在我的记忆中尤为突出。他是一个波多黎各人的后裔，蓄着长发，留着络腮胡子，名叫安格尔·佛朗哥。他总是开开心心地管我叫“大傻白小伙”。我做好了准备去追踪采访一个将把我带进真正的纽约深处的素材，那又是一个关于生与死以及生死之间那种脆弱、颤抖状态的素材。

在纽约的报纸上，每星期至少有一次能读到在城里小杂货铺里发生的令人心惊胆战的凶杀案，大多数当地人称这种小店为“bodega”。在过去的一年中，有五十个人在柜台后面丧生，使得站柜台成为纽约最危险的职业，比救火和执法的行当还要危险，甚至比开出租汽车还要命。令人胆战心惊的僵持最终总以枪战和杀人不眨眼的处决方式告终。人们会为一百块钱、二十块钱，为听一声手中的枪响大开杀戒。大多数的受害者是拉美人，但也有中国人、韩国人、海地人和中东人，他们只是想在华盛顿山、布鲁克斯南区、哈伦东区和布希维克大街靠卖些零嘴小吃谋条生路的人。

我本来想从那些日复一日站柜台的人嘴里听到那些故事。但是这一次，我却像他们那样亲眼看见、亲身体验了那种恐惧。那件事简直就是为报纸发生的事，一个典型的纽约故事，这是我写过的最真实的报道。

哈莱姆，1994 年 3 月

"在奥马尔·罗萨里奥工作的杂货铺里的柜台后面死过一个人了，"我写道，"那个人是在一个小得可怜、顾客用分币付钱或者赊账的店铺里被人杀害的。在罗萨里奥上班前，他套上一件防弹背心，将一把黑色的九毫米手枪插进腰带中，然后便将自己托付给了上帝。星期三晚上的早些时候，在 139 街和埃奇库姆街相交的拐角处的店里，灯火与外面熄灭的路灯相比显得格外耀眼。门开处，一个上唇留着稀稀拉拉胡须的年轻人走了进来。他的一个胳膊深深地藏在那件过于宽松、一半敞开的夹克下面。罗萨里奥认为他在里面藏了一支机关枪，或者将枪管锯掉的长枪。罗萨里奥拔出自己的手枪，慢慢地将其提到从裤兜里露出一半的位置，他的手指就在扳机上。他面对那个家伙，并且有意让他看到他手里的枪。他想让那个年轻人明白无误地知道，假如他想拔枪，他就先要了他的命。在店里最后两个顾客离开时，那个年轻人转到门口。但是不管他到哪里，罗萨里奥总在他身边，就像两人在跳舞似的。他们大眼瞪小眼足足有五分钟，没有人吱一声，气氛紧张得令人窒息。最后，年轻人转身走了出去。罗萨里奥看着门外，手里提着枪，脸色苍白。”

一开始，我还不知道是怎么回事。在那窄小的店里，那个年轻人曾从我身边挤过，我透过他的夹克，透过我的衣服觉出一个硬邦邦、形状只能是枪的东西。

只有当佛朗哥慢慢凑到我身边小声说“有戏”，我才真正意识到刚才发生的一切。在那个地方要躲没法躲，要跑没法跑。他们就在我俩和店门之间。我们只能站在那里旁观，心里希望一旦开火，大家能干得干净利索。但我对此没有信心。要是两个乡下孩子摸出枪来开始对射，多半能打中目标。他们平时练枪法，把放在栅栏桩上的啤酒瓶打掉，或者在松林中跟踪鹿。但城里的孩子枪法糟糕透顶。这就是为什么一旦开打总会搭进那么多小孩子和无辜的在场的人的性命。他们总是将枪别在腰里，那是因为他们喜欢那枪贴在皮肉上的感觉，但他们杀人的本事则是业余水平。

在他们互相周旋时，我将记事本放进屁股兜里。我猜想让一个想抢钱的人看到我为《纽约时报》的读者们记录此事的详细经过并非明智之举。然后，我听到佛朗哥的照相机轻轻的快门声。他简直就在用从肩带上吊到腰间的照相机从胯骨的角度拍照。他尽可能小声地、不连续地拍，但在我的耳朵里，他按的每一次快门就像踢踏舞舞鞋敲打在瓷砖地面上那样刺耳。我在担心他会引火烧身，但他这是在干他的工作。佛朗哥不是业余的，想拍哪儿就能拍哪儿。

当这一幕惊险过后，罗萨里奥和一个店员巴勃罗·门多萨一起来到外面的冷雨中。他们环视街面，等那个家伙回来。

半小时过去了，他们还站在那里，张望着。我心中顿生愧意。我觉得我触及了一样重要的东西。我想生存下来的确是挺重要的。

我问他为什么要和那人对峙，为什么不用那人索要的东西将他打发走。但是罗萨里奥一边用颤抖的手抹去脸上的雨水，一边告诉我他不再相信现在的抢劫犯会拿上钱一走了事。“假如我不先发制人，解决问题，他会去拿了我的钱，逼着我趴在地上，然后冲我脑后来上一枪。”他说。他的言谈举止毫无做作之处，在我面前站着的只不过是一个已经被每一次门开时的担惊受怕折腾得够呛的年轻人。

“我不会为了一颗糖动枪，”罗萨里奥说，“但什么人要冲我开枪，我能先干掉他十个人。”这个店以前的店主亨利·A.梅迪纳在 1992 年 11 月 16 日被两个戴滑雪面罩的人杀害。梅迪纳是在打开钱柜拿钱时被其中的一个人开枪打中胸口的。凶手至今逍遥法外。

“每当我离开这里，我就像天上的鸟，展翅飞翔，”罗萨里奥说，“那时候，我就成了自由自在的人。”

“罗萨里奥认为他能在夜深人静时感觉到过去店主的冤魂仍在这个地方徘徊，”我写道，“他相信上帝。他愿意想象那个冤魂也许是一个天使。但是天黑以后，在埃奇库姆大街上是没有什么天使的。”我也许不应该这样写。

我刚到纽约时连“bodega”是什么意思都不知道。从它的基本大意上讲，它的含义是“商店”，但是我后来知道它还包含“自由、有礼和尊严”的意味。

大约有一个星期，佛朗哥和我从一家小店来到另一家小店，和那些死于非命的人的亲属以及死里逃生的人交谈。如果有人说我们发现那一排排的口香糖后面的人命不值钱，那就大错特错了。这里的人命根本不低贱。人们在写纽约时喜欢美化华尔街赌棍冒的风险。他们应该到这里来，到布什威克路289号的莱昂小店里来看一看，什么才叫真正的危险。

“四十岁的店主多明戈·莱昂皮夹克的袖筒上有一个子弹孔，”我写道，“干洗店将血迹清洗掉了，基本上洗干净了。多明戈·安杰利斯仍然穿着他被子弹打伤胯骨时穿的那条裤子。子弹还留在他的后背深处。富人和穷人的差别在于穷人会继续穿他们被枪击时穿的衣服，会从急诊室的地板上将它们捡回来。他和一个名叫曼纽尔·科拉多的人同是去年发生的一场暴力抢店事件中的幸存者，科拉多的胸部中过两颗子弹。但是那场事件中没有死人”。“Milagroso。”[1] 莱昂说。这些人都来自一个大家族，那一家人的一大部分收入都靠这个小店的进账。那店不会让什么人发家致富，但这正是二十多年前莱昂离开多米尼加共和国一个叫莫卡的村庄时向往的目标。他积攒了足够的钱，1982年开了这家店。有了它，他的生路就不会攥在别人手里，他也用不着对人点头哈腰。那些从来没有过过穷日子，从来没有跪在地上仰人鼻息的人，是无法理解这家店在他心中的分量的。

“2月23日晚10时，四个年轻人闯进小店，其中一个将枪顶在科拉多的头上。莱昂出于条件反射去抢枪，抢劫犯开了枪。安杰利斯紧紧抓住一个家伙的枪，在两人搏斗之时，那个家伙一次又一次扣动扳机，枪的击铁在他的手上割出一条深

1 西班牙语，大难不死、奇迹的意思。

沟。最终，一颗子弹打中了他的胯骨。他躺在地上装死，暗自向上帝祈祷那些人不会补上一枪。一个抢劫犯将正在流血的科拉多拽进库房，用枪托砸他的脑袋，逼他说出小店放钱的地方。当莱昂跑进库房时，那人冲他臂膀上开了一枪，然后仓皇逃去。就在被枪打伤短短几个小时之后，在科拉多和安杰利斯还躺在医院时，莱昂回到了小店的柜台后面。他手臂上的纱布还渗着血。'我家里有九个孩子。'他说。几天过后，安杰利斯回来工作了。他的伤痛还没消退，子弹是逆着肌肉的纤维进去的。他曾考虑去找一个安全一点儿的活干，但他不想将自己的朋友单独丢在险境之中。"

科拉多差点死于枪伤。现在他只是一个消瘦、虚弱，坐在小店外面的一辆深色汽车里担任瞭望任务的人。他的责任是辨认可疑人等，向里面的人发出警告。他会大叫"holope！"[1]，然后飞奔进屋，关门上锁。

我们没有惊动坐在深色汽车里的他，离开了他们危险的生活环境，吃了一顿牛尾米饭，继续开车去下一个悲剧发生的地点。纽约是一个悲剧的超级市场。它的街巷只是货架间的过道，货架上的品种之多堪称首屈一指。

我们又停了一站，在布朗克斯南部的富尔顿街。一个一英寸厚的防弹玻璃罩就像保安神毯一样包围着站在收银台后面的安东尼奥·米塞斯。即使躲在那块玻璃后面，他仍能感到一股逼人的寒气。米塞斯和他兄弟拉斐尔过去一起经营这家小

1 纽约说西班牙语的南美人为此类扣人抢劫（hold-up）创造的新名词，大意为"抢劫"。

店。他们曾经担心会发生像从报上读到的那些凶杀和枪击事件。去年夏天，他们雇了一个人安装防弹板。结果那人居然拿了钱却没装防弹板，7 月 25 日，他的兄弟被枪杀了。他的兄弟有两个孩子。“假如那个人当时装了防弹板……”米塞斯说，然后耸了耸肩。现在那块防弹板看上去好像不错，既美观又厚实。

结果，关于 bodega 的报道登在头版下方的版面上。人们告诉我那是一个“纽约写真”，我为之自豪。一个朋友对我说，我给报道中的人物“赋予了尊严”，那种说法其实不妥。我只是将那里发生的一切写了下来。我原想给母亲寄一份复印件，但我决定等一等，等哪天写上一篇令人心情舒畅的报道再寄。

要是老家的人们能跟踪《纽约时报》的报道就好了，但那是自欺欺人的念头。在那里，至少得开上一小时的车才能找到一份,然后还得花一块钱买。有谁会在一份报纸上花一块钱呢?

但是，时不时地，其他报纸会转载《纽约时报》的报道，不知什么人将它剪下来寄给了母亲。她又新开了一本剪报集。

31

重归故里

听到它的机会比看到它的机会要多。人们总说它们的声音听上去就像货运列车从天上隆隆驶过。也许那种说法说得一点不差，那也许的确是一列从天上驶过的列车。小时候，每年我们都要在走道里或避风坑道里躲上三四回，在那里等龙卷风过去。整个过程中，母亲都在祷告。我这一辈子只亲眼见过一次龙卷风，一条灰色的苍龙在水晶泉居民区的上空打转转，那里离我家不远。我试着壮起胆来不去怕它，但其实当时我心里还是直打鼓。

随着时光的推移，我渐渐失去了对龙卷风的恐惧感。在我长大成人以后，一阵恶风只意味着多了一个写报道的素材。那些死者的名字都是陌生的，遇难者和我之间有一种无关痛痒的距离。我希望我能保持这种距离。

那是在 1994 年复活节前的星期天，在《纽约时报》的新闻室。合众社传来快讯，一场龙卷风摧毁了亚拉巴马州东北部的一座教堂，一堵墙倒在聚集在一起做礼拜的信众身上，二十人遇难，包括六名儿童。标题上写的是皮德蒙特，那正是我出生的地方。全国组的编辑问我是否能用传来的消息重写一份新闻稿。我做的第一件事是给母亲打电话，确认她和家族里的人平安无恙。他们没事。然后，我写了在我的故乡发生的这场悲剧。我是知道那些名字的，我知道那个地方，知道那里土壤的颜色、青草的气味和树的高度。

那并不是一篇什么好报道。只不过是登在用来存档的报纸上的又一则关于死亡的报道。它没有提到废墟里散落的儿童皮鞋，那是特意为复活节上教堂买的崭新的童鞋，为那一天去那个教堂买的。不知为什么，这些鞋让我联想到的不是废墟和死亡，而是母亲们带着蹒跚学步的幼童在一毛钱商店或者沃尔玛里挑选最中意的鞋子的情景。

除了报道死亡人数，捎带一些人的评论之外，我还想再加些什么东西，因为这场悲剧不仅仅是这些。

第二天，我飞到亚特兰大，租了一辆车，回到了位于卡尔洪和切罗基两县边界的我的故里。那一天碧空万里。假如你没有看到树上挂着那些从老房顶上掀下来的被扭曲的锡铝片，假如你没有注意到在萋萋春草上，在原来房屋的旧址上留下的那一片空白，你也许会以为这里一切如常。当我急匆匆地赶往那个教堂时，一个开着小卡车的人向我招了招手，我却忘了向他回礼。在城市住久了是会让你变样的。

那些认为我当时只是正在火速奔向下一个引人入胜故事的事发现场的人就大错特错了。任何报道他自己生活圈子里的人和事的记者，比如那些报道俄克拉何马城爆炸案的当地记者会告诉你，他们都很不情愿干这样的差事。但是他们知道自己也许能比一个陌生的外来人要干得好些。

我看到的不是一座教堂，而是一大堆残垣断壁。在废墟中央竖立着一个摇摇欲坠的十字架。路过的人停到路边，走到跟前，看着这一切。我记得有些男人在那里脱帽默哀。

我记得还有一些开放的毛茛花。雨水已经将红色的黏土变成了泥泞的浆水。在老家，我从没见过哪户人家用白地毯。因为那种红泥浆要是弄到地毯上，比血迹还要难以去掉。

我观察了一会儿，然后开始工作。我和一些幸存者交谈，写下一些遇难者的名字。我用不着细问那些姓名应该如何拼写和遇难者的年龄。我曾和他们的侄子一起打过垒球，和他们的儿女一起上过学，也许，过去当我们的车在一条乡间路上相遇时，还曾经互相招手致意。

我注意到他们不仅仅是被悲哀所困扰。在亚拉巴马东北部,人是不可能死在教堂里的。人是不可能在上帝的关注之下，在他的怀抱中、在他的殿堂里死掉的。人根本不可能在教堂里丧生。后来，当我问母亲当地人都是怎么谈论此事，他们是如何看待此事时，她只是坐在那里，说不出个子丑寅卯。我问的其他人则都回避我的眼光。我猜想我从他们身上感觉到的不是愤怒，而是疑问。

我站在犯罪现场，我认为那是大自然犯的罪，站在那令人痛心的废墟外面。我就像以往那样试图在我的脑子里重演这场悲剧，去亲眼看上一番。我的脑子里充满了那些幸存者的描述。

那个乡村小教堂，其中包括牧师自己四岁的女儿遇难的整个过程，是在一秒钟，也许两秒钟之内发生的。当时孩子们正在台上演戏，就在他们赞美上帝的圣名时，六个孩子连同十四个大人在瞬息之间被活活压死。他们中的大多数人死得很快，但也有人因疼痛和恐惧尖叫。有人只是像车在上坡时换挡那样，换了一个祈祷的方向逝去了。当时几乎没有任何预警，只有人们看着狂风拍打着墙壁的不安眼光。但是,在一场风暴中，还有能比教堂更好的避难场所吗？

他们是乡下人。他们没有自顾自地就地一躺，等待外人的援助，而是自己试着互相帮助，用教堂的长凳代替担架将受伤的人抬出来。在皮德蒙特国民自卫队的军械库临时改建的停尸房里，志愿者将遇难孩子的脸擦洗干净，然后才将尸袋的拉链拉上。那些尸袋太长,必须从底部卷起来才能合体。停尸房外，那些五大三粗的壮汉在其他人的怀中像小孩子那样哭得泪如雨下。

遇难者的葬礼在周围的城镇里持续了整整一个星期。悼词占了当地报纸的整版篇幅。人们都说他们没有死，只是被上帝带走了。上帝将六十四岁的露丝·皮克太太和七十二岁的西塞罗·皮克先生带走了，还带走了德里克·沃森和他的妻子格伦达·凯、他们的女儿杰西卡。大家都知道德里克，他在超价超市（Super Valu）工作。他还带走了四岁的汉娜·克莱姆，她是牧师的女儿。还有厄尔·阿博特，他的太太在教堂里弹风琴。厄尔的兄弟鲁迪就是那个曾对我说，像我和他那样的人是不会失败的棒球教练。

我从母亲和亲戚那里得知在做复活节礼拜时，另外两座教堂也被摧毁了。但是聚集在那里的信众们侥幸生还。那一天，狂风将五个州里一些两百年的老树折断，造成屋毁人亡的惨剧。但是戈申是这场悲剧的中心。同一场龙卷风席卷春园、石突、帕森乔特、班尼谷地、奈顿路口和韦伯斯特·查普尔。在离戈申大约十六公里的吉利厄德山教堂，狂风将墓碑连根拔起，然后在地上摔得粉碎。

我知道在那段时间里，在两个县的店铺柜台上都放有一个装满分币和皱巴巴的票子的大腌菜瓶，那是为遇难者家属捐的款。葬礼对他们中的许多人来说是一个经济负担。他们都是些农民、棉花加工厂工人、裁缝、木匠和炼钢工人的后代，有些人转干别的行当，有些仍然站在他们父母播种过的那片土地上或工作过的加工厂干自己的老本行。我知道棉花加工厂最近又裁了一批人。

一天晚上，我去参加了一次葬礼。一半是以记者的身份，一半是作为一个有义务参加的乡亲。门前的长队足有四五十米长。当我碰上一些熟人，他们会向我招手问："嗨，小伙子，你到哪儿去了？"结果，我和十几个人握了手，还和一个名字都不记得的人拥抱。也许是他长胖了，要不就是我这些年都算白活了。

后来，在黑洞洞的停车场上，我记下他们说的话、他们的感受。他们说的都是大同小异的东西——这场悲剧是多么糟糕、多么悲惨、多么令人难以理解。

"我们从出生那时起就养成了从不质疑上帝的习惯。"一个名叫罗斌·塔克·金的年轻女人对我说。我是在殡仪馆外面的停车场上遇到她的，附近橄榄球场外的停车场也是半满。"但是，为什么呢？”她说，“这事为什么会发生在教堂呢？为什么会落在那些小孩子头上呢？为什么？为什么？为什么？”

“那可是一座教堂呀，”给殡仪馆送花的杰瑞·科尼斯说，“这事真不应该发生在教堂里。”

我在回停车场的路上遇到了山姆·戈斯。所有人都认识山姆。他经营着一个加油站，平素笃信上帝，心诚得就像相信走进库沙河中会将自己弄湿那样。他抽着烟，哭了一会儿，然后谈起了主的圣恩。

“这件事很难让人不质疑上帝，”他说，“但是他们说天堂里没有眼泪。我们这些活下来的人才是留在人间受苦的。你得这样看，上帝将他们带走是因为他知道他们到了升天的时候。他只是给我们其余的人一个重生的机会。”我无法确切知道，在那场悲剧发生后的那些沉沉黑夜里，那个五千来人的小镇里是否有人曾经对上帝挥动拳头。我无法确切知道有多少人感觉他们对上帝的信仰发生了动摇。但是我估摸着那样的人不会太多。离开了信仰，这里的生活会变得更加难熬。我记得在我为报道这个悲剧给皮德蒙特七十岁的市长薇拉·斯图尔特打电话时，她提醒我皮德蒙特虽然只有两个诊所，但有二十座教堂。“只要我们忠于我们的信仰，就能像我们的信仰那样坚强，”斯特瓦女士说，“因为不管周围多么黑暗，假如我忠于自己的信仰，我在沉沉黑夜里也能唱出一首歌。”

戈申教堂的牧师凯莉·克莱姆主教，在她曾经主持的教堂的废墟边上和我谈了几分钟。我记得当时我为老家一个小小的乡村教堂的牧师居然是位女性大感惊讶。我还不知道我的乡亲们已经变得如此开明。当我和她见面时，她的脸上布满了被崩坍的砖块砸出的瘀青，她的眼睛里带有一种疲乏的神色。如果她没有被内心深处的东西或来自上帝的东西振作起来，那种神情本来有可能被理解为绝望。自从那场悲剧发生以来，她强忍自己丧女的悲痛，将所有的时间都用来为悲痛的信众布道。

你会讨厌记者工作的这一部分，会不愿意与一个亲眼看见自己女儿生命被夺走的女人的目光相遇。但也许更糟糕的是，我觉得我在一个神圣的地方请她为我解释这场灾难的意义，是在污辱她、污辱她的信仰。

她只是冲我微笑了一下，笑中带着一丝倦意。"这件事也许会在相当长一段时间里动摇人们的信仰，"克莱姆太太说，"我认为这是人之常情。但是信仰发生动摇和丧失信仰是两码事。"她解释说，上帝没有制造风暴杀害他们的女儿。她向我解释上帝的法则和自然法则的区别，这是神学界辩论了多年的话题。"我的上帝是希望之神，"她的丈夫戴尔·克莱姆说，他也是个主教，"让什么人死从来就不是上帝的意志。"

从我小时候起，大人就教我上帝控制世间万物，甚至连刮风这样的事也不例外。在为克莱姆的女儿举办的葬礼上，主持仪式的牧师告诉在场的信众，对上帝有些迷惑不解是正常的事。"人们会问，为什么此事会发生在教堂里，"博比·格林主教说，"对此我们无法解释。我们的信仰本来就不是建立在逻辑推理的基础之上。我们的信仰的基础是在逻辑推理行不通时所具备的那种坚定的信念。"

"在《圣经》里，复活节前的星期天是一个毁灭的日子，而不是一个充满希望的日子，"他说，"希望是在复活节的那个星期天才出现的。”我和吊唁者站在一起一同念了敬主祈祷词，那是我能从头到尾全背出来的唯一祈祷词。

那是我第一次以一家大报社来的记者、《纽约时报》派来的人的身份回老家，但没有几个人知道或者关心这件事。他们早在我过去为几家报社工作之前就和我失去了联系。他们会问我喜不喜欢伯明翰，我的婚姻是不是仍然持续着这一类的问题。当我告诉他们我现在是《纽约时报》的记者时，他们会用怪异的眼光看着我。我敢肯定其中有些人认为我在撒谎或者是痴人说梦。我是到《加兹登时报》报社去写的文章，那里开车一会儿就到。《纽约时报》就像拥有我那样拥有这家报社，那里的人都很好，让我在那里写东西。

《加兹登时报》刚买了一把椅子，是那种时髦的符合人体结构的、比理发师座椅的调节机关还多的椅子。因为我在那里做客写作，他们坚持要让我用。那把椅子真不赖。

我花了两天时间写了这篇报道。对于我来讲，写好这篇报道非常重要。一来那是因为我想让当地民众对我产生好感，同时这也是我的责任。我是他们中的一员，这一点是在我离家这么多年中发生的一切都无法改变的。我的文章是这样开头的：

> 在这个地方，在灿烂的星空下，祖母们将小娃娃放在膝盖上，小声地对他们说，星光是天堂地板上的小洞洞漏出来的光亮。在这里，《耶稣爱你》是世代相传的催眠曲。天堂不是一个抽象、空洞的概念，而是一个归宿。然而，就在这个许多事情甚至风暴也都被认为是上帝的意志的地方，对上帝坚信不疑的人们和他们的孩子，在

可能出意外的所有地方中，偏偏死在一座教堂里。这座小小的乡村教堂的毁灭以及许多人——包括牧师自己的四岁女儿在内——的死亡，让许多住在位于伯明翰东北一百三十公里的亚拉巴马这个非常笃信宗教的角落里的人，信仰发生了动摇。这并不是说这场悲剧会让他们背弃上帝，只不过这场悲剧居然在一个通常的避难场所里发生，这伤害了他们，就好比在他们的灵魂上留下了创伤。

我星期六飞回曼哈顿，在上城区百老汇的一家古巴餐馆和一帮记者朋友一起吃晚餐。席间，正当我们在闲聊那些记者擅长的无聊话题时，我注意到一个学生模样的年轻人独自坐在柜台前一边吃饭，一边读着一份星期天的《纽约时报》。

我的那篇报道就登在头版上，还附有那张歪歪斜斜的十字架的照片。文章的上方是关于把握信仰的柱石之类的标题。我问他是否能让我读一读，他的回答大意为，“你自己去买一份嘛”。于是，我就从他背后读了起来……

“这是我写的。”我说。

他甚至头都没转一下。

但是，事实上，我才不在意他的看法如何呢。在那以后的几个星期里，我得知老家的报社编辑们在亚拉巴马各个地方报都转载了这篇报道。在几个星期，乃至几个月里，好多人给我写了信。其中有素不相识的人写的信，也有从家乡来的信。那不是因为我把这个故事写得无懈可击，上帝，我弄错的东西还真不少。但是，我将故乡的人间真情写了出来。

不到一年之后，在2月里我们老家经常有的那种乍暖还寒的时节中，我又回到了那里。信众们不是站在一个教堂里，而是像我描述的那样，站在未来的教堂里。他们在一片有星星点点红色蚁垤的绿草地上一起唱《奇异恩典》，我注意到很难辨别人们是在低头祈祷还是在检查他们的脚。我看到有些成年的汉子在落泪，看到了一些我认识的人，以及那些过早失去伴侣的孤独的人。我看到一家几代人的“断层”。他们来到这块离原教堂旧址仅一两公里的玉米地里重起炉灶，为这块土地举行祭典。他们一个接着一个，从小孩子开始，将一杯杯从旧址取出的红土倒进新的地点，和这里的黏土混合起来。

八十多个受伤信众中的大多数已经康复。只有少数几个，比如五十五岁的被砸伤脚的乔伊斯·伍兹仍然蹒跚跛行。她丈夫富兰克林说，对于她和其他人来说，星期天的礼拜是令人欢欣鼓舞的时刻。

这是我第一次看到脸上没有青肿的克莱姆主教。她站在一个用一枚大锈铁钉粗略制成的十字架边上布道。那正是在悲剧发生的第二天，信众们在教堂的废墟上立起来的那个十字架。那张竖立在废墟上的十字架的照片曾出现在全世界各地的报纸和杂志上。当她做完礼拜，她叫人群中的孩子们到用干草搭成的圣坛前和她会合，她会给他们一个意外的惊喜。她问他们有没有想给哪个在天堂里的孩子送一个消息。一个小男孩点了点头。他们一起打开一只装满色彩鲜艳的氦气气球的塑料袋，将气球都放入天空。气球升上了浅蓝色的天空。牧师的另一个女儿，三岁的萨拉望着远去的气球。气球真能飞到天堂就好了。

厄尔的遗孀帕特里夏·阿博特在一片新绿乍现的田野中弹起了风琴。

* * *

有一天，我去看了看新建的教堂。看上去像是座不错的教堂，一个具有现代化外形的有许多棱角的修行之处。现在新建的教堂都是这种风格。我禁不住想起霍里斯路口的那座教堂，那是我最后一次不是因为婚礼、葬礼或者工作原因去过的教堂。我敢打赌它仍然在那里，一场飓风是无法将它摧毁的。我希望他们仍然在那里举办野餐。我很想看一看，看一看那些人聚集到一起的场面。有时我开车路过，心里还琢磨着也许我会停车造访。

不，我转念一想，还是别停车为好。

32

没钱餐馆照上，行尸走肉照活

我老家那地方，每个城镇都有这么一个“登记在册”的疯癫之人。我估摸着所有地方都少不了这一类人。

我知道纽约是个大地方，但似乎疯癫人数超出了它的定额。在纽约的五个行政区里，也许斯坦顿岛除外，在任何一条街上随意放上一箭，总能射中一个疯子。我这不是在诽谤他人，我将自己也归在疯癫者之列。

但我在这个不寻常的大都市度过的短暂时光里，在遇到的所有不寻常的人物中，也许最不寻常的是一个被称为“连环吃客”的伙计。

1994 年 5 月，我和此公首次相遇。我过去的女朋友蕾切尔告诉我，她在曼哈顿做公共辩护律师的妹妹，当时正在为一个一直靠吃饭进监狱的人辩护。“听上去像是个能登报的消息。”她说。

“准是。”我说。

我一向是一个单层次的记者。我发现富人们枯燥乏味，被自己优裕的生活弄得平淡无奇。有些时候，你身无分文，那种境况就迫使你开动脑筋，为吃饭异想天开。这就是我对冈伽拉姆·麦希产生浓厚兴趣的原因。

他当时正在两次法庭听证的间隙，暂时被关在市中心的拘留所。此人貌不惊人，只不过是个矮胖、秃顶的男子。他就是坐在拘留所的铁丝网后面和我开谈的，在那里把他一辈子的故事都讲给我了。但是由于午餐时间快到了，他必须草草收场。他们的午饭是鸡。“味道不错。”他说。

“他是个从不开溜的贼，”我写道，“他是一个当警察向他逼近时还稳坐在那里剔牙的罪犯。每当他拿起一份菜单，他的计划就是被拘捕，被关到瑞克斯岛上监狱里那间像他家似的牢房里。他在过去的几年里，数次变成无家可归的人。他从餐馆骗饭吃，是为了让法庭将他送回纽约一个能管他一天三顿饭的地方。在惯犯云集的监狱里，他是本市唯一的‘连环吃客’。他犯了至少三十一次相同的罪，每次总是供认不讳，并且从不请求他的律师为他争取减刑。一旦出狱，他只是再一次在餐桌上刀叉并举，吃回‘老家’来。”

他本来可以干些抢路人钱包，或者到小店偷东西之类的营生。但是他却专营此道。其中至少一部分原因是他认为此举并不会伤害任何人。餐馆主人遭受的损失，一下就能从卖给他后面顾客的第一份高价菜中得到补偿。这也是他更喜欢到中城区的餐馆去进餐的原因。那里一个鸡肉沙拉三明治要价十五块，一看到那种价钱，他心里暗自琢磨着自己只不过是那里的另一个盗贼而已。

但是他心里很清楚警察不会那样想。他们会过来，将他抓起来，带回“家”中。

“外面的日子不好过。”麦希说。这次他进来住九十天，是他用一块剑鱼鱼排换来的。

对他来说，监狱虽说有时充满暴力和下流，但总比在外面从一个收容所到另一个收容所或睡在大纸箱里强。“我喜欢有个像样的地方住，”他说，“我喜欢把自己弄得干干净净的。”

蕾切尔的妹妹，为他辩护的那个年轻的法律援助律师克里斯蒂娜·斯沃斯重申，让我看到这个案例的严重性，并强调我千万不要将此事写成一篇自作聪明、供人一笑了之的小品。

“一开始，‘连环吃客’这事听上去很滑稽，”她说，“但这是件很让人悲哀的事。他在外面的生活该有多么糟糕，以至于他更喜欢蹲监狱？”

“一方面，”我写道，“这是一个情愿进监狱而不愿伤害别人的人。一个只坑那些价格昂贵的纽约餐馆的人。他不是用一块石头砸碎玻璃窗，而是向跑堂的要一份牛排。另一方面，这是一个已经对改善自己的生活状况彻底绝望的人。‘他在社会的惩罚制度和自己的社会地位之间选择了前者。’斯沃斯女士说。在过去的两年里，在他享用非法菜肴之前，他没有过上几天自由的日子。他光顾过‘全美节日餐厅’、曼哈顿的‘泰姬陵’以及托尼·罗马在两个行政区里的分店。他选择的餐馆既不过分廉价，又不过分昂贵。假如一个餐馆太讲排场，那里的人可能不会让他入座。假如太便宜，他可能不会因骗取食物被拘捕。‘假如他们真想惩罚他，’斯沃斯女士说，‘他们应该站在监狱门外拦住他不让他进去。’然而，麦希却因为骗取鱼排被关上九十天。纳税人每天得花 162 美元供他的吃、穿、住。他的九十天刑期得花去 14580 美元，只是为了惩罚他拒付 51.31 美元的账单。五年里，他花了纳税人 25 万美元。”

想一想，你交的税就派了这种用场。

我环顾监狱的会客室，忽然意识到自己这一辈子虽然没有触犯过几次法律，但对监狱的内部结构却没少见。在我周围的那些囚犯们都一心只想早日回家。而对麦希来说，能待在这个地方，他就算是回家了。他对这个世界没有什么奢望，所以也就没有什么可失望的，他不羡慕那些自由自在的人们，因为自由的代价是受苦挨饿。

人活着就是为了有口饭吃，能吃上饭就算活着。“昨晚，”他告诉我，“我们吃了炖牛肉。”

这个名叫冈伽拉姆的人可真能聊。用不着我问，就将他平生的故事倒了个干净。他从小在圭亚那的贫困和恐惧中长大。1976 年，他十八岁那年来到美国。他对纽约的神秘感是在远处慢慢形成的。“我原以为这里到处都是牛奶蜂蜜。”他说。但等他来到这里，才发现这个国家正处在经济危机之中。买汽油要排队，找工作要排队。他又重新开始找避难所。他加入了陆军。陆军对自己人照顾得不错，穿的、吃的不愁。他原打算留在军中，但他在军队里待了五年，染上一次毒瘾之后，军队便将他踢了出来。他又回到街头流浪。他在佛罗里达州和弗吉尼亚州附近转悠，住过近乎非人条件下的流动劳工营，和流动劳工一起收过甘蓝和桃子。劳工营一天只管一顿饭。他回到圭亚那老家，娶了个媳妇，又回到了布鲁克斯南区。后来，媳妇离他而去。多年来，他无家可归、到处流浪，借酒浇愁。“我会喝得把日子是怎么过去的都给忘掉。”到了20世纪80年代末，他不断入狱，犯过一连串的小罪。监狱照顾里面的囚犯，管吃、管穿。进监狱不难，他只要将自己扮成主流社会，也就是中产阶级中的一员就行了。然后，等侍者给他账单时，他便将实情和盘托出。

“但是在从刚进门被领入座，一直到接到账单那一刹那之间的那一段黄金时段里，”我写道，“他和当时餐馆里的任何其他食客没有什么两样。他们享有同等的权利、同等的礼遇、同等的选择。他可以请求坐角落的桌子，也可以请求坐在临窗赏景的座位。因为他的外表和其他人一样，他的确打扮得体，但那只不过是临时性的。他只不过是一个在真相大白之后连小费都付不出的人。他喜欢在托尼·罗马要上一杯约翰尼·沃克酒和一份鸡肉牛排拼盘。‘我没要点心，不过跑堂的还真问过我要不要上点心。’他很喜欢中城区的那家巴菲特印度餐馆[1]，但那家关门停业了。”

当他在小声嘀咕是不是由于他这种人的缘故导致那家餐馆关门时，他的脸上掠过一丝阴影。“咖喱羊肉。”他以一种怀念之情念叨着。

这次，他是为在位于洛克菲勒中心“全美节日餐厅”里吃的一顿晚餐进的大狱。“他的品位还很高，”根据餐馆经理的回忆，“我想他当时正在喝芝华士。”

我问他是否打算一直这样干下去。他说不，他想改邪归正，

1 巴菲特是不限量的堂食。

找份工作。但是他这个老本行实在是太容易、太灵验了。他没有家,没有朋友,只是做一天和尚撞一天钟。那种吃法挺管用的。

有时，我会想起他。我会猜想某个时刻，他是在里面还是在外头，转念一想我才意识到内外并不重要。不管在哪儿，他吃的都不错。

《纽约时报》答应在头六个月里帮我解决住房问题，当六个月的限期快到时,我开始寻找自己的公寓。最终定在城西北，靠近 110 街和百老汇的交会处。那里每两条横马路之间就有五个无家可归者，距我住所两个门外的地方发生过一起持刀杀人案。那个地方还没有完全脱离社会现实。

我告诉母亲，纽约就像教堂一样安全。

我的公寓有两个房间、一个过道式的厨房，窗外没有任何景色，月租“只需”不到一千两百美元，正处在到时报广场的地铁线旁，上班直达，不用换车。马路对面有一个卖五毛钱热狗的摊子。

我告诉母亲，我很注意饮食的营养平衡。

我的全部家当 7 月初运到。我绕着打开的纸箱走了几圈，心中暗想：三十有五的人了，应该有比这更多的东西吧。那堆东西里有一个沙发、一把椅子、几排书架、一张床、一台电视和一部立体音响，还有一些照片。

我告诉母亲，我的生活富足而充实。

我花了一两天时间将照片挂上，将书放进书架，有些书还是许多年前我爹为我买的。我试着回忆那些书去过多少不同的城市，结果没数完就把前面的给忘了。我想他如果还活着，他一定不会相信他儿子会坐在纽约的什么地方，手里捧着一本

《蓝草骑士》。

我让所有的东西各归其位。我不认为自己是个小题大做的人，但是如果你像我一样独居多年，你也会用心把沙发和椅子对准，决定哪本书放到书架的第二格、第三格，也许第四格，或者为整个书架需要挪个地方这一类事花上一番心思。最终，照片摆正了，书也放整齐了，厨房……得了，因为我还是没有锅碗瓢盆，那里没有什么文章可做。除了挂在墙上那张需要两百牛顿拉力才能拉开的“本·皮尔森”弓弩——那是我童年时的宝物。而且，这里有了一个真正的纽约公寓的架势，多少给了我一种家的感觉。我真该知道，人生除了舒适的生活之外，还有些其他无形的东西。

第二天，海外组问我是否想重返海地。一星期之后，我从以前被叫作杜瓦利埃的机场出发。再一次在天上寻找浓烟升起和埋葬尸体的地方。

我告诉母亲，我要到加勒比海去度上几个星期的假。

33

买死尸的消息，吃龙虾的美餐

三年过去了，海地没有什么大变样。从理性的角度上讲，那里的残暴仍然超出了常人的想象。政府纵容歹徒将两只活公鸡点上火，然后将正在冒烟、大叫、踢蹬的公鸡弹射到阿根廷领事馆内，以此将阿根廷大使赶走。手持长刀的男人们，将美貌的女子毁容，以此为乐。我们永远不可能知道有多少政治犯消失在万人坑中。每下一场暴雨，猪就能从地里拱出些尸体来。统治阶层依旧开着闪光锃亮的奔驰和路虎，从那些肚子饿得鼓胀起来的小孩面前驶过。严重畸形的孩子就像动物一样，四肢着地在街上爬行。警察仍然随意杀戮穷人，然后将他们的尸体偷走。这样，他们就可以向家属勒索上百块钱赎回尸体，以便下葬。我不想在天黑时到海地来。我不愿意在我梦见一个更加理智的世界之后，一觉醒来，第一眼看到的就是这个丧失理智的地方。

每天早上，摄影记者要来一次“寻尸巡视”。天刚破晓，他们就开着车在太子港的偏僻街巷里和猪拱出的小道里搜寻。大多数的日子里，他们能找到他们要找的东西：那些手脚被铁丝捆扎在一起的尸体。他们的脸被刀刮去，手指被剁光，可能仅仅是为了取乐。这就是海地式的政治。以贵族拉乌尔·塞德拉斯为首的军人政权，纵容这种将人杀害后再把尸体扔在大街上的做法。这和我南方老家将印有政治标语的硬纸牌钉在栅栏的柱子上是一个道理。只不过我猜想这里的军人认为杀个人更省事。其中要传达的警告很简单：你要跟随阿里斯蒂德，就跟他到你自己的坟墓里去。随着美国政府对军人独裁政权的耐心逐渐消失，随着那些衣衫褴褛、半饥半饱的海地难民不断被冲上劳德代尔堡的海滩，大煞海边公寓的风景，将海地的救星强行扶植起来的可能性似乎越来越大。从一开始，这些海地的统治者就只知道依赖一种方法来维持自己的政权：杀人、杀人，再杀人。

我的任务是报道这些侵犯人权的事件。一天又一天，我倾听那些担惊受怕的人讲述故事。我在安全住所紧关的房门后面、在一眼看不到边的贫民窟深处的某间黑屋子里采访他们。有一次，被采访的人躺在我那辆四轮驱动汽车的地板上，整个采访过程，我都在绕着城边转，我的眼睛紧盯着后视镜。我又一次觉得我不应该来这个地方，对此也没有真正的经验，但是我还是努力去尝试。在这样的报道中我无法不倾注个人感情。也许在文章中流露出个人感情会让我变成一个蹩脚的社会政治分析家。但我只知道这里的大众呼声必须传出去，必须在世界公众中引起反响。我第一次真正意识到我为之工作的报纸能引发的冲击作用。

有线电视上一个既无聊又无知的节目中，极端保守的评论员说我夸大了那里的杀戮。我真想用根绳将这个狗娘养的家伙和我绑在一起，让他看看我看到的、听听我听到的人和事。

我见过那些被轮奸过的十二三岁少女的眼睛。我永远不会忘记她们那空洞、空白、耗竭和绝望的目光，那目光就像什么人刚把那些少女的生命活力夺走，只留下空空的躯壳在那里游荡似的。我和一个手指被枪托敲烂的人握过手，和一个试图阻止一个被刀砍了又砍的女子的内脏流出体外的人同坐在一棵树下。我记不清和多少人谈过话，他们亲眼看着自己的亲人被带走，再也没有见面。

我知道其中的一些人可能对我说谎，有些人几乎肯定在说谎。我只有在最确定的情况下才会写稿，送到报社。我记得一天早晨，我站在一座古老的修道院外面，看着车道上的一摊血迹。前一天晚上，一个受人爱戴的天主教牧师在开关门时，被亲军人政权的歹徒开枪打死。那个牧师是富人的眼中钉。他曾经试图将在富人田里干活的劳工组织起来。当然，政府否认参与此事，但又无法解释为什么警察在有人给他们打电话报案之前就出现在现场，将尸体拉走。

看着那摊血迹，我知道无论用什么措辞来描写这些将苦难散布在人间的罪魁祸首都不会过分。假如他们能杀害一个牧师，那么杀掉一个农夫，或者以折磨他们取乐，或者污辱他们的人格，还会眨一下眼吗？按照人之常情想一想，你就知道了。

有时，你弄不清该怪谁。我曾经从一个幼儿园中走过，那里的幼儿由于缺乏药品，前景堪忧。我后来得知药品都被军人偷走了。但军方则将其归咎于物资禁运，说禁运危害穷人的生命。一个男人站在一个衰弱的娃娃面前，试着让那娃娃用他的小手抓住他的手指。那个娃娃，奇怪，我不记得是男孩还是女孩，躺在那里，就像死了一般。我将那人带到走廊里给了他一点钱，不记得给了多少。他抓住我的双手，将他的前额紧紧贴在上面。

我和一个管孤儿院的人交谈过，他让我看了他给警察写的抱怨信。警察专门虐待大一点的孩子。我和一个年轻的妓女交谈过，她曾被迫给当兵的"服务"，一天十几次、二十几次、无数次，当兵的从来不付钱。她唯一的财产，一台小电视，也被当兵的给砸了。

当这些事情在周而复始地继续的同时，我和大多数的记者住在坐落于佩蒂奥维尔山上一个叫"蒙大拿"的豪华旅店里。这里有一个人手持锯掉枪管的长枪把守着大门。但是那些做死尸买卖的人总能设法混进来。他们会在门厅里，来到你身边，很有礼貌地说上一声："Monsieur？[1]对不起。我有一具死尸。"只要出个价，他们就会把你带到一个被遗弃的死尸那里。

在"蒙大拿"的酒吧里，外国记者一边喝朗姆混合酒，一边谈论哪家餐馆还开着，哪家由于可能爆发的战事已经关门。有些人对我以朋友相待，帮助我，我对此将永远感激。最初见到的人中，有一个是丹尼尔·莫雷尔，但他和过去的那个人已不能同日而语。他现在有了妻小，头上的白发更多了些。他看上去仍然像一个在黑夜里不能冒犯的人。"《纽约时报》？"他说了声，然后朗声大笑。我不知道他是为我高兴，还是有点

1 法语"先生"。

怀疑。但是他又一次带我去采访了好些好素材。

要说我们在那里的处境艰难，这是不实之词。星期五，山下的人们在挨饿，在旅店里仍有咖喱虾。星期天，烧烤架上放着大龙虾。我们住在那么高的山上,就连城里的枪声也听不到。

当然，我曾经预言的起义没有发生。现在，只有克林顿能扭转这里的局势了。唯一的问题是，用枪杆子为阿里斯蒂德的回归开路，还是靠谈判解决问题。

上帝，请原谅我轻言动武，但在我亲眼看见在海地军人政府残酷统治下的人民的遭遇之后，我希望真的能来一次武装入侵。我知道那仗打不长。海地的全军统帅只在下午 2 点到 4 点之间上班。全军只有一架能飞的飞机，海地的海军舰船没有一艘能跑，其中只有一艘能漂浮几下。

他们的武器只能在手无寸铁的平民百姓面前耀武扬威。我当时敢肯定：一看到美国海军陆战队的影子，他们一定溃不成军。

我永远不会忘记那天深夜，我听到飞机引擎声从旅店上空掠过的情景。那声音听上去很正常，所以不像是海地的飞机。我以为进攻已经开始，以为美国兵正在过来。我跳将起来冲下楼去，才发现那天晚上从天下掉下来的只是一些半导体收音机，那是美国政府用降落伞空投下来的宣传工具。后来我得知那些坏蛋从民间没收了这些收音机，然后出手转卖。这些坏家伙就像我的一个姨父说过的那样，真是些经营妓院的行家里手。

海地军方试图在民众中煽动一股对可能的武装入侵的愤怒情绪。但是大独裁者得用朗姆酒来贿赂小独裁者，才能造成一定的声势。我曾看到某个人参加反对阿里斯蒂德的集会，短短的一个星期里又参加了支持阿里斯蒂德的集会。政府派了巫师封锁街道，在路面上画上巫术符号。那些在城市广场上接受训练的民兵手中的步枪里其实没有子弹。在CNN播放了公然对抗政府的海地民众的情形之后，民间的枪械都被收了回去。塞德拉斯深知让老百姓把枪带回家的害处。他们有可能在哪儿找到一颗子弹。“假如美军在夜间发动进攻，民兵能有什么用呢？”我问过一个军官。他只是耸耸肩。

当然，战争最终没有发生。吉米·卡特过来斡旋，最终达成了一项异乎寻常的三角和平解决方案，饶了独裁者一命。然后美国军方居然跟那些一直被作为残害民众和恐怖政治工具的海地士兵联合起来了。在那之前，我一直喜欢吉米，可那件事让我转变了对他的看法。结果是，阿里斯蒂德可以回归执政，但不会有席卷全海地的恢复公道，没有“燃烧项链”式的大规模行刑，没有平息民愤的措施。

连续两天，我站在海地军方总部的外面，看着他们商议具体的方案，听着那些用钱买来的支持政府的人连唱带喊，“假如你敢过来，我们会吃了你”。我曾两次被人推倒。那个地方简直是一个荒唐剧院。

结果，美军登陆时必须小心翼翼地生怕误伤了前来拍摄的记者们。美军将领还向塞德拉斯付了租用他庄园的费用。上帝啊。

但杀戮并没有立刻停止。第一天的一整天和第二天的部分时间，美军士兵躲在墙后面，没有出面干涉警察和军方用棍棒殴打那些载歌载舞来迎接他们的海地民众。一群海地士兵用柴火棍将一人打得脑浆迸流，然后将他的尸体偷走，再让他的妻子赎回去。

我一生中很少感觉到这般恶心。但我猜想外交事务是复杂的。我只知道在海地士兵试图驱散人群时，一个士兵开始向人群发射催泪弹。在世界的大多数地方，催泪弹都是冲天上打，然后落在人群中。在海地则没有这种顾虑。这个士兵对准人的脑袋发射，但是那枚催泪弹奇迹般地没有将某人的脑袋削掉，其中也包括我的脑袋，而是落在九十米以外的一座政府建筑上，引起了一场短暂的小火灾。

我采访了我见到的美军士兵。他们一再说他们想阻止殴打和杀戮，看到那些事也让他们恶心。但是，他们有他们的任务。他们都是些从尼亚加拉瀑布、史密斯堡和彭萨科拉这些地方来的年轻人，在道义上、政治上对这个地方没有丝毫准备。我猜想你可以说他们的观念都是简单化、公式化的教条。我们在这方面是基本一致的。

过了一两天，支持阿里斯蒂德的海地人不明智地用石块攻击一个支持政府的人盘踞的据点。里面的人先是忍了一会儿，然后冲出来向人群射击。拥挤的人群掉头就跑，我也跟着跑，紧跟着一个资深的驻外记者，跟他学什么时候该跑，什么时候该停。后来得知在离我们几码以外的另一个记者头部中了弹。

当美军士兵最终从墙后走出来维持社会秩序时，我说服了一个小分队，允许我和他们一块去。我用这段经历为《纽约时报·周日杂志》写了一稿，一个字一块钱，其实让我免费写我也干。见鬼，我和他们一起转了一圈。那是我在海地唯一感到有那么一丝希望的时候。

“第三小分队的英雄们背着灌满了葡萄味人造果汁的水壶

跌跌撞撞地走向历史，”我写道，“他们一边环视周围的屋顶，以防暗藏的狙击手，同时还得小心以防撞翻他们的崇拜者。他们驾驶着深绿色的悍马在街道里穿行，沿街站满了衣衫褴褛的欢呼的人群。他们相信这些小伙子能将他们从恶魔的手中解救出来。‘他们叫我们去哪儿，我们就去哪儿。’保罗·史蒂文森中士说。他是个金发碧眼的二十四岁的小伙子，老家在密歇根州的米德兰。他参加陆军是为了摆脱老家那种沉闷的惯性。‘这是我们应该来的地方，这里的老百姓希望我们到这儿。他们在我们面前又跳舞，又唱歌。……你开车经过这些贫民窟，看到沿街挨饿的老百姓。转眼之间，他们跟着你跑，冲你欢呼，让你觉得自己像是个皇亲贵族那样的大人物。’

“一等兵沃德因·史密斯感叹道，一个黑人的一生能有几次走在和他相同肤色的人群中，看到他们在他面前抛撒鲜花？‘被欢迎是一种很好的感觉，’他说，‘我还从来没被人欢迎过。’十九岁的史密斯还从来没有出过这样的远门，而且从来没有指望对海地产生什么感情。他在南卡罗来纳州汉普顿老家的亲戚说，老家的黑人遇到的麻烦够多的了。‘我喜欢这些老百姓，’他看着一群盯着他看，好像他是天外来客的孩子们说，‘他们也喜欢我。’其他人也在边上应和。‘我们是在做好事，’从马萨诸塞州的伯利卡来的一等兵保罗·布雷迪说，他那年十九岁，但看上去只有十五岁的模样，‘我们知道他们在糟蹋这里的老百姓。我们到这里来的目的是为了确保这种事不再发生。一切坏事到此为止。’布雷迪，这个招兵广告中的模范兵说起这些大道理来头头是道，有板有眼。他是在一个漂亮宁静的中产阶级小城里，由中产阶级的父母教育出来的人。等他回国以后，他可能会回到大学里读书。但他有一种感觉，不管在海地这段经历之后发生什么事，他现在正在做的是他一生中最重要的事。

“他们开着两辆、三辆或者四辆悍马在城里巡逻。因为这是维持和平的任务，他们枪里虽然有子弹但枪栓不拉开，所以不能随时开火。炮塔上的枪手是最醒目的目标，也最危险，所以穿着两件防弹背心。驾驶员和领航员一直盯着窗口，生怕什么人会扔进一颗手雷。一路总有许多海地人凑上来，好奇而又友好。但人是那么多，离得那么近，战士们知道他们不可能及时发现混在人群中的坏人。当问起他的任务的道义感时，三十八岁的小分队中士、领队理查德·赖斯大声说：‘先生，我不去想那些事，只管响应号召。假如我的政府告诉我在这里做的是好事，那么我就是在这里做好事。’要在军事行动中照顾好他手下的二十七个大孩子已经够他操心的了，这是他第一次管这么多号人。再过一年，赖斯就要退休。他打算回到他在肯塔基州梅斯维尔那片一百多公顷的肥沃谷地中央的老家。他要坐在前门廊里的摇椅上，看着鸡在地里啄食的田园风光。到那时，海地对他来说将是一段遥远的记忆，但只有当他将他手下的所有的年轻士兵活着带回去，他才能安心。‘我带了二十七个人来，’他一字一句、板上钉钉地说，‘我向上帝起誓，我会带着二十七个人离开这里。’

“赖斯是一个身材瘦高、神情严肃的黑人，他的双臂结实得像电线杆。他对他们的处境很担心。他大部分的从军生涯是在‘冷战’期间度过的。他在朝鲜半岛分隔敌友的铁丝网前巡逻过，在那里，路过城镇的士兵们不会指望招来什么友好的态度。现在这个‘冷战’结束后的军事行动似乎每天都在改换新招。蓝天上，直升机在大声用法语播放宣传内容：两万名全副武装的美军士兵到这里来，是出于帮助海地建立人道、民主、和平的意图。‘因为这是一个进驻行动，而不是一个强行攻占，这些小家伙的处境其实更危险，’他说，‘如果是强行攻占，我们只要将他们全部缴械就行了。我现在的责任是确保小家伙们做好准备。’但是准备应付什么呢，没人能说得准。最让人担心的是，他们生怕在索马里出的那些事在这里重演。在那里，人群一开始向美军微笑，后来同是那帮人拖着他们被损毁的尸体在街上一边大笑一边跑。那个场面深深地烙在第三小分队每个战士的心里。他们听说过‘皮李本’。战士们知道，海地的穷人也有他们残酷的阴暗面。

“但是当战士们给家里写信，他们对此只字不提。一等兵杰夫·哈里斯平生最恨的一件事是向他妈妈撒谎。他用优雅的笔触给在密西西比哥伦布的家人写了一封又长又动人的信。信中描述海地是个安全的地方,这样他的母亲就不会担心。‘你只能给妈妈报喜。’哈里斯说。他在海地度过了他的二十一岁生日。他说话带有来自密西西比三角洲的柔和的南方口音。他还给一个名叫阿曼达·史密斯的深色头发的美貌女郎写信。如果她喜欢他，他打算和她成亲。他有两张她的照片，并将照片和他的《花花公子》杂志保存在一起。”

一行人中，我最喜欢一等兵哈里斯。我们在一起谈论南方烧烤、猎鹿和“暇步士”（你吃的那种，而不是你到读诗会时穿的那种[1]），以及将那些令人担心的事瞒着我们俩的妈妈的做

1 暇步士（Hush puppies）一词有双重含义。一为油炸玉米粉丸子。另外也是皮装的品牌“暇步士”，赶时髦的“文艺青年”喜欢穿着时装去读诗会。

法。我和战士们同行了几天，对他们是谁、老家在哪儿、心里在想些什么有了一定的了解。我发现他们不怕枪和手榴弹，倒是有点怕此地的巫术。当我们开车路过一个坐在一条蜿蜒街道旁、全身一丝不挂的男人时，我看到了那种惧怕的神情。那个人的脸全涂成蜡黄色，手指和着只有他自己能听到的歌声、有节奏地轻轻地敲打着地面。“那是不是哪种巫术？”二等兵马修·冈恩问。

“不是，”小分队的法语翻译说，“只是一个疯子。”

和他们在一起的最后一天，我们在一个山上的居民区停了下来，来到阴影处休息。一个又瘦又小，脖子上挂着一架照相机的人，小心翼翼地凑到战士们跟前，问他们是否想看看他拍的照。他说三年来他在这里记录了发生在这个居民区里的暴行，希望有朝一日那些凶手能得到应有的惩罚。照片摞起来有两英寸厚，里面有头部的枪伤，被毁损的肢体，被刀劈、焚烧的尸体。其中有一张是一个年轻美貌的女子，她的乳房和肩膀上全是累累伤痕。“你们要是能早点来就好了。”那人说。

战士们看过一张又一张照片，然后，他们陷入沉默，有些独自坐到一旁。我过去从来没见过他们这个样子。大家都在互相回避目光的接触。“我知道他们杀人，”哈里斯终于说了句，“不过我不知道他们还干了这些。”他的脸上充满了厌恶的神情，就好像他需要给什么人一拳似的。“我从来没见过像那样的事。”

我记得那个能说会道的布雷迪没吱一声，沉默了很长一段时间。他只是定定地看着眼前的树木。当我们离开时，当地的孩子像以往那样跟着悍马跑，但是在我的报道中写过一个跑得比谁都远的小男孩，大声叫道“Hooray！”（万岁！）——那时我真想回家。

我在写完那篇报道之前离开了海地，没有等到阿里斯蒂德的凯旋。我飞回迈阿密，住进了离我原来的家不远的椰子沟的一家旅店，拉上窗帘，睡了很久很久，没有梦见海地。后来，我有时会梦到那里的事。

电话铃将我吵醒。那是《纽约时报》的全国部编辑。她告诉我报社决定提升我为全国记者。我将驻扎在亚特兰大的分局，负责整个南方的采访工作。我又回老家了。

我给母亲打了电话。她问我游艇旅游的情形，我告诉她，“假期太长了”。她告诉我，真怪，她好像在哪里的新闻上看到我混杂在一群恐惧万分、狼奔豕突的人中间的照片。但当我告诉她我即将回家的好消息时，她把那件事全给忘了。“谢天谢地。”她说。我告诉她我会在感恩节去看她，我要会会老家所有的亲朋好友。但我只说对了一部分。

几个月后，我接到一等兵布雷迪的母亲写来的一封信。她为我在报道中解释了她儿子的使命及其重要性向我表示感谢。我原想给她回一封信，但我从未动笔。我不知道该说些什么。也许我应该这样写——

亲爱的布雷迪太太：

您的儿子是个好孩子。我衷心希望他能平安地回到您的身边。我希望他不会做梦。

III ………… 与命运较真

34

到南方去

像这种事经常发生。特别是在那种每家每户隔得很远，隔着几公里，隔着几块田地，隔着几百根栅栏桩的地方。每当我登门拜访，告诉他们我是《纽约时报》的记者时，我遇到的总是将信将疑的神色，有时甚至是一脸狐疑。

“你说起话来可不像《纽约时报》来的。”一个佐治亚州南部的州警对我说。

“你说话的口音像我。”在南卡罗来纳州一个法庭里的女子告诉我。我相信她是在恭维我。

有时我得给他们看证件。回老家并不总是万事大吉，还乡让我喜忧参半。但是上苍有眼，我算得上是衣锦还乡了。

为《纽约时报》的南方局工作，就像追在报界的历史后面，试图成为其中的一部分，同时希望自己干得光明正大、问心无愧。当年报界老前辈们在国家面临重重危机之时，在我出生的这个区域仍被仇恨和三 K 党党徒统治的年代里，就在从事这一行。他们写的报道将南方的真实情况公之于世。作为一个南方人加入这份工作，应该算得上是美梦成真了，尽管你从来没敢真正地去做那个梦。接手这份工作是因为我觉得我能凭借自己的洞察力去感受，而不用去请教哪个大学教授应该怎样去感受。当然，我不想在这里说什么人的坏话。但是为那些从未来过这里的陌生读者报道你自己故乡的人和事，既令人担心又令人满足。

当然，在我之前，曾有很多南方人身居我现在的位置。但是，作为一个南方穷人的后代，为一份由于经常发表有损南方人形象的言论而在家乡父老中如此不受欢迎的报纸工作，的确有那么一点怪异的感觉。《纽约时报》是一个十足的上流社会机构，一个地地道道的从外面到南方来捣乱的家伙，在南方是众矢之的。我倒好，现在居然成了它在当代的延续。[1]

但真的干起来感觉还不错。我了解这块地盘，知道在这里该如何行事做人，而且对这里过去的情形和老规矩有所了解。从我上班的第一天起，我就认为我能理解南方人的歹毒、外强中干、脆弱的特点，同时也了解南方人身上的很多优点。我是亲身经历过这一切的人。

当然，在我的阅历中也是有空白的。我对穷白人和穷黑人，以及各种肤色的劳工阶层的事儿了解透彻，但是对南方贵族，除了不喜欢之外，对他们的情况所知甚少。北方佬记者喜欢和

1　作者在这里指的是美国历史上南北之间相互对立的情绪，例如美国内战以及黑人民权运动期间，北方舆论对南方分裂主义和种族主义的谴责和抨击。

他们套近乎，南方贵族也喜欢和他们泡在一起。他们往往会一边一起吃蟹肉松饼，一边暗中互相厌恶对方。但相比他们对维修他们的汽车、保持他们家里清洁，说起话来鼻音浓重的本地贫苦下等人的鄙视要好多了。我不觉得南方的阔人有什么特色，再说，我受不了他们说话时拿腔拿调的那股酸劲。假如我再碰到哪个脚蹬皮鞋、双下巴、系着领结、不发“r”音的家伙谈论他的“mutha”是如何如何在“jaw-ja”的大庄园里长大之类的话，我非来一通火山爆发不可。[1]我们这些依树而居的山民说的话也许听上去土气，但向上帝起誓，至少你能听懂我们说的话。

总之，除了在政治和商业专版里，富人们很少会成为新闻人物。他们的金钱就像翅膀那样，将他们维持在普通百姓的疾苦和危险之上，使他们在一次次的上流交际舞会的间隙中不至于成为报纸报道的对象。假如我哪天真能拥有一家报纸，我一定会将社会版编辑组点上一把火给烧了。我会操起煤炉火夹，将那些刚从什么新贵登场活动中带回照片、负责社会版的老年女干事从我的新闻室里赶走。我会……

嗨，做做美梦也令人痛快。

我对那些生活在社会底层的人们的了解，对我的工作大有裨益。我在工作中应用了自己对这些普通人的了解以及我自己的生活经历，但没有哪篇报道能比在采访密西西比州哈蒂斯堡的一个年迈的洗衣妇奥瑟拉·麦卡蒂小姐的过程，给我留下的

---

1 “mutha”系 mother（母亲），“jaw-ja”系 Georgia（佐治亚州）。作者在此形容南方富人喜欢装腔作势地省略“r”音。

印象更深刻。她立下遗嘱，在自己死后将平生的积蓄捐给当地一所大学，作为资助贫困学生的奖学金。消息传出之后，她一时成了名人。那位枯瘦、柔和的老妇一辈子靠给富人家洗熨衣服为生，积攒了一辈子的零钱。结果，她一共积攒了十五万美元有余。在她八十七岁时，她将钱交给那些素昧平生的人，相信这些钱能做些好事。

我们在米勒街上她的小房子里交谈时所处的那个环境，让我很难集中注意力。她的房子里堆满了衣服，别人的衣服。我们被成捆的和整齐地挂在一排排衣架上的衣服包围着，就像很久很久以前在我家那座小屋里别人的衣服将我包围起来一样。当她谈起为那些她从未被邀请的聚会和从未见过的婚礼，将衣服浆洗得漂漂亮亮时，我的耳边又响起母亲叫我别碰那些衣物的声音。我又闻到一股漂白粉、肥皂和淀粉散发出来的清爽、浓烈的气息。

当坐下来动笔写稿时，我闭上眼睛，眼前浮现的不是一个老年黑人妇女，而是一个年轻的白人妇女。我母亲曾像麦卡蒂小姐一样，穿着一双前面剪开口或者是穿破开了口的网球鞋。像她一样，她曾在又热又闷的房间里汗流浃背，成小时地为了些零碎钱干活。我让自己对她的崇敬之情流露在这篇关于一个素不相识的人的报道中，但是，我不认为这些感情流露对我有多大的害处。有些人对我说，那是我在上帝为我设计的理想工作岗位上写得最好的一篇文章。

《纽约时报》在雇我之初从未正式保证给我这把交椅。但我后来知道编辑们正是为了这个目的而雇我的。他们认为我首先必须在我不熟悉的环境中证实我的价值。但是在那拥挤、疯狂的纽约新闻室里刚过短短六个月，又在黑暗和难熬的海地度过几个月之后，我一下子来到离老家近得不能再近的地方。这简直是天作之合，我几乎要为得一次感冒，或者大脚趾不小心踢到什么东西上，或者得到一张违章停车罚款单这些小事感到暗自惊讶，因为这类事是不会出现在梦中的。

从坐落在繁忙、兴旺的亚特兰大的桃树街上南方局办公楼十一层的窗口望去，你的视野还有限。但是在晴朗的日子，你几乎能看到亚拉巴马州的地界。有些夜晚，当落日在我家乡州和这个州交界的丘陵地带西沉时，我站在高层楼上的玻璃窗前，离窗很近，将前额贴在凉凉的玻璃上。那不是在祈祷，真的，那只不过是一个像祈祷的举动。

1994 年秋，在我最终回到南方后，在亚特兰大市区租了一套公寓，又一次变成了城里的南方人。我这样做是因为亚特兰大的交通状况和洛杉矶不相上下，我不愿将我一生中的一大块时间浪费在我的工作地点和一个我难得一见的家之间的路上。我有十年时间没进亚特兰大城里了。平时我离家的第一站——亚特兰大机场离市中心远得很。我发现它和我记忆中的没什么两样：庞大、新颖、光彩夺目，至少第一眼看上去是这样。可住上一阵你就能慢慢发现它的瑕疵。我从平时读的东西中得知，这是个和真正的南方风格风马牛不相及的地方。这是一个正在努力争取成为某种荒唐的、全美乃至世界级的搔首弄姿的都市，或者正如某个本地人曾说的那样，只不过是一个主办一大堆五花八门会议的去处。我一向对那些为自己的老家自卑、对那些到语言学校去矫正自己家乡口音的人不以为然。亚特兰大就属于这一类型，它将自己的历史痕迹砸了个干净，然后在原来的地方建些毫无特色的大杂烩。

但是我的话也许有些过激。亚特兰大算得上是个好地方。在那里，你不会像在我喜欢的城市，诸如迈阿密、新奥尔良那里那么快就挨枪子。那里比曼哈顿和波士顿也要暖和得多。那里有绿色，迷人的绿色，假如你能出得起价，又不在乎开车的话，市郊还有不少漂亮、安全的居民区。

我安顿下来的地方是一个有四套单元的旧公寓。路过的人喜欢偷这里的邮件，当地邮政局冒着被偷的危险把此情写信告诉了我。洗衣机开动起来就像神经错乱的人乱跳乱蹦。但那里有壁炉和硬木地板，你可以穿着袜子在光溜溜的地板上，从房间的一端滑到另一端，那里有一个像样的淋浴室。我花了一整天将书放上书架。我知道这是我的怪毛病，但我总是小心对待这件事。我将好的旧书：罗伯特·佩恩·沃伦、福克纳、尤多拉·韦尔蒂、卡波特、狄更斯、伍尔夫、田纳西·威廉姆斯、斯坦贝克的书放在上格，以防此地万一被水淹。尽管我住在二楼，我仍然保持这个习惯。在洛杉矶时我也这样做，当时我住在十八层楼上，一眼望去看不到有河的地方。结果，这些书在那里连落灰的机会都没有，我就又挪了窝。

每个星期五晚上，从亚特兰大城里公寓楼前的石阶上，我能听到远处的一所高中的橄榄球赛场上人声鼎沸的欢呼声。这里不是一个能为橄榄球疯狂的州，这个佐治亚州，不像亚拉巴马州，但有总比没有要好。吃午饭时，我们会走到幸运街上的塔玛餐馆，要份浇了辣酱的甘蓝和甘薯蛋奶酥，或者向联邦监狱方向开车，到霍拉德烧烤店去吃烧烤和脆脆的玉米饼。因为那里沾了亚特兰大的边儿，所以价钱比小地方要贵出一倍，但那家的烧烤的确很棒。

我住的地方和克里斯比－克林[1]炸面包圈工厂正好隔两条马路。我在前院就能闻到那里的气味。向一个从未尝过一口克里斯比－克林炸面包圈的人解释那玩意儿有多么好吃，就像对一个禁欲的天主教神父解释年轻人的爱情。你得亲自尝上一口才能知道。四条马路之外是一家肯德基炸鸡店。就这样，维持我生计的东西这儿全有了，等一等，应该说几乎全有了。我的女朋友周末飞过来，有时坐的是廉价航空公司的航班。

我住的那地方是个大杂烩：白人、黑人，异性恋者、同性恋者，富人、穷人，脾气好的、脾气暴躁的，疯癫的、怪异的，无家可归的以及一两个月的工资没有着落就会变成无家可归的人。庞西·莱昂街是一个社会病态的博览会：毒品贩子、憔悴的妓女、异装癖舞会里的那些小伙子都在提醒你，你正生活在一个大城市里，但在夏夜里，你还能听到蟋蟀的鸣叫，我喜欢听着它们的吟唱入睡。一到星期六晚上，它们的奏鸣曲常常会被那些穿着皮裤、不穿上衣的年轻人互相追打的嘈杂声所打断。有些晚上，你会沉浸在大自然的小夜曲里，另一些晚上，你会被某人的几声“母狗”的大吼从梦中惊醒。但，这就是大城市的生活，是吧？

我极少回到我的住所。我用报社给我的旅费预算开支，去一些我自己永远无法支付得起的地方，享受一段靠我自己永远无法承担的奢侈生活。请允许我在此显摆显摆：我在新奥尔良典雅的庞卡茜旅店一住就是几天乃至几星期，那里街车的

1　克里斯比－克林（Krispy Kreme），全美著名的炸面包圈连锁店。

叮当声催人入睡。如果你是个好主顾，他们到了晚上会在你的枕头上放些果仁糖。我在伯明翰市中心的塔塔维拉旅店写作到深夜，努力不去想亚拉巴马大学附近的米罗饭店送来的第二个奶酪汉堡，那汉堡的滋味堪称举世无双。在巴吞鲁日、杰克逊、纳什维尔、夏洛特、哥伦比亚、斯帕坦堡、麦肯以及成百的路边客栈里，我练就了一身在客地安稳过夜的功夫。在墨西哥湾的海岸边，我曾独自坐在沙滩上，直到夜色浓重，直到在莫比尔的落日隐去。当你像我那样长年在外奔走，你得学会别去想你是独自一人，独行其是。也许那的确是孤独，但更是温馨、柔和的独处。我过去根本不在乎。年纪稍大些，开始在乎一点点，但也只不过是一点点而已。

我的心里有一种紧迫感，一种时间几乎不够用的感觉，但那是针对我已经摆脱的过去的生活，而不是针对我即将开始的生活而言。让我兑现为她买幢房子、试图在我们人生旅途走出那么长的一段路之后，去兑现将时光逆转的诺言的时间不多了。我当时攒了四万美元。那点钱在亚拉巴马买一座或者造一座小房子足够了。但是要购置一座我想给她的、能让她感到自豪的好房子则远远不够。我当时太无知，以至于无法意识到其实不管我为她买什么样的房子，她都会为我自豪的。我决定再多攒点钱，至少能买下一座像样的、带两间卧室的农舍式的小房子，但与此同时，我母亲在一天天地变老。我在心里为自己没能早些存钱、存多些，为这么晚才意识到自己应该做的事暗自悔恨。我像过去那样安慰自己，告诉自己我过去只是年轻不懂事。我仍然不想贷款，因为我实在不知道这场好梦能持续多久。现在年长了几岁，我心中从众的倾向告诉我，得开始建立某种实实在在、脚踏实地的生活。任何一种生活都比现在这样四处漂泊要好。但那种稳定的生活连影子都没有，天知道它哪年哪月才能实现。我自己的生活必须等到我把过去生活中欠下的债（不管听上去是多么荒唐）彻底还清后才有可能开始。

与此同时，我的生活又生波澜。我新交的那个女朋友，年轻美貌、善骑马，获过新闻奖，有个阔父亲的凯莉正在对我失去信心。“你将来到底能不能分出点心思，给我点时间呢？”她问道。我当时真该撒个谎说肯定能，我却对她说不知道。

就这样，又一个多情、正派的好姑娘离我而去了，我甚至没有试着挽留她。这种事情假如在你的一生中发生一两次，你是一个悲剧角色。假如发生三十次，你就是个玩世不恭的花花公子。不知道我该归在哪一类。我只知道我从未孤单很久，我从未花上足够的时间去为那些失去的爱情伤感、缠绵。我没有时间儿女情长。我得去赶飞机，总有那么多的飞机要赶。

我全身心地投入写报道的工作。即使在那些最让人痛心的故事里，我也能找到满意、满足、平和。说真的，在我的那一部分生活里，只缺一件东西。像大多数的记者那样，我希望获得大奖，那个具有永恒意义、会改变你的悼词内容的大奖。我得过一些奖杯，但在我的客厅里没有普利策奖。所以，不管我的事业如何一帆风顺，我眼睛盯着的是墙上那一处只有我自己才能看到的空白。我知道人不该有那样的奢望，但如果要说我认为此事对自己来说无足轻重，则是在自欺欺人。我连做梦都在想这事。我是出于自私想得奖，同时也是为她，因为那奖可以给她带去的东西，至少是我希望能给她带去的东西。当然，我去寻找那种神奇的万能药，那种包医百病的神药的想法看上去显得头脑简单，但不管怎样我仍然执着地去寻找。

回到南方，我哪个周末想回家时就回家，比过去方便多了。但是那种和我家人重建天伦之乐的温馨、良好的感觉却没有维持多久。这一切都被一个醉汉的大声吵嚷、轮胎摩擦地面时的尖啸声和啤酒的气味一阵风似的吹得精光。

我仍然不知应该怎样才能缓解我母亲因我的小弟弟酗酒、打架以及生活在是非好坏分界线上所引起的痛苦和焦虑。有些母亲会放弃，将不肖子孙逐出家门。但我的母亲不是那种人。对失去过一个儿子的女人来说，他不仅仅是一个儿子，还是她的心肝宝贝。而且他仍然是我的小弟弟，他只要冲我一笑，我的火气就全消了。他会对我说，他才不会在外面闯祸呢，但哥能给条香烟当然更好。

就这样，我继续奔波。从一家旅店住到另一家旅店，从一架飞机转到另一架飞机，从一个素材写到另一个素材，在永无止境的旅途中迷失了方向。工作，这份工作将我带回了我家族的轨迹之内。但是每次回家都会让我百感交集。我会隔几个星期，有时几个月才回一次家。母亲每个星期都给我打电话，她搞不懂我现在离家这么近，怎么还总不回家。

有一次，我甚至试图再次逃离老家。

在我到南方分局不到一年之后，《纽约时报》东非局的职位出了空缺。我对驻外部的编辑说我认为自己能胜任此职。他似乎也有同感。但是乔·莱利维尔德和吉恩·罗伯茨对此提议不以为然。罗伯茨曾是《纽约时报》驻费城的著名编辑，现在是我们的副总编辑。他对我说当时整个国家的世态似乎变得越来越尖刻和缺乏耐性，精彩的故事素材其实就在这里，就在美国。那个传说中冷冰冰但对我一向很热情的莱利维尔德，似乎对我想追求其他东西的想法感到不安。在他们将我想要的那把交椅按原定计划交给了我以后，我为什么还想离开呢？

我告诫自己，那是自己在事业上的危机感所造成的。我一向有点担心自己会在业务上落伍。所以做一个真正的驻外记者（海地那段经历只不过是暂时的）是另一件值得一试的事。尽管我还没有完全证实我在现在位置上的价值，没有真正地证实。到终了，那其实已无关紧要。特别是罗伯茨，他似乎希望我留下来，和他争论就好像眼睛盯着一块石头，等着那块石头自己跳到空中起舞的那一刻。但是，一块石头就是一块石头。

不管怎么说，他们的话当然没错。

写作素材的确就在这片国土上。

35

阿比盖尔

人生中有些时候，除了悲伤还是悲伤。1994年秋，我到新奥尔良去报道那些住在政府救济公寓里、被社会上的暴力犯罪吓得将自己禁锢在家中的人的故事。就像小时候做科学课题时将蝴蝶夹进一页页的书页，我将那些无辜遇难者的故事以及其他令人悲愤的事儿记录在我的记事本中。然后我回到圣查尔斯大街上的庞卡茜老旅店陈旧的豪华客房里躲起来。但是悲伤之情也会在那里弥漫开来，就好像那本记事本一被打开，里面所有的伤感就全被释放出来。我曾认识一个记者，她总用橡皮筋扎住自己的笔记本。当时，我以为那本合上的笔记本是用来为她占个座的。但现在看来可能还有其他的含义。

电话铃响了，是我嫂嫂特蕾莎代表全家人打来的。她告诉我，阿比盖尔小姐得了肺炎，不治去世。

我立刻打点行装回家，乘飞机去亚特兰大，去向我的外婆道别。我真希望她的在天之灵能认出回来为她送行的我。

在离橄榄球场不远的K.I.布朗殡仪馆的停车场，我和其他年轻男子聚在一起。体形瘦削、筋骨毕现的老汉们在他们妻子的搀扶下慢慢地走进室内。这是老规矩了：年迈的老头、老太和年轻妇女先进去，而年轻男人们则在外面待着，没有什么话，只是一边抽烟，一边站着，等到不能再等的时候才进去。我们这些年轻男人对死人这一类事不知如何去应付。

我在那里看到山姆和马克，他们只是静静地站着。山姆的眼圈微红，目光悲哀。这正是他的为人，他会自己找个地方哭上一场。很可能就在他的作坊里，关上门，甚至可能锁上门，一个人在里面哭。“嗨，小子，”他握了握我的手，“我们担心报社的人找不到你。”

我在亚特兰大稍作停留时换上了一套西服。那是我在《纽约时报》求职面谈时穿的，是我用来哄报社的人，显示我身价的那一身。当我看着停车场的那些工薪阶层的人，心里一下明白自己穿得过于正经了。

山姆没有西服。他生活中几乎根本没有任何需要穿西服的场合。他是借了我们的远房表亲托尼在社交场合穿的衣服结的婚，我穿着同一件衣服去学校的返校节舞会。年轻时，一件衣服就能满足我们几个人的需要。这次参加葬礼，他穿的是一条稍上档次的牛仔裤，一双干净的靴子，周围大多数人都是这样的打扮。我心中暗想，假如我们大家都系上领带，外婆恐怕会认不出我们。

马克轻轻地打了声招呼：“嗨。”眼睛盯着地面。当他抬起头来，脸上无疑是一种痛苦的表情。他当时是完全彻底清醒之人，没有一丝醉意。我知道他在服丧期间一定会戒酒的。一个坏人，一个坏透了的人是不会为别人悲伤的，是不会动真感情的。马克会动真情。我伸出手，紧紧地捏了捏他胳膊上的肌肉。

我仔细端详着他们。就好像在为一个逝者送行之际，心里有样什么东西在迫使你对周围的亲人、在你生活中有重要意义的人好好地审视一番。山姆除了睡觉以外总戴着那顶“鲜果布衣”图案字样的帽子，所以当我看到他在过去和今天的葬礼上不戴帽子的样子总会有一种异样感。他是快四十的人了，越长越像我的外公。他看上去依旧硬朗，依旧是一副坚不可摧的样子。握手时仍给你一种铁钳般的感觉。当我用力回握时，他会看着我的眼睛稍稍微笑道：“就这点劲呀？”

马克消瘦、苍白，一身肌肉和筋骨，看上去比他的实际年龄要老相。也是一副铁打的身子骨，只是有他自己的特色。

我所有的远近堂表亲全都到了，有些人有几十年没见，但这正是葬礼上常见的场面。我和众人握过手，问候他们母亲的近况，告诉他们我现在搬到亚特兰大了，有空到我那儿去玩。他们礼节性地点着头。亚特兰大离这里开车仅需几小时，但对当地人来说就像远在天边，这些家乡父老不会有什么要去亚特兰大办的大事。

主持葬礼的人探出头来说我们可以进去了。我进去后向年迈的妇人们问候，和老汉们握手。一个接着一个，他们都说他们为我能有这样大的出息而自豪。

我不知如何作答，于是就没有说什么。你总听人说这些朴实的人们是多么谦恭、多么好，我敢以性命担保那一点不算夸张。

我在寻找母亲，但她不在那里。姨妈们告诉我，她没来，她怕自己在这种地方会受不了而失态。于是她就像以往那样，缩在那座小屋里，将心里的难过劲儿熬过去。

约翰姨父对我说，如果愿意的话，等我和外婆道过别，可以回家陪陪母亲。我第一次注意到他的头发全白了。

殡仪馆的地板是向前面停放的棺木倾斜的。你也许听人说过，某人的遗容看上去很自然、安详。行了，外婆真的就像在睡觉一般，就像那些老年人下午的一场小睡。不知为什么，这个念头揪动了我的心。

一阵孤独感涌上我的心头。这是那种需要身边有个人扶持的时候，是那种最好有妻小来为你分担悲痛，给你以支持的时候。这是你为说自己生活中不需要任何人的大话而付出惨痛代价的时候。

我没有听进多少牧师在她的棺前说的话，但我对那个程序十分熟悉。牧师会向那些活着的人们保证外婆现在正在一个更好的地方。我对这一点是毫无疑问的，她现在一定很快乐。

是的，她一定是在那个极乐世界里。一个假装忘了吃饭而让她的儿女们能多吃些的人，像她那样做人，像我母亲那样做人的人，进天堂的事儿是用不着操心的。

我在他们开始唱第一首歌之前离开了殡仪馆。我回家去陪母亲。她用痛苦的眼光问我，大家会不会因为她没去参加葬礼而把她往坏里想。我告诉她，不会。

我们谈论她的母亲，谈了一个小时，一直谈到亲戚们陆续进来。第二天是感恩节。

我对自己将来死后葬在哪里和怎样下葬没有仔细想过。有时我会想如果能将我葬在一棵橡树下就不错。但那也许不可能。他们已经将杰克逊维尔公墓里的橡树全砍了。我猜想那个公墓将是我最终的归宿。

我知道我不想在橄榄球赛季里入土。因为在杰克逊维尔的橄榄球赛季，军乐队就在离公墓不远的地方排练。鼓乐齐鸣的背景让牧师致祈祷词时的庄严气氛大打折扣。

不到一年，我又回到同一个殡仪馆和同一个公墓。我认识的人中最好、最慷慨的人之一，和我的表妹杰姬结婚并且借给我衣服的托尼·埃斯蒂斯死于车祸。

那时天还热，我猜想当时还是夏天。我记得那天是个下着雨的太阳天。这在老家的傍晚时分是常见的事。

托尼平素人缘很好，喜欢交朋友，所以来了许多人。我想，这个场面是对一个人一生的最好评价。

在牧师祈祷时，我能听到远处军乐队的喧哗。在这个地方，一年四季几乎都是橄榄球赛季。

36

史密斯太太和她的一家

那是你学作文时学的第一个要领。艾德娜·贝格斯太太在我上杰克逊维尔高中十年级时教给我的，我当时很留意听这个法则。他们将其归纳为“五个 W，一个 H 法则”。每一个新闻报道都必须有“人物、主题、时间、地点和动机”以及“经过”。在新潮的传播媒介中，这也许是个老式的概念。就好像给一个只用过电动打钉机的人形容榔头的概念那样，你说不到点子上。但如果谁写文章真的忽略了其中的一个要素，写文章和读文章的人都不会满意。

1994 年秋在南卡罗来纳州北部的乡村纺织品加工厂的居民区里，发生了一起杀害两个幼儿的谋杀案。在我们这些搞新闻的人回答，或者试图回答一个接一个的问题时，这宗奇案让全美上下牵肠挂肚。其中的“动机”是唯一没有答案的要素。直到今天，这个缺憾仍然令我不安。

作案的动机究竟是什么呢？

当我开车到南卡犹尼昂县去报道被编辑形容成“那起发生在南卡的可怕的绑架事件”时，卫星转播车整整占了小城主要街道中的两个街区。更多的电视记者云集在那座老式的县法院大楼对面的停车场里。我心想，这架势就像城里正在上演大马戏。我走向一个由电视记者组成的半圆圈，他们正在那里争先恐后地为各家电视台的突发新闻做十二秒钟的精彩转播，直到我最后隐隐约约看到那个站在一大堆麦克风后面，他们竞相追逐的对象。

我正赶上一个脸色苍白的年轻女子在利用一个拥有现代转播设备的国家电视台实况转播的机会，央求那个没心肠的绑架抢车者质问自己的良心，将她的两个宝贝儿子归还给她。

“不管是谁抢了我的孩子……我求求你，求求你把他们带回他们自己的家。我们都很想念他们。我们爱他们胜过世界上的任何一个孩子。”

她显然希望她两个年幼的儿子此时正在看电视，哽咽着说：“在我的心里，我知道你们平安无恙。等你们回家时，你们的妈妈和爸爸会在家里迎接你们。我寄希望于上帝，他会将你们送还给我们的。”

我听信了她的话。我写了一篇关于1994年10月25日发生的这起耸人听闻的绑架、抢车案的报道。在一个黑暗的十字路口，一个戴丝袜做的面罩的黑人，用枪将一个年轻的母亲赶出车来。就在她跪在地上哭天抢地之际，罪犯带着她的两个儿子，四岁的迈克尔和十四个月大的亚历克斯飞遁而去。

我报道了日趋紧张的搜捕行动，写了不辞辛劳的南方警务人员的破案决心，写了万众一心的居民区里的人们用那种南方特有的虔诚，祈求奇迹的发生。日子一天天过去，我除了相信一个年轻母亲的悲哀之外，很少去关心其他的事。每次打开电视，她就在那里提醒我们她的悲哀。

犹尼昂以及周围城镇的人们开始佩戴黄丝带。他们聚集在教堂里，相信他们集体的请愿祈祷比个体的祈祷更加灵验。那位年轻的母亲擦干眼泪，又出现在电视上。“我无法想象一个正常人会干出这种事。”她说。她猜想作案的人肯定是“病态和精神不稳定的人”。

营救队员们动用了警犬、马匹和直升机。10月26日，在北卡罗来纳州发生了一起杂货店抢劫案，整个作案过程均被安保摄像头拍摄了下来，作案者符合那位母亲对绑架者的描述；有人看到一辆很像她那辆红色马自达的车。于是，搜捕行动的重点转移到了那个区域。后来，又有两个猎人看到一辆与她的车相似的马自达车。于是，警方和志愿者又到北卡的国家森林中进行搜索，希望又转到了那里。28日，一个十二岁的女孩报告说看见一个貌似嫌犯的人，警方搜索了犹尼昂县外的一个林子。此后，卫星转播车又隆隆驶回犹尼昂县。

办案小组的头儿是一个名叫霍华德·威尔斯的巡警。他说话直率，表面不动声色，内心足智多谋。他承认他们手中没有任何线索。两个小男孩连同那辆车一起，就像化作一缕青烟，无影无踪了。

然后，到了29日，我们都开始产生了怀疑。记者、搜索人员，甚至那些跪地祈祷的人都在心里嘀咕，自己是否被愚弄了。

我从来不在采访过程中给母亲打电话。但是在我星期天回到亚特兰大时，她给我打了电话。她在很长一段时间里都在跟踪那些吸引我的故事，或者我被派去采访的故事。她问我有没有去采访“在南卡发生的那件坏事”，问我是否怀疑那个母亲将那两个孩子杀害了。我问她为什么会问我这个问题。但在她回答我之前，我突然意识到了些什么。

“妈妈，”我说，“假如是我们，在我们小时候，一个人用枪对准你，叫你不带上我们就离开车，你会怎么做？”

“我肯定必死无疑了，”她说，“他得冲我开枪才能让我丢下你们。”

当然，这是真话。结果是，一个二十三岁的纺织厂秘书为我们编造的一个悲伤的故事，变成了一宗令人难以启齿的罪行。这件案子让远在纽约的人们在晚上临睡前，都要再搂抱一回他们的幼儿。

在那两个孩子失踪的那个晚上，她给孩子们穿上整齐的衣服，将车开到湖边，停在坡度很大的放船坡上。她走出车，将手刹放开，让车滑进湖中，让她的孩子慢慢地溺水而死。他们死时还都被固定在座位上。

在撒了九天的弥天大谎之后，她哽咽着向那个不动声色的乡村巡警吐露了真情。她并没有主动坦白，是那个巡警撒了一个谎诱供出来的，他请求上帝饶恕他撒的谎，他的确是个地地道道的好人。

当然，作为记者，我栽了个大跟头。我本来应该指出她涉嫌犯罪的可能性。我知道大多数类似此案的悬案与父母有关。至少，写上简单的一句话就可以指出她编造谎言的可能性。我这人可真笨。

她做的这件耸人听闻的事儿让我们琢磨起她的动机。也许，正像她的律师指出的那样：她杀害亲生儿子的原因是因为她本人极度忧郁；因为她在小时候被她的继父，一个名叫贝夫·罗素的肥胖的共和党要人、虔诚的宗教信徒玩弄过；然后在她追求爱情过程中遇到的每个男人都只是玩弄她。她的律师将她的罪行描绘成谋杀兼自杀未遂，指出在身心被继父以及其他男人摧残之后，她本想和孩子们一起死。尽管我试图同情她的遭遇，我也的确极其厌恶玩弄过她的那些男人，但这样的辩解在我听来仍然太像在白天播放的肥皂剧里的情节。我经常忍不住去想象葬身在冰冷湖底的那两个孩子。

在法庭上，公诉人好像在形容一个完全不同的女人。他们说孩子们的死是苏姗·史密斯为了赢得一个她正在追求的富家子弟青睐而清除障碍的结果。那个男人不想接手她现成的家庭，不想接手她拖带过来的负担。犹尼昂县的存在全仰仗于纺织厂，那里的男女职工在震耳欲聋的机器声中挣着低廉的工资。苏姗是一个长着褐色头发，颇有几分姿色的女子。她在一个机器声传不到的办公室里为工厂的主人工作，和工厂主的儿子一起参加热浴派对。

在弥天大谎散布后的第九天，警车和潜水员在湖边会合。湖水看上去几乎是漆黑的。当潜水员史蒂夫·摩罗找到那辆底朝天躺在水中的紫红色马自达时，能见度仅有一英尺。“我得把灯贴在窗上向里面看，”他说，“我能看到一只按在玻璃窗上的小手。”

载着她两个儿子尸体的那辆车里，还有一封那个让她倾心的人给她的信。信中说：他们之间的关系是永远不可能有结果的。部分原因是她的孩子，另一部分原因是他们两个人的世界相差实在太大。

当时，应该有个人告诉她，要让自己从一个世界挤进另一个世界是多么不容易。应该有个人告诉她，他们邀请你到他们的安乐窝去玩一回，并不意味着他们会带你去参加舞会。

每天一到中午 12 点 25 分，犹尼昂当地的电台就会准点播放当地人的死讯。那不是一个多么复杂的、戏剧性的程序。电台的播音员只是将当地报纸上的讣告念一遍而已。当地人说这档节目很受欢迎。它以一种谦恭、简洁的形式让全城的人知道，谁从他们中间消失了。每一条死讯得用上几秒钟，有时，整个死亡名单上只有一个名字。这是个简短的节目。这是一座小城。

谋杀那两个无辜的小生命，将死亡的意义降低到了这座小城从未经历的深谷之中。它严重地损坏了小城的尊严，就好像有人抡起棒球棒砸向一只传家宝花瓶那样，将小城的传统砸得粉碎。小城最初的反应是震惊和恶心，最终演变成一种羞辱。

这两条死讯需要比当地电台那些夹杂着电波干扰的单调送别语包含更多的内容,这两条死讯将整个世界都带到了这座小城。

我也是那场纷纷扬扬闹剧中的一分子，只不过不那么明显而已。我能和当地人融洽相处，我熟悉他们的南方口音，在我的血脉中流着棉花加工厂的血。有时候，我为自己将这件丑闻传得那么远感到不安。

不管你相信的是哪一个苏姗·史密斯，那场针对这个年轻女子的谋杀案的审讯，就像赤着脚在荆棘中行走那样令人痛苦。我那时基本学会了如何置身事外，至少能达到保持自己精神正常的程度。不管我们这些记者怎样置身事外，那些证据仍然令人触目惊心。她这一段事关她自身性命的受审过程被有些新闻杂志称为一年中的最大新闻。

在我看来，这是纯粹的美国式的粗陋浅薄，大众传媒将那种以小城镇、小加工厂为代表的南方最丑恶的阴暗面大肆渲染，我讨厌这种做法。我在犹尼昂遇到过不少好人，但是他们正常、体面的那一面全都被在那以后几个月里的听证过程所揭示的丑恶、自私和令人发指的人性掩盖了。

听证期间最闹心的一天，是那个抛弃她的情人汤姆·芬德利出庭的那天。因为此人在联邦城有“明星单身汉”的外号，我原以为他是一个多么风流潇洒的英俊小生。但是在犹尼昂，英俊的标准也许与外界不同。他是个头发稀疏、长相平常的来自亚拉巴马山泉镇的人。山泉镇是伯明翰郊区的一个富人群居的地方，那里十多岁的孩子们常常在领到驾驶执照的同时就开上了他们第一辆宝马。他住着他父亲在犹尼昂近郊大庄园里的一套公寓。他是这座有一万人口的小城里的白马王子。这里的大多数居民离贫困线只隔一个月的工资。

苏姗·史密斯已分居的丈夫在食品店工作。想象一下，被邀请到那座大庄园里该具有多么大的诱惑力。

但是，她把自己的感情全浪费在一个富家子弟身上。

“正像我对你说过的那样，你的一些情况对我不合适。不错，我指的是你的孩子，”他在10月17日，也就是她淹死自己儿子的八天前给她的那封信中这样写道，“在今天这样一个癫狂、混乱的世界里，我根本不想再把一个新生命带到这个世界上来，也不想对其他人的孩子负责。”

县里的公诉人指出，将二十八岁的汤姆·芬德利和苏姗·史密斯分开的不仅仅是孩子。在信中他还提到不同的生活背景使他们无法般配：他是在优裕的生活环境中长大的，而她则是一个因为离异而自杀的纺织厂工人的女儿。

“我们是两个完全不同的人，”他在信中说，“最终，这些差异会让我们各奔东西。”

在给史密斯太太的信中，他表达了对她和一个有妇之夫之间的恋情的失望情绪。另外，他对她在芬德利家里的盆浴聚会时吻了另一个男人的举动不满。“假如你想逮住一个像我这样的好男人，”他写道，“自己必须是个守本分的女子才行。”

公诉人用这封信以及芬德利先生的证词将史密斯太太描绘成一个极端自私的人。她情愿用自己孩子的性命去换取和他重修旧好的机会。那一整天的听证过程中，我心中唯一的想法是：她该是个多么傻的人啊。我听说在她的宝贝孩子们葬身湖底的时候，她曾经两次请她的朋友转告芬德利给她打电话。

我真该告诉她关于舞会的故事。

和她分居的丈夫要她偿命。一个全国联播的记者形容他拿起他两个儿子的照片给陪审团看时，手颤抖得厉害。照片上两个小男孩在玛提尔沙滩上的形象都变得模糊不清了。

他做父亲比做丈夫好得多。根据证词，在他们分居很长时间以后，他还上门要她与他同床。但是，他的丧子之痛是真情实感。

“迈克尔不喜欢脸沾上水，”他哽咽着说，洗澡时，水溅到他脸上，“他就试着爬出浴缸。”所以在他给迈克尔洗头时，他会用手挡住他的脸。

辩护人中领头的是一个精明的律师，从南卡哥伦比亚来的大卫·布鲁克。他只有一个简单的辩解：她没有失去理智，只是爱情让她彻底绝望。那种绝望使她变得放荡，男人们则拿她寻欢作乐，而不真正爱她。我永远不会忘记她继父出庭的那一天，正是此人在她十五岁那年第一次玷污了她。我不会忘记他是怎样在法庭里和其他家庭成员手拉手为他的继女祈祷。我猜想他当时在祈求上帝饶恕他自己犯下的罪孽。

揭穿她谎言的人是犹尼昂县的巡警霍华德·威尔斯。他是一个颇为复杂的人物：他有收藏各式枪械的爱好，但是他没有把最高法院的判例放在心里。他用一个简单的谎言就达到了目的。他当时告诉她，他知道她没有说实话。因为在出事的那天晚上，他手下的助理正在她声称丢了孩子的那个十字路口附近进行缉毒监视活动。

“这件事的经过不可能像你所说的那样。”他在一个小教堂的小礼堂里当面跟她挑明。他们是为了躲避记者才到那里去的。其实，那天晚上，巡警助理根本没有在那个十字路口监视。“我告诉她，我会将此事透露给媒体。”因为她，那些关于黑人作案的谎言在黑人民众中引起了很大的痛苦，他说他有责任将因此事引起的种族间的矛盾做个了结。

那时，她的精神防线崩溃了。她请求他和她一起祈祷，他说，面对面，手握着手，他们一起祈祷。“我已经无地自容了。”她对他说。然后向他要枪来了结自己。但是那也有可能是苏姗在演戏。

当然，陪审团不能杀她。

“这个女人现在正在水深火热之中，”她的律师大卫·布鲁克说，“这就是对她最大的惩罚。”

假如此事真是一个黑人凶犯所为，结局恐怕会有所不同。我认为十有八九会动用死刑。南卡给死刑犯两个选择：药物注射或者坐电椅。

陪审团中的四个黑人中有一个名叫约翰·杜恩的人说，他并不记恨史密斯太太嫁祸给黑人。事实上，他理解她的动机。他说，还有什么能比一个人人都会相信的谎言更好的托词呢?

几乎像是一种默契。就在县法院的法官宣读赦免她死罪的判决时，天上突降暴雨，将在整个审案期间延续的暑气冲走了一些。

“老天有眼。”一个名叫安迪·华莱士的州级调查人员看着街上横流的雨水叹道。

* * *

有一件事一直在纠缠着我。假如你真的相信她的律师，假如你真的相信她自杀未遂的推理，那么，事情应该是这样发生的：她把车开到湖边，将车停在放船坡的大斜坡上，暂时停一下，将车对准湖面准备做她打算做的事。她放下手刹，转念一想，又将其拉起，又放下，又拉起，然后在一种求生本能的驱使下，最后跳出车来。

然而，她的衣服既没有扯破，也没有弄脏。在她走到附近的人家，向他们撒谎时，她的衣服整整齐齐、干净利落。

唯一的可能性是她站在车外，探进身子将手刹放开，然后向后跳开，让车自己顺坡滑入湖中。

犹尼昂的人们说这些已经是无关紧要的细节。这事过去了，是不是？

但这事没有真正过去，也永远不会过去。那片湖区成了一个圣地，人们在那里为两个男孩竖起了一座纪念碑。来自世界各地的人们到这里凭吊。

1996 年 9 月，我又重返犹尼昂县。一件不可思议的事发生了，但这一次是事故。这一次，湖水吞没了一家五口人和两个其他的人。他们都是前来看为苏姗·史密斯的两个儿子竖起的纪念碑的。这些新的遇难者中四个是小孩，其中一个还是婴儿。在他们打开头灯照亮纪念碑时，卡车不知为什么开始滑向湖中。结果，车中的五个人被淹死，其中包括四个小孩。两个站在岸边的大人在他们试图救出车里的人时也溺水而死。当营救人员星期六深夜赶到现场时，一个孩子的尸体漂浮在水面上。第二天，有人说那是上帝的旨意，因为从宽处理凶犯而惩罚这个小城。我不这样认为。真正的悲剧是，真有人会想去看这个令人心碎之地，他们真的会去。

我厌恶苏姗·史密斯的故事，因为人们从那个故事里看不到希望。而且我猜想我厌恶这个故事的另一个原因，是我脑子的一部分能够理解她，理解她渴望成为另一类人的那种愿望。

2025 年，她将够格保释出狱。那时，她的姿色肯定荡然无存。她将注定以杀害自己亲生儿子的纺织厂工人女儿的身份度过余生。

天晓得，也许哪个老糊涂会在她晚年之际，因为她一度出名，出来营救她。最终，她能有机会穿一下她曾经梦寐以求的那身晚礼服。

37

凶神恶煞

我实在无法理解在俄克拉何马城杀害无辜、将联邦大楼变成一堆废墟、将一个幼儿安然熟睡的托儿所变成一大堆水泥碎块和破碎玩具的那几个凶手。写这篇报道是因为报社叫我写，也是因为我自己想写，但我现在不愿意去多想那场惨剧。即使偶尔想起的话，每次也不会超过几分钟。我曾试图给其他记者简要地谈谈这件事。在动嘴的时候，我的脑子里来回翻动的，全是那些扔在雨中的沾着血迹的手套——上面还带着灰土的气味，以及那些亲眼看到本不应该发生的惨剧的人脸上露出的表情。

当你的手指悬在电脑的键盘上时，你将这一切悲愤之情倾注在你的故事中。但当你写完站起身来，就得将其中的大部分情绪挡在你的思绪之外。写文章时，你必须将自己设身处地地放在你所写的那些人的位置上，否则你笔下的词句就不会有什么感人之处。但是你得学会拿得起，放得下。

我记得在俄克拉何马城的一个晚上，我和其他记者一起去吃晚餐。谈笑片刻之后，我们一边驾车飞驰过墓地，一边像冷血动物那样讨论我们已经写完的故事以及今后的写作计划。整个晚餐过程中，我们都在高谈阔论。不巧，我们的邻桌正坐着一位在那场爆炸中失去小女孩的母亲。后来，她的女朋友过来，强烈谴责了我们这帮人。我呆坐在那里，脸色煞白，只能对她说我们为此抱歉万分。当然，这是我们万万没有想到的，我们哪里知道一个永远无法将这些事挡在记忆之外的人居然近在咫尺。

我转身离去，但心里有个什么东西让我转回身去，向她解释一下。我试图让她理解，在那张桌子上的每一个记者在看到那个场面时无不痛心疾首。我猜想她相信了我的话，我希望她真的相信我。

我从未为自己是个记者感到惭愧。我惧怕过、愤怒过、痛心过，但是从未惭愧过。那天晚上，我躺在床上好长时间无法入眠，为那晚发生的那件事后悔，但没有惭愧。

动笔写那篇报道远远超过了遣词造句的老一套。因为接手那项全年首要新闻任务时，正赶上我从事记者工作——唯一能使我心安理得靠讲故事挣钱的职业——十八周年的日子。

这个职业将我直接从贫困中解放出来，让我看到了外面的大千世界，尽管我每到一处，看到的大多是处在水深火热中的世界，这一点我不在乎。从哈佛大学的书本中，从我必须在交稿限期前一小时内搞懂某件事才能写成的数千篇报道中，这个职业给了我受教育的机会。它给了我自豪感和金钱，但更多的是自豪感。这个职业拯救了我，千真万确地拯救了我。我的母亲给了我一个助跑，我在那堵墙的另一边发现了一个契机，那个契机正是这个职业。

当然，我母亲仍留在原处，仍然被往日的悲伤笼罩着。在她生活的那堵墙的另一边，除了一本又一本翻过去的日历以外，万事依旧。

在乡下，房子失火是常见的事。电线经常是自家装的，年头一久，电路板老化，电线短路，不知哪一天晚上在你从城里回家的路上，你会看到远处有一团橘黄色的火焰。这时你会在心中带有自私心理暗暗祷告，但愿那火焚烧的是其他什么人一辈子辛勤劳动的果实和梦想。不是每户人家都能买得起房产保险的，特别是我们家那种地方。在这个世界上，有些人唯一的保险是他们自己的运气。

我外婆的小房子在 1993 年夏失过一次火。那算得上倒霉了。两年之后，我小弟弟的房子又被烧成一片废墟。当火焰吞噬那棵大橡树时，我正在弗吉尼亚的波特蒙地区报道那里的洪水。由志愿者组成的消防队很快就赶到了，但为时已晚。我母亲赶来，忧心忡忡。

他在房子里吗？她问消防队员。

消防队员回答说他说不准，他认为不在，但不敢肯定。

在事发后的好几个小时里，她心急如焚。他的卡车当时不在家，但那并不能说明任何问题。他的车经常会在哪条废弃的路上抛锚，然后他就自己走着回家。哥哥山姆开着他的福特"健马"卡车在北面到处搜寻马克，结果无功而返，没有人见到过他。

终于，又过了几个小时，亲戚们找到了他。他没事。

母亲几天之后才停止发抖。

我终于在五天后赶回家。我告诉马克如果他打算重建，我愿出钱帮他买木材。火灾发生不到一个月，他就开始为新房打地基，这次打算建一座稍小些的房子。

有时，像这种事会给人以足够的震动，从而让他们的生活发生重大改变。我见过火灾、死亡，乃至外科手术给人们带来的变化。母亲希望这场火能让他变个样。我们这一代的确有那么一点运气，但并不多。母亲只是又一次进入由担心和绝望组成的怪圈。周而复始，永无止境。

我自私得够久了。现在正是——其实早该是——用我知道的唯一方式开始报答她的时候了。

38

确认和肯定

在纽约43街那座高楼的十一层，有一条长长的走道，走道边的墙上挂着一长串普利策奖得主的照片。那些黑白照片上的主角从墙上向人们投来注视的目光。照片边上用镜框镶着的得奖作品，大多是关于战争、动乱和重大悲剧的内容，地点有柏林、北京、约翰内斯堡、莫斯科，大凡是有重大新闻发生的地点。我记得1994年冬天或1995年早春的一天，我鼓足了勇气在那些学问高深、享有盛誉的女士和先生的相片前驻足观看了一回。正在我一边浏览，一边做梦时，我听到有人从走道的一个拐角向我走了过来。就在那一瞬间，我突然犯起傻来，怀疑起自己是否应该在这种地方驻足。在那一瞬间，我又成了当年那个在一毛钱商店里徜徉流连的男孩子，那个柜台后面的老女人说，我不会有钱买我正在寻找的东西。

结果，在所有可能出现的人当中，偏偏是《纽约时报》的出版商阿瑟·苏兹贝格二世和即将退休的主编马克斯·弗兰克尔赶上我在那里做白日梦。但是弗兰克尔冲我微笑了一下，那是一种热情而不做作的微笑。他肯定知道我为什么上这儿来。我在心里琢磨，他一定在这里见过不少像我这样在做梦的人。也许有上百人吧？

“明年，”他说，“就该轮到你了。”我当时心想，这只是他对一个新手说的客气话。

那是一个美好的时刻，那种你喜欢夹在书页中或者藏在放袜子的抽屉里，以后能再次拿出来回味一番的时刻。

* * *

我永远不会忘记我平生获得的第一个新闻奖，那是归在赛车那一类的体育报道奖。当他们在有“廉价假牙之都”之称的佩尔城的那个宴会厅里宣布我的名字时，我非常自豪。仔细算来，那个时刻距今已有十六年。我过去将那张证书挂在卧室的墙上，这样我每天早上醒来就能看到它。那是一张简单的证书，镶在带假木头框的有机玻璃后面。但对我来说，它就像纯金一般珍贵。多年来，我又得过很多奖，更上档次的奖。第一张奖状已不再对我有什么特殊意义，所以我不想每次搬家都带着它和其他相似的奖状到处跑。但是将它扔掉是件不可思议的事。于是我将它和我的棒球手套以及其他一些曾让我荣耀一时的物件一起塞进一只纸箱（我的膝盖已经彻底完蛋，不能再玩棒球），将它交给母亲保管。当时我想它一定会在她的一个壁橱里落灰，和蜘蛛做伴。

一次周末回家，我发现那奖状和其他几块奖牌，还有几个我事业上的里程碑都被挂到我原来房间的墙上。我没问她为什么要挂，我认为我知道其中的原因。那些是她向外人展示自己儿子有出息的凭证。至于那是亚拉巴马体育专栏作家协会还是亚拉巴马合众社发的奖，则无关紧要。只要那上面刻着我的名字，还有“第一名”的字样就足够了。

1993 年的那场火将它们都毁了。她的高中同等学力证书和我的高中毕业照也都搭了进去。那场火起源于我原来那间小小的卧室，结果那些证书全被熏黑了。有机玻璃的镜面也被烧化了。她积攒了一辈子的贴剪报的本子也付之一炬。但最让她心疼的是那些奖状，因为它们代表了人们对我的赞扬和认可。

“我不常对你说，”有一天，她坐在仍然能闻到烟味的客厅里对我说，“其实我非常为你自豪。我看着你现在这个样子，我知道总的说来，我这个做娘的还没真的砸锅。”

是的，总的说来是这么回事。

在我还是个小娃娃时，我们老家那一片的亚拉巴马男人到底特律的汽车流水线上去打工是常见的事，那是一个孤单的远离亲人和爱人的行当。他们在那里的热铁板上煎吃的，连做梦都在想他们妈妈的厨房。他们整天住在出租房里，望着窗外高耸的烟囱和脏脏的雪堆。他们能承受这一切，只因为那仅仅是暂时的离乡。他们在公司办的信用社里存下钱，不是为了就地退休养老，而是为了他们有朝一日返乡定居。

老家的人指望着他们在挣够了钱后，回家买上几公顷土地，造一幢两间卧室的房子。当然，有时他们回家后整个变了个人。他们学会了喝酒，他们中的有些人会说出亵渎上帝圣名的脏话。我不知听过多少回那些上了年纪的女人说“去密歇根以前，他从不骂脏话”。不过那无关紧要，只要你能平安回老家就算万幸。只有那些最自私的年轻人在外挣了大钱就再不回家，将他们的老父亲，更糟的是将他们的老母亲留在老家孤零零地度过晚年。

我过去曾以为我母亲一定老是伤心地坐在那里，等着我回老家定居。我曾经相信我母亲最大的心愿，是让我住在她隔壁的一幢小房子里，膝下的儿女们在黑暗中追赶萤火虫，在我身边有个能与我做伴的贤妻。

结果我全琢磨错了。“你能在外面有出息，我就满足了。”这样的话她对我说了不下十几次。

她担心我到老时身边也没个伴。她对像我这个年纪的人还傻瓜似的整天到处乱跑颇有异议。她希望我能信耶稣。每次我说我能照顾自己，而且正在按照自己的意愿无牵无挂地过日子，此生无悔时，都能看到她心头聚集起来的阴云。但她从不唠叨个没完。很久以前,有一次我和她坐在一起,曾向她解释：这个职业就是我的归宿，这个职业能代替妻子儿女，能代替有花园和门廊还装着秋千的房子。她能理解我。

当亲戚们和其他人问她“瑞克不常回家，是吗？”时，她总要为我辩护几句。她告诉他们我工作有多忙，然后将我最近保证尽早回家的承诺给他们再说上一遍。“要瑞克在你家吃饭，”她对一个姨妈说，“你得把饭菜全都做好，来家就吃。要不就只好在他开车路过时扔到他嘴里才行。”她告诉他们，我的工作很重要，几乎每个星期都要坐飞机，我身上总带着一张特殊的卡，我到哪个城市都靠它租不同颜色的庞迪汽车。有时是凯迪拉克。

“哪一天，”她对我说，“也许你能回老家。”她说那要等我得到想要的东西的那一天。就好比我像一条小狗一直在追赶一辆车，当那辆车突然停下不走时，我就得做决定：“行了，我终于逮住它了。下一步该怎么走？”

在普利策奖公布的前一天，我在华盛顿哥伦比亚特区采访全国步枪协会的新主席。那是一个脾气火暴的女人，曾是“黑火药”步枪比赛的冠军和女子啦啦队的赞助人。我当时已经知道我是普利策奖最后一轮的人选之一，但我过去曾与大奖失之交臂，所以心中没底。我不想坐在亚特兰大南方分局的那间办公室里等电话。于是，我给自己安排了一个一天往返的公差：到华盛顿去分散一下注意力，直到得奖名单公布，而我因落选产生的失望情绪有所减退之后再回去。这次出差我连行李都没带，我只是需要走动走动。

后来，当我打电话回分局询问是否有人给我留话时，我们的办公室主任，我认识的最好的人之一，苏姗·泰勒告诉我：大老板乔·莱利维尔德正在找我。我一听这话就知道，我要么是得奖了，要么就是要被解雇。我在一个基本被闲置的购物中心，用一家名叫“鲁比星期二”的餐馆更衣室里的电话机给他回电。

“你明天能到纽约来和我共进午餐吗？”他问。我说，老板，没问题。“我不能告诉你为什么请你吃饭，”他说，“但明天我会向你公布谜底的。”

我又给苏姗打了个电话，告诉她，“我们可能中了头彩”。

我临行前没带牙刷或者替换的衣服。到纽约时已经太晚，除了牙刷之外什么也没买成。在我一生中第二重要的日子的前夜，我用带水果味的洗头膏在水池里洗了我的内裤，然后放在灯上烤干。我很小心地没让湿衣服直接碰到灯泡。有一次，我在俄克拉何马城的麦德林宾馆干过此事，结果引起一场小火灾。

我们约好在“艺术家”咖啡馆碰头。我真的不知道那是个挺讲排场的地方，再说我去得太早了。我穿着皱巴巴的西装，衬衫是前一天穿过的，内裤带着一股桃子味。我没去买大衣，偏偏此时，天上开始下雪。但是我需要在外走动走动。我走到百老汇，雪花和冰雨打在我的腮帮子上，沾在我的头发上。但是即使我当时觉得冷，现在也记不得了。我有一种麻木感，但那和气温无关，只是一种在外面独自行走一段长路的古怪感觉。

我有足够的时间去想。我知道我事业有成，编辑们对我很信任，总是将重要的素材交给我去写，我已经从那些试图阻止我发展的人手里生存下来，让那些帮助过我的人为我骄傲。在黄色的出租车车流涌动，喇叭声阵阵，午饭时分的人潮在这一年最后一场雪中从人行道上涌来时，我一点没去想眼前的这些人。我心中想的是一个在亚拉巴马的女人，她可能正在将干豆浸在水中泡软或者正在翻阅《圣经》，那是一个甚至连普利策是何许人都不知道的女人。

这个辉煌的东西、这个大奖，是对我母亲为我做出的牺牲的确认和肯定。这是对她的血汗的回报，不是全部的回报，但无疑是一部分的回报。一个编辑曾预言："到那时，人们在街上看到她都会和她搭话。"他是一个深谙势利和等级观念的南方人。

我不想撒谎说我已经豁达到没有为得此大奖感到欣喜的境界。也许我还不够格，但是一旦奇迹发生，我的确有幸得了大奖，那天有好几次，我真想高举拳头，放声大喊一声。尽管她对此一无所知，我没有给她去电话，因为我生怕会有变故。我能感觉到她那时就在我身边，就在那条人行道上，就在那座大城市中，就像她曾在我身边一起走路的那种感觉。然而，我甚至连该怎样告诉她这一喜讯都不知道。我得先解释一番，将其特殊意义给她讲明白。这样才能让她感觉到我们——我们两个人——拿的这份大奖的分量。

我感受中的大部分是如释重负的轻松感。我知道这会让她受人关注和尊重。这将是我向世人宣布她为我所做的一切的机会。因为获此大奖的殊荣，那些话将会很有分量。

后来在餐桌上，在正宗的而不是从超市上买来的廉价香槟酒喝过一巡之后，莱利维尔德告诉我，我已荣获专题写作大奖。罗伯特 · D. 麦克法登获现场报道大奖，罗伯特 · B. 森普尔二世获编者按奖。（现在我得了普利策奖，也许也该搞个中名的缩写。）[1] 席间觥筹交错，人们喜笑颜开，但我不记得自己笑过。我的心中只有一种轻松感，那种美妙的轻松感。

其中的一个获奖者眼眶发红，站起身来离开桌子去给他的

1　有一定名望的美国人常用中名缩写以示正统以及避免重名重姓，平民百姓较少使用中名缩写。

妻子打电话报喜。莱利维尔德看着我问："下一步呢？"我真的不知道如何作答。那就好像我小时候在操场上和人打架，当你闭着眼一拳抡空，然后用手揉去眼中的沙子，你方才意识到你刚才拳打、嘴啃、挖眼的那个孩子已经落荒而逃，去向老师告状时的感觉。

但是与操场上孤家寡人的情形不同。在那里除了我，还有莱利维尔德、基恩·罗伯茨和哈维尔·雷恩斯这些老前辈向我举杯。我才不管那显得有多么老套——那种感觉真好。

下午晚些时候，我们一行人走进《纽约时报》的新闻室。人们以掌声相迎。

一些年事已高的人称那天是他们一生中最开心的一天。莱利维尔德站在一张写字桌旁，说了一通赞扬我们这些获奖者以及赞扬我的话。我试图说些有意义的话。平生第一次，我真的不知说什么才好。我觉得自己当时傻透了，就好像在我的一块心病被去掉的同时，我的脑子也被切去一块似的。

然后，我找到一部电话机，给母亲报喜。投票结果公布已过了一个多小时，如果计票有错误也早该被发现、纠正了。我琢磨着，现在应该是胜券在握了。

我知道这听上去显得荒唐和病态地偏执，尤其是出自一个一向在冒险中寻求刺激的人之口。但作为一个穷惯了的"白痞子"，这种心态是再普通不过的了：你永远认为你生活中的好事长不了。因为除了你这一身的蛮劲，没有任何其他力量能够保护自己。不知什么人就可能将你成功的果实夺走。

但现在这项大奖真的属于我们。没有任何人能从我们手中将它夺走。

电话里传来忙音。我猜可能是我的琼姨妈。每当电话占线，多数时候是她在和母亲通话。我试了五次，终于接通了。

“妈妈，你还记得我跟你说过的那个大奖，那个我说这辈子可能都得不了的那个大奖吗？这下倒好，我得了那个大奖。”

“好的。”她说。

“那是普利策大奖，妈妈。那是我们这一行里的最高荣誉。”

“好的，”她说，“感谢上帝。”之前有一个记者给她打了电话。她真的听不懂那个人在说些什么。

她真的从来没有听说过普利策。但是她一放下电话，就马上有人打来电话。在那以后的二十四小时里，仿佛是亚拉巴马州的每一家报社都在给她打电话。《安尼斯顿星报》为她拍了一张照片，用彩色印在头版上。《杰克逊维尔新闻报》采访了她。接着是《伯明翰新闻报》和《莫比尔新闻》。一个又一个报道，称赞她的儿子，称赞她。她不提那个大奖，因为她不知怎样发“普利策”这个音，她非常担心会读错。她只是说她为我感到骄傲，她一向为我骄傲。她真心希望我到纽约的时候能带件大衣，因为我这人马虎，不善于记住这些生活琐事，北方这会儿应该是很冷的。

她有二十年没去美容厅了。她为自己的头发、嘴巴自惭形秽。因为她还没有去配上一副合口的假牙。当一个《安尼斯顿星报》的摄影记者打电话给她，她紧张地给我打电话。“他们要给我拍照，”她说，“他们想进屋来。”我告诉她如果她不愿意，她可以拒绝。但是她总觉得如果将人拒之门外会给我丢面子。

在我书桌的抽屉里有一张折叠起来的报纸。上面有一张她捧着我小时候相片的照片，相片是从那场火中幸存下来的几张之一。

第一眼看去，那张报纸上的照片像是那些在报纸上常看到的、某个母亲在她十几岁的孩子死于车祸后拍的那种照片：一个脸色阴郁的母亲端详一个稚气未脱的男孩的相片。她告诉我，她本来是想笑的，以示高兴，但是她担心如果她一咧嘴，人们会看到她的牙床。

我在很长一段时间里都没有注意到，那张照片是她坐在前院里拍的。

那天，我告诉她我们得一起到纽约去领奖。但她说不，她不能去，她永远不可能去见那么大的世面。倒不是坐飞机让她害怕，她从来没坐过飞机。除非你将蒙哥马利和特洛伊之间的公路休息站附近的高台上放着的那架飞机算在内，她连飞机的边都没沾过。她主要是无法和那些人、那些上流社会的人打交道。

我说此话荒唐，她必须去。我们一点不比任何人差，我们可以像那些贵族一样，穿上好衣服，昂首挺胸。即使让他们看出底细，我们也不必在乎。我告诉她此事不难，但无论我怎样哄她和向她保证，她只是小声说不。日程安排上有一个简短的鸡尾酒招待会，她将此事与那些穿金戴银的人相提并论。另外还有午餐，她说不知道该用哪把叉，因为没有牙，也不能嚼。我说我们这就去给她配一副假牙，我说我们还得给她置办些好衣服，我向她保证我决不离开她半步。她只是一次又一次地为她扫了我的兴，为不能和我一同前往向我道歉。

过了一阵子，我渐渐打消了这个念头。我必须提醒自己，必须告诉自己，母亲过去和所有西装革履的人打交道时，从来没有过好感觉。她总是在他们面前低三下四，为他们清洗地板。她觉得自己与那种大场面不相称，哪怕只是一小会儿。我想她的担心就像我心里一直有的那种担心一样，我们担心的是那些上流阶层的人会在人群中认出我们这些“伪装者”，然后就会像使唤用人那样叫她去清理餐桌。

我可以给我过去的女朋友打电话，邀她一同前往。但不知为什么总觉得此举不妥。这不是一次约会，而是一次宝贵的机会。我给母亲最后打了一次电话央求她去。

“我一直在琢磨这件事，”她说，“我琢磨着我能去。”我一听此话，激动得差点没把话筒给扔了。

在那一段时间里，一天又一天，家里的电话铃声不断。多年来未联系的亲戚突然打来电话告诉她，他们是多么为我骄傲。小学的老师打来电话告诉她，他们一直认为我是一块有出息的材料。素不相识的人打电话来说，他们为我们小城里出了这样一个取得如此辉煌成就的人物感到自豪。他们路过我家，看到她在前院时会停下车。那些从来不和她说话的人还真的在大街上和她搭起话来。

终于，她将自己的顾虑往肚里一吞，壮起胆子，心想如果此事对那些人都如此重要，那对我来说就更不用提了。

我们只有一两个星期的时间做准备。亲戚们，那些但愿上帝保佑的亲戚紧急动员了起来。因为我母亲从没有过真正出远门的需要，所以她连旅行衣箱都没有。我们过去在彭萨科拉玩水时都是将替换衣服塞进纸口袋里。她也没有一件像样的衣服。一个星期之内，她一下有了五只衣箱、三件长衣挂袋和绰绰有余的连衣裙。我的表姐还为她烫了头发。她在镜子前练习微笑，这样她既能表示友好，又不会露出无牙的真面目。她仍然拒绝配新假牙，她说没有时间去佩尔城让他们现做。我提出的让其他人为她配假牙的建议没有得到丝毫重视，“太费钱”。言毕，她又回到镜子跟前练习微笑去了。

亲戚们对我在大城市里能将她照顾好信心不足，我想他们是担心我会把她弄丢，或者让她撞上出租汽车什么的，所以派了众人中唯一坐过飞机的表妹杰姬在路上陪她。

《纽约时报》出资让我们飞到纽约。但我对她说，如果她觉得坐客车或者开车去更好，我们不必飞去。她只是说不用，她担心的不是这个。就这样，在5月热得出奇的一天，我们从亚特兰大的哈兹菲国际机场出发，开始了我们的旅程。

从家里出发一直到机场安检的那一段一切顺利。但到登机的时候，我们之间发生了一些误会。母亲从未去过机场，她一直以为你得从停机坪上走进飞机，就像《蓝色的夏威夷》里的猫王埃尔维斯那样。当我拉着她的手走向登机廊桥时，她说她不想走进那么狭窄的地方。她就在这儿等着上飞机，多谢了。我告诉她：“妈,你就是从这儿上飞机的。”她对此大不以为然，因为她连自己登上个什么东西都没看到。

我们坐在头等舱的前排。一坐下，她的问题就像从关不住的闸门倾泻而出。

飞机有多大？能装多少人？那些人都坐哪儿？这玩意儿得有几个飞行员开？你认为他们的技术如何？我们动了没有？我们能觉出动吗？我们是因为得了普利策奖所以才坐在

前排吗？你过去坐过这架飞机没有？你认为这架飞机性能如何？——因为她在电视上看到有些飞机性能不好。我们能看上一场电影吗？——她听人说飞机上有时会放电影。那电影里会有脏话吗？我们会在水上飞吗？——她可不希望在水上飞。救生筏子在哪儿呢？

那只是在飞机还未起飞前问的。当我们最终离开廊桥，机身发生一个小小的、令人放心的一颤，让人们知道你今天可能要飞到另外什么地方时，母亲的眼睛瞪大了。

她的问题又如洪水倾泻：在地上滑行应该出这么大的动静吗？如果他们送饭，一定要吃吗？开飞机的人怎么知道东南西北？飞机在云里不会迷路吗？飞机能飞多高？我们能飞多快？那些空姐（她称她们为“那些女士们”）能坐上一会儿吗，还是整个飞行过程中都得站着？你认为其他乘客会在意我向上帝祈祷吗？

终于，飞机滑向跑道。然后以一次不那么让人放心的一震飞上了天空。母亲向窗外看了一两秒钟，等到飞机飞到农庄仓库的高度就闭眼不看了。整个旅途她再也没向窗外看过一眼。

尽管心里害怕得要命，但她没有咋呼。我像一个傻瓜一样拍拍她说没事。她点点头，咽了咽口水，然后抛给我一个我小时候才见过的、严厉母亲教训儿子的眼神。

“瑞克，”她说，“是什么让我们悬在空中的？”

这下，我真的不知道答案。但是在那个情形下，我想最好撒个谎。我告诉她飞机是被喷气旋涡发动机压出的空气托在空中的。那股空气起了作用，然后又起了另一个作用，最终形成了“气流”，对了，气流。正是我要找的词。“是气流，”我有板有眼地、肯定地说，“让飞机悬在空中的。”

空姐们将饭摆在白色桌布上给我们送来。她很欣赏那盘饭。她喜欢小盐瓶和胡椒瓶，说：“哟，我还从来没见过这般漂亮的小玩意儿。”她对饭本身不以为然，嫌鸡肉太老。但是这顿饭转移了她的注意力，让她忘掉了我们正在离地面那么高的地方飞行，所以是件好事。

我们一路都在没话找话地闲扯。她一直神情自如，直到我们开始降落。她又开始祈祷了。

当我们只经过一个轻微的震动就顺利着陆，安全离开飞机时，我以为大功告成了。我忘记了母亲还从未见过自动扶梯，我在下扶梯时得用手扶着引导她。她管那扶梯叫“吃你脚趾的玩意儿”。

但实际上，是出租汽车差点要了我们的命。我事先给她打过预防针：纽约的出租汽车司机在车头接车尾的繁忙街道上左冲右突的架势，就像他们偷了东西试图逃离现场一样。尽管如此，那仍然是她一生中最惊险的一段路。母亲、杰姬表妹和我挤在后座。母亲这个最尊贵的乘客被我们夹在中间。我最大的担心是在车左右猛转时，三个人的离心力会将哪边的门顶开。母亲此时似乎没有问题可问了。也许她是被眼前的情形吓得说不出话。等到出租汽车最终抵达时报广场上的旅馆时，她已经脸色苍白，双腿发软。

但是还剩下一个人为的障碍。母亲从未见过电梯，这个电梯是四面玻璃，把你像水晶子弹那样射向天空的那种。试想一下，这是一个在那天之前从未到过比房顶更高的地方的人，当年她曾帮助她父亲将房顶上的瓦片钉牢。我现在得将她作为一个“yo-yo 人”[1]来呵护。

在那以后的三天里，她叫了平生第一次客房送饭服务。在她成年后，第一次让其他人为她铺床。她还看了比三个频道（6、13、40 频道）更多的电视节目。

我喜欢那一段时光，看着她经历大城市的一切。但我将永远珍惜的是我们在曼哈顿中城区茫茫人海中的几次漫步。纽约街头的人们总是来去匆匆的说法也许是老生常谈，但那的确是真的。可她则不慌不忙。人潮在她周围分开，她不紧不慢地走完百老汇，穿过 45 街，来到帝国大厦。她不想让我拉住她的手，她说那样会让她显出老得不中用，于是我便在杰姬的帮助下试着在近处跟着她。假如我在曼哈顿中城区把我妈给丢了，我是无法回老家的。他们非把我杀了不成。

我还真的把她弄丢过一回。我当时脑子里一走神，眼睛冲着地上，自己径直走了一个街区，才意识到我把她一个人给丢了。这可把我吓坏了，赶紧往回走，在人山人海中寻找她的脸。结果看到她站在人行道中央，头向后仰着，用惊异的眼光看着摩天大楼。

“我永远不会相信的。”她说。我点点头。她并不是说她不信楼的高度。而是说她本人能亲临此地亲眼看到这些高楼。

她累了，吃晚饭时，我们就去吃宾馆的自助餐。她喜欢吃烤辣椒，尽管那玩意儿伤牙床。但我注意到她看上了点心柜。那一排排丰富多彩的甜食是她从未见过的。我把她带到蛋糕、派、布丁面前。她说了声：“行了，我自己来。”等她从那里回来，

1 yo-yo 是用橡皮筋牵引的上下伸缩的儿童玩具。

我那平日里腼腆的母亲拿了一个水果冻、一片巧克力慕斯蛋糕、一盘草莓、一片看上去像是杧果奶酪蛋糕的甜点，胳膊下还夹着一块冰糕。

我母亲不胖。她只在感恩节、圣诞节和万圣节吃甜点，只是吃那些讨糖的孩子们不愿吃的糖果，但她一辈子从未受过如此诱惑。如果是我这样大包大揽，她会说我吃这么多非撑死不可。但你怎能因为她在平生第一次见识到的点心柜里多拿了点东西而责怪你的母亲呢？

天黑以后，我又带她来到时报广场，进入像是从高楼的峡谷中射出的五彩缤纷的花花世界，我们只是站在那里一个劲儿地看。

“得，”她说，“要是我的话，我可不想付这里的电费。”

那天晚上，我在确保她和杰姬被锁进安全的房间里后，一个人来到时报广场。那晚很热，不合时令地热。似乎我每次到纽约不是热得要命，便是冷得要死。我回到《纽约时报》报社，回到那条阴暗的陈列着普利策得主相片的长廊。

我忍不住去思忖，我怎么能跻身这些人的行列的问题。我告诉自己我达到了和他们同样的高度，只不过我是沿着与他们不同的途径取得成功的，而且说真的，其中相当长的一段路是靠别人扶持才走过来的。我告诉自己，说到底，我属于这个长廊。我是可以跻身这些嘴里叼着烟斗的驻外记者、妙笔生花的作家和勇敢无畏的记者之中的。在这么多的圣人、奇女子之中，我猜想也应该有艾尔玛·甘蒂的一席之地吧。[1]

1　艾尔玛·甘蒂是诺贝尔文学奖获得者辛克莱尔·刘易斯（Sinclair Lewis）书中描写的一个江湖骗子。这里是作者的自嘲。

第二天早上我敲母亲的房门时，她已经为普利策的午餐梳妆打扮完毕。我自从很久以前的婚礼之后，就再也没见过她打扮得这般漂亮。

她又紧张起来了，紧张得不行。我对她说，她看上去很精神，那些人其实并没有什么可怕的。她听了没吱声。她只是看上去无精打采。我在去哥伦比亚大学的一路上和她搭话。我指给她看我住过的西北城区的公寓，那是我在到海地之前住了不到一个星期的地方，但是她仍坐在那里沉默不语。

我们到那里时，招待会上已是人满为患，所以我们就站在门口附近。当我碰到她的肩膀时，我能觉出她在发抖。

然后，《纽约时报》的编辑们一个接一个地过来向我母亲表示敬意，对她说她养育了一个多么有出息的儿子，他们如何如何为我骄傲，又如何如何为她高兴。乔·莱利维尔德只是说，“我一看就知道这是谁”，脸上露出微笑。基恩·罗伯茨上前操着南方口音和她交谈。还有其他人上前说了一些客套和欢迎的话。

平生第一次，十几个她过去只知道是“富人”的人（财富只是相对而言）对她彬彬有礼、友好相待。

我们和哥伦比亚大学校长、《纽约时报》的出版商和其他的体面人物坐在一张桌子上。阿瑟·苏兹贝格二世和别人换了座位，以便让她坐在我和他之间，他像对待皇后一般对待她。当我的注意力被别人分散时，他就和她聊天，让她觉得轻松自在。

在我还是小孩子的时候，我见过我的母亲在痛苦、悲哀和受罪时流过泪。在授奖仪式上，直到他们叫到我的名字之前，我还从没见过她高兴得落泪。我上去接受了奖牌，然后将它交给了她。她没有哭出声，但眼泪流了下来。

我们和莱利维尔德同乘一辆出租车回到《纽约时报》，在那里，一个名叫切斯特·希金斯的摄影记者张开双臂抱住我母亲的脖子，紧紧地拥抱了她，只是因为她是我的母亲。罗伯茨邀请她到自己的办公室去歇歇脚，喘口气。他给了她一份《纽约时报》在获奖名单公布后出的一整版内容的复印件，还有一只《纽约时报》的挎包，包里有我接受查理·罗斯[1]采访的录像带。

那天晚上，我听到她和我的一个姨妈通电话。“我们吃了鳕鱼，吃上去像是鳕鱼，还有点心，我没捞着吃，因为正赶上瑞克上去领奖。我碰到好多人，他们都很客气，好像都很器重瑞克，一个叫切斯特的人拥抱了我的脖子。”

那天晚上，我去参加了以我的名义举办的晚宴。母亲已经瘫倒在床上，累垮了。宴会上的人们说，他们很遗憾她没来。我心想我母亲恐怕早睡得人事不知了。当我回到宾馆时，却发现她又醒了。她和杰姬表妹要了送上门的客饭，要了一份大得出奇的奶酪汉堡。她们吃不完，母亲为将吃剩下的东西放在走道上让服务员带走的做法感到羞耻。“我可不想让谁觉得我是个浪费粮食的人。”她说。我叫她别把这事挂在心上。

我问她这一天过得怎么样，她说要是不跑这一趟，她永远不会相信这一切都是真的。这个地方，这些人。

---

1 查理·罗斯（Charlie Rose），美国公共电视广播网著名电视节目主持人，以采访名人见长。

“跑这一趟值得。”她说。

时间已晚，我同她们道别后回房睡觉去了，奖牌就留在母亲的钱包里。

我的朋友们说只有等到旅程结束，她回到家中，将整个旅途在脑子里重演一遍时，她才会真正喜欢跑这么一趟。

他们的话说中了。她用自己的逛城记、飞机旅行和在一个像宫殿似的图书馆大厅中举办的仪式，把亲戚们都给迷住了。但是大多数的时间她提到的是她在那里遇到的人。“那是很久很久以来，别人待我最好的一次。”

一两个星期过后，她和山姆及他的太太特蕾莎、他们的女儿玛丽黛丝一起来了亚特兰大。我们一起去吃炸鸡和土豆沙拉。这是她在不到一个月里出的第二次远门。“你妈一下成了周游世界的人了。”特蕾莎说。

我们到桃树街上散了散步。在某个地方，母亲盯着那些摩天大楼，有些不屑地哼了一声。“比纽约的高楼差远了，”她说，“那些才叫真的高楼咧。”

如果没有她在那里与我分享这份大奖、这份荣誉和喜悦，这次领奖的感觉肯定会大不一样。

我这一生并不总是个好人。从某种自私的角度上讲，我日思夜想地追求普利策奖和母亲做出的牺牲无关。我是想用那个奖去堵怀疑我的文笔才气、怀疑我跻身他们之中的资格的那些人的嘴。那个大奖给其他人、给所有获奖的人曾经带来的荣誉现在都落到了我的头上。我衷心地接受这一殊荣。

也许这并不只是我们这些人的殊荣。也许那是对天下所有母亲和父亲的承认和肯定。

也许从母亲的角度上讲，这份大奖对我显得尤为重要的唯一原因，仅仅是两个场景之间在时间和空间上的距离。

一个场景是一个身背小男孩的高大的女子，拖着沉重的棉花口袋；另一个场景是入夜后的时报广场，一个送上门的奶酪汉堡和普利策大奖。

母亲，我们得坐上喷气式飞机才能完成这一飞跃。

39

1.3 公顷土地

松鼠们一直在向前院里那棵整洁、葱绿的山核桃树上的山核桃发动进攻，地上那一层黑乎乎的核桃壳便是明证。这个场面可以用来检验某人性格，一个人如果看到一个塞了满满一嘴山核桃的松鼠都笑不出来的话，这家伙一定有毛病。我认为那棵大树是个好兆头。一个人有那么多灰松鼠做伴就不会寂寞。那条又老又丑的叫“鸡肫”的狗如果还能蹦那么几下，也可以追追它们。

我觉得母亲在这个地方会过得舒心满意的。

那座有四个卧室、哔叽色砖墙和墨绿色窗格的大房子坐落在坡顶。她一直想住在坡上，但坡不能太陡，每天下午去邮箱取信不至于太费劲。房子前面有个门廊，夏天的傍晚，她可以坐在阴凉处摘豆角、削土豆，或者只是冲路过的车挥挥手。房子的后院一直延伸到远处的丘陵。到了秋天，硬木树和松树组成了一个红色、金黄色和绿色的多彩世界。夏天，忍冬花藤从一棵树上爬到另一棵树上，味道真好闻。“我就在这里终老了。”当我们第一次走过屋后那片地时，她对我说。

1996 年 11 月 2 日，我履行了对她做出的承诺，倾囊为她买下了一幢房子，一幢好房子。这是她拥有的第一件有真正价值的东西。她从未有过结婚戒指、一辆像样的车，甚至是一套成套的家具,或者合口的假牙。但是她现在有了一个自己的家。我把房款交给房地产经纪人时悲喜交加：喜的是此愿终于成了现实，悲的是拖了这么久才实现。

我在前面说过，很久以前，我就可以借款购房了。我猜想也许我应该那样做。但如果我用分期付款的方式为她买房，我这里要是出点什么意外，假如我丢了饭碗、美梦破灭，我的世界像我一直担心的那样彻底崩塌的话，她会跟着丧失这一切。给别人一件东西，然后又被他人夺走，要比当初不给更糟。我不能冒那个风险。也许人活一辈子总是这样看问题是件悲哀的事，但这已成我的习惯性思维，也许哪天会有所改变。但愿如此吧。

但是这件事像现在这样办，不管我这里发生了什么事，没有谁能将房子从她手中夺走。这件事已成定局：1.3 公顷土地，有松鼠、丑狗和一家人的活动余地。如果这件事由我决定的话，我会买下一幢城里的维多利亚式的白房子，一座她为之擦洗过地板、她曾为之洗熨衣服的人住的房子。我此举纯粹是为了达到心理平衡，清算过去忍受的痛苦。但她不想沾那些房子的边，不想和城市沾边。她想在松林中漫步，闻着烧木头的烟味，在燧石铺成的花圃里种上木芙蓉。她想让她的狗，那条丑得出奇的“鸡肫”在乡下度过它歪歪倒倒的余生，而不是把它关在哪个狗圈里，在那些每当它夜半兴起，想对着月亮吼上几声就会招来邻居抱怨的地方。她想住在她一辈子住的地方：在松林间，有一个小菜园，在她自己的地界里有足够的地方让她踱步，驱散心头的烦恼。

买下这幢房子的事儿，真的让她很担心。因为得花那么多钱，因为她认为这是给我增加的负担，因为这看上去总不对劲。一个儿子在应该给自己置房子成家时，却给她买房子。“应该反过来才对，”她有一次对我说，“应该是我为你买房，而不是你为我买房。”

我把话给她说得再清楚不过了：除非我的这个心愿有个了结，否则我永远不可能开始营建自己的小家。因为那个小家对我来说将只是一座空中楼阁。

我们是在卡尔洪县的小路上转了几个月之后，她自己选中的这幢房子。因为她认为这房子漂亮，而且离我哥山姆家和其他亲戚家不远。还因为那坡上总好像有清风徐来之感。其他的原因，有的荒唐，有的不荒唐。我们在她看中这幢房子前肯定看过上百座房子。我们是在初秋的一个热天去看的这座房子。我们用脚试探着踩上铺满整个房子的地毯，拧开漂亮、宽敞的厨房里的烤箱，她可以在厨房里给果酱、辣椒和番茄装罐。我们将三个卫生间里的每个抽水马桶都冲了一遍。走到地下室兼楼下的“家庭活动室”，拧转调温器的旋钮，听空调泵启动的声音。我看到她探出手去感觉从排气孔中像变戏法似的冲出来的冷气，我看到她脸上的微笑。

“不到热得实在受不了，我是不会去开它的。”她说。我对她说，她什么时候想开就开。在地下室兼家庭活动室里，有一个时髦的、崭新的、烧木头的碎石壁炉，她说她有时会用。我把话讲明了，买房的目的是为了在她的晚年有个舒适的居所，她用不着为了取暖再去搬柴火，或者在电热炉危险的电源延长线上绊手绊脚。她假装没听见我说的话，继续唠叨说，只要她能把不用的空间封掉，点上这个壁炉就能为整个房子取暖。我知道我的话她全听到了，但和母亲争论下去是不会有什么结果的。

她对客厅、餐厅、小书房和楼上的卧室只稍稍看了一眼。但总是回到厨房琢磨，那里有那么多橱柜，那么宽敞，那么漂亮、清洁的空间。我知道她心里正在盘算装面粉的桶该放哪儿。我知道她心里正在安排，绿番茄放在窗台上，那样可以催熟。我知道她在找能为咖啡炉插电源线的地方。她这一辈子除了水、咖啡和牛奶以外，没有喝过其他东西。我知道只有等到整个房子都充满温馨、醇厚的浓咖啡味，这里才能真正算是个家。

“一个女人家住，这房子可能太大了些。”房地产经纪人对我说。但我对他说不，这房子正合适。

然后他报了价。我看到母亲一听价钱，眼睑一下子低垂下去，一副美梦破灭的样子。因为对一个几乎是一无所有的女人来说，那个很合理的价钱似乎变得不可思议。她走出房子，然后站在前院中，不再多说什么了。她在与我小弟弟和亲戚谈话时会时不时地说漏嘴，将它叫成“我的房子”。她按房子的式样画了张示意图，但她再也没说要买下那幢房子。

完成这笔交易花了几个月的时间。直到11月份的那一天，我事先未通知，突然出现在家门口，告诉她那幢房子现在归她了，那是她自己的房子了。她笑了，我从未见过她笑得如此开心,她的眼中噙着热泪。她担心我们是否能付得起每月的贷款，我告诉她，我们没有贷款，她可以在那幢房子里拿着梳子敲打锅盆，没人能管得着。那是她自己的房子。

我永远、永远不会忘记那一天。她和我的姨妈们搞了个家庭拍卖，出售罐装的腌菜和拼被，以及其他自制的小装饰品。尽管那天风紧，有点冷，头顶上却是一片碧蓝，万里无云的天空。从任何一个角度讲，那都是一个令人心情舒畅的好天气。

我们开着车去看了一下房子。以前的房主尚未搬走。所以我们只能停在路边，坐在车里看，这正是她想做的事。那房子后面的丘陵正是换季时五彩缤纷的世界。秋天在我们南方来得迟，我们坐在那里，无言地看着，一直看到天色转暗。我们担心房子里的人会因为有人向房子方向张望而把警察叫来。不知为什么，我们中谁也不在乎只能停在路边向上远远望去，过过瘾。

“这是一场梦，是不是？这只是一场梦。”她说。但我说不是梦。这只不过是我们又一次和命运较真，摆平了它而已。

* * *

哥哥山姆等房子一归了她，就在房子里外忙活开了。他将一些在这幢房子里生活需要的小东西全修好，将原来就很漂亮的房子收拾得更加漂亮。“我没有多少钱，但我有的是力气。”他说。他将不需要的枝蔓杂乱的树锯掉，将没有被砖盖住的墙面全给漆了一遍。他拿上一把锤子，嘴里噙着几枚钉子，上上下下地跑，将房子修整得尽善尽美。他每天从棉花加工厂下班后就过来修房子，借着手电的光亮，将杂树从房后的林子里拖出来。一到晚上，在亚特兰大的公寓或者哪家旅馆里，我就和他通电话商量下一步该干些什么、用什么颜色，谈论所有我们能做的事，直到我们实在想不出什么新的主意为止。我知道他和母亲、和我一样为这幢房子自豪，他过去曾像我一样，眼睁睁地看着她住在租来的房子中将就度日。一个晚上，我们坐在山姆的客厅里商量房子的镶边该用土黄色还是米黄色的漆的时候，我们脑子中突然出现一个念头，这真是太怪了。"你过去想象过我们现在正做的事吗？"我问他。他摇摇头。我们当时没有庆祝的雅兴，值得庆祝的是胜利，而不是补的课。

我们努力将房子收拾得十全十美。那房子坐落在尼斯贝特湖路旁，但那路名具有一定的欺骗性，因为名存实亡的尼斯贝特湖早就干涸了（管它叫"尼斯贝特坑"实在不雅，所以只得沿用旧名）。如果不是因为有可能坐班房，山姆和我早就扒了那道大坝，将那大坑再蓄上水，这样她就能在进城的路上路过一片湖区了。对一个家庭整体来讲，假如在我们哥俩一起为她，也为我们自己做一些事时，在我们为她建设一个美好的、摆脱往日阴影的新生活的时候，马克能在我们身边一起干的话，那就更加完美了。但是他却离乡在外，与他自己的心魔纠缠，无法自拔。

"你是无法修补所有的人生缺憾的。"在我抱怨我试图重新塑造、弥补那些生活中的缺陷时，我过去的一个女朋友曾对我这么说。"你总以为你能大包大揽。但有些东西不是用钱能买来的，不是所有的事情都能尽如人意。"

* * *

我们买下房子后不久，母亲问我："你可知道这房子有个门铃？我可从来没有用过门铃。"我问她是不是不喜欢那声音，她摇摇头："我挺喜欢的。"

几个星期过后，我和山姆通电话，问她是否住惯了。他说她住惯了，但是有一件事让他有点担心。"她会没事自己按门铃。"他说。

我说让她按吧，直到把门铃按坏为止。

我猜想搬家对她来说挺难为她的。尽管她喜欢那幢新房子，但是要离开那座在罗伊·韦布路上的小屋，那座我们和外婆合住了那么久的家，那个躲避我们父亲的避难所，还是不那么容易。

她在那里住了四十年，几乎是她整个的成年生活。其中大部分时间里，厨房没有热水，水管每年都会被冻住，窄小的前厅小得放不下一棵像模像样的、比灌木大些的圣诞树。

亲戚中有些人不喜欢我将她从小屋里搬出去的计划。我对此无法理解。

"玛格丽特离开了那小屋，到哪儿都不会开心的。"其中一个亲戚警告我们。但那座小屋从来就不属于她。几年前从我房间烧起的那场火，将我母亲大部分的纪念物件和记忆化成了灰烬。几乎所有她的照片、我父亲的信、我们幼时的成长记录都付之一炬，那时医院里的医生会给父母一本小册子，让他们记录幼儿说的第一个词、唱的第一首歌以及其他成长过程中有重要意义的事儿。现在那里空空的，只有墙壁曾目睹但已消逝的桩桩件件往事。

在小屋里的生活是苦乐参半的。当然并不总是开开心心，但不管怎样，那总比我们经常逃离的那种生活要好。这是我们逃离苦海后愈合伤痛的去处。

我不知道那房子的主人，我的璜尼塔姨妈和埃德姨父，会不会再把它租出去，或者将它空着作为外婆的纪念堂。老家的人们，特别是我们家族的人还真会干出这种事。

母亲临走前没有再在屋里走上一回，试图记住这里的一切。你在回味往事时，不知道在哪儿会被刺痛。她装好最后一只包，拍了拍炉眼，确保炉灶中无火，然后关了灯，离开了那里。

她没哭，没有丝毫的感情流露。当我们开车将她送到坡上她自己的房子，车上了房前车道的时候，她宣布："我要在每个窗前都放上一棵圣诞树。在客厅里放上棵大大的、你们能绕着走的圣诞树。"

我自己曾回到那座小屋，去审视、去回忆。我记得当电影里的角色走过他们那些空空如也的故居时，他们的脚步往往回荡着往事的回音。但对我并不是那么回事。在这里，在任何方向上，我走不上几步就得转个方向。但是在每一个局促的脚步里都会有一道闪光，时光倒流，就像一架老放映机在将胶片倒着放。那里是我的弟弟死后卧病在床的母亲。那里是我弟弟马克，一个腮帮圆鼓鼓的蹒跚学步的胖小子，坐在地上笑得很开心，露出他的新牙。那里是我的约翰姨父在客厅里，那时他的头发还没变白，正在口袋里摸索着那枚银币。那里是我的埃德姨父站在门口，那时他的脸上还没有皱纹，对我们说，孩子们，该上班了。

那里是我外婆头上裹着布，吃药吃得神魂颠倒，凌晨 3 点钟而不是7点钟就将我摇醒，大叫该上学了，我可怜的母亲搀着她的胳膊将她带回床上。那里是山姆，大约十岁的时候，戴着一顶牛仔帽，干完远远超过他那个年龄的孩子能够胜任的一天重活，筋疲力尽地回到家里，他的靴子上沾满了泥，母亲一声不响地将靴子清洗干净。那里是我，大约十二岁的时候，在一个四十瓦的电灯泡的灯光下读一本书，那只灯泡的电源线从天花板上一根砸弯的钉子上绕过，然后垂下来，那根橘黄色的电源线消失在那片为了让家里人互不影响，被装在通向客厅过道上的门帘后面。那里是年轻时的琼姨妈，她的膝盖上堪堪放下一盘火鸡和浇有酱汁的玉米饼。那里是我的璜尼塔姨妈，她深褐色的头发仍然丰润，在问我的母亲要从城里捎些什么东西。

尽管那是冬日里的一天，四周万籁俱寂，我仍能听到当年电扇发出的噪声，那电扇让人能在8月的酷暑中入睡，尽管电扇会把室外的飞虫吸进来，然后迟早会钻进至少一只耳朵里。我能听到外婆房间里收音机的声音，听到比尔·蒙罗用他孤独的男高音唱着一个男孩出海的故事，他的心上人央求他留在家中陪伴她。我能听到汉克·威廉姆斯、默尔·哈格德、约翰尼·卡什和琼·卡特·卡什唱杰克逊（维尔）的事儿，她管约翰尼叫“你这个拨弄吉他的长脚家伙”。我能听到那台蒙上灰的电视里的声音。

有人说气味是没有记忆的，但我能闻到烧木头取暖的味道，玫瑰头油的气味，以及不可避免从脚底板带进屋的鸡屎味，我们的母亲为我们拉到鼻子跟前的被子上的陈旧味。最强烈的气味是炸猪油的气味，炸得脆脆的，那味道会跟你到学校一整天，沾在你的手上，这样，你就可以在上历史课时将手放到脸前再过一回瘾。

我心中没底。也许我全错了，也许我应该让她留在原处，让所有的事照老样子延续下去。一个朋友，一个好心好意的朋友对我说过，我买房子是为我自己，为满足我自己，为了尽自己的义务，而不是真正为母亲买的。但那个朋友是在一个中产阶级家庭的舒适环境中长大的，他们靠的是她父亲那份稳定的收入。他们从来不需要为了取暖而到百米远的地方搬柴火。假如偶尔想尝尝挨冻的滋味，她可以去野外宿营。那个朋友从来没见过上百条湿虫在地上爬，因为地板上和墙上有那么多洞，或者感觉到晚上会有老鼠从她的腿上跳过。我怀疑她的母亲未曾将棉花塞进耳朵里，防止飞虫钻进去。我怀疑她未曾提着一桶水冲抽水马桶，不只是一天，而是一整个冬天。我怀疑她未曾经历过那样的事儿。

然而，她的话的确在我的心里播下了疑虑的种子。买这幢房子是不是我出于个人私心的举动呢？尽管她在老房子里受过那么多苦，我是不是将她从这个地球上唯一她能称为家的地方接了出来呢？我后来曾问母亲，我是不是在试着修补一个没有破损的东西。

母亲现在很少冲我发火，至少我的感觉是这样，但那次她是真火了。“我希望大家少给我瞎琢磨我心里的事，”她说，“他们什么都不知道。”然后就像一个六旬妇人的样子恨恨而去。她是在一个每当客人到来就能听到“叮咚”门铃声的大房子里，在铺满的地毯上，冲着她那宽敞、清洁的厨房恨恨而去的。

那座我们长大的小屋也许会空上一百年，直到前院里我哥山姆和外婆在我还是小孩时种的松树长得高耸入云。好奇怪，除了我们这家人，我无法想象任何其他人住在里面。我猜想每个人离开故居时都有同感。但是当我现在想起那座小屋，由于某种原因，我的思绪不是将我带回到前院甚至屋子里，而是将我带到那房子的下面，带到那些阴暗、清凉的地方。我曾在那里的泥里一玩就是几个钟头。我将猫眼玻璃弹球、假的金纽扣和铝锡碎片埋到泥里，然后过上一星期、一个月或一年再挖出来。我现在用一种愚蠢、荒唐的方式，在我成人的记忆中搜寻我曾在那里挖出的东西，以及那些消失在柔软的泥土中的儿时珍宝。就好像那些东西现在仍然对我有什么举足轻重的意义似的。

40

殊途同归

我们都聚在这里了，父亲。

我把你没做的事给做了。这花了我很长的时间，你的一生、她的大半生，甚至也许很大一部分我自己的生命。但是，现在大功已经告成。她每天早上在一幢她自己的房子里醒来，那是一幢真正的房子。现在，她和那条路上的所有的人都是平等的。她住的房子冬暖夏凉，甚至前院有一盏装在电线杆上的明灯，为她驱赶黑暗。她装了有线电视，享受定期收垃圾的服务，还用上了县里的自来水。她仍然喜欢从后门进出，少招引别人的注意。我琢磨有些积习很难改。

我无法修补生活中的全部缺憾，我无法消除她心中的所有痛苦，我无法将山姆的童年还给他，我无法将我的小弟弟从把你毁掉的那个恶魔的手中解救出来。也许，我还没尽最大的努力。但是弟弟还有时间。不知为什么，我相信马克总有一天能摆脱正在无情折磨他的恶魔之手。我相信他身上来自母亲的骨血足够多，经过一番苦斗，他是能够最终战胜恶魔的。我相信他会的。

我的一生撞上了无数好运，父亲。其中有那么一些也许是我努力的结果，但大多数是瞎子、傻子撞上的好运。也许，在该说的都说了，该做的都做了以后，我想，那些好运是你我之间的唯一的差别。我走了运，你倒了霉。

我听过很多这样的话，尤其是最近。鉴于我的出身和成长环境，我真的出落成了一个大好人。每当我听到这话，总感觉自己是个乔装改扮之人，因为我知道此话并不准确。我有一次在文章里把自己说成“我母亲的儿子”，但那样讲也并不确切。

事实上，在那么多方面，我和你可以说是如出一辙，我是借了你心里的那股坏劲儿走到今天的。但是我不像你那样，一下全部发作出来，我是慢慢疏通、释放。其实，每当我对那些温情脉脉的姑娘们说，因为我的工作比她们更重要，或者因为我得重起炉灶，所以我必须和她们分手的时候，我都在使坏。

在我的工作中，我得益于你的冷漠，同样，我也得益于母亲的善良。因为有了她，我能理解我笔下那些人的痛苦和悲哀，并且能让读者感受到那些悲苦。但是因为有了你，我在采访完毕之后可以扭头就走，无牵无挂。想象一下，什么样的人能在经历过我所经历的一切之后，还能心安理得地过自己的小日子？

你对责任感、家庭纽带的厌恶在我身上的体现，更是有过之而无不及。我没有家，没有孩子，也没有想要这一切的渴望。我一生就选择了一个目标，就只有一个，然后尽了责。但那是任何傻瓜都能尽到的一个责任，任何一个不中用的饭桶都能把标准降到那么低，然后顺利过关。

有多少个夜晚我真想成为你。每到那种时候，我觉得在这个世界上我别无所求，只想自暴自弃，喝得一醉方休。但如果让母亲看到我的颓废，岂不让她肝肠寸断，将她送进坟墓？我不知道在她百年之后，在我将你丢下的责任全部尽到之后，我会是个什么样子。那时，我也许会非常非常疲乏。说真的，我能想象自己与酒做伴的情形。有时，那个忘却一切的念头是那样诱人。不管走不走好运，一个穷小子突然时来运转、春风得意，偶尔成为那些聪明人的座上客，为他们说些乡下人的俏皮话，并不总是一件轻松的事。

我就是你，你身上的优点我也有。我像你一样爱音乐，喜欢女人，当然只要她们不在乎哪一天和我好聚好散。有时，我会打一场架，出出心头无名之火，检验一下我还有没有胆量。只是我现在从地上爬起来比以前慢多了。我在琢磨，你到了晚年，到最后是不是也会有这种感觉？

我从未打过仗，从来没有经历过你经历的地狱。我见过杀戮和死亡，但那不是你所见过的、最后将你生命耗尽的那种骇人听闻的规模。我有时会琢磨，如果你从那个战场上归来时是身体残疾而不是精神受创，会是个什么样子，假如她必须照顾你，带你出去晒太阳，帮助你起居。你会活到今天吗？你会坚持下来吗？

我的心里已经不恨你。我现在很明白，恨一个死去的人于事无补。在我还是个小孩子时，能隐约看出你身上透出的好来，在你送给我书的那天，你给我讲那个故事的那天，我看到了你身上的闪光点。我相信你给我讲的战争场面大多是真的。我相信是那场战争将你从我们这里、从我这里夺走的，让我只能隐隐约约地看到那个人在战前的影子。像我说过的，我必须相信你说的一切，我别无选择。因为如果不是那样的话，我记忆中本该是你的脸的地方，就会只剩下一只攥紧的拳头。

有些人告诉我应该感谢你，因为你的为人迫使我成为一个不同的人，但我不相信这一类奇谈怪论。假如我能和你再谈一次，我只想知道一件事，在我们之间断了音信的那些年里，你惦记过我们吗？你到底惦记过我们吗？

我现在正是你当年最后一次离开我们、电话最终沉默的那个岁数。我们家的男人寿命都不长，是不是？我们只是看上去像是铁打的似的，但我们会在很短的时间里彻底垮掉。

我将永远记住在你心知死期将至但又害怕死亡的时候，我们最后的那次谈话。尽管身体那样虚弱，你还是拧开了那只瓶盖，那里面的琥珀色液体加速了你的死亡。我现在能理解了，如果我在你当时的处境，我也会去做同样的事情。

当然，有些人说我更像母亲，他们说我长得像她，但我不太像她。我希望我能像她，但是事实上我不像她。

她已经向世人证明她能熬过千辛万苦。尽管活得那样艰难，却痛恨死亡。她诅咒死亡。她甚至讨厌去参加葬礼，因为她不喜欢去感受死神的气息。

她是个既善良、耐心又虔诚的人，所以她没有像你、我那样孤独过。

我不知道为什么我会冒出这个念头，但是我相信你看到母亲在她的房子里的样子是会高兴的。我想你是会高兴的，因为你似乎总对好东西情有独钟。这是幢大房子，不像我们最后和你一起住的那幢鬼楼那么可怕，而是个温馨、宽敞和友好的住所。那里面不闹鬼，至少我们觉不出来。不过，鬼魂自有找到你的新地址的门道，将邮政编码改一下是骗不了它们的。我知道我再怎么想将自己变成一座大坝，去堵住从她生活里和心里流出的悲凉，也是无济于事的。同样的道理，谁都无法保证我们在她的新居里留下的，将是一段美好的回忆，我们只能尽力而为。

她会说笑话。有时，她会忘掉逗笑的那部分。

那房子里本来应该有你自己的一间屋子。

41

本色

1996年11月中旬。

母亲家里没有多少可以搬走的东西，记忆是没有重量的。她带上了一个有镍铬架子的人造革沙发和椅子，那些都是从哪家医生的诊所里淘来的旧货。她还带走了她那台有“老呛烟”绰号的洗衣机，此洗衣机因其在家中失火时表面的白漆被熏黑得此雅号。“老呛烟”貌不惊人，和我在亚特兰大的那台洗衣机有同样的毛病，喜欢在地板上跳舞，就好像在甩干衣服时会走火入魔，中了什么邪似的，但是身体结实得用枪都毙不了。“还能转，又不漏。”母亲说，拒绝让我为她买台新的。那是上帝的旨意。

我记得她搬完家的那天，我正在路易斯安那州。我原本是想回到她的新居的，结果那天我离得太远了。

我妈在新居过了第一个整天的那个晚上，我的小弟来看她，他喝了点酒。我们大家都曾求他，如果他喝了酒就别上她的新居来。我不知道我们有什么权力定下这条规矩，或者凭什么指望他会遵守这条规矩。

我的大哥山姆，在差不多的时候来到她家，他只是来看看她。结果他俩在前院干了一仗。

我猜想他们一定得开打，他们没有其他选择，因为那是我们这家人的本色。

山姆动手是因为他相信他是在为母亲挡驾，因为我曾央求马克喝醉了酒别上这儿来，所以他相信他是代表当时不在场的我动的手。马克动手是因为他觉得他在被家里人推开，被这个家遗弃。我猜想那几乎是人世间最难忍受的。

于是，在我妈住进新居的第二个晚上，一个四十岁的男人和他三十四岁的弟弟就在这个象征我们生活新起点的前院里动真格的干了一仗。这可不是两个在不同报摊上挥舞拳头、互相谩骂、虚张声势的家伙。我当时不在场，但我告诉你，那场架打得真叫狠,双方没有留任何情面。马克把山姆的脖子掐住，直到他翻白眼。在山姆拼命挣脱时，他心中惦记的唯一的事情是如果马克真把他打坏了，他也许会误了在加工厂里一天的班。假如他为此误了两天的班，他的饭碗就丢了。

结果，我母亲不是带上一罐自制的果酱或者腌辣椒去拜会新邻居，而是跑过去请人来帮忙拉架。

你都能听到在冥冥之中我父亲开怀大笑的声音。

终于，山姆挣脱出来，他们被人拉开了，这场架就到此为止了。谁都不想再打。有时，打上一架，火气也就消了。没有任何缘由，没有任何深文大义。

两天之后，我得到了消息。我不知道说我当时肝胆欲裂是否言过其实，反正那件事实在令我痛心疾首。我挂上电话，一头钻进汽车，开了出去，不是回家，只是离开我当时待的那个地方。我沿着20号州际公路向东跑，直到穿过南卡罗来纳州的州界。我一路摆弄收音机。我也许一直跑到了安德森附近，也许是格林维尔的某个地方才掉转车头，打道回府。

我知道，山姆只是做了件他认为我如果还有点男子汉的样子也会做或者试图做的事。他在保护母亲生活中美好的事物，使其不受玷污。

但是，母亲当然不这样看。她这一辈子容忍了那么多的醉汉，她对此是有准备的，就像知道太阳从东边升起一样。所以她不去责怪她那个宝贝儿子，我的小弟，而是将大部分的责任推在山姆头上。我还真的从未见过他这般颓丧，甚至向谁低过头。但是他为此很伤心。

就这样，我本想修补一些过去的缺憾，结果这一切只是为另一场悲剧建造了一个舞台、一个布景。我对马克真是气不打一处来，但几天过后，我也变得无可奈何，火气也随之渐渐消退。只要马克活一天，只要母亲还活着，她就会照顾他、养育他、宽容他，这是天经地义的事儿。你怎么能叫一个母亲不去疼爱她的心肝宝贝呢?

尽管单靠买一幢房子无法弥补生活中的每一个缺憾，我还是期望在一段时间里，那里起码是一个新鲜的地方，在一段时间里没有缠人的往日之痛。但是让我心痛的是，我听说母亲离开了她的新居，在外待了一小段时间。她又回到那座又老又小的故居，就像以往那样，尽管那里已是人去屋空，她静静地坐在那里。那里没有电视、电话，只有我母亲和一座空荡荡的小屋。

尼斯贝特湖路上的那座新房子空了近一星期。我哥山姆赌气不去管。我的小弟马克也发誓再也不涉足那里。

我央求她搬回去住，别放弃。她告诉我她本来就没打算在外久待，她只是想将那个不良开端的影响冲淡一点，只是一丁点。但是对我来说，那段经历就好像在宣告，我为之奋斗的一切都付之东流。

那时，我意识到我买这幢房子，也许更多是为了重新塑造往事，而不是为了实现她的梦想。我为山姆、为马克、为她，但尤其是为我自己感到悲哀。

当然，情况有所好转。

到了感恩节，山姆又回到那里。他和母亲肩并肩地将房子的外表打扮得尽善尽美。他在房子上做些小修小补时，她在下面为他扶梯子、递钉子，为他做小发糕。我在感恩节前几天回家，帮着在房子里挂了些照片，修好了一把锁，把一些断树枝拖到屋后的林子里去。我觉得自己成了这项工程中的一部分。

母亲为我布置了一个房间，那里有一张多余的床，有一个硬床架、两个软垫，所以离地足有一米多高，我的腿从床沿上晃荡下来都碰不到地。在那一刻，我又像回到我的幼年时代。我脑子里又转起一个我小时候转过的念头，那个念头曾经给我一种奇异的安慰感，那就是假如我在醒来之前死去，因为这床离天堂近些，假如上帝要接我上天堂的话，至少他用不着太费劲探下身子来接我。

第二天，我们吃了感恩节的团圆饭。山姆一家人、母亲和我、琼姨妈和约翰姨父——他们没有儿女，每逢感恩节就和我们一起吃团圆饭。我猜想那是我吃过的最丰盛的一顿饭。母亲把新厨房里的烤箱里的每一个架子，炉灶上的每一个灶眼全都用上了。席间有发糕，火鸡填料，土豆泥，斑豆煮火腿，骨头大得像我的拳头、皮酥肉烂的火鸡……我吃得肚子鼓鼓的。因为这是有史以来第一次我们一家人，母亲、山姆和我，有一个能容得下我们一大家人的大房间，所以这也是我们全家人第一次坐在一间屋里吃饭。过了一会儿，母亲坐到隔壁小屋里的一张椅子上。山姆在桌子对面，板着脸说了声："看看，现在我们都在一个房间里了，她倒离得这么远。"

我们试图不去注意那张空椅子。

母亲说她在新居里大多时候都睡得很安稳，但是天冷了就睡不着，那时她会惦记马克。她向来是一个心里一有事就合不上眼的人。

自从他的房子被烧，他就在他房子废墟边上的小卡车里睡觉，有些寒夜，他穿上件不知是谁给他的保暖绒衣，在黑暗中瑟瑟发抖。

心里有这些事，她怎么睡得着？

但自从和山姆打了那一架，他变了。他戒了酒，没日没夜地重建他的房子，这一次他是用水泥砖建。我猜想他是憋着一口气，但我不知道真正的原因。但是，一天又一天，白天他把一块块水泥砖砌成墙，晚上就钻进卡车的驾驶室睡觉。

一过感恩节，我们就开始给母亲房子外面的木边和水泥部分上漆。母亲漆到她能够得到的地方，再上面的就留给山姆干。当他们四目相视时，他们仍然面有愠色，但随着时间的推移，他们心里的疙瘩是能解开的。

她不让我雇油漆工。她不在乎自己干这项得花上整个冬天才能漆完的工程，因为你只能在暖和的好天里上漆。她也不在乎有些木条被漆成青绿色，另一些则漆成象牙色。正如我前面说的，她不像我那样注重表面。

一天晚上，下着小雨，我们开着“健马”卡车到加兹登取她的新沙发。这是她有生以来拥有的第一件新的、能坐的家具。

沙发的一头从车尾戳了出来，我的任务是坐在“健马”的尾部用一块雨布盖住沙发。母亲抓住我的脚踝，生怕我会掉出去。

不知为什么，大约离家还有一半的路，雨水抽打着我的脸，我开始大笑起来，很快母亲也笑了起来。尽管我无法看到在黑暗的驾驶室里开车的山姆，但我敢肯定他也在笑。

“你知道吗，如果你蹭到沙发的那一头坐在那儿，它就不会被淋湿了。”他对我说。

“我会掉出去的。”我说。

“也许不会。”他说。

回到家中，我来到给客人用的卫生间。想象一下，我们现在有了供客人使用的卫生间，我到那里去擦了把脸。我注意到那里的毛巾上印有“爱默里大学医院”的字样。毫无疑问，这是什么人从那里偷出来，然后夹带在送给像母亲那样的穷人的成箱衣服里的。我凭着第六感来到另一个卫生间，那里的毛巾上印有“半岛医学中心”的字样。我开始大笑起来，一边笑，一边走回客厅。我看到母亲和山姆交换了一下我小时候干出什么怪事时他们会流露出的那种会意的眼神。

当然，你无法用一幢房子去换取别人的尊重。母亲一直是我生活中最尊敬的人，无论她身居何处。

我真心实意地希望她晚年能有一个更舒适、更能体验好时光、忍受挫折的地方。她有了那个地方，那幢房子正是她需要的地方。但是我把期望值定得高了一点。我想重新塑造过去，培养一种苦尽甘来的成功感。

不管怎么说，我们的确成功了。

她有了一座还在使用偷来的毛巾的两层楼宫殿。

她有一幢四间卧室的大砖房，配上从一家关门的诊所里淘来的人造革沙发。

她有了一个家。这比所有那些纯粹的心理分析的废话都来得重要。

她也想把这个家建得尽善尽美。她曾眼含热泪地对我说，在我的两个兄弟在泥里扭打成一团时，“辉煌尽失”。我不知道她从哪里学的这样文绉绉地说话，难道她一直在读《纽约时报》不成？

但是，不，那见鬼的“辉煌”没有丢失，也不可能丢失。

“我们得记住，”我和她并肩坐下后看着她说，“我们不会因为住在这里就变成了另外一类人。我们就是我们，我们只是找了一个稍好一点的地方，继续做我们本来就是的那种人。”

她听了这话，笑了。

尽管我敢肯定马克和山姆还会互相回避一阵子，但总有一天，马克会回到这里。我们家族的人在登门拜访时，因为不喜欢停在家门前的一辆车，临时变卦，径直开车离去的那种事并不少见。我知道那种小打小闹不会让他们记仇一辈子。这是一个小县城，我们家在这个小县城里占据的角落更小。我们这些人的小时候都生活在接近社会的最底层，现在人到中年，不值得互相攻击。不久，在不远的将来，我们都会变老，想想那时我们会变得多么糊涂，也许会做出用患有关节炎的手指互相挖眼，扒出假牙互相砍的荒唐事。我们也许得用牙床咬对方，因为我们配假牙的运气也不好。

这不是一场梦，这只是一幢房子而已。这只不过是一幢房顶上铺着高质量的瓦片，暖气泵还在保修期里，后面有一片遍地野花的林子的房子。冬天里的有些日子，如果光线不错，她会到房后的小丘上寻找正在休眠的植物，带回家，到春天移种。她对自己的地界知道得一清二楚，知道哪些树、哪些灌木、哪片野草是她的。

今春她会在这里种满花。但是，按照我们的陋习，那块地准会被用来堆满破车。

“不会的，绝不会那样的，”她对我说，“这里会变得漂亮，变得非常漂亮。”

也许实际情况是介乎两者之间。那其实没什么大不了的，我们的日子照样过得好好的。至于现在，能看到她在自己那块1.3公顷的地界里和她那条又丑又老的狗微驼着背一起走走，这就足够让人满足了。

我心里为自己能在更多的时间流逝之前为她提供这样一个生活环境谢天谢地。

世上没有尽善尽美之事。

当你一旦悟出家里所有的人其实就是你自己的影子，而且，在许多方面没有任何不同时，你应该尽你所能为未亡人尽些责任。为你全身心热爱的、那些在院子里扭打成一团的、咬牙切齿的、吃小发糕的、养丑狗的、偷毛巾的、看着电视祈祷的、从不饶人的、撞了南墙不回头的人做些事。

有一天，我遇上一个女子。她对我说她在一次讲座上听过我讲写作，说我的话“激励”了她，我礼节性地点了点头。听上去她长大的经历和我有那么一点相似：她出生在新奥尔良的慈善医院，不清楚自己的生父是谁，她和她母亲在摩根城的政府救济公寓里长大。她用救济食品券买糖时，要等所有的孩子们都走了才上去交食品券，因为她为自己没有钱买东西害臊。她说，她长大成人以后，一直在心里假装这段往事从未发生。但是当她听到我谈到我的身世和来历之后，她想，也许自己可以不再为那些旧事惭愧了。

“你利用了你的经历，”她说，“我的话没有恶意。但是你的确利用了你的经历。”

将我们家的那段艰苦的经历作为一种武器？不错。

她说她和男人相处有障碍。她说每当有人凑近些，她就会躲闪，然后继续前行，我又礼节性地点了点头。她说她无法想象生孩子的事。你的时间、精力有限，是不是？有那么多的事要做，有那么长的路要走，但为的是摆脱什么东西呢？奋斗上一阵，奋斗本身会在不知不觉中成了重要的东西，而起点和终点则成了次要的东西。

她有才气，有动力。她是会成功的，因为她内心的驱动力比大多数人的动力要大。她会成功，是因为有人告诉过我，像她和我这种人是不会失败的。我猜想世上有许多像我们这样的人。我从来没有把自己看成一个特殊人物。

有几次我几乎要给她去电话，告诉她不要一再拖延生活中的好事，不要等到她觉得她已经充分证实自己的价值、已经离过去足够远才去考虑那些好事。因为那个时刻也许永远不会到来。我的意思是不要去找一个很明确的终点线。我想告诉她，有时你也许早已冲过那条线，只是自己还没觉察出来，就像黑暗中的栅栏桩子。我想提醒她所有这一切。

我会给她打电话的。

我喜欢她，本来很想和她在一起多待一些时间。但是，对她来说，看着我就像看着镜子里她自己的影子。她能够在我的脸上、我的眼神里看到颓丧，能从我的嘴里听到那些旧恨宿怨的回音。我猜想在我心头藏了多年的那块心病，仍然像我的驼背那样醒目。我这人一看就知道不是一盏省油的灯。

但是，我发誓，我感觉那块心病现在似乎小了点，我的心头现在似乎轻松了那么一丁点。

42

黑暗中的平安

我小时候常常梦游。我会爬下床，悄悄穿过屋子，然后走进黑夜。有时脚底板踩到脆脆的夜霜会让我惊醒，有时我会在夏天蟋蟀的吟唱和夜鸟的啼鸣中醒来。

有一次，我一口气走到四十多米以外的璜尼塔姨妈家，慢慢地敲了三下门，然后转身又回到家中——我是一个小夜游神，穿着印有马的图案的睡裤。我醒来后从不害怕，因为周围的小径、树木、小汽车、卡车和小屋以及那些黑乎乎的剪影，全都那么熟悉，而且我从不怕黑，因为知道自己永远不会孤单。

我们和外婆合住的房子没有大到能给妈妈一间自己的卧室，所以她晚上就睡在客厅的沙发上。我出门时纱门响动的声音会将她惊醒，然后她会跟出来，因为她听说叫醒梦游的人会出危险，更安全的做法是将我引导回我的床上。

但有那么几次，我在外边就恢复了神志，然后看到她就站在我的身边，我从来没有被吓得哭出来。我只是仰头看着她，在心里纳闷。

“你没事，小家伙，”她会告诉我，“你只是在外面乱晃悠。”